Texas

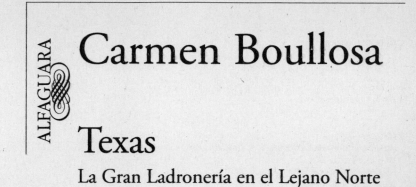

Carmen Boullosa

Texas

La Gran Ladronería en el Lejano Norte

TEXAS
© 2012, Carmen Boullosa

© De esta edición:
   Santillana Ediciones Generales, S. A. de C. V., 2012
   Av. Río Mixcoac 274, Col. Acacias
   México, 03240, D.F. Teléfono 5420 7530
   www.alfaguara.com/mx

Este libro se realizó con el apoyo del Fondo Nacional para Cultura y las Artes a través del Programa Sistema Nacional de Creación del Arte emisión 2011.

La presente obra se publica en colaboración con
Fundación TV Azteca, A.C.
Vereda 80, Col. Jardines del Pedregal
C.P. 01900, México, D.F.
www.fundacionazteca.org
Las marcas registradas Fundación TV Azteca, Proyecto 40 y
Círculo Editorial Azteca se utilizan bajo licencia de:
TV AZTECA S.A. DE C.V. MEXICO 2012

ISBN: 978-607-11-2368-8

Primera edición: enero de 2013

© Diseño de cubierta: Gabriel Garibay Torres y Felipe Rodea Torres

a Mike, María y Alonso, Juan y Elisa,
y a mi primer nieto

Pequeña nota de un intruso
(que se la salte el que quiera)

Mejor decirlo de una vez para no irnos embrollando: éste es el año de 1859.

Estamos en las riberas norte y sur del Río Bravo, en Bruneville y Matasánchez —a caballo, si trotamos hacia el poniente, llegaríamos en media mañana al mar.

Bruneville y Matasánchez se hacen llamar ciudades, ya ustedes juzgan si mejor las piensan pueblos.

Dos cosas debo decirles de ellas: Bruneville pertenece al Estado de Texas, Matasánchez a México. La primera que digo (de Bruneville) vale desde hace poco, me regreso hasta el año 21 para entenderle, a cuando México declaró su Independencia.

En ese año, el Lejano Norte no estaba muy poblado, aunque sí había algunos ranchos salpicados —como los de doña Estefanía, que es dueña de tierras del Río Nueces al Río Bravo, para recorrer sus propiedades de sur a norte habría que cabalgar cuatro días.

Entonces abundaba el búfalo. Corrían libres los mustangos. Como todavía no se sembraba demasiado pasto, no era muy frecuente encontrar a la vacada enramada en docenas, pastaban a lo mucho de a tres en tres. Pero lo que sí había, y en abundancia, eran indios, y ésos venían en puños.

Más al noreste estaba la Apachería, desde que Dios hizo el mundo vivían en esta región los indios, se les habían ido pegando otros diversos que venían del norte, echados de sus lares por los americanos, o nomás huyendo de ellos. Como eran tan distintos (a algunos les daba por el cultivo, a otros por la caza y curar pieles, a otros por la guerra), no convivían sus vecinazgos en santa paz por más que les digamos parejo indios, no hay remedio.

Para proteger la frontera norte de la voracidad europea y de los indios guerreros, el gobierno federal mexicano invitó americanos a poblarlas. Les prestó tierras o se las dio condicionadas y a algunos también cabezas de ganado. Para dejar los puntos claros, les hizo firmar contratos en que juraban ser católicos y ser leales al gobierno mexicano.

Lo que se les negó desde un principio fue importar a México esclavos, y si acaso, tras mucha presión de su parte, se les permitía traer algunos, a cuentagotas.

En el 35, los gringos correspondieron a la generosidad mexicana declarando su independencia. Sí, pues, pensaban en su propio provecho, sobre todo por lo de los esclavos. La novísima República (esclavista) de Tejas puso su frontera sur en el Río Nueces.

Ya para entonces había comenzado la sembradera de pasto ganadero, quemaban el huizache, arrojaban sobre la tierra las semillas envidiosas del alimento mientras la vacada se reproducía a marcha forzada. Al búfalo lo diezmaban los ciboleros. La flecha del indio cazador zumbaba a menudo de balde, sin encontrar presa.

Ni hace falta decir que el gesto de los texanos le sentó como patada al gobierno mexicano y alborotó el avispero de sus terratenientes y rancheros.

Luego, en el año 46, la República de Texas se anexó a los americanos, y pasaron a ser un estado más de ellos, la estrella solitaria.

Inmediato Texas argumentó que su frontera llegaba hasta el Río Bravo.

Ya se sabe lo que siguió, nos invadieron los americanos.

En el 48, después de la invasión (que ellos llaman Mexican American War, ¡habrase visto!), se decretó que la frontera oficial estaba en el Río Bravo. Para clavar su pica en Flandes, los texanos fundaron Bruneville donde antes no había habido más que un muelle de Matasánchez plantado ahí para elporsiacaso. Matasánchez se convirtió en ciudad fronteriza.

A Bruneville comenzaron a llegar inmigrantes de muchos lugares, algunos gente de bien, y abogados americanos dispuestos a poner la ley en orden, que es decir a cambiar las propiedades a manos de los gringos. También todo tipo de bandidos, los ya mencionados (los bien vestidos que roban detrás de un escritorio) y los que se esconden la cara con los amarres de sus pañuelos. Y había de los bandidos que hacían un poco de los dos.

Ahí, como estaban las cosas, ocurre esta historia, en el momento de la Gran Ladronería:

Primera parte
(que empieza en Bruneville,
Texas, en la ribera norte del
Río Bravo, un día de julio)

Raya el mediodía en Bruneville. El cielo sin nubes, la luz vertical, el velo de polvo espejeante, el calor que fatiga la vista. En la Plaza del Mercado, frente al Café Ronsard, el sheriff Shears escupe a don Nepomuceno cuatro palabras:

—Ya cállate, grasiento pelado.

Las dice en inglés, menos la última, *Shut up, greaser pelado*.

Cruza la plaza Frank —uno de los muchos mexicanos que se malganan la vida de correveidile en las calles de Bruneville, un *pelado*—, venía diciéndose (en inglés, lo hablaba tan bien que le cambió el nombre —antes era Pancho López) "y que le urge… y que le urge", acaba de despachar (una libra de hueso y dos de falda para el cocido) en la casa del abogado Stealman. Oye la frase, alza la vista, ve la escena, literalmente salta los pocos pasos que lo separan del mercado y corre a repetírsela a bocajarro a Sharp, el carnicero, "El nuevo sheriff le dijo" tal y tal "al señor Nepomuceno", y de un hilo añade, en un tono muy distinto, maquinal, como exhalando, "que dice la señora Luz que dice La Floja que si les envía cola para la sopa", casi ya sin aire termina con "que le urge", lo que se había venido repitiendo en voz baja, a cada dos pasos desde la casa de los Stealman hasta aquí, aunque luego casi se le disolvieran las sílabas por el chisporroteo de la frase ardiente.

Sharp, el carnicero, no se da tiempo para pensar qué o qué de la noticia, no toma partido, ni "cómo se atreve a hablarle así a don Nepomuceno, el hijo de doña

Estefanía, nieto y bisnieto de los dueños de los más de mil acres de tierra de Espíritu Santo, donde están Bruneville and este carpinteritos venido a más, sheriff de chiripa", ni tampoco "¿Nepomuceno?, ese tal por cual, maldito robavacas, bandido pelirrojo, por mí que se pudra", que ya se repetirían luego hasta el cansancio. Por el momento, la sorpresa. Desde atrás de su tabla de destazar, con la mano izquierda en la frente, en la derecha el cuchillo y el brazo extendido, se desliza (como patinando sobre aceite) los dos pasos que lo separan del comerciante vecino, el pollero, y repite en español lo que le acaba de decir Frank, tras un "¡Oye, Alitas!" (mientras le habla, con la punta filosa del cuchillo pinta en el piso de tierra una línea irregular).

Hace tres semanas que Sharp no cruza palabra con Alitas el pollero, dizque por una desavenencia en la renta del puesto del mercado, pero todos saben que la gota que derramó el vaso fue que intentó conquistar a su hermana.

Alitas —feliz de que se interrumpa la ley del hielo y por esto en un tono que parece aplaudir la nueva— repite casi a gritos "Shears le dijo a Nepomuceno *¡Cállate grasiento pelado!*"; la frase pasa a la boca del verdulero, éste se la repite al franchute de las semillas y el franchute la lleva al puesto de telas de Cherem, el maronita, donde miss Lace, ama de llaves de Juez Gold, pondera la pieza recién llegada, un material que ella no conoce, parece perfecto para vestir las ventanas de la sala.

Sid Cherem traduce la frase al inglés y explica a miss Lace que si Shears que si Nepomuceno, ella deja la tela, pide a Cherem se la aparte y se apresura a llevar el chisme a su patrón dejando atrás a Luis, el niño flacucho que le carga las dos canastas repletas. Luis, distraído de sus deberes, revisa en un puesto vecino las ligas (una es ideal para su resortera), ni cuenta se da de que se le va miss Lace.

Miss Lace cruza la Plaza del Mercado por el costado opuesto al Café Ronsard. Tiene que encontrar a Juez Gold, corre y corre media cuadra, lo ve saliendo de su oficina, a pocos pasos de la alcaldía.

Hay que aclarar que a Juez Gold se le dice así pero poco tiene de juez, lo suyo es llenarse la cartera, su negocio es el dinero, a saber cómo se ganó el apodo.

"Ya le llegó el día a Nepomuceno", es la respuesta que le da Juez Gold porque le acaban de pasar otro chisme y, con los dos en mente, sigue su camino hacia la alcaldía —le queda a tiro de piedra, en la esquina—, de donde justo salen, y bien enfadados, los hermanos de Nepomuceno, Sabas y Refugio, hijos del matrimonio anterior de doña Estefanía.

Sabas y Refugio son dos hombres de buena pinta, de lo mejor entre las mejores familias de la región. Lenguas viperinas dicen que no pueden explicarse cómo doña Estefanía crió estas joyas y después al díscolo maleducado de Nepomuceno, que ni sabe leer —aunque otros dicen que es mentira absoluta que Nepomuceno sea iletrado—. En cuanto a su aspecto, por nosotros que es el más bien parado y bien vestido de los tres, sus modales de príncipe.

Sabas y Refugio adeudan a Juez Gold demasiadísimo dinero. Se habían presentado a declarar ante el juez White (ése sí es juez, lo de justo está por verse) (los mexicanos lo apodan el Comosellame) momentos después de que lo había hecho Nepomuceno —esperaron a que un recadero (Nat) les avisara que ya se había ido su medio-hermano para no cruzarse con él—. Nat fue también el que avisó a Juez Gold que el juicio quedaba detenido "hasta nuevo aviso" —mala cosa para Sabas y Refugio, quieren se falle pronto para embolsarse la recompensa prometida por Stealman, y peores para Nepomuceno.

Se escucha un balazo. Nadie está para espantarse de eso —por cada quinientas piezas de ganado que uno quiera a buen resguardo hay que contratar cincuenta pistoleros, cada uno de los cuales pasará por Bruneville; de cualquiera pueden esperarse tropelías, hechuras de todo tipo de violencias, que ni decir cuántos disparos.

Juez Gold avienta encima de Sabas y Refugio la frasecita del sheriff, mientras dice para sí: "Ya que no me podrán pagar en quién sabe cuánto, siquiera tener el gusto". Inmediato él es quien se siente incómodo: no hay necesidad, qué gana con esto. Así es Juez Gold, impulsos de mala entraña y remordimientos de buena tripa.

Nat alcanza a oír y se va pero volando hacia la Plaza del Mercado, quiere fisgonear qué pasa entre Nepomuceno y Shears.

Sabas y Refugio celebrarían la humillación del benjamín de su mamá, pero no pueden por llegar la noticia de Juez Gold, esto les cae al hígado. Se siguen de largo, como si nada.

Glevack alcanza a oír la frase, estaba a punto de abordar a Sabas y Refugio. Él sí se detiene abrupto, pero también de golpe se apresura, huele la oportunidad de hablar con Juez Gold.

Ni cuatro pasos después, se acerca a los hermanos Olga, una de las que a veces lava ropa para doña Estefanía. Olga quiere pasarles fresquita la de Shears con afán de reconciliarse con ellos, le traen disgusto porque les contaron que había ido con doña Estefanía a soplarle que le llevaban la contra a sus intereses. Pues claro que era verdad, quién no lo va a saberlo (sobra decir que hasta doña Estefanía), pero qué necesidad tenía de echar veneno.

Ya para entonces, aunque todavía caminen lado a lado, Sabas y Refugio van ensimismados, los dos sin saber que el otro también cuenta los segundos, los minutos, las horas que faltan para ir a la casa de los Stealman, ahí se hablará largo del asunto Shears-Nepomuceno, pensando "hay que aprovechar para dejar bien claro que media un océano entre ése, un díscolo, y nosotros", luego la sospecha de que si van se arriesgan a que les pongan caras, ese Nepomuceno, "un buscaproblemas, justo tenía que salir con ésta hoy mero" cuando los han invitado.

Los hermanos no le hacen ningún caso a Olga.

Juez Gold también se le hace el sordo.

Olga, nomás por no sentirse mal, corre a vocearle la frase a Glevack. Glevack intenta emparejarse con los hermanos, de a tiro ignora a Olga, se sigue de largo, como si no le hablara nadie; está de mal humor y uno diría que cómo, si Glevack es el primer favorecido por el despojo a doña Estefanía que Nepomuceno intenta sin suerte revertir por vía legal, de ahí la visita de hacía un ratito al juzgado.

Qué gusto le daría a Glevack insultar él mismo a Nepomuceno en plena Plaza del Mercado, llamarlo enfrente de todos "poca cosa", peores le ha hecho ya, está ensañado contra el que fuera su amigo y cómplice.

(Faltó un ápice para que por sus acusaciones lo metieran a la cárcel cuando el asunto del mulero muerto cuyo cadáver fueron a tirar al pie de la alcaldía de Bruneville; a voces le echaron la culpa a Glevack y a Nepomuceno —todavía amigos—, que porque ellos le habían encargado al muertito ir tras el ganado —quesque para reponer el que Stealman le había robado a Nepomuceno—; la desjusticia texana les sacó los dientes a los dos indiciados. Glevack testificó que él nada de nada, que todo era hechura de Nepomuceno, dio muchos detalles y contó otros, hasta dijo que si Nepomuceno era el que había interceptado el correo, le colgó el bandidaje de los robines y quién sabe cuánto más.)

Con lo de la insultada a Nepomuceno, Glevack debiera estar de fiesta, pero se malhumorea porque Juez Gold no lo quiere oír y además se le entromete la sospecha de que Sabas y Refugio se le están volteando.

Poquito antes, Glevack había engatusado a doña Estefanía para que se dejara tomar el pelo por los gringos, muy a sabiendas de que la despojarían de lo lindo, y de que a él le tocaría parte del botín.

Olga se llena de peores que la sospecha, hay que sumarle que ya no tiene dieciocho sino el doble, ya perdió el lustre primero. Ni Glevack, ni nadie, ¿pues quién iba a mirarla como antes? Se les va el relumbre y las mujeres se vuelven como fantasmas, ya no hay ni quién les tire un lazo; salen a la calle, nadie voltea a mirarlas. Algunas, como Olga, no soportan las ignoren, hacen cualquier cosa con tal de que alguien las oiga —otras, sienten ligereza y alivio con el desdén—. Por esto, Olga cruza la calle principal (Elizabeth), camina por la que entronca con ésta (Charles) y toca a la puerta de la casa del ministro Fear, que le queda mero enfrente.

No hace ni un mes que Olga les ayudó a acomodar la trousseau de la señora Eleonor, la flamante esposa del ministro.

Eleonor, aunque recién casada, tampoco se cuece al primer hervor, ya pasa de los veinte. Su marido, el ministro Fear, pega a los cuarenta y cinco, llevaba dos años viudo cuando buscó por letra impresa una nueva esposa. El anuncio, en periódicos de Tuxon, California y Nueva York, decía en escueto inglés:

"Viudo y solitario, busca esposa que sepa acompañar a un ministro metodista en la frontera sur con los deberes que le son propios. Favor de responder a Lee Fear en Bruneville, Texas".

Olga toca la puerta de los Fear por segunda vez, impaciente. Golpes tan fuertes que calle abajo se entreabre la de los vecinos, los Smith —su casa hace esquina con James, la calle que corre paralela a Elizabeth.

Asoma la carita la bella Rayo de Luna —una india asinai (otros los llaman indios texas, los gringos les dicen haisinai, son familia de los caddos), los Smith la compraron por una bicoca hacía un par de años, poco antes de que se pusiera de moda tener féminas salvajes para el ser-

vicio, si no les habría costado el doble; una ganga en todo
caso, bonita, de buen de trato, hacendosita, aunque a veces se distrae—. Rayo de Luna sale a la calle.

Un segundo después, abre la puerta de la casa de los
Fear Eleonor, su expresión de extrañeza, como si de pronto
bajara de otro mundo. No habla una palabra de español,
pero Olga se da a entender. Primero, le ofrece sus servicios,
lavar, limpiar, cocinar, lo que les haga falta. Eleonor declina
amable. Después, ya con el ministro Fear presente (curioso
por saber quién está en la puerta) y con Rayo de Luna a su
costado —a la joven esclava de los Smith le interesa el chisme y se va arrimando—, apoyando sus palabras con señas
corporales —una cruz de cinco estrellas al pecho por el
sheriff, por Lázaro el violín y el lazo, por Nepomuceno el
nombre, porque quién no sabe en la región que don Nepomuceno es Nepomuceno—, Olga les relata el incidente.

Los Fear no dan ninguna muestra de interés (el
ministro por prudente, y Eleonor porque está en sus cosas),
en cambio Rayo de Luna, sobremanera, sabe lo tonto que
es el sheriff Shears —el carpintero estuvo en casa de los
Smith para arreglar la mesa del comedor, se la dejó más
coja— y al guapo Nepomuceno lo tiene muy bien visto
—la hija de los Smith, Caroline, está prendada de él (también Rayo de Luna un poco, como todas las jóvenes de
Bruneville).

Cuando el ministro Fear cierra la puerta de la casa,
Olga se enfila de vuelta al mercado —retoma Elizabeth—
y Rayo de Luna se hace la remolona, oteando hacia la
calle Elizabeth, buscando algún pretexto para no entrar a
cumplir sus deberes en casa de los Smith (no se sabe dar
el gusto de la holgazanería así nomás), doblan la esquina
Agua Fuerte y Caída Azul, dos indios lipanes —los lipanes
son salvajes como pocos, pero amigos de los gringos—,
montando preciosos caballos, seguidos de un mustango
pinto, típico de las praderías, con la carga (si les ofrecen
buen precio, lo venden).

Agua Fuerte y Caída Azul se habían desviado de calle James para evitar a los hombres de Nepomuceno porque no vienen a Bruneville a buscar problemas.

A pesar del calor, los lipanes traen mangas largas entalladas, con rayas vistosas. Calzan mocasines adornados. Llevan en la frente, atadas en la nuca, bandas bordadas de colores adornadas con cuentezuelas, los largos cabellos sueltos también muy vestidos —plumas, cintas, alguna cola de liebre—, las espuelas repujadas.

Ni tarda ni perezosa —ahí se siente segura, este tramo de la calle es su territorio—, Rayo de Luna se les acerca. De un salto descabalgan los lipanes. Con señas, Rayo de Luna les representa el incidente que acaba de ocurrir en la Plaza del Mercado, imita las de Olga, les suma su gracia. Después, entra a la casa de los Smith azotando la puerta —por esto no oye el tronar del segundo balazo de la mañana.

Agua Fuerte y Caída Azul interpretan diverso el asunto Shears-Nepomuceno. Para Agua Fuerte, es evidente manifestación de que algo está ocurriendo en el campamento lipán y quiere regresen inmediato, teme por la sobrevivencia de su gente. Para Caída Azul, en cambio, el incidente no tiene nada que ver con los lipanes; está convencido de que lo único que debe interesarles es la vendimia, son las órdenes del jefe Costalito, el chamán debió saber que en Bruneville, etcétera. Entonces: ¿se dan la media vuelta, como quiere Agua Fuerte, o se quedan a mercar, como opina Caída Azul? Nada de la mercancía que traen es perecedera —las pieles, las nueces y las bolas de goma pueden esperar semanas—, argumenta Agua Fuerte. Pero el trayecto es largo y fastidioso, dice Caída Azul, se requieren municiones en el campamento y, aunque los dos fusiles que piensan obtener no sean urgentes, no les caerían nada mal, al venir se desviaron repetidas veces de la ruta principal para esquivar peligros, sería mejor volver armados.

Los lipanes pasan de los argumentos a la discusión, y de ahí a los golpes.

Agua Fuerte saca el puñal.

(Dos que anotar cuando el sol refulge en la hoja de metal del puñal de Agua Fuerte: al astro se le ve mejor y al acero parece no pesarle el astro. Parecería que el abrumado firmamento no puede con el peso del coloso; se diría que allá en lo alto está por resquebrajarse el azul, que la bóveda necesita compartir la carga con el velo del polvo terrestre y que el puñal pulido lleva al astro con ligereza.)

Adentro de casa de los Smith, la bella Rayo de Luna regresa a su labor, llena el cántaro en la fuente para llevar agua a la cocina. (Llaman ahí fuente a la cisterna donde acumulan el agua, porque brota cuando se le bombea.)

Mientras, en el mercado, al carnicero Sharp le da un ataque de risa. ¡Nepomuceno! ¡El ladrón de su vaca! ¡Ese miserable humillado en plena plaza pública! "¡Se lo merece!".

El calificativo de ladrón requiere se precise: Sharp dice que la vaca es de él porque pagó por ella, pero Nepomuceno se cree en mayor derecho de llamarla "mía" porque el animal fue procreado y parido por su ganado, "ahí tiene el herraje", en el rancho donde él mismo nació, "que no se haga Sharp el que Dios le habla, porque para mí que supo siempre que el origen de su vaca era el robo, el precio que pagó por tan buena pieza no ajusta, ¡a otro perro con ese hueso!".

Cuando se supo en el Hotel de La Grande lo que andaba diciendo Nepomuceno, Smiley comentó: "¡No me salga con que la vaca de Sharp es su hermana!".

Sharp deja el cuchillo sobre la tabla de cortar, se limpia un poco las manos sobre el mandil y, sin quitárselo, a pasos largos se apresura hacia la Plaza del Mercado.

Lo dejamos ahí, debemos caminar tiempo atrás, al momento en que el incidente Shears-Nepomuceno comienza, porque nos estamos perdiendo algunas que nos importan:

Roberto Cruz, el peletero a quien todos llaman Cruz, lleva rato esperando a los lipán (no piensa en "lipanes"), otea impaciente la calle principal desde su puesto exterior del mercado. Según Cruz el peletero, los "lipán" son los mejores proveedores de pieles de calidad, también le ofrecen mocasines ya elaborados (que no les compra sino rara vez, no los quiere nadie, fuera de algún alemán excéntrico) y calzones inmejorables para montar, se venden como pan caliente, son imprescindibles para las mujeres, no pueden cabalgar sin éstos, so riesgo de llagarse en sus partes secretas.

Dos días antes, Cruz se había abastecido de hebillas y ojillos, y ya esperaba en casa Sitú, el joven que sabe "pintar" con calor adornos en los cinturones —novedad que gusta mucho—. Como los lipanes siguen las fases de la luna, debían estar por llegar, en esto son iguales a los otros indios de la pradería. Si no aparecen, el artesano se le va a quedar de brazos cruzados, poniéndole los pelos de punta a Pearl, la mujer que se hace cargo de llevar la casa desde la muerte de su esposa. Su fiel Pearl. "Nomás se case mi hija, le propongo matrimonio", lo tiene decidido, lo guarda en secreto.

Así estaba Cruz, estirando el cuello, tratando de ver más allá de la plaza hacia la calle principal, cuando pasó Óscar, en la cabeza su canasta repleta de pan.

—Pst, ¡tú!… ¡Óscar, te estoy hablando!… ¡dame pan dulce!

—Sólo vendo hoy de a una pieza. No metí mucho al horno, creí que iba a ser día malo. El que traigo es lo poco que me queda para ir hacia el muelle; si le doy más me quedo sin con qué vender.

—Anda, dame uno.

Cruz sigue estirando el cuello buscando indios lipanes en lo que Óscar baja la canasta.

Óscar le escoge un crujiente moño recubierto de azúcar (le conoce el gusto, es su predilecto). Cruz le paga.

—Quédate el cambio.

—No, Cruz, cómo cree.

—Pal que sigue, un abono.

Óscar asienta la canasta panadera en su cabeza.

Tim Black sale del Café Ronsard. Llama a Cruz, con dos señas le explica que quiere le muestre cinturones. Tim Black, el negro rico, hacendado y dueño de esclavos —llegada la independencia de Texas fue la excepción, le respetaron su estatus de hombre libre y sus propiedades aunque fuera negro y nacido esclavo, su caso particular había ido a dar al Congreso.

Cruz pone su pieza de pan sobre el mostrador, se echa al hombro la ristra de cinturones, por un pelo se le arrastran, van colgando de un fierro torcido al que las hebillas están ensartadas.

En la plaza, el sheriff Shears gritonea a Lázaro Rueda, el vaquero viejo —ese que sabe tocar el violín—, y luego con la culata de su pistola, ¡riájale!, le da pero bien duro en la frente. Tras el segundo o tercer golpe, Lázaro se desploma.

Tim Black brinca a un lado por no perder detalle de la escena. No entiende español, eso lo deja fuera de buena parte de asuntos en la frontera, pero aquí no le hace falta la lengua para entender de pe a pa: un sheriff, un viejo pobretón zumbado a culatazos.

Nepomuceno sale del Café Ronsard, topa también con la escena de Shears. Reconoce a Lázaro Rueda en el aporreado. Da pasos decididos para detener la golpiza.

Tim Black ve la reacción de Nepomuceno, comprende sus palabras, percibe su tono calmante —le ayuda el eco que le hace en su mal inglés el niño alemán, Joe, el hijo de los Lieder— y oye clarito la aspereza y el insulto con que le contesta Shears, *Shut up, greaser pelado.*

La sirena del mercante Margarita anuncia su próxima partida.

Óscar escucha sin pierde la frase que Shears escupe a Nepomuceno, de reojo ve lo que pasa, percibe la sirena, y más le gana el sentido del deber que la curiosidad: si el Margarita sonó es porque tiene el tiempo justo para llegar; si no le pica al paso, los va a dejar sin pan; apresura el camine.

El talabartero don Jacinto lleva en brazos una silla de montar recién hecha "muy de lujo" (él nació en Zacatecas, se ha casado tres veces; dos días a la semana vende en Bruneville, los restantes del otro lado del río, en Matasánchez, su negocio va bien), cruza la plaza hacia el Café Ronsard, diciendo a diestra y siniestra "quiero enseñársela a don Nepomuceno" —nadie como él para verle la gracia y el arte en su hechura, es resabido que si Nepomuceno le expresa admiración, le brincará un interesado, nadie conoce más de sillas y riendas, nadie como él maneja el lazo, nadie monta como él: no es que los caballos le obedezcan, es que hay entendimiento entre ellos.

Don Jacinto es miope y nada ven sus ojos que no quede a menos de dos metros de distancia, si no también habría visto. Pero sordo no es: clarito oye los golpes, lo que dice Nepomuceno, y la respuesta de Shears. Por ésta, se para en seco. No puede creer que el carpinterillo le hable así a don Nepomuceno.

Peter —de apellido original impronunciable, que él había convertido en Hat para la gringada y Jat para la mexicaniza, aunque éstos le apodan "El Sombrerito"—, dueño de la tienda de sombreros "Peter Hat, de fieltro, también de palma para el calor", está acomodando en la columna central de la tienda el espejo recién llegado, cuando ve reflejado en la luna austriaca a Shears culateando a Lázaro Rueda, "el vaquero del violín". Ve también que se le acerca Nepomuceno, y que el chamaco que acompaña a La Plange, "Mocoso", corre hacia ellos. Su instinto le dice que algo está a punto de estallar. Descuelga el espejo ("pero ¿por qué, don Peter?", le dice Bill su ayudante, "ya estaba emparejadito"), lo pone atrás del mostrador, a buen resguardo, y despacha a Bill a su casa con una moneda en la mano ("No vamos a abrir, no vengas hasta que yo te mande llamar, ¡anda!, ayúdame a cerrar"). Baja las rejas y cierra las puertas del frente de su negocio, traspone la que divide la tienda de la casa, gira el doble pasador por dentro, y a gritos anuncia a su mujer: "¡Michaela! Esto huele muy mal. Que no salgan los niños ni al patio, atranca bien puertas y ventanas; nadie pone un pie fuera de aquí hasta que pase la zafarrancha".

Peter pasa al patio, corta con la navajita que siempre trae en el bolsillo dos pequeñas rosas blancas, se sigue hacia el pequeño altar a la Virgen, a un costado de la puerta principal de la casa. Se hinca en el reclinatorio. Empieza a rezar, en voz alta. Se le unen Michaela y sus hijos —ella toma las rosas de la mano de Peter, acomoda una en el delgado florero del color azul del manto de la imagen, pone la segunda en el ojal del cuello del marido.

La mamá y los hijos van disolviendo la preocupación en santamariapurísimas rezadas muy de prisa.

Pero Peter… más reza, más se ansía, su alma parece fieltro disparejo, con gordos nudos y tramos desvaídos.

El rubio Bill había mirado hacer a Peter, incapaz de ayudarle en nada, sin entender qué le pica.

Ya en la calle, se acomoda los tirantes. Todo lo que ha ganado, desde que entró a trabajar con Peter, se lo ha gastado en tirantes, lujosísimos, modernos.

Inmediato se pone al tanto de lo que ocurre en la Plaza del Mercado y, en lugar de enfilarse a casa, camina rápido los pocos pasos que lo separan de la cárcel.

Su tío, el ranger Neals (el responsable del presidio), escucha atento su puntual reporte.

—Este idiota de Shears... mira que insultar a Nepomuceno, nos mete a todos en camisa de once varas.

Pisándole los talones a Bill, llegan otros a la puerta de la cárcel del centro que da a la Plaza del Mercado —Ranger Phil, Ranger Ralph, Ranger Bob—, a Neals se le tiene muy en alto. Traen la misma nueva pero ni necesitan pasarla al ranger. Alcanzan a oír lo que decía al sobrino.

—No vamos a responder, ¿me entienden?

Ni se quedan a oír lo que sigue, regresan rápidos sobre sus pasos a pasar la orden a los demás rangers:

—...la chispa ya cayó y no queremos precipitar el incendio. Esto es de gravedad...

En la cárcel de Bruneville, el preso estrella es Urrutia. Forma parte de la banda que "ayuda" a cruzar el Río Bravo a los negros esclavos fugitivos. Apenas cruzar la frontera y poner pie en México, por ley, se les libera de la esclavitud; el gancho que les promete Urrutia es la entrega en comodato de tierras en el sureste; les ha enseñado contratos falsificados que tienen más de fábula que de otra cosa; les describe tierras fértiles, canales navegables, las matas de cacao creciendo bajo sombrías frondas de mangos, las cañas de azúcar. Les daba medio borrosas las dimensiones y localización, pero ya qué, cosa sin importancia ante promesa tan sustanciosa.

Urrutia los viajaba al sureste. Las tierras sí son como las descritas. Pero el acuerdo es distinto. Urrutia tiene firmados contratos verdaderos que los enganchan como criados, sometidos al peor trato y de a tiro presos. A los de buena suerte los mata la fiebre antes que a latigazos o de malcomer.

Los de Urrutia ganaron con esto fortunas. A veces, cuando el esclavo tenía un valor especial, luego de pasearlo, lo regresaban al dueño original si les ofrecía lo suficiente por el rescate, sumados los "gastos de cacería y manutención". Contaban muy ufanos que algún negro libre había también caído en su anzuelo y a que a ésos los vendían más caro, los ofrecían como fuertes y de buena cabeza, servían hasta de capataces.

A Urrutia lo cuidan tres guardias pagados con sueldo extraordinario, el alcalde teme que los cómplices lleguen al rescate, son una banda bien armada y numerosa (del alcalde ya vendrá su historia, quesque tiene el puesto por elección popular). Los tres guardias, de cuyo nombre no querremos ni acordarnos por razones que vendrán, oyen la frase y la relación de la escena sin darle ninguna importancia, ellos andan en esto sólo por la paga semanal —que no llega siempre, para la mala fortuna de sus familias—, si Nepomuceno les hubiera ofrecido más monedas, se le pegarían aunque sean gringos.

Cuando Urrutia oye la de Shears y Nepomuceno queda muy alterado, parece hojita de árbol en otoño; se siente por caer. Motivos no le faltan.

Entre la cárcel y la sombrerería está la casa de empeños de Werbenski. No es mal negocio, pero el realmente bueno es el que tiene en la parte de atrás: la venta de

municiones y armas. Werbenski no se llama exactamente
así, es un judío que esconde serlo, viene quién sabe de
dónde, Peter Sombrerito lo detesta, Stealman lo ignora
(pero sus hombres procuran su comercio, lo mismo King
y Juez Gold), está casado con Lupis Martínez, mexicana
por supuesto "y para servirle a usted", la más dulce esposa
de todo Bruneville, un verdadero pan, y más lista que
muchos.

Werbenski, como Peter Sombrerito, intuye reper-
cusiones para la escena Shears-Nepomuceno pero no
manda cerrar sus puertas. Eso sí, sugiere a Lupis vaya al
mercado pero a la de ya, antes de que pase lo que vaya a
pasar.

—Pero, bomboncito, fuimos hoy muy temprano.

—Provisiónate, guarda grano, lo que puedas. Tráe-
te hueso para el caldo.

—Tengo arroz, frijol, cebolla, papas, y hay tomate
sembrado y chile de árbol para la salsa... Agua en el
pozo...

—Hueso, para el niño.

—No te preocupes, bomboncito; los pollitos van
creciendo, la gallina pone huevos, están los dos gallos,
aunque uno viejo; el conejo del niño, el pato que me dio
mi mamá. La tortuga anda enterrada pero si pega el hambre la encuentro, y si no, guisamos como mis tías las iguanas y las lagartijas.

Lo último lo dijo para sacarle alguna sonrisa al marido, pero ni caso le hizo —a los dos les daban ascos las
iguanas que guisaba la Tía Lina, nada contra el sabor pero
sí que despellejara vivos a los animales—. Werbenski zozobra, sólo le alegra recordar que bautizó al niño, que no se
irán contra el hijo, "a mí a ver qué me hacen por judío,
pero mujer e hijo se me salvan". Lupis lee sus pensamientos:

—No te preocupes, bomboncito.

Lupis lo adora. Es dulce de por sí, pero sabe que
tiene el mejor marido de todo Bruneville, el más respetuo-

so, el más generoso con ella, el más cuidadoso... Un marido judío es garbanzo de a libra.

En el muelle de Bruneville sopla grato el viento, en cambio en el mercado y en la alcaldía, para qué mentirles, de a tiro es como meterse bajo la tapa de la olla del guiso ardiente. Lo que hacen unos cuantos pasos y la proximidad del río, aquí todo se siente distinto. Pues claro, mero se acaba la Gran Pradería cruzando el río hacia el sur; aunque también haya apaches, vaqueros, minas de las buenas, tierras para botar para arriba y pastos generosos, pues no es lo mismo. El Río Bravo divide al mundo en dos categorías, puede que hasta en tres o en más. No hay afán de decir que en una sola están todos los gringos, en otro los mexicanos, en su aparte los indios salvajes, en otra los negros y ya luego los hijos de puta. Las categorías no son cerradas. En la Apachería hay indios diversos que no se entienden entre ellos, de costumbres diferentes, empujados a la brava ahí por los gringos, negros de muchas lenguas, sus costumbres diversas, no todos los gringos son ladrones, ni todos los mexicanos santos o bondadosos, en cada división hay géneros revueltos.

Sin embargo, sí hay que dar por hecho que el Río Bravo marca una línea que pesa y vale: al norte empieza la Gran Pradería, y del sur en adelante el mundo vuelve a ser lo que es, la Tierra, con sus diferencias.

Al llegar al muelle de Bruneville, antes de quitarse la canasta de pan de la cabeza, Óscar vocea bien alto lo que el mal carpintero (y peor sheriff) Shears le dijo a Nepomuceno. Lo oyen el pescador Santiago (terminaba de vaciar en la carreta de Héctor la última canasta repletas de jaibas vivas, llovió la noche anterior, de ahí la buena cosecha), sus tres hijos (Melón, Dolores y Dimas que, subidos en los tablones de la carreta para que las jaibas no les muerdan los pies desnudos, terminan de atarlas de las tenazas, trenzándolas en manojos de a media docena —llevan en su labor la mañana entera), los vaqueros Tadeo y Mateo (ya embarcadas las piezas de ganado en la barcaza que las llevaría hacia Nueva Orleans, previo cruzar el río para ir a la otra orilla por el forraje y unas cajas de cerámicas que vienen de Puebla vía Veracruz, se disponen a buscar dónde saciar el hambre, la sed, el cansancio y el fastidio de la soledad de los pastizales).

El conductor de la carreta, mister Wheel, no habla español, no entiende nada ni le importa un carajo. Apenas ponerse en camino —ahí donde las casas son de techo de palma o carrizo, las paredes de mezquite o varas, y la gente come harina de colorín y queso de tuna porque más no encuentra—, los hijos de Santiago se ponen a vocear "¡jaibas, jaibas!" y gritan de paso la frase de grasiento pelado, mientras van amarrando con destreza y rapidez lo poco que les falta de sus atados. Llegan a las construcciones de ladrillo, siguen voceando y chismeando donde la venta se pone buena.

Santiago la pasa a los otros pescadores que desenredan las redes para la nunca lejana madrugada, éstos las dejan botadas.

Los pescadores la pasan por la margen del río.

Los vaqueros, Tadeo y Mateo, se la llevan directo a La Grande, la patrona de la fonda —se dice que se había enamorado de Zachary Taylor en Florida, que lo había seguido a Texas, que cuando él se fue a pelear a México se mudó a Bruneville, donde abrió su hotel con comedor, café, bar y casa de juego (una cantina con cuartos de dudosa reputación); se cuenta que cuando un chismoso llegó a decirle que los mexicanos habían derrotado a su Zachary, bien rápido le contestó:

—Maldito hijo de puta, no hay suficientes mexicanos en todo México para batir al viejo Taylor.

Y hay quien agrega que para que se le quitara lo bocón al chismoso, La Grande le plantó un pisotón.

—Te voy a dejar el pie abierto, vas a ver cómo te reviento el dedo. ¿Me entendiste? Te estoy abriendo otra boca, a ver si aprendes a decir por ésa la verdad y contener las mentiras que avientas con la que tienes desde que llegaste al mundo.

La Grande repite la historia de Nepomuceno y Shears a Lucrecia, la cocinera; Lucrecia al galopín Perdido; Perdido a los otros comensales. La Grande celebra la frase regalando una ronda de la casa.

¿Por qué celebra la patrona?, ¿porque los mexicanos le caen de poca gracia?, ¿o el incidente le cumple una venganza, le paga cuentas pendientes? De todo un poco, pero la razón que más pesa es que Nepomuceno es cliente de su rival, el Café Ronsard, y ese lugar es su competencia, su enemigo, su imán de envidia, el espejo de sus fracasos, su dolor de cabeza. Ella es la mejor tiradora en todo Bruneville, nadie le gana un Black-Jack, ¿por qué no tiene el mejor café? La vista es mejor acá, por el río; el aire se siente bonito, y además está su árbol, el icaco, que da una sombra muy placentera. El Ronsard no tiene nada de esto, "nomás puro borracho pobre, tirado a su costado en piso de tierra". Aquí, hasta tulipanes siembra La Grande cuando es temporada, y las rosas se dan todo el año (aunque cuando pega muy fuerte el calor se tateman las orillas de sus pétalos).

Los vaqueros dispersan la frase de Shears, añadiendo lo que se le va pegando por el camino; Tadeo entra a uno de los cuartos de La Grande y se la pasa a dos putas, las hermanas Flamencas, con las que está a punto de empezar una relación casi filial, Mateo a sus dos novias, pri-

mero a la que todo Bruneville le conoce, Clara, hija de
Cruz, el peletero (lo esperaba ya cerca del muelle), después
a la novia secreta, la criada en casa de Cruz el peletero,
Pearl, a la que también tiene apalabrada con mielezuelas.
Ésa sí le cumple a Mateo el mandado completo, tiene la
colita dulce y se sabe menear que ni Sandy. Bonita, eso sí,
no es, para qué mentir.

Un poquito después, La Grande cuenta "la de
Shears y Nepomuceno" a sus compañeros de juego y una
de las dos Flamencas la repite algo trastocada en la barra
de su Hotel, mientras Tadeo sigue encerrado con su hermana, convocando una erección que no quiere llegar.

Tres personas comparten la mesa de juego de La
Grande: Jim Smiley, apostador empedernido (a su lado, la
caja de cartón con su rana adentro, lleva tiempo entrenán-
dola para que salte mejor que ninguna), Héctor López (de
cara redonda y juvenil, mujeriego incurable, dueño de la
carreta en que las jaibas recorren Bruneville atadas en manojos de a seis) y otro que casi no abre la boca, Leno (desesperado, está aquí porque cree que puede ganar alguna moneda).
A un costado de la mesa, los ve jugar Tiburcio, el
arrugado viudo amargo, siempre tiene en la punta de la
boca un comentario tan agrio como su aliento.

El capitán William Boyle, el inglés, es el primero de
los marinos, entre la docena que está por zarpar en el mercante Margarita, que entiende la frase —los más no hablan
una palabra de español y los menos apenas "uno poquito"—, y la regresa a la lengua del sheriff; la deja algo cam-
biada en su traducción al inglés: "None of your business,
you damned Mexican".

Los marineros festejan la frase, "por fin alguien pone en su lugar a los greasers", Rick y Chris abrazados se sueltan a bailar, cantando la frase "You damn Meeexican! Youuu damn Meeexican!". Con la tonadilla burlona la viajarán por agua. Antes de que acabe el día, las riberas norte y sur del Río Bravo, desde Bruneville hasta Puerto Bagdad, están al tanto de lo que dijo el sheriff gringo, con mayor o menor precisión.

También corre la noticia con las embarcaciones que navegan en otras direcciones. La frase sube por la costa del Golfo hacia el norte, se cuela en los ríos que ahí desembocan, remontándolos corriente arriba —el Río de las Nueces, el San Antonio, el Guadalupe, La Baca, Colorado, Brazos, el San Jacinto y el Trinidad.

De un muelle medio podrido sale con la nueva el muchacho que lleva el correo a cambio "de lo que guste" a Nueva Braunsfeld. Los alemanes son los que más hacen ir y traer cartas, más todavía que los gringos.

En Gálvez, apenas desembarcar, la frasecita encuentra lugar con los pasajeros de un vapor que viene de Houston y terminará el viaje en Puerto Bagdad —México, casi enfrente de Punta Isabel, el puerto de Bruneville al mar—, los más son alemanes que han pasado la mayor parte del trayecto cantando música de su tierra, acompañados de violín, corno y guitarra. Llevan también el piano a bordo, pero nadie lo toca porque va embalado.

Uno de los pasajeros, el doctor Schulz, del grupo original de los Cuarenta —aquellos soñadores que vinieron de Alemania con la idea de formar un nuevo mundo en el Nuevo Mundo—, fue uno de los colonos de Bettina.[1] El

---

[1] Llamaron a su comunidad así en honor de Bettina von Arnim, la escritora, compositora, activista social, editora, mecenas, la enamorada de Goethe, "Mi alma es una bailarina apasionada".

piano lo acompañó en gran parte del periplo desde Alemania, y ahora viaja con él. Schulz planea establecerse
como médico en Puerto Bagdad, donde el piano volverá
a sonar.

Otro pasajero alemán, el ingeniero Schleiche, había
empezado el viaje con el corazón indeciso, pero al tocar
Gálvez decide que es mejor retornar con su novia texana
(la vida sin ella es la barriga de un cofre vacío). Quiere
salir en el primer vapor que lo lleve a Nueva York, donde
se ha ido la despechada, harta de no oír la ansiada pro-
puesta de matrimonio que tenía años esperando. Aunque
Schleiche ha vuelto a encontrar la ciudad hermosa (lo es),
le ha repugnado la liberalidad de las costumbres de la gente en Gálvez.

Schleiche está dando indicaciones de cómo desea
le hagan llegar a su habitación las comidas porque ha decidido no volver a poner un pie afuera hasta que lo saque
el vapor de "este antro de vicio", cuando escucha la frase
de Shears y la explicación de quién es el sheriff, ya sabe de
sobra mucho sobre Nepomuceno. Inmediato se encierra
en su habitación. Por esto, se pierde durante su espera de
cuanto ocurre, viajará a Nueva York cargando solamente
la primera frase de Shears.

(En la colonia Bettina, fundada en 1847 por los
Cuarenta, reinaron tres reglas: Amistad, Libertad e Igual-
dad. Nadie gozaba de ningún privilegio, no existía la propiedad privada, compartían incluso el dormitorio —todos
los Cuarenta dormían en una que construyeron imitando
viviendas que poco tenían de europeas, un tronco al centro y el techo de palma—. Pasaban las tardes bebiendo el
whisky que habían traído en barricas de Hamburgo.)
(Los Cuarenta eran varones y llevaban barba. El
menor tenía 17 años, los dos mayores 24. Librepensadores
todos, hasta el carnicero que prepara el jabalí para la mesa

comunitaria. A saber por qué duraron sólo un año. Versiones hay varias, que si porque ninguno quería cumplir con labores fastidiosas necesarias, que si porque sólo cosecharon en total seis mazorcas de maíz, que si por una mujer —pero esto no cuaja, ¿pues de dónde si todos eran hombres?)

(Del piano hay que agregar que fue semilla de más discordia. Cuando se disolvió la comunidad, Schulz pidió llevarlo —había sido regalo de su mamá—, pero con el "todo es de todos" por un pelo termina en astillas, a punta de hachazos.)

(Schleiche —lo dejamos encerrado en su habitación en Gálvez— no era uno de los Cuarenta de Bettina, sino que había llegado de asistente del Príncipe Solms con la inmigración prusiana anterior, la de los Adelsverein, la Sociedad de los Hombres Nobles, los aristócratas que en 45 fundaron la Plantación Nassau —su padrino era el príncipe de Nassau—, querían siervos y tierras, compraron veinticinco esclavos, fracasaron en un par de años, por motivos diferentes que los Cuarenta.)

(En general, a los germanos les parece muy mal que el sheriff gringo insulte de esa manera a un mexicano "tan respetable" —porque dirán lo que quieran de él, pero ningún prusiano lo acusó jamás de robarle su ganado (entre otras, porque no saben criar vacas, los mexicanos dicen de ellos que tienen mano de acero para el ganado, "si un kartófel le pone a una vaca la mano encima, la entume".)

† † †
†

Cuando en 1859 el carpinterillo sheriff salió con la ocurrencia de la frasecita, hacía apenas 24 años que Texas había declarado y conseguido su independencia de México, tras pelear, batallar, escaramuzear, algunas veces más fieramente que otras —los dos bandos se acusan hasta la fecha de vergonzosas deslealtades y actos crueles—. Que digan misa si quieren, la verdad es que los texanos terminaron ganando por agua —los mexicanos carecían por completo de fuerza naval porque les estuvo vetado entrenar gente de mar durante los años de la Colonia española, y además ni tenían embarcaciones.

La declaratoria de la independencia texana fue en 1835. Como los mexicanos habían invitado a residentes americanos para poblar porciones de esas enormes tierras, regalándoles concesiones bajo contratos muy favorables, la declaratoria no les cayó nada en gracia. Por esto siguieron las escaramuzas militares, los enfrentamientos y las guerritas varias entre texanos y mexicanos.

En 36, el congreso texano se reunió en Austin, declarándola capital de su república. Siguió el guerrear entre texanos y mexicanos.

En el 38, mil comanches atacaron al mismo tiempo en diferentes puntos el sur del Río Bravo, ranchos, poblados, rancherías. Como desde la rebelión texana ni un mexicano había podido salir a matar comanches o apaches a sus tierras —era imposible cruzar la beligerante República de Texas—, y como más naciones indias llegaban del norte, y como el búfalo escaseaba cada día más, los indios guerreros andaban muy alborotados.

En 41, dos mil soldados texanos tomados prisioneros por las fuerzas mexicanas fueron a dar a las cárceles de Ciudad de México.

En 45, Texas firma su anexión a los Estados Unidos. De ser una república independiente pasa a ser una estrella solitaria en bandera ajena. Pero aunque suene fatal, no fue mala idea: cambia por completo la balanza de fuerzas con México.

El pleito por la frontera texana alcanza proporciones mayores. Los texanos arguyen que es de su estado lo que comprende del Río Nueces al Río Bravo. Los mexicanos lo niegan, dicen que esto no es respetar el previo acuerdo.

Así las cosas, en 1846, el ejército federal americano invade territorio mexicano. Poco después, se echan encima la victoria, y se quedan con el trecho en disputa, del Río Nueces al Río Bravo deja de ser mexicano.

Durante todos estos aguerridos años, doña Estefanía siguió siendo única y legítima poseedora de toda la tierra de Espíritu Santo, que se extendía por buena parte del territorio ahora americano. Vaya buena terrateniente que era, y con mucho ganado y buenas cosechas (de frijol, sobre todo, pero había de más en sus distintos ranchos). Pero eso sí: Stealman ya se las había arreglado para mocharle un trecho del que sacaría mucho jugo. En ese jugoso punto fincaría Bruneville, vendería terrenillos a precio subido, un negocio redondo.

En 1859, Bruneville tiene sólo once años. El nombre se lo puso Stealman por ganarse el prestigio del cercano Fuerte Brune —el que se llamó Fuerte Texas y jugó papel predominante en la invasión americana, lo bautizaron Brune porque cuando sitiaron el fuerte ahí murió un alto cargo militar de ese apellido.

(Cuentan los mexicanos que Stealman estuvo a punto de llamarla Castaño para aprovechar el relumbre de la antigua ciudad Castaño, la que algunos dicen arrasaron los apaches, pero que como al gringo no se le da la Ñ se empinó por el Bruneville.)

En la fundación estuvieron presentes (sin que haya sombra de duda):

el abogado Stealman,

Kenedy, dueño de tierras algodoneras,

Juez Gold (entonces sólo le decían Gold, todavía no ganaba el apodo Juez), el ministro Fear con su primera esposa y su hija Ester (las dos en paz descansen),

y un aventurero de apellido King.

Tendría muy nombre de rey el King, pero no traía consigo sino su plebeya voluntad pelada, consta que no era dueño de nada, ni de una miserable víbora del pedregal. Los mexicanos le habían prestado tierras malonas por siete años para su uso y explotación liberal, sin cederle la propiedad. Lo llamarán astuto ranchero, pero lo propio, para no ser irrespetuoso de sus logros, sería llamarlo mago: unos meses después, King era *legítimo* dueño de extensiones inmensas de tierra y sobre éstas le llovió ganado como si regalado por los ángeles, o como si fueran cagadera de las nubes.

Un avispado podría seguirle a King las trampas que hizo para obtener riquezas, la verdad es que no hay en ellas nada de milagroso. Si King hubiera sido católico (como afirmó en el contrato pactado con los mexicanos), el obispado habría mandado levantar catedral con el diezmo forzado en confesiones. Digámoslo en corto: el sombrero de doble fondo es al mago lo que las mañas y trampas a King.

En 1848 no era el único que llegaba a la aventura, confiado en lo que "América" le acababa de birlar al norte mexicano.

Un año después de su fundación, Bruneville sufrió el primer azote de cólera. La epidemia se cobró cien muertos y ahorcó hasta a la asfixia la economía de la región. Por esas fechas, habladurías van y vienen contando que Nepomuceno robó un tren al oeste de Rancho del Carmen, y que vendió la carga en México. Si fue así, nomás recuperaba lo que otros le habían quitado por la mala.

Ese año, a la misma distancia de Bruneville, pero hacia el noroeste, Jim Smiley llegó al Campamento Minero Boomerang, ya entonces estéril, será el primer momento en que se compruebe su adicción al juego. (Y de la mina, cero, porque ya le habían vaciado lo bueno y la habían dejado estéril.)

Al sur del Río Bravo, la ciudad que los brunevillenses llaman gemela, Matasánchez, prohibió varias cosas:

a) los fandangos,

b) descargar la pistola en las calles,

c) andar a caballo sobre la acera, y

d) pasear todo tipo de animales en las aceras.

En Bruneville, los arrogantes aplaudieron las medidas diciendo que "por lo menos van dejando atrás su estado salvaje". Bonita cosa, vivían hundidos en el lodo durante las lluvias o sofocados por el polvo en las secas, no tenían construcción buena, eran apenas un puño de pálidos desconcertados por ese sol que es como un hachazo a los ojos, y ya se daban ínfulas de ser el centro del mundo. En cambio Matasánchez era ciudad muy de ver.

Bruneville cumplía dos años cuando se celebró una asamblea en la que los (nuevos) acaparadores de tierras (encabezados por King) hicieron la Gran Trampa a los mexicanos —también llamada Gran Ladronería—, despojándolos de sus títulos de propiedad fingiendo que el nuevo Estado se los estaban legitimando. Los de Bruneville la dieron por buena empresa, sólida y bien organizada, se hicieron los que creían en lo que anunciaban, que todo "conforme a la ley", pero ya se sabe que la Ley es para andarla vistiendo de lo que viene en boga, cambia al son de quien la toque, no es sólida sino que ahí la hacen y allá la deshacen, sobre todo el que trae atrás dinero con verbo y pocos escrúpulos.

La verdad es que los gringos se aprovechaban de varias:

a) los mexicanos no hablaban inglés,

b) los derechos que dizque les ofrecían sólo aplicaban si podían defenderlos,

c) les habían dicho que ellos también tenían la nacionalidad (otra tomada de pelo, porque aunque les dijeran americanos no los tomaban como a iguales),

d) los abogados que dizque los defendían eran en realidad los ladrones, con puñales en los dientes de sus bolsillos para arrebatarles lo propio, lo heredado, lo trabajado, lo bien logrado.

Robaban, pero ponían cara de que eran los legítimos dueños de lo que arrebataban, bla bla, ya se entiende.

Esa es la verdad, la mentira vendrá con más detalle al rato.

Fue el año en que pegó la fiebre amarilla.

Bruneville censó 519 habitantes. (En Matasánchez vivían siete mil, la mitad de lo que había sido por las guerras federales y los dos huracanes que habían pegado antes de que naciera Bruneville. Cabe contar también que no más de doce habitantes de Bruneville sabían siquiera un pelo de cómo era la ciudad vecina.)

Los tres años de Bruneville fueron puro seguir con lo que traían los anteriores.

Bruneville tenía cuatro años de fundada cuando su población se reduplicó. Cantidad de barcos llegaron cargados de aventureros del norte dispuestos a lo que fuera con tal de hacer fortuna. Cruzaban el río pelados miserables que venían del sur a hacer también lo que fuera para sobrevivir, imantados a saber por qué ambición. Más subían al norte, que esclavos prófugos bajaran al sur, ansiosos de hacerse libres. El prestigio de que Bruneville era cueva de ladrones (o tierra de oportunidades) se había expandido. Donde hay rateros hay botín, hedor a ganancia, a dinero fácil.

Abundaron los fogones al aire libre (mexicanos), para guisar lo del propio consumo y también para vender comida.

En el valle, el robo de ganado mexicano se volvió práctica diaria, igual que ir a cosechar yerbas o frutos silvestres. No se distinguía al mustango o al maverick del ganado que estuviera herrado, se podía coger parejo, la tierra proveía a manos llenas. Lo que no se soltaba por las buenas, se arrancaba por las malas. Abundaron las partidas de empistolados que cruzaron el Río Bravo para jalar al norte cabezas del sur, y en camino inverso.

Cumplía Bruneville cinco años cuando en Punta Isabel, su puerto marino, se construye el Faro. Un grupo de brunevillenses propone lo llamen Bettina, por la Von Arnim que acaba de morir —"Bella y sabia como ella, espejo de la fuerza de Naturaleza"; los alemanes, los cubanos (y un par de anglos distraídos) le habían hecho una ceremonia fúnebre para honrarla, colocaron una lápida al costado de un jardín comunitario: "Trazó nuevas mareas de vital energía que nos irradiaron a todos; vivió tan espontáneamente con el hombre como con el árbol; amó la tierra húmeda tanto como la flor que brota de ésta"—. Pero las autoridades, que eran de una ignorancia supina (y de intuición medieval, aunque se pretendieran republicanas y progresistas, el texano tiene la médula esclavista), los mandaron a la porra.

Seis años tenía Bruneville cuando se emitió la ley que prohibía la contratación de peones mexicanos. Esto no se llevó a la práctica porque quién mejor que ellos para cuidar y domar caballos, y para cargar con las tareas domésticas.

Cuando Bruneville cumplía ocho años, llegaron cuatro docenas de camellos. Iban rumbo a los ranchos, se creía que con sus gibas aguantarían sequías y sol, aunque por ahí se dijo que habían llegado en la embarcación con el único motivo de servir de velo a la importación ilegal de mercancía humana —un testigo presencial asegura que con los camellos venían niños y mujeres y hombres muy jóvenes, que habían sido transportados con engaños, que el barco que los traía era un negrero.

Dos camellos, hembra y macho, siguieron el camino por agua, los reembarcaron y enviaron río arriba, todos los demás a pura pezuña siguieron hacia su destino. Excepto uno, que se quedó en Bruneville. El talabartero, don Jacinto, compró una camella que estaba embarazada; se le moriría poco después, de quién sabe qué, antes de dar a luz. El ministro Fear dijo que era un castigo de Dios, sin aclarar bien a bien a qué venía el enfado divino. El cura Rigoberto dijo que de ninguna manera; se cuidaba mucho de no contradecir a los gringos, pero esto le pareció el colmo. Fue el año en el que el cura Rigoberto tuvo problemas con la diócesis de Gálvez y comenzó a hacérsele el que no oye, regresando a obedecer al arzobispo de Durango, con lo que no ganó sino quedar más pobre y dejar todavía peor abastecida a la parroquia.

Antes de abandonar a los camellos, hay que decir que hay testigos presenciales que difieren de las versiones sobre su razón de estar en Texas, y que dicen que fue moción federal, que el ejército los importó y cuidó, creyendo que iban a servir para ir contra los indios salvajes.

Bruneville estaba por cumplir nueve años cuando se incendió la tienda de Jeremiah Galván que estaba cerca del río. Más de uno pensó que había sido un incendiario. "Qué manías —repetía el cubano Carlos—, ¿para qué andar prendiendo candela?". Y candela sí que se prendió: en el segundo piso de la tienda de Galván estaban almacenados noventa y cinco barriles de pólvora. La explosión destruyó los edificios vecinos, reventó las ventanas de todo Bruneville, llegó hasta a tocar las puertas de Matasánchez, sacudiéndolas. Los militares, los rangers y muchos vecinos echaron mano del agua que bombeaban los barcos de vapor del río, luchando por controlar el fuego, pero las llamas corrieron por calle Elizabeth hacia la alcaldía, arrasando cuatro cuadras completas.

En casa de los Smith, al velo de la cama de Caroline le cayó una chispa y ardió, no quedó nada de éste en tres parpadeos, era de hilo muy fino. Algunos dicen que de la impresión quedó Caroline tocada —otros que viene de antes, que nació mal de la cabeza.

Un segundo brote de fiebre amarilla azotó Bruneville a los diez años de su fundación. Fue el año en que se volvió popular la leyenda de La Llorona, con todo y que a los gringos les pareciera enfadosa —pero más de un angloparlante juró que la había visto por ahí, con su ¡aymishijos! hablado muy en inglés (where the fuck are my children?).

Ese mismo año, una banda de gringos que viene del norte, de allá donde el frío pega bestial, llega con mucha hambre y muchísimas ganas. Son cuatro hermanos más flacos que mulas de mina, de apellido Robin, que sólo se parecen por estar en los huesos y por compartir belleza, aunque diferente. El Robin mayor es pelirrojo. El segundo tiene el cabello negro. El tercero lo tiene muy rizado y rubio. El cuarto, más joven, apenas y tiene pelo, una pelusita que nomás no levanta, tan clara que parece transparente.

Los Robines vieron lo que ya había, para ellos como si fueran chorizos colgando de los árboles (no que hubiera árboles árboles, sino puro huizache y mezquite, pero los Robines venían hartos de pinos altos y tupidos que no daban fruto ni miel ni tenían abejas zumbándoles), vieron que los mexicanos ricos tenían rancho bien puesto, ganado gordito, tierras cultivadas, gente que sabía cuidarles cultivos y vacas. Vieron y vieron que jueces y alcaldes eran comprables, que en Texas todo estaba corrompido, y decidieron también ellos arrebatar.

Como éstas eran tierras civilizadas, incluyendo las que controlaban los que unos se atreven a llamar salvajes, ni quién se esperara el avorace.

Su primer golpe fue a la diligencia. No cualquiera, la que traía un vagón repleto de oro y el correo cargado de sobres con regalos que iban para la mamá, el tío, el hijo, la novia, la hermana del minero, el amigo y hasta el cura o el convento, deveras, porque hay mineros para todo, hasta los que tienen enamore con monjitas —picar adentro de la tierra, en la oscuridad el día entero, respirando polvos que no se hicieron para andar volando, provoca torrentes que encuentran su salida por donde menos se espera.

Las hojas de oro relumbroso, las cuentas, las pepitas puestas juntas obtenidas en el asalto hicieron un queni-les-cuento de fortuna, parecían lingotes a la hora de apilarlas.

El primer golpe les sirvió a los Robines para armar sus carteras y alimentar sus pistolas. Tuvieron con qué convencer abogados (o sobornar los que decían serlo), adular jueces y sobornar alcaldes, para continuar con el negocio.

Antes de que se olvide, hay que anotar: los Robines detestan de la misma manera a indios, negros y mexicanos. Pero eso sí, no son fieles ni a sus tirrias, nomás les importa el dinero.

Cruzando el río está Matasánchez, la ciudad que Bruneville llama gemela. Es un decir medio hueco esto, porque a Matasánchez la fundaron los cohuiltecas mucho antes que pusieran aquí pie los ibéricos, antes incluso que los chichimecas o los olmecas, o de que los gratos huastecos clavaran sus trojes e hicieran mercado, bailes, comidas y rezos. En todo caso, Matasánchez sería la ciudad abuela de Bruneville, o si nos ponemos de manga ancha, la ciudad madre, con un pero: entre Bruneville y Matasánchez no hay parecido.

Matasánchez es y ha sido la ciudad grande de la región, Bruneville ni un asomo de su sombra.

En 1774, los españoles bautizaron a Matasánchez como Ciudad Refugio de San Juan de los Esteros Hermosos. Celebraron misa, hicieron tamales y bebieron un licor que recién había navegado la Mar Grande. Cuando se acabó éste, los celebrantes le entraron al sotol. Pasaron las noches en bailes y música, tan buenos que se entendió que los fandangos eran el distintivo de la ciudad. Las fiestas de carnaval también son de acordarse, llega gente de todo tipo, no faltan hombres buscando varón, ni mariquitas que se ofrezcan, ni cuzcas, algunas muy viajadas, otras tiernas, apenas compradas por su padrote. Proliferan las marimbas —mediohechuras de piano y tambor—, y los músicos callejeros que siempre encuentran motivos para andar inventando nuevas letrillas. Dijeron que ellos, como los del sur, se llamaban jaraneros, luego que versadores, luego que copleros; les gustaba andar mudando de nombre, como cambiaban sus coplas, versos o querreques, a la riendilacha.

La fiesta le puso sabor a Ciudad Refugio (Matasánchez). Se la tomaron muy en serio. En un parpadeo le hicieron iglesia grande, plaza principal, unos palacios (casi); mucha labor para volverla de importancia. Para atraer la buena suerte, con fortuna.

La historia tierna de Ciudad Refugio (Matasánchez) está llena de sabor. Apenas ganado un algo de riqueza, ya los están atacando piratas y corsarios ingleses, holandeses y franceses. La amenaza comanche también deja su impronta. Pero la ciudad no es animal de guerra sino tierra de sembradío, comercio, paz, y fiesta. Por esto, mejor comenzaron a mercar con los piratas. A la primera que se les presentó, hicieron igual con los indios del norte, pero eso tuvo su dificultad y exabruptos, algo más diremos de esto.

Para celebrar la Independencia de México, cambiaron el nombre de Nuestra Señora del Refugio de los Esteros por Matasánchez, en honor al hombre que terminó con el azote de los Trece, dos hermanos piratas que se las traían muy subidas. Ya mero tenemos que volver a

Shears y Nepomuceno, así que no da tiempo de pararnos a contar la historia de los Trece, quede para otra.

Cuando los anglos del norte agudizaron sus hostilidades contra los indios salvajes, empujándolos hacia la Apachería, la región sintió el embate de su violencia. ¿Cómo no iban a estar furiosos los apaches? Pero ni tiempo dio de pensar de esta manera, había que guarecerse de ellos o todos los varones quedarían sin cuero cabelludo, los más hechos picadillo, las mujeres usadas y vendidas. No bastaban murallas, fosos y demás construcciones para protegerse, había que "Perseguirlos como nos persiguen, acosarlos como nos acosan, amenazarlos como nos amenazan, asaltarlos como nos asaltan, despojarlos como nos despojan, capturarlos como nos capturan, asustarlos como nos asustan, alarmarlos como nos alarman."

Primer problema: seguirlos con hombres armados con suficiente abasto, porque la marcha se vuelve lenta, el ganado necesario para alimentar todavía aminora más el paso, sin contar el riesgo de que los indios sequen los ojos de agua antes de que pongan en éstos el hocico los mexicanos, y no hay tiempo aquí para contar la de veces que encontraron los pozos envenenados, infestadas las fuentes con cadáveres de caballos o cautivos. Por eso, cerca de 1834, las autoridades mexicanas intensificaron las negociaciones de paz con los cherokees y otros indios, los que aceptaron ofertas de tierra, mercado y hasta pies de ganado. Un año después, trescientos comanches visitaron San Antonio en camino a Matasánchez para sellar su tratado de paz con la República de México, con mala fortuna.

Llegó el día en que se pudo mercar con ellos, y ahí acabó el acoso o el azote indio, aunque nomás por poco tiempo.

Once años atrás, Bruneville no era más que un muelle al norte del Río Bravo, usado por Matasánchez para recalar embarcaciones si el propio lo tenía lleno o si la mercancía estaba en camino hacia algún rancho del norte, pero no si iba a tomar la ruta de Santa Fe, para ese caso era mejor desembarcar más tierra adentro, seguir río arriba por el cauce lodoso.

Matasánchez, en cambio, creció recibiendo importantes y continuos baños de riqueza, y no se aburrió de esto. De los baños, un ejemplo, y esto de tiempo en que todavía mandaban los españoles: durante diez años, Matasánchez tuvo licencia para embarcar toda la plata mexicana; la aduana ganó fortunas (siete de cada diez naves que tocaran Nueva Orleans provenían de ella) y, aunque (como ya se dijo) pegó un huracán seguido de otro y vino la rebelión federalista que mermó la población por la mitad y la de guerras que le tocaron de coletazo, Matasánchez siguió siendo ciudad principal y sin duda el centro de la región.

Cuando fundaron Bruneville, Matasánchez convirtió otro de sus muelles en puerto principal, donde desemboca el Río Bravo, en el mar. Le pusieron por nombre Bagdad. Bagdad se enriqueció de súbito. Ahí estaba la aduana, de ahí salía mucha mercancía.

† † †
†

El día del episodio Shears-Nepomuceno, Matasánchez acaba de cumplir 85 años de ciudad cristiana. Ya pinta canas, y de las buenas.

Quién sabe cuántos habrá viviendo aquí en 1859, nadie había hecho la cuenta reciente. A ojo de buen cubero, serían menos de ocho mil, puede que más.

Apenas cerraba el sheriff Shears la boca tras escupir la consabida frase, cuando el palomero Nicolaso Rodríguez la garrapatea en una hojita de papel que dobla y pone en el aro de la pata de Favorita, la predilecta entre las mensajeras que van y vienen de Bruneville a Matasánchez varias veces al día, con recados de todo tipo, "pregunta el franchute de las semillas si quieren frijol", "urge estricnina, mándenla en la siguiente barcaza; se puso mala Rosita", "del cura a las monjitas: que le hagan hostias, se le acabaron y urgen o tendrá que dar pan",[2] "recógeme a la niña, va en la barcaza de la tarde", "que ya no vayan, ya se fue el vapor de Punta Isabel". Si el mensaje decía "Rigoberto", las nuevas no eran buenas —el nombre del cura se usa para decir que ya se le habían aplicado a un infeliz los Santos Óleos, esto de cualquier lado del río, por ejemplo "Rigoberto a Oaks" o "Rigoberto a Rita", sólo "Rigoberto" cuando ya se esperaba a dónde apuntarían los ojos de la muerte.

Favorita tiene los ojos brillantes y las pupilas diminutas, es la más inteligente, ni un rayo la detiene. En la pata de Favorita, la frase de Shears cruza el río, traspone el dique, el foso, Fuerte Paredes, la casamata y la garita con los que Matasánchez había pretendido contener a los indios de la pradería, a los filibusteros, a los piratas y al desbordar del río. Llega al centro de la ciudad en la que el señor Nepomuceno es tan respetado, y no nada más entre los que nacieron en castellano.

Favorita se posa en el alero interior del patio de atrás de la casa de la tía Cuca, donde el otro Rodríguez, el hermano de Nicolaso, Catalino, tiene el palomar de Matasánchez.

Por algo es Favorita la predilecta. Sin entrar al palomero, baja y menea la puerta de éste, activando la campana.

---

[2] Este mensaje en particular causó revuelo entre las monjas: una afirmaba que el pan ácimo atraía al diablo, decía tener prueba "científica" de esto, porque en San Luis Potosí la esposa del alcalde había caído en un delirio demoníaco después de comulgar pan ácimo, cuando se acabaron las hostias.

Catalino la libera del mensaje y, ya cumplida su labor, Favorita entra. Catalino lleva el mensaje al patio central.

El sol de Matasánchez es el mismo que taja Bruneville.

En el centro del patio, Catalino Rodríguez lee la frase en voz bien alta. Lo oyen:

—la tía Cuca (que en su mecedora, frente al balcón abierto de la sala teje con hilo a gancho),

—las mujeres de la cocina (preparan tamales, amasan la mezcla entre dos mientras una vacía la manteca en pequeñas porciones hasta que ésta se absorbe y da cuerpo al nixtamal, y Lucha y Amelia cortan las hojas de plátano que asarán al comal),

—el doctor Velafuente en su despacho,

—y su paciente (de cuyo nombre no podemos acordarnos porque estaba en consulta confidencial pidiendo alivio para una enfermedad secreta contraída en escaramuza penosa en una calle ruidosa de Nueva Orleans a la que no debió ir, pero ya nimodo).

La tía Cuca deja el tejido, se echa encima su chal y sale, quiere ir a contárselo a su madrina. De la cocina salen Lucha y Amelia, con la súbita urgencia de un ramito de quién sabe qué del mercado, y "ya de paso vamos por un cuarto de resma de hojas de plátano, no van a alcanzar para los tamales". El doctor Velafuente da por terminada la consulta, su paciente a paso apretado va hacia la iglesia, el doctor se enfila hacia los portales. Cada uno de ellos se encargará de repetir el insulto con que el sheriff golpeó a don Nepomuceno.

La frase prende mecha. La ciudad de Matasánchez se pregunta: "¿cómo es posible que un mugriento (Shears no era más que un asistente de carpintero, y de los malos) le hubiera hablado en esos términos a don Nepomuceno?".

Adentro de ese pensar más o menos generalizado, hay de chile y de manteca:

Las persignadas —las que van diario a misa vestidas como zopilotas— rezan por Nepomuceno y se preguntan si no sería castigo "por su andar en pasos que avergüenzan a doña Estefanía". No le habían perdonado el romance que tuvo hace dieciséis años, a los 15, con la viuda Isa, ni la hija nacida de aquellos primeros amores; tampoco el desenlace del matrimonio con Rafaela, su prima, que a regañadientes había aceptado Nepomuceno por complacer a su mamá, con la mala suerte de que Rafaela murió del primer parto y lo culpaban a él, "y cómo iba a aguantar si le tenía el corazón roto";[3] tampoco le habían perdonado el matrimonio posterior con Isa, la viuda con quien tuvo su primera hija —seguía casado con ella—, ni las amantillas de que semihablaban a la salida de misa.

Hablan con más simpatía y con compasión de Lázaro: un vaquero, aunque ya viejo, ya no puede con el lazo ni aguanta el trote de las vacas, todavía toca el violín, hace coplas muy graciosas —si se dejara, lo invitarían a hacerlas a los bautizos, pero a él no le gusta cruzar el río; se sabe de él de muy tiempo atrás, pasó su tiempo en Matasánchez cuando se lo llevaban hacia el norte, violín en mano y todavía sin saber usar el lazo, era apenas un niño, dicen que lo vendió su tía a los de Escandón, y que éstos lo regalaron a sus primos—. Luego presumiría doña Estefanía de lo bien que lazaba el ganado el muchacho, que además cantaba y sabía rascar las cuerdas.

---

[3] Del corazón roto de Rafaela, más de uno da fe: reventó de no recibir en todo su matrimonio un solo beso. Nepomuceno la penetró con cierta urgencia nomás para hacerle un hijo. Aunque hay quien dice —por pura maldad— que la prima llegó preñada al matrimonio.

Salustio, apoyado de pie en el arco que abre al atrio, oye con sobresalto la frase cuando ofrece las velas y los jabones en su canasta. Deja su sitio y lleva la nueva de casa en casa, primero hacia el convento de los franciscanos, agregando siempre algo como "así son ellos, no hay manera; no conocen el respeto", en su español correcto recién aprendido.

Cuando golpea la puerta para ofrecer su mercancía en la casa de los Carranza repite la frase, que es recibida con gran alboroto. El niño de la familia, Felipillo holandés —es un recogido—, queda sumido en una melancolía oscura de la que no puede hablar con nadie y que le quita el piso de los pies.

Salustio lleva la misma a la casa vecina, donde Nepomuceno tiene corona de laureles. "¡Que no lo oiga Laura!", pero Laura, sólo meses mayor que Felipillo holandés, la escucha con claridad. Se echa a llorar de rabia: cómo es posible que alguien se atreva a maltratar verbalmente a su héroe, su salvador, él la rescató del cautiverio.

Don Marcelino, que desde el amanecer de todos los días de sus semanas, incluyendo los domingos, sale a buscar ejemplares de flores y plantas para su herbolario, "el loco de las hojitas", como le dicen los niños y las viejas, regresa a Matasánchez después de dos semanas de expedición cuando le pasan la frasecita. Se la traducen nomás a medias, dejando el *shut-up* pegado. Sin dilación, saca papel del bolsillo de la camisa, escribe en él con la punta afilada de su lápiz, "shorup: úsase para indicar la orden de guardar silencio. Despreciativo e imperativo". La da como palabra castellana. Colecciona tanto especímenes vegetales como vocablos.

Después, don Marcelino dobla el papel en dos y lo guarda, a su lado el lápiz, cuida dejar la punta arriba para que no se le vaya a gastar. Se mete a su casa. Se quita las botas cuando no ha dado ni un paso para despegarse de la puerta, y no vuelve a pensar en el asunto.

Petronila —hija de un vaquero, la engendraron sus papás en Rancho Petronila, de ahí su nombre—, asomada en su balcón, oye la nueva. Se mete à la casa, se echa encima el chal (aunque hace calor, es por decente, la blusa le tapa poco el cuello y ni qué decir que en casa trae desnuda la cabeza), sale a gritar a sus amigas: "¡Ya vienen los Robines!".

La historia de los guapos bandidos corría de boca en boca de señorita, eran el mismo demonio, la amenaza más temible y más deseable.

En la calle, Salustio ve a Roberto, su amigo, uno de los negros que aprovechó la fuga de los hacendados texanos a Luisiana justo antes de la batalla de San Jacinto (habían salido como alma que se lleva el diablo, sin cuidar forma alguna, a puras gritadas de "Ya vienen los mexicanos" —"The Mexicans are coming!"—, sin cuidados, empavorecidos; los esclavos hicieron uso del desorden, ¡córrele que te vas!, se les escaparon).

—Roberto, ¡ven!, tengo que contarte algo…

Nomás escuchar la frase que había dicho Shears, al pobre de Roberto se le suelta la rasquiña. Los mexicanos lo habían recibido con los brazos abiertos. Ahora los gringos se iban a envalentonar, a ver si no se brincaban el Río Bravo y se lanzaban a pescar cimarrones. Ya había pasado en otra, el señor alcalde los había metido a la cárcel para mejor protegerlos, pero ahora las cosas no estaban tan claras, Nepomuceno y el hoy señor alcalde tienen su historia, no va a ser lo mismo, nadie les va a hacer fuerte. Ah, qué rasquiña, la piel se le llena de puntos que le pican… Se queda al rásquese y rásquese…

En los portales, el doctor Velafuente pasa la frase al bolero (Pepe) cuando le lustra los zapatos y al de la tabaquería al pagarle el rapé; en la oficina de correos, la dice en voz alta mientras Domingo le sella la carta que envía todas las semanas a su hermana Lolita, y en la calle Hidalgo se la repite a Gómez, el secretario particular del alcalde, con quien se topa cuando está por decidir si sigue y se toma un café, o si se detiene en la peluquería (pero hacía nada que Goyo le cortó el cabello), o si regresa a casa (es demasiado temprano, su rutina está toda descompuesta con lo de la frasecita). De lo único que tiene ganas es de subirse a su Blanca Azucena (el lujo de su vida, la lancha para ir a pescar), pero "es una irresponsabilidad".

Gómez, el secretario del alcalde, apenas oír la del doctor Velafuente, tiene la tentación de ir directo a llevar las nuevas a su jefe, pero primero se apresura a entregar el mensaje "personal y secreto" para el ilustre encargado —aún sin título— de la nueva cárcel central de Matasánchez.

Deja el mensaje en las manos del destinatario y pasa en voz alta la frase de Shears. Se la recibe bien distinto que en la cárcel de Bruneville. Aquí sólo hay un preso, y no es muy estrella, como el Urrutia allá (en cambio, en el presidio de las afueras de Matasánchez no alcanzarían ni varias dotaciones de veinte dedos para contar los encarcelados y entre éstos más de media docena de estrellas).

Este único preso viene del norte. Es un comanche, Cuerno Verde. Lo presentó el capitán Randolph B. Marcy (gringo, pero amigo), con la acusación de atormentar innecesariamente a una negra, Pepementia, ya mexicana por la ley nacional para esclavos en fuga.

El capitán Marcy reconoció a Cuerno Verde cuando hacía unas diligencias en Matasánchez, lo sometió en caliente, le amarró los puños a la espalda y procedió inmediato a entregarlo a las autoridades.

En su defensa, Cuerno Verde alegó, en español correcto (el indio habla varias lenguas): "Buscábamos con puro afán científico. Queríamos saber si lo negro que ellas tienen por fuera corresponde a una negrura interna, por esto escarbamos y escrutamos en su piel y sucesivas capas de los músculos".

Defiende a Cuerno Verde un abogado reconocido por su oficio y sus mañas, el licenciado Gutiérrez, tiene jugositos intereses en la red esclavista de los comanches.

Habría sido imposible para el capitán Marcy levantar cargos en Bruneville o en cualquier otra ciudad del territorio americano, México lo toma muy a pecho.

Por prudencia, Cuerno Verde queda alojado en el centro de Matasánchez y no en las afueras, porque el presidio (donde el escape es imposible) está expuesto a ataques comanches.

El capitán Marcy no oye la frase que hoy nos ocupa. Cuerno Verde sí, la entiende con todos sus rebotes (piensa que los gringos entrarán a Matasánchez a la represalia y lo liberarán de los apestosos comedores de salsas, los flatulentos *greasers*). Le cuesta al comanche no echarse a cantar de gusto.

El responsable de la cárcel, amigo de Carvajal, rival político de Nepomuceno, se llenó de porqués para alegrarse:

—Uno, porque por fin un cambio de ánimo para matar el aburre.

—Dos, porque el puesto que le había dado el alcalde lo humilla, la verdad es que no es más que un celador, nada afortunado para alguien de su alcurnia, pero necesita el dinero, "si hubiera comprado tierra en el norte del río, cómo no lo hice en su tiempo, me habría hecho de patrimonio" (por otra parte, no este en lo correcto).

—Tres, porque piensa que va a encontrar el cómo para mucho relumbre y ganar de éste, siempre le ha tocado estar en los márgenes cuando algo pasa, pero esto es la cárcel, aquí va a pasar algo.

El carcelero soba las dos pistolas en su cinto.

Nadie recuerda su nombre.

Cumplido el encargo, Gómez, el secretario del alcalde, vuelve a las oficinas. Llega cuando su jefe, don José María de la Cerva y Tana (el apodo que le pusieron remedando el apellido de su célebre familia porque no puede evitar abrir la boca sin aventar balitas) tiene en la mano un sobre con sello del gobierno central. Al oír la frase de Shears, saca de un jalón la carta, la avienta sobre el escritorio y empieza a despotricar según costumbre, mientras dobla repetidas veces el sobre, como si ese objeto tuviera la culpa:

Maldice a Gómez por ser el mensajero,

maldice a Bruneville,

maldice a Shears —"idiota, bueno para nada, no sabe ni poner un clavo en su lugar"—,

maldice a Lázaro Rueda por andar borracho —"pa'l alcohol no es bueno, en cambio pa'l violín…";

maldice arriba y abajo; a diestra y siniestra.

Cuando termina su retahíla, se pregunta en alta voz: "¡Y ahora, ¿qué vamos a hacer?!, ¡que no quepa duda que Nepomuceno va a responderle, y de qué manera!, ¿y nosotros?, ¿dónde nos deja parados el asuntito?".

Sobre su escritorio, la carta que estaba por leer. La firma Francisco Manuel Sánchez de Tagle. Dice en letra grande y clara:

"Recomiendo que los negros fugitivos provenientes de los Estados Unidos permanezcan en las ciudades que tenemos bien establecidas en la frontera norte, tanto para alojarlos con dignidad, como a cualquier ciudadano mexicano, como para proteger nuestro país de los filibusteros americanos".

En el patio de la casa de la tía Cuca, Catalino cambia el mensaje a la pata de otra paloma mensajera —Mi Morena—, y la suelta a volar hacia el sur.

Mi Morena llega al campamento seminola (mascogo, para los mexicanos). El mensaje es entregado inmediato a Caballo Salvaje —el jefe indio— y al negro Juan Caballo —el líder de los cimarrones, aliado de Caballo Salvaje desde antes de comenzar el periplo hacia el sur del Río Bravo.

El mensaje provoca ansiedad en los mascogo (seminolas para el gringaje). Revive el peor de sus temores: la frontera podría dejar de ser una barrera contra la impunidad de los gringos.

"Dejamos todo lo conocido —dice Caballo Salvaje— para escapar de la cólera del blanco. Dijimos adiós al bisonte, a la llanura, a los pájaros y sus cantos; nos hemos arriesgado a vivir en cuevas donde el musgo crece en nuestras ropas, bajo un cielo desconocido en el que no graznan más los patos, envueltos en un aire estancado en el que silban insectos desconocidos, sobre un terreno escabroso, para estar lejos del gringo. ¿Habremos cambiado al mundo por un noesnada, sólo para padecerlos de nuevo?"

Los miembros del campamento lloran a lágrima viva y se lamentan. En unas horas vuelven a soltar a Mi Morena. Ésta regresa a su palomar en Matasánchez, sin llevar respuesta.

Montan el mensaje en Parcial, el palomo macho de Juan Caballo, sale volando hacia Querétaro. Si esperamos a que llegue, nos perderemos, así que dejémoslo por su lado y volvamos a lo nuestro, el valle del Río Bravo, la pradería, la Apachería.

Nicolaso escribe varias copias de la frase para confiarlas a respectivas palomas. Ya vimos a la primera viajar a Matasánchez con Favorita. La segunda viaja hacia el norte en las patas de Hidalgo, el palomo blanco.

En la hacienda algodonera Pulla, un jovencito mulato (hijo de Lucie, la esclava que dicen que fue amasia de Gabriel Ronsard, el dueño del Café) recibe al palomo Hidalgo, se rasca la entrepierna y vocea la frase. El capataz la oye mientras se rasca la cabeza. Los negros a su mando también la oyen, rascándose el pecho y el cuello, frente al pequeño grupo de indios que ha llegado a mercar —su mercancía son dos mustangos domados, los quieren a cambio de balas y algodón que van a llevar a la Apachería para cambiarlos por cautivas.

Los indios no se rascan —en la hacienda Pulla corren las chinches, ya se rascarán después porque se las van a llevar en el algodón.

Para el cauteloso y vengativo capataz, la historia no tiene de dónde roerle, por más que hace, no encuentra cómo sacarle importancia o jugo.

Para los negros, la frase es motivo de escándalo. Nepomuceno es una leyenda viva. Según algunas versiones, nacido en familia de terratenientes y ganaderos, vivió de niño cautivo de los indios, un malentendido que corrió de la mano de El Tigre, el guineano cimarrón, capturado para su desgracia por los comanches, ganones de buena plata por volverlo al dueño —es un negro hermoso, joven, sano, de diente bueno; sabe leer y escribir; es ordenado y concienzudo, trabaja como buena mula; vale buenas monedas—. Desde que llegó se dedicó a contar puños de anécdotas, muchas mentira, como ésta de Nepomuceno.

Eso de que había sido cautivo no es el único motivo por el que Nepomuceno es leyenda viva. Sus historias de vaquero, de robavacas, de joven muy rico, de mujeriego, de hábil con el lazo como nadie, de guerrero, lo hacen leyenda viva, no en balde le temen los cobardes y sueñan con él las mujeres. Como Nepomuceno, pelirrojo según la leyenda, no hay ninguno.

El jovencito mulato mete a Hidalgo a su palomar y se pone a rezar, "Santísima Madre, cuídame a don Nepomuceno".

Una tercera paloma viaja el primer tramo a un costado de Hidalgo. Cuando Hidalgo baja en Pulla, la tercera sigue el camino, sobrevuela un trecho de tierra seca, donde si acaso hay algún huizache tristón, la piedra blanca, hasta detenerse en el arco de adobe que vigila el Pozo del Pilar del Caído.

Así llega el mensaje a los oídos de Noah Smithwick, el pionero texano que liderea varias bandas dedicadas a cazar esclavos. Hacen fortuna regresando los esclavos a sus legítimos dueños a cambio de sustanciosas recompensas.

Como es de imaginarse, la frase de Shears le sabe a gloria a Noah Smithwick. Detesta a Nepomuceno y a todo aquello que se parezca a un mexicano. México es la muerte de su negocio, con esas ideas incóngruas contra la propiedad y otras entelequias con las que cualquier empresa digna de respeto está condenada al fracaso.

"Los mexicanos no van a llegar a ningún lado, son un pueblo sin su conque. Nomás sirven para guisar y cepillar caballos."

Del Pozo del Pilar del Caído, parten dos indios correlones llevando al norte la nueva.

No fue ni con los indios correlones ni con las palomas que la nueva llegó bien pronto a Rancho King Ranch. Un jinete muy valido (todo vestido de blanco, sobre yegua también blanca) se las fue a pasar, de tal manera rápido que dirían fue un rayo quien la transportó.

Con los indios correlones, la nueva viaja más al norte, hacia la Banda del Carbón.

Son bandidos de los dos lados de la frontera, van donde haya botín. Los más son mexicanos. Tienen sus blancos predilectos:

1. Los gringos. Y todos los que se le parezcan, excepción hecha del líder de la banda, Bruno, que tiene la barba más rubia de la región —dice su gente que por el sol, y que el color se le ha vuelto distinto, pero los que lo conocen desde antes, cuando vivía bajo las faldas oscuras de su madre y el alero del sombrero (muy elegante) de su papá, saben que nació con el cabello blanco, la piel de una blancura que parece quebradiza. Pero Bruno es como de ébano. Minero (exitoso por mérito propio, no por herencia), tuvo varias de plata en Zacatecas y una de oro al norte. Con ésta le empezó a ir tan bien que decidió expander la exploración, vendió las otras para costearla, le invirtió hasta la camisa. Para su mala fortuna, empezó la Gran Ladronería, y lo despojaron de su mina por la legal. Había podido contra las entrañas de la tierra, pero no contra la mala saña.

2. Los amigos de Stealman. El mísero de Stealman fue quien, todavía desde su despacho de Nueva York, abogadeó lo dicho.

3. Los Nuevo Ricos, aprovechados de la nueva frontera.

4. Los curas, pero sobre todo los obispos, a saber por qué razones.

En cuanto a sus principios, los tienen muy claros: primero va su provecho y su bolsa. Después, su bolsa y su provecho. Tercero, su provecho y su bolsa. Cuarto: su placer —aquí las cosas se enredan.

Para la Banda del Carbón no hay ni familia ni origen. Su líder, Bruno, nació en una isla muy al norte.

Algunos le apodan el vikingo, pero eso a él no le parece
—su papá era bastardo del rey de Suecia—. Los demás
nacieron por ahí cerca, si no en el Valle del Bravo, algo
cerca, pero les da lo mismo.

Todos se saben traicionados por los suyos:

—Su líder, Bruno, por su sangre. Su padre fue el
primogénito —aunque bastardo—, él es el primogénito
—también bastardo, siguiendo la tradición de la familia—.
La lógica, la justicia justa darían como resultado su corona-
ción. Se cree el verdadero heredero de Gustav, la Gracia de
Dios, rey de los suecos, de los godos y de los vendos, Gran
Príncipe de Finlandia, Duque de Pomerania, Príncipe de
Rügen y Señor de Wisma, Duque de Noruega y de Schleswig-
Holstein, Storman y Dithmarschen, Conde de Oldenburgo
y Delmerhost. Pero es Bandido del Seno mexicano. Eso sí:
Príncipe de los Banditos de los Caminos, Rey del Terror (lo
de monarca no le disgustaba, pero pensaba que, como no le
placía el frío, habría mudado la capital de su reino al África;
y lo del Rey del Terror le parecía muy bien).

—Su brazo derecho, apodado el Pizca, fue traicionado por su hermano mayor, lo despojó completo, le dejó
una mano delante y la otra atrás, aunque no había sido la
voluntad de su papá. De complexión también vikinga, tan
alto como Bruno, tiene la piel casi negra, como un cafre.

—Los demás también cargan sus propias traiciones, pero menos sabidas.

Bruno el vikingo y sus hombres acaban de comer.
Los más han regresado a sus labores (cepillar los caballos,
tender las tiras de carne al sol), el jefe está tumbado cerca
de las brasas, a su lado el garrafón de sotol. Pasa un halcón
mexicano. Bruno saca del bolsillo de su camisa la resortera. Acomoda un guijarro pulido en la liga. Apunta…

Falla el tiro, aunque lo vio a buen tiempo. La suerte del halcón es que el tirador haya bebido tanto.

El halcón vuela en círculos. Otra vez lo tiene Bruno a tiro de piedra, carga de nuevo la resortera… El sol le juega un truco sucio, lo enceguece justo cuando está por apuntar.

El halcón es un garbanzo de a libra, ¡y se le escapa! Le da bastante coraje, sobre todo por lo del sotol en las venas que le pone el humor de perros. Esconde su cara bajo el ala sombrero. Y así como está, se queda dormido.

Ronca.

Perla Agujereada, su cautiva —se la han vendido hace poco los comanches; no le va a durar, le hastía tener cerca la misma prenda femenil— ha visto la escena del halcón bien librado.

Esto sí que le da placer a Perla Agujereada, ¡bravo por el halcón! A un palmo de la de Bruno, pone su cabeza en el suelo —no hay dónde más—, se acurruca buscando descanso —mala fue la noche—, y sueña:

Que el ronquido de Bruno es la lengua del halcón. Que el halcón se acerca, sobrevuela un palmo arriba de ella, bate las alas ruidoso. Tiene torso humano. No es ni hombre ni mujer. Grazna:

—A-llá. Aaa-llá. Aaa-llá.

El halcón cobra piernas, le crecen hasta tocar el piso. Las dobla. Sigue aleteando. Dice palabras:

—Váyanse de aquí. De aquí. Son… hipo. Interrumpen mi… hipo… hipo… hipo… soy… como un pez…

El halcón estira las piernas, camina contoneándose, y se desintegra en el aire, como una varita seca que se consume.

Perla Agujereada, la cautiva de Bruno, despierta. Siente otra vez amargor y zozobra. Lo único que ha hecho sentido en mucho tiempo es saber que el halcón escapó. Y luego este halcón se fue a llenar de tontería en su sueño.

Perla Agujereada rechina los dientes.

Es aquí que llega, como una aparición fantasmal en la vigilia, un indio correlón, rodeado de su nube de polvo, los ojos desencajados. Detiene su carrera en seco. Toma agua de la jícara que lleva al cuello. Esa agua es veneno de los buenos, por él se vuelve infatigable y se sabe inmortal.

Perla Agujereada deja sus pesares de lado y pone toda su atención en el correlón. Lo oye pasar los tragos, le escucha sus gárgaras, el carraspeo, los jaes que su garganta deja salir para aclarar la voz.

—¡Bruno! —grita el indio correlón. Bruno despierta inmediato, se alza el sombrero, todavía no afoca las pupilas cuando el indio correlón deja caer la noticia de Nepomuceno, como una piedra.

El mensajero, como flecha que vuela, por un pelo zumba al echar a correr, la sangre recién encendida por el veneno que contiene su jícara. Va de vuelta al Pozo del Pilar del Caído.

El palomo Hidalgo apenas sobrevuela Bruneville cuando Bob Chess llega a visitar al ranger Neals. Bob no es un ranger —no un ranger cualquiera—, "soy texiano, de acá de este lado; de acá de este lado puro americano", a él le gusta el caballo, la mujer, la pistola, domar el apache y eliminar al mexicano. Lo de sentarse en el Café Ronsard a beber y conversar le parece ridículo. "Yo soy gente de acción, la vida está en la hechura, lo demás es pura pérdida; por culpa de lugares como ése y como los templos e iglesias, Texas se está yendo a la mierda".

Bob Chess quiere dinero, poder para que no se lo arrebate nadie, y orden para disfrutarlo a su manera. No quiere mariconadas —como sentarse a beber, acunar un crío o ponerse a bordar—, por lo mismo no le parecen bien el juego, la música, el baile, el gusto por la comida, en general toda forma de ("idiota") apego por la vida doméstica. "Mi decálogo para ser hombre como se debe: primer mandamiento, se duerme al aire libre; segundo mandamiento, se come carne asada en la fogata; tercer mandamiento, se tiene mujer una vez al mes; cuarto mandamiento, jamás se emborracha uno; quinto mandamiento, se acrecientan las propiedades; sexto mandamiento, jamás se dirige la palabra a los negros —incluyendo aquí a los mexicanos—; séptimo mandamiento, no se acude a la iglesia o el templo; octavo mandamiento, se monta a caballo y se rehúye andar sobre ruedas, son pereza (y ésta el corazón y la sangre de todos los males); noveno mandamiento, siempre se trae pistola al cinto; décimo mandamiento, te amarás como a ti mismo".

Sigue sus mandamientos a lo más o menos. Nunca duerme al aire libre —"es un decir, van veces que el aire no es bueno; si estuviéramos en las praderías sería otra cosa"—, renta una habitación en el Hotel de La Grande, un lujo, entera para él —siendo niño, o joven, nunca durmió en una cama que fuera para él solo ("¡habrase visto!", hubiera dicho su mamá, "colchón ya es lujo malo"— y por colchón entendía algodón apelmazado), le gusta (y mucho) la buena mesa —que según algunos es lo más sedentario de la vida doméstica—, no cabalga porque la silla y el trote le ponen muy mal las almorranas, y mujeres no tiene en dosis mensual, sino cada que puede.

Siempre lleva sombrero —aunque no esté en sus ordenanzas.

En el altiplano, cinco mil metros arriba del nivel del mar, en la Apachería (Comanchería, le llaman los gringos), más allá de Llano Estacado, atrás del despeñadero Caprock, en un acantilado de doscientos pies de alto que divide el altiplano de la planicie Permian y que hace las veces de fortaleza, los quahadis, comanches indomables que se niegan a tener trato alguno con los gringos (prefieren a los mexicanos para mercar), reciben al otro indio correlón.

Los quahadis sobresalen por violentos. Ellos sí saben hacer la guerra. Un ataque de quahadi no hay quien lo cuente, a menos que pase a ser cautivo. Guerrear no es su única cualidad. Lo resisten todo. Si se quedan sin agua, beben lo que resta en la panza del caballo muerto. Los otros comanches les temen. Son los indios más ricos, se les han contado quince mil caballos domados. Acampan en las profundidades del Cañón Palo Duro (el segundo en tamaño tras el Gran Cañón del Colorado), merodean cerca del Río Pease y del Arroyo McClellan y en el Cañón Blanco.

No es fácil seguir la lógica de sus campañas punitivas.

Escucha el mensaje Piel Nueva (es el nuevo quahadi —hacía un par de meses había caído cautivo entre los comanches, lo compraron para tener entre ellos alguien que supiera leer, para contacto—, hace de correo escrito y verbal dentro del campamento).

Piel Nueva pide al correlón que lo espere, y lleva el mensaje al jefe, Olor a Fragancia.

El indio correlón se detiene a esperarlo. Como no es cosa de correr, no echa mano de su jícara del veneno. Se acuclilla a esperar.

El jefe de los quahadis, Olor a Fragancia, se prepara para encabezar un ataque. Desnudo hasta la cintura, la cara pintarrajeada de negro, el maquillaje de guerra, el penacho de plumas de águila largo para que levante con su carrera, por la espalda caerá (casi le roza el piso), le danzarán al aire los aros de cobre en las orejas. Deja a cualquiera mudo. Para empezar, a Piel Nueva.

—¡Habla! —le dice Olor a Fragancia, viendo a Piel Nueva, el nuevo quahadi, parado frente a él como un tronco. Entiende que trae mensaje.

—Jefe Olor a Fragancia…

—¡Habla!

Piel Nueva sabe que lo pone en riesgo transmitir una noticia ingrata, si el mensaje cae mal puede pagarlo con su vida. Controla el miedo, le informa lo del indio correlón.

Olor a Fragancia lo escucha. Sin contestarle nada, se retira. Comparte lo que acaba de escuchar con el chamán, Bala del Cielo (también termina de prepararse, también el penacho, la pintura en la cara y el torso). Unos segundos. Bala del Cielo exclama: "Buen signo, buen signo".

Intercambian algunas palabras.

Convencidos del anuncio de buena suerte, dan algunas órdenes a Piel Nueva.

Deciden sacrificar al indio correlón. Esto es rutina, no hace falta detenernos. Toman el cuero cabelludo y la jícara milagrosa. Abandona el campamento ululando.

Dejémoslo ir a su ritmo, que eso tampoco es cosa nuestra.

Piel Nueva no participará en el ataque, queda acompañado de un piquete de viejos —sus guardianes—, encargado de lidiar lo más pesado del copioso ganado. Escribe un mensaje y lo acomoda en la pata de la única paloma mensajera de los quahadis, Centavo.

Centavo vuela hacia el sur de la Apachería, a un enclave comanche cercano. Los cautivos, bien alimentados porque son mercancía (mexicanos, gringos, alemanes, todos varones jóvenes, tratados como ganado fino) escuchan la nueva cantada por el heraldo de su pueblo. En general, no les gusta la frase, pero hay el que tiene cuentas pendientes con Nepomuceno y la celebra.

Los comanches ignoran el mensaje. Les tiene muy sin cuidado, Nepomuceno, un sheriff cualquiera, un pueblo miserable. Esperaban otro tipo de mensaje, una respuesta a su anterior. Se preocupan ahora de que los quahadis decidan atacarlos.

†

Volvamos un poco atrás. Las palomas sobrevuelan, los indios correlones recorren la pradería, el jinete blanco cruza el Valle como un rayo, el halcón busca presa palomil, los hombres huyen o salen emperifollados hacia el ataque, y no hay quién se detenga en el Rancho Las Tías —nadie se atreve a llamarlas lo que son, unas amazonas.

La puerta pintada con el árbol genealógico de Teresita (muy frondoso y floreado, colores vivos y armónicos, hojas, palabritas) es muy de ver. Porque para entrar al rancho, aunque no haya muralla, sí hay puerta.

Las habitantes del Rancho Las Tías son una excepción en la Gran Pradería, tanta que algunos se atreven a porfiar su existencia. Viven, como los vaqueros en las corridas, al aire libre, usan el lazo, le saben al revólver, detestan el cultivo y odian vivir entre cuatro paredes, con dos excepciones: una rubia carablanca, Peladita, quien borda noche y día como una descosida mientras espera regrese por ella su Ulises (un mexicano hocicón que por supuesto no tiene ninguna intención de volver a verla), no tiene más historia. La segunda es otra cosa, está viejecita, arrugada como una pasa, la nariz le ha ido creciendo y la cabeza se le ha vuelto de niña. Fue cautiva y no se acuerda sino de eso. No hay cómo entrar al Rancho Las Tías sin oírsela decir.

Las otras Tías las dejan ser.

Las Tías conversan:

—Aquí no se descabalga, de ninguna manera. En esta casa se monta al vuelo. Nadie cae de rodillas en Rancho Las Tías, nadie rinde respetos a un superior. Todas somos reinas. Más todavía: lo nuestro es volar, nomás nos faltan alas.

—Domamos mustangos. Doce mujeres hábiles con las armas también rendimos al que se atreva a enfrentarnos.

—Aquí no entra nadie sin pedirnos permisos. Nadie tampoco osa llevarse una sola gota de nuestro pozo sin solicitárnoslo.

—Las gallinas andan sueltas.

—Las burras duermen donde les viene en gana.

—Se bebe cuando se quiere, licor del bueno.

—Fornicamos con nosotras si nos viene en gana, y a nadie le viene mal ni siente estar pecando.

—¡Nomás faltaba!

—Bailamos hasta que amenaza la mañana.

—Guisamos exquisito.

—Sólo doña Estefanía guisa mejor que nosotras, ¡mejor confesarlo que salir peladas!

—¿De qué le sirve ser dueña de tanta tierra, ganado y dinero? Son cosas para andar libres.

—Yo un día estuve donde doña Estefanía. Las mujeres no se sentaban a la mesa, nomás servían a los varones.

—Qué vergüenza.

—Mucha.

—¿Siquiera ha tenido amantes?

—¿Ella, doña Estefanía?, ¿amantes?, la palabra les queda ancha a los que la han merodeado.

—Nosotras: en gran número, hembras, para qué andar lidiando con cosas que al menor pretexto quedan colgando.

—Es impreciso: también nos gustan a algunas los varones.

—Yo sólo fornico con varones.

—Allá tú: pasarás la vida mendicando… Ya viste a Peladita. ¡Anda, échate a bordar!

—¡Ni aunque me amarren, si soy yegua arisca! ¡No tengo manos sino cascos! Yo lo que sé es correr y cazar.

—¿Alguien de ustedes ha visto al tal Nepomuceno?

—Algunos le dicen La Amenaza Roja, porque es pelirrojo y un peligro.

—¿Sí es pelirrojo?

—Depende cómo le pegue el sol en la cabeza.

†

En Bruneville, Frank regresa a la mansión de los Stealman con la hoja seca de maíz atada que envuelve la cola de res para el caldo —bien picada, como le gusta a la señora Luz—. Las mujeres comandadas por La Floja ya tienen noticia de lo que ocurre en la Plaza del Mercado, y hasta saben más que él, porque, tras repetir lo que escuchó al pasar corriendo y después mendigar con insistencia a Sharp para que le entregue lo que faltara del pedido para el caldo de la señora Luz, Frank se ha perdido buena parte del incidente. Un recuento preciso ha llegado a casa de Stealman vía el cargador, Steve.

Steve es el tameme, siempre trae a la espalda su canastón. Llegó con éste repleto de flores de tallos largos para los jarrones chinos e ingleses que adornarán el salón que recibirá a lo mejor de la sociedad brunevillense —o lo peor: depende quién lo vea.

Steve le había agregado a las noticias un toque de sabor para crecer la propina: "Nepomuceno, *el bandido de ganado, el hijo malo de doña Estefanía,* recibió su merecido del sheriff, *¡lo engrasentó!* —y aquí hasta se rió—, ¡le dijo 'greaser'!". Luego les contó que, después de largos segundos de silencio en los que el sheriff dejó de golpear al borracho y nadie parpadeaba siquiera, ni respiraba Nepomuceno, ni Shears, ni tampoco nadie de los que veían la escena, Nepomuceno el bandido descargó la pistola en el sheriff, "le metió un balazo… Se me hace que lo mató. Cargó con el borracho, ya nomás por gusto dio un segundo tiro al aire y se dio a la fuga, con sus hombres".

Vayamos poniendo puntos sobre las íes. Lo que había pasado era que el sheriff Shears había querido arrestar a Lázaro Rueda por borracho, por perturbar el orden público y por orinarse en el parque. "¿Pus de cuándo acá se pone a alguien preso por beber hasta quedar turulato y echarse una meadita?", Lázaro se resistió por elemental dignidad con lo que tenía, que no era gran cosa (viejo, gastado, se caía de briago), pero ese poco de resistencia fue suficiente para que Shears lo tundiera a golpes. Estaba aporréandolo con la culata, cuando Nepomuceno salió del Café Ronsard.

En el Café, Nepomuceno evitó comentar cómo le había ido en el juzgado, pero en cambio no tuvo empacho en hablar del acuerdo con el gallego de Puerto Bagdad —se llama Nemesio, dicen que tiene bolsas en los ojos de tanto comer chorizos—. "Sí, pues, firmé con él un contrato de tres mil quinientas cabezas de ganado, yo se las entrego y él me las transporta a Cuba. Me va bien... Tengo mis ranchos retacados de ganado, canela, soldadito, caritos, palito, blanco, algunos mustangos (y para qué mentir, también mavericks, aunque yo no voy tras ellos, ¿por qué voy a andar cazando mariposas disparejas si tengo los míos en el corral y bien habidos?, ¡no soy de los que van buscando ganado ajeno!; maverick que tengo es porque llegó, porque se acercó por gusto propio a los corrales, por el buen trato que damos al animal, nunca falta agua de beber, ni pasto o, si no hay, forraje, ni protección contra el lobo)".

—¿Y tú pa qué quieres a Nemesio? Te das abasto solo... —dijo el cantinero.

Más de uno asintió. Nepomuceno no dijo no.

Charlie, un recién llegado, le preguntó si eran suyos los barcos.

—Todos son de Stealman —lo dice otro que también se llama Blas, y no por bastardo sino porque su familia se hace la de mucha alcurnia aunque sean desde siempre pobres como chinches; lo acontenta echarle tierra a Nepomuceno, él lo cree rival—. Dije todos, pero tiene todavía más, es suyo todo lo que se mueve por agua… quedaba la barcaza… pero ya se la echó a su plato hoy. Pagó una bicoca, dizque cobrándose deudas pendientes. Así hace los negocios ése…

Blas lo dice con un tono donde se nota lo que se guarda: "¿Bagdad, Nepomuceno?, ¡bah!, ¡Bagdad no es nada!, si hicieras contratos en Galveston como cuando te iba bien, ahí sí ¡otro gallo cantara!, ¡tú vas de pura picada, como gaviota hambrienta!".

Saber de la nueva adición al emporio naciente de Stealman le avinagra a Nepomuceno el café. Que si alguien le huele la boca se va para atrás, el hígado le chirría.

Dos semanas atrás, el viejo Arnoldo le había pedido ayuda, "estos gringos aprovechados quieren mi remolcador; quesque tengo una deuda y quieren cobrársela con mi barcaza (mira, Nepomuceno, la deuda me la inventaron, dicen que tengo que pagarles renta por usar el muelle, ¿cómo pasas a creer?, y me hacen la cuenta sumando lo de cinco años atrás, desde que dicen entró en vigor esa ley); ¡qué chahuiztle nos cayó, qué plaga es ésta!, ¿cómo nos los vamos a quitar de encima? Llegaron por todo, ya ves, ni qué te digo, baste saber lo que hicieron a las tierras de tu mamá, se quieren agarrar el mundo completo, gringos aprovechados…".

Háganse de cuenta que lo estaba oyendo, las palabras del viejo Arnoldo le ardían encima de lo quemado.

No vuelve a abrir la boca. Con un gesto pide la cuenta. Por un instante lo saca de su ensimismamiento ver a Teresa acercarse a la barra.

Ah, bella Teresa.

Teresa cree que nadie en todo Bruneville, toda Matasánchez o el Valle completo es más bien parecido que Nepomuceno, al verlo sonríe de una manera que en cualquier otro momento hubiera alumbrado la semana de este hombre; aunque el gesto no le alcanza para tanto, interrumpe su enojo, "Teresa, bonita Teresa", siente que no está enteramente derrotado, que ésta es una por otra: se

acuerda de que hace menos de diez meses arrebató a Stealman las elecciones cuando ya las veía ganadas...

Los gringos que invaden el Valle del Río "Grande"
a la caza de fortuna se dividen en dos bandos: los azules y
los rojos.

Los rojos son los grandes mercaderes, ganaderos y
propietarios, poderosos y enriquecidos —Stealman a la
cabeza, seguido por un puño selecto, King, Mifflin, Kenedy (sería interesante saber los pormenores de cómo acordaron entre ellos el botín texano de mar y tierra, pero no
es asunto nuestro).

Los azules son los comerciantes que luchan por
sobrevivir día a día, entre ellos mister Chaste, el quesque
alcalde y boticario, mister Seed el del expendio de café,
Sharp el carnicero y propietario de los puestos del lado
este del mercado, herr Werbenski el tendero, dueño como
ya sabemos de la muy concurrida de empeño, ducho en
la venta de armas y municiones, y Peter Hat Sombrerito.

En la batalla de rojos contra azules, Nepomuceno
apoya a los azules en la elección de alcalde, reúne mexicanos del otro lado del Río Bravo ofreciéndoles una abundante comida (que él costea) más unas magras monedas
(que sacó de su bolsa), se encarga de su transporte (llegó
a un acuerdo con el viejo Arnoldo), en el viaje les va dando licor (sotol que compró a granel), y los lleva medio
borrachos a las urnas a emitir el voto por su candidato,
mister Chaste.

Así es como el azul gana la alcaldía.

Esto recordó Nepomuceno en el Café Ronsard,
saborea otra vez su triunfo, el placer de aplastar a Stealman,
y se le vuelve a levantar el ánimo, pero en un segundo se
le vuelve a caer: ese mister Chaste (un anglo cara de palo
que unos minutos antes de las elecciones se decía mucho
muy amigo de los mexicanos pero apenas quedó alcalde

los llamó "greasers de mierda") sería muy azul o rojo o del color que quieran, pero es un gringo miserable.

Teresa le vuelve a sonreír.

Sea lo que sea, se dice Nepomuceno corazón contento, él había ganado aquella partida.

Pues sí, mucho tiene Teresa... pero luego luego vuelve a pensar en lo de Stealman y el viejo Arnoldo, y le pega todavía más duro el bajón.

Su ánimo se ha puesto mercurial tendiente a la zozobra. Sale a la calle. Lo esperan cuatro de sus hombres con sus monturas, el resto de la docena que lo ha custodiado a Bruneville no se congrega en la Plaza del Mercado por no crear ámpula con los gringos. Antes de la bifurcación hacia Rancho del Carmen hay otra partida de tres, y poco más adelante otro puñito. No están los tiempos para andar sin suficiente custodia.

Sus hombres son según quien los vea. Para los gringos, greasers sin un pelo respetable; según los mexicanos, depende, algunos los toman por vaqueros nomás, otros por pistoleros sin escrúpulos, otros por muchachos animosos.

Lo que es verdad es que los vaqueros ya no son lo que fueron en los buenos tiempos de Lázaro: alternativamente dulces o duros para controlar la vacada, defenderla de la estampida del búfalo, el lobo y la sequía, conducirla al pasto bueno, encaminarla por el bueno y sacarla si es necesario del barranco, engordarla a diario, regresarla al corral.

Algunos dicen que todo empezó a ser distinto con la aparición del rastro en Bruneville, otros que desde antes, cuando fue mermando el bisonte por los ciboleros, las armas de fuego en manos de los naturales y los cambios en las tierras desde que entró la siembra del pasto nuevo. Ese pasto crece rápido, sirve para alimentar la crecida de ganado, pero traga mucha agua —si no hay lluvia, se seca luego luego— y además es envidioso, mata cualquier árbol bueno y cualquier otra yerba, o los pastos que dan grano y ni decir de cualquier frutal, hasta a los camotes los deja secos.

La verdad es que tanta vacada ha hecho estragos en la pradería... Pasa la vacada y queda todo peor que si hubiera corrido el incendio, porque no limpia para la siembra, la tierra queda grumosa.

(El rastro está pasando el muelle cercano al Hotel de La Grande. La vacada y los puercos braman, mugen, chillan, se los mata por docenas, cortados en canal se cuelgan de ganchos y se embarcan en los de vapor; un riachuelo de sangre continuo, y el hedor.)

(En el rastro hacen pruebas siniestras con el hielo o intentando helar la carne muerta para que no se corrompa... no que no les guste el gusano o la mosca, pero quieren mercarla como si estuviera fresca aunque esté más vieja que un perico parlando filipino —si pudieran, mercarían hasta el gusano o la mosca: si encuentran a quién vendérselos, le ponen el precio al kilo.)

Volviendo a lo que íbamos: Nepomuceno ve en la Plaza del Mercado a Shears aporreando con las cachas al viejo vaquero.

—¿Qué pasa aquí? —la voz como si nada (le importa Lázaro Rueda), para calmar la cosa.

La Plange, el fotógrafo que dice que es francés pero váyase a saber de dónde viene —puede que belga, otros dicen que holandés, ahora pide se pronuncie su nombre como anglosajón, imprime en sus fotografías el sello "Leplange"—, llegado a Bruneville buscando ganar monedas retratando gringos —ya se embolsó un buti con los ricos de Matasánchez—, se agacha y da pasitos para no perder detalle de los golpes. Cuánto le hubiera gustado fotografiar la escena, pero una cosa es querer nomás, y otra muy diferente conocer las propias limitaciones. Viendo-viendo, pajarito volando, con la izquierda llama a Mocoso, el chamaquito que lo acompaña (de día y de noche, en las buenas, en las malas y hasta en las sábanas), indicándole con señas le traiga el equipo para intentar capturar la escena:

—¡Anda! ¡Mocoso! —por culpa de La Plange el muchachito carga con ese mote.

Alicia, la mujer mexicana del capitán Boyle —dicen las malas lenguas no es su única esposa—, descansa la nueva olla de barro cargada con moras que le acaba de comprar a Joe, "¡ah qué caray!".

Un paso atrás de Alicia, Joe, el hijo mayor de los Lieder, restriega ansioso la tierra con los pies desnudos. Había venido a ofertar, con más gestos que palabras (las pocas que sabe en español y en inglés, las alemanas no se las entiende nadie porque habla con un acento muy cerrado), la cosecha que su mamá obtuvo con tantísimo esfuerzo. En su baileteo, Joe se hace castigar por el peletero Cruz, lo cachetea la ristra de cinturones que trae colgando del hombro.

Justo atrás de Joe está el Dry, apóstol de la temperancia —de la Liga Contra el Alcohol, lleva cuatro meses en la ciudad predicando las virtudes de la vida sobria, persiguiendo borrachos y hostilizando a los vendedores de licores, amenazándolos con las llamas del infierno.

Nepomuceno repite la pregunta:

—¿Qué pasa aquí?

Joe le explica a Nepomuceno en su español champurrado.

—Deje a este pobre hombre en paz, mister Shears —Nepomuceno no está preparado para llamar sheriff a este imbécil—, yo se lo calmo. Es cosa de hacerlo entrar en razón con dos palabras…

Sin esperar respuesta, Nepomuceno comienza:

—Lázaro… levántate y anda…

Risas. La broma pega. ¡Ese Nepo!, ¡sale con unas…!

Fue ahí que el sheriff Shears le sorraja a Nepomuceno la frase que ya dijimos, "Ya cállate, grasiento pelado"

—y es ahí que Mocoso, el chamaquito que acompaña a La Plange, se avispa y corre por el tripié, la cámara y demás parafernalia, perdiéndose la frasecita.

Frank oye la frase entre un "y que le urge" y otro, lo que se va repitiendo para no olvidar el encargo. Aprieta el paso.

El resto de los presentes queda en tensa calma que alguien llamará chicha aunque un viento proveniente del mar, caliente y salado, comienza a soplar.

Transcurre un segundo de tensión y espera, largo como sólo puede serlo cuando se llevan Colts del cinto. Pasan tres segundos de los mismos.

Seis segundos.

Los pájaros no vuelan, pero sí los cabellos de la bella coqueta Sandy, la melena (algo rojiza al sol) de Nepomuceno, el copete rubio de Joe. Vuelan, pero eso sí, no se les escapan de sus cabezas, es un vuelo tenso, contenido, hasta cierto punto dulce, que nada desgarra.

Doce segundos. Quince. Diez y ocho. Veinte.

Vuela un sombrero. El dueño no va tras él. Del cabello de la bella Sandy se desprende una pluma que le ha quedado ahí escondida, del tocado de la noche anterior.

Inmóviles, frente a frente, el sheriff Shears medio encorvado, los cabellos delgados empegostados por el sudor, la cara descompuesta de la ira, el cañón de la pistola (con cuya culata golpeara a Lázaro Rueda) agarrado por sus dedos nudosos, los ojos bizcos barriendo en dos puntos el suelo, los pantalones medio codo más largos que sus piernas, la mugrosilla camisa algo desfajada, al chaleco la estrella de cinco picos mal sujeta; Nepomuceno erguido, alto, los brillantes ojos clavados directo, el pantalón de montar de buena tela (no cualquier cosa: casimir escocés) mandado a cortar a su medida con el mejor sastre de Puebla, el saco de vestir muy formal (sastre de Nueva Orleans), los puños de la camisa blanca (holandesa) sobresaliendo de éste, la corbata de seda (francesa); la barba y el cabello aliñados por buen barbero (el del rancho de doña Estefanía), las botas limpias, de primera (éstas vienen de Coahuila).

El aire desnuda a un diente de león, le arranca su pelusa, reparte sus semillas.

La ira de Shears es notoria; en cambio es imposible entender qué pasa por la mente de Nepomuceno. Parece mirarlos a todos al mismo tiempo, bien fijo y frío, y en ese mirar parejo hay algo en él que impone, como suspendido en otra atmósfera, como si perteneciera a otro mundo, excepto porque en el brillo de sus pupilas está el recuerdo de cuando Lázaro Rueda lo enseñó a usar el lazo, siendo un niño; estaban, además, su violín y sus coplas...

El aire sopla pertinaz. El desnudo tallo del diente de león desplumado bailotea. Inútil sería buscar la pluma de la bella Sandy.

El sombrero se desliza casi a ras de suelo, dobla la esquina, se pierde también de vista.

En la memoria de Nepomuceno vuela el lazo vaquero, ése sí que sabe bailar.

Treinta segundos. La brisa sopla sin descanso, sólo en la grasienta cabeza del sheriff Shears los cabellos reposan como muertos.

Treinta y cinco.

La intensa brisa marina deja de golpe de soplar, como si la tensión —que parece capaz de reventar cualquier cuerda o alambre, o hasta quebrar el agua en hilitos— convirtiera al soplo en un puño de arena.

Nepomuceno pone la mano sobre la empuñadura de su pistola cuando corre el segundo treinta y seis. Imitándolo, Shears manipula su arma, necesita de las dos manos para acomodar la culata en la palma de su derecha —treinta y siete, treinta y ocho, hasta cuarenta y cuatro y todavía no le halla el cómo a la culata—; manos pálidas, de piel escamosa, parecen peces de poca espina, se le nota en ellas lo mal carpintero.

Nepomuceno abre más los ojazos, levanta con lentitud los párpados, parecen de metal pesado —las pestañotas, al cambiar de ángulo, transforman su expresión en la de un lobo—, y clava las dos ya fieras pupilas sobre Shears.

A Shears le tiembla la estrella de cinco picos en el pecho; se diría que está a punto de írsele de bruces. Shears ni hace el intento de imitarle la mirada a Nepomuceno con sus ojos que parecen rajas de chilito de árbol, carentes de pestañas, sin fuerza ni chispas.

Los hombres de Nepomuceno que le quedan más próximos forman un apretado semicírculo atrás de él, ponen las manos en sus pistolas. Esteban hace una seña a Fernando, el peón que cuida los caballos —se entienden entre ellos, si mueven la cabeza a la izquierda, quieren decir "cuídate a tu derecha", si levantan los labios, "por poco te pica una víbora" (Fernando es sobrino de Héctor, el dueño de la carreta; tiene la misma cara redonda).

Shears, en cambio, anda solo como perro sin dueño, ni quién le haga eco. Le dieron el puesto porque alguien tiene que andar paseando la estrella.

Caen otros segundos, como si lloviera tiempo. Fernando suelta las riendas atadas al poste del Café Ronsard y las sujeta en las dos manos; los caballos, alerta.

A lo lejos, se oye un grito: "¡Teencha!, ¡se te quema el paaan!".

En una fracción minúscula de instante, Nepomuceno desenfunda el revólver, lo amartilla mientras apunta y aprieta el gatillo; Shears apenas empieza a buscarle por dónde es que está el de su arma, cuando el disparo de Nepomuceno da preciso en la cara interna de su muslo derecho, ahí donde corre poca sangre pero el dolor arrecia.

Un tiro de cirujano, directo esquiva la vena. Bien pudo Nepomuceno haber atinado a la cabeza o al corazón de Shears, pero lo atuvo la prudencia.

Shears y su Colt, pa'l suelo.

La estrella de cinco picos, al suelo por su lado, boca abajo.

Nepomuceno se apresta a salvar su pellejo y los de los suyos, sabe que más le vale ser arrojado y olvidar la cautela, o la tendrán perdida. La prudencia brinca para el lado de los rangers y los pistoleros que ahí se han congregado para ver el barullo, todos gringos; alguno de ellos trabaja con regularidad para el juez White (el Comosellame) y el abogado Stealman, otros están a sueldo en las praderías, son hombres armados para cuidar las cabezas de ganado de los bandidos robavacas.

Pistoleros de la gringada calmaditos, obedecen a sus bolsillos, donde hay paga hay defensa, si no pues no; reposan las manos en sus Colts.

Apenas volvían de ver a Neals los rangers, reaccionan al balazo, Ranger Phil se alisa el cabello, Ranger Ralph se escarba con las uñas los dientes, Ranger Bob revisa el tacón de su bota.

El instinto de más de uno de ellos (pistoleros y rangers) es sorrajarle balazos al greaser, pero es momento de aguantar.

Por lo del balazo, una parte de los mirones se retira, escabulléndose. No que sea sorpresa, de eso vuela a cada rato en Bruneville.

Los viejos, la bella Sandy, dos locos, el Conéticut que sólo habla en inglés (y siempre la misma frase: "I'm from Connecticut") y el Escocés (que también sólo sabe inglés, con un cerrado acento de su tierra, éste sí mucha palabra y mejor ni entenderle, sus sandeces tienen mucho de indecencia), más dos palurdos y otros que ya saldrán, se quedan inmóviles.

Ahora no es cuándo para detenernos en Sandy y el impropio escote de su vestido, quede dicho que los entendidos la llaman Águila Cero.

Carlos, el cubano, oye el balazo cuando traspone las pequeñas puertas abatibles del Café Ronsard. En su carácter de Águila Uno, había estado esperando la salida de Nepomuceno, en cuanto lo vio levantarse de su silla y prepararse para salir tomó con parsimonia el violín que toca por las noches —a solas o con amigos muy cercanos, él no es músico de pueblo ni vaquero para andar chirriando sin ton para otros—, su bolsa de lona y, haciéndose el que no, lo siguió, dispuesto a hablarle cuando estuviera por montar su caballo —están acostumbrados a manejar los asuntos secretos de Las Águilas con extrema discreción—, ahí también como que no lo estaba haciendo.

Cierto que hay una urgencia, pero deben exagerar cautela. Las labores de espionaje lo exigen. Por esto no le pisa los talones, traspone las puertas del Café Ronsard, escucha el tronido, alza los ojos, ve a Nepomuceno enfundándose la Colt y ahí se queda, varado entre las dos medias puertas, deteniéndolas para que no bailen. No había escuchado la frase a que estaba respondiendo Nepomuceno y no entiende la escena. Fuera lo que fuera, por el bien de Las Águilas —y en esto Nepomuceno estaría de acuerdo—, debe mantenerse al margen. No da un paso adelante ni hace gesto alguno. Sube más la mirada, finge ver en el cielo, entrecierra los ojos; con el rabillo del ojo atisba lo que pasa en la plaza, hace lo posible por controlar la respiración.

El único que percibe que Carlos el cubano se frena en seco frente a la escena es Dimitri. Se guardará la información para tiempo después. Por el momento, estudia su reacción, la califica de cobarde y lo celebra.

Adentro del Café Ronsard, Wild, el cibolero recién llegado de la pradería —un sinvergüenza, violento y oportunista—, el bello Trust, su asistente, y sus tres esclavos (Uno, Dos y Tres), con los rifles Sharp calibre 50 al hombro. Wild escucha el balazo proveniente de la Plaza del Mercado, no se mueve de su silla. Teresa corre escaleras arriba para ver qué pasa desde el balcón de su habitación. Ya lo ha hecho otras veces, la vista es requetebién. El cantinero procede a esconder bajo la barra las más de las botellas por si vuelan balazos. Wild hace un gesto con la cabeza al bello Trust.

Trust indica con la mano a Uno, Dos y Tres que lo sigan, y se enfila hacia la calle, al pasar empuja a Carlos, el cubano. Cruzan las puertas abatibles, dejan las dos hojas bailando.

Dimitri —viene de la estepa— observa desde su mesa que el caribeño Carlos pretende no sentir el empujón, ni oler la pestilencia de la gente de Wild (el olor de la sangre impregnado en sus ropas).[4]

Trust camina por el costado norte de la Plaza del Mercado, sin acercarse al punto de la escena. Casi tropieza con el peón de Nepomuceno, Fernando, el de la cara redonda.

Cuando Trust regresa con la fresca noticia, Wild ya conoce todo detalle del incidente. Su jefe le hace un descolón, lo insulta, slow-worm, gusano-lento.

(Trust va como sombra del cibolero, acumulando resentimiento. Empezó joven en esto de cazar, se diría que sus huesos se han vuelto de puro bisonte muerto. Siempre

---

[4] Esto sí lo ve Dimitri como si Carlos fuera transparente, los climas que traen pegados en sus maneras, los temperamentos, lo explican. El calor y el frío forjan distinto, la luminosidad horizontal del trópico y la oscura y velada luz del norte los han templado distinto. A Carlos, el clima y la luz lo han preparado para ser el actor y saber fingir (esa contradicción), y a Dimitri para capturar el escondrijo del fingimiento. Lo que no le sabe leer a Carlos es el teatro, eso sí que no, el actor resplandece a la luz inmisericorde, la luz velada enseña a observar pero no a soportar el deslumbre.

sueña lo mismo el bello Trust —tiene su gracia, en su extraña melancolía dócil hay algo atractivo, sensual—, todas las noches se encuentra con un bisonte al que penetra o se entrega para que lo sodomice. En la vigilia, el sueño lo atolondra y avergüenza, el placer que siente dormido es oscuro e intenso, al recordarlo en la vigilia se le contraen los músculos de los muslos, las vísceras y el pecho le palpitan; el placer es mayor cuando él penetra al bisonte.)

Tras soltar las riendas de los caballos y acercarlos al nepomucenaje, Fernando el peón fue el segundo en salir corriendo. Alicia, la esposa del capitán Boyle, fue la primera. No es cosa de ella, el capitán se lo ha dejado bien claro, hoy mismo al clarear la mañana se lo repitió,

—Tú corres si pistola humea.

—¿Y alora por qué me hablas como apache, mi capitán? —la mujer lo llama "capitán" de cariño.

—No jugar yo, se poner mal… Tú, correr si pistola humear —claro que el capitán bromea—,

y se largó a contarle a Alicia unas historias que la convencieron de que sí, de que de haber balazos era mejor salir por piernas.

Además hoy anda cargando abrazadita la olla nueva que acaba de comprar en el mercado (es para reponer la frijolera que había sido de su mamá, de tanto uso se sintió, luego se craqueló y luego empezó a chorrear, poquito, es cierto, pero en cualquier descuido se terminaría por quebrar, había que reemplazarla, de todos modos era un fastidio que goteara, el caldo de frijol tatemándose continuo en la llama mientras se cocía la semilla le apestaba la cocina).

En su carrera, Alicia ve de reojo a Glevack.

Cuando está por tomar la calle Charles —todavía corre y corre— para salir por calle James hacia el camino al muelle, advierte a los lipanes peleando a puñal.

—Mejor me sigo de largo,

y continúa por Elizabeth hacia abajo. Pero en la siguiente esquina (calle Cuatro) dobla hacia James. Antes de llegar a ésta, se detiene. Se apoya en el muro de la casa de los Spears.

Espera a que se le calme el corazón, agitado desde el balazo de Nepomuceno, luego por la carrera y más por ver a los dos salvajes atacándose a cuchillazos. Aspira hondo. Otra vez. Una vez más. Alicia siente un placer parecido al que le vimos al bello Trust al repasar a los lipanes blandiendo sus cuchillos. Quiere sacudírselo de encima, librarse de éste. Buscando distracción, levanta la frijolera para revisarla. Admira lo bien aperaltada. La vuelve a calar, golpeándola con el nudillo,

—¡Ah, qué caray!, ¡suena fatal!,

por un momento piensa regresársela al marchante de las cazuelas, pero recuerda que trae las moras adentro, por eso no tiene buen sonido.

Se asoma a ver las frutillas.

—¡Ah, qué caray!, están pero pachichis,

tristonas, agüitadas. Bruneville no es para andar cultivando o comprando estas frutas, hace demasiado calor. Alicia las vuelve a revisar con la mirada:

—Ya casi parecen mermelada, se me cocieron nomás de cargarlas, o por zangolotearlas.

Pero no es mermelada lo que parecen sino algo más oscuro, más hondo. Le regresan a Alicia el perturbador placer. Abraza de nuevo su frijolera y se echa a correr calle abajo.

Los lipanes se hieren. Agua Fuerte tiene un corte en la mejilla, doloroso pero casi no sangra, Caída Azul otro en tres yemas de los dedos, casi un rasguño, pero sangra profuso. Se abrazan, arrepentidos, avergonzados. Se montan a caballo y salen al trote vigoroso a doce patas.

Los dedos de Caída Azul van dejando un goteo insignificante sobre el empedrado. Pasado el muelle de Bruneville, su rastro es notorio, parece tinta roja sobre el camino de tierra.

Por evitar la calle principal en su carrera hacia el mercado, Nat, el recadero, casi topa con la pelea de los indios cuando ve caer uno de los puñales. Le clava los ojos, desatendiendo lo demás, ni siente qué pasa con los lipanes, no tiene ojos más que para el puñal.

Nat ensancha la mirada. No hay sombra de nadie. Vuelve a otear, algo ansioso. No ve moros en la costa. Se agacha, recoge el puñal, lo mete entre su pantalón y su piel. Siente que el filo lo toca, contrae el vientre para protegerse del filo y jala hacia el río. Con eso ahí no corre a sus anchas pero va lo más rápido que puede, caminando con pasos largos, alzando los hombros.

Olga lo ve recoger el puñal, va con el cuento hacia casa de Juez Gold, a éste seguro le hacen caso.

En la Plaza del Mercado, a Sandy le dura cosa de diez segundos lo de quedarse como una estatua. Sale por piernas sin saber ni a dónde. Llega al otro costado del mercado. El cura Rigoberto quiere llamarla para conminarla por el escote —sabe que siempre lo trae— pero se le atragantan las palabras por un ataque de tartamudez. La ansiedad es por el escote, le entromete el mal a las venas. Maldita mujer. La tiene más cerca, le alcanza a ver algo de lo que deja descubierto el vestido. Le sobrevienen irresistibles ganas de dormir. A su pie hay un huacal de alfalfa, se acuclilla en él y cae profundo —desde niño así es, él no es de los que salen por piernas.

Sandy sigue corriendo. (La llaman Águila Cero por algo, mientras corre va peinando el pueblo con su inspección. Se desvía girando hacia tierra adentro, a husmear qué hay en las cercanías de Fuerte Brune.)

(Del Fuerte Brune vale un paréntesis: el fuerte sí tuvo su momento de gloria, pero ya llovió, ahora no lo habitan ni media docena de soldados sin disciplina, pasan más rato donde La Grande que haciendo guardia. King y Stealman se cansaron hace ya tiempo de pedir refuerzos militares, por eso cada quien tiene sus hombres armados. Los de King son los más celebrados —y abusivos—, contra los mexicanos se pasan —los llaman reñeros (por lo de que King quiere decir Rey) y también kiñeros.)

Fernando el peón, corriendo, se echa un clavado entre los bultos de la carreta del cibolero, una pestilencia que se tiene que estar muy perdido para soportar.

Apenas esconderse entre las pieles y carcasas, se reprocha, "Soy un cobarde, no debí venirme a enterrar aquí entre bisontes muertos", pero no se atreve a salir, "¡me van a matar!, dirán que soy de Nepomuceno y no me salva ni Dios", y otra vez, "soy un cobarde, ¡un cobarde de mierda!".

Patrick el de los pérsimos (el irlandés que llegó niño a Matasánchez, ganó montura y buena pistola) escucha con claridad que Shears llama "greaser" a don Nepomuceno. Se ensimisma cavilando, haciéndose el que tienta el cuerpo de una de las frutas que trae a la venta, abstraído, intentando ponderar o entender —no tan sencillo, es de pocas luces—, hasta que se dice en su vozarrón, bien alto, muy serio: "es John Tanner, el indio blanco, ¡ya volvió!, ¡ya nos jodimos!", en un tono tal que los que andan por ahí sienten miedo.

El que más es el Desdentado, el viejo pordiosero, porque él sí sabe bien a bien de qué habla Patrick, el de los pérsimos.

Luis, el niño que se quedó viendo ligas para su resortera en el mercado, el que cargara las canastas de miss Lace (ama de llaves de Juez Gold), cae en la cuenta de que se le fue la marchantita. Para agregarle, se acuerda de que tiene que ir a recoger a su hermana antes de que la tía se vaya para donde ya se sabe. Más le vale salir pelas hacia la ribera o le va a tocar una porción de azotes. Corre a entregar las canastas, de seguro no le darán un céntimo de propina, nada, vendrán los pescozones de la tía, "te pusiste a papar moscas, lo de siempre", "eres un sin oficio ni beneficio". Eso lo atormenta, y lo clava frente a la puerta de la casa de Juez Gold.

Luis está convencido de que él no papa moscas, sino que de vez en vez cae en la red de una araña. Esa red lo succiona fuera del tiempo, una fracción de segundo de Luis es una hora para los demás, siempre subidos al paso de la aguja del reloj. También a veces pasa lo contrario: un segundo es para Luis como si fuera un par de horas, pierde la noción del tiempo.

Abren la puerta, "¿las canastas?". Zúmbale, zúmbale, Luis sale como cohete de mecha encendida creyendo que ya cae la tarde.

La mujer que vende tortillas, las trae fresquitas, las carga atadas en su rebozo, lo ve venir, lo llama, "¡Luis, Luis!". Le tiene apego, siempre tan empeñoso, y siempre con hambre. Le pone en cada mano una tortilla, enrolladita y con sal, "tenga m'hijo, su taco".

El Desdentado, el viejo pordiosero más arrugado que Matusalén, se les arrima para ver si hay caridad para él. La tortillera se hace la que no lo ve —lo detesta, lo conoce de cuando decía que era fraile y andaba tras cuantifalda se moviera; ya luego llegó el chisme de que no era ni fraile ni nada; había tratado de ser cura, pero lo echaron del seminario— y se sigue a su vendimia.

Luis queda mascando sus tortillitas calientes, ya no en donde la araña, nomás mordiendo delicia. El Desdentado trae ganas de hablar:

—Por aquí anda John Tanner, el indio blanco; su esqueleto se levantó del pantano… Busca a la última de sus esposas, Alicia, yo la conocí, fue la única mujer blanca que tuvo, y no diré que de razón porque lo abandonó, se le escapó con los hijos, y luego consiguió el divorcio, ¡habrase visto!, también a la Ley le falta un tornillo, si lo que Dios amarró no debiera haber quien lo desate. Es lo de los gringos, son herejes…

—Pero tú me dijiste, Desdentado, que eras gringo.

—¿Qué te dije? ¡Ni te digo!… Ese Juan Tanner vivió treinta y un años entre los ojibwas, ¿cómo puede ser que se equivoque?, ¡jalando para el sur…! Pa' mí que por estar en el infierno ya se le confundió la brújula…

El Desdentado mendigo se acuclilla, agárrale las espinillas al pobre Luis, sigue:

—Haría más bien si se fuera por su segunda esposa, esa pérfida intentó asesinarlo. Por mal que fuera, Alicia no se le echó encima a clavarle un cuchillo. Todavía más a su favor, algo de alegría le dio… ¡No se me malentienda!, John Tanner no le tuvo bullicio, nomás la amó de a gotitas como de viejo que le escupe el pito con harto frote y poco logro. Ya no sigo porque, aunque no haya mujeres, no vaya a ser que haya niños —no lo digo por ti, tú desde ansinita eras un enano… naciste así, enano… ya luego se te quita. Lo que sí, es que tú niño no eres.

Luis le da su segunda tortilla, ya medio fría, el taco resquebrajándose. De todas maneras el Desdentado no lo deja ir. Lo tiene agarrado y no deja de hablar:

—John Tanner anda por aquí… Ya cuando Alice lo había dejado, lo acusaron de matar a Schoolcraft el chico, hermano del que andaba empujando a los indios hacia acá, p'al sur. Era un mísero el Schoolcraft grande, les quemaba las tiendas a los indios, les robaba las mujeres a la mala para que se las usaran sus tropas, y luego se las regresaba muy estropeadas, pa' que vieran; les cegaba los pozos, los empujaba pa' donde sólo había pedregal y no lloviera ni con su jamás, y claro que les robaba el ganado y los caballos, pero eso no hay quien no lo haga, ya se nos acabó el cuando amarrábamos a los perros con chorizos, llegó la de robarlos con todo y perros, clavos y hasta el calzón del vecino… Sí le daban ataques de furia al indio blanco, pero él no fue quien mató a Schoolcraft el chico. Igual lo colgaron de la horca, se lo llevó la mano que la justicia trae mal puesta. ¿Ya sabes dónde trae la manita la justicia? Se le cayó, y se le atoró en la colita.

Luis pela los ojos. Calladito, tan absorto que ni pasa el bocado.

—¡Como un hueso perdido es el indio blanco! Por aquí anda… hace entuertos, es cosa furiosa… nadie lo llamó o provocó, que yo sepa… Tú, enano, nomás santíguate cuando sientas que tentalea su sombra cerca. Y si puedes, préndele velas a la virgen.

El mendigo viejo le suelta las espinillas a Luis, y ¡riájale!, éste sale como alma que lleva el diablo, ahora peor, con la amenaza del esqueleto del indio blanco… "¡Ora sí se m'hizo tarde!".

El Tricolor (le decían así porque tenía la mitad del bigote blanco desde siempre, y el ojo derecho mucho más claro que el izquierdo) pasaba por la Plaza del Mercado, iba a abastecerse de carbón para cocina y baño (su mamá se había peleado a muerte con el carbonero), fueteó a la mula, quería volver cuanto antes, cerrar bien las ventanas, regar agua de eneldo bajo las puertas. No se les fuera a colar dentro el maldito John Tanner, el indio blanco.

Sandy, Águila Cero para los entendidos, como que no se dio cuenta de los gritos que la insultaban, pero fue lo que la sacó del estatuismo. Tal vez por instinto, no queriendo llamar la atención (estaba el escote, pero eso no es llamar la atención sino lucir encantos para distraer; el escote es su rebozo, su escudo, su armadura, su pasaporte, protección, imán, fuerza, billete, fuente de ingresos si hay estrecheces), sigue corriendo, en la misma dirección, no hacia el muelle del Hotel de La Grande, sino río abajo, hacia el mar.

Olga va apuradita hacia casa de Juez Gold a contarle lo del puñal cuando se encuentra con miss Lace. Entrecortada la voz (porque le falta el aire), se lo cuenta.

En tono sereno, miss Lace le echa encima lo del indio blanco, John Tanner, que ha vuelto. Olga se olvida del puñal y se va con el John Tanner en la boca.

Miss Lace enfila a decirle al ministro Fear lo de Nat, no puede ser que ese muchacho robe. De paso, miss Lace le pasa al ministro lo del indio blanco, John Tanner, que ha vuelto, y el ministro Fear le da una reprimenda por creer "en esas tonterías", tan grande como si se hubiera robado tres puñales de oro. El ministro Fear pide a miss Lace que busque a Nat y que se lo traiga, él va a hablar con el muchacho. (Malas lenguas dicen que no sólo hablaba con los niños, pura viperinez.)

La noticia que Steve el cargador llega a regalarle a la señora Stealman no la alegra, aunque complacerla haya sido la intención del chismoso. En su salón no son bienvenidos los mexicanos, pero por petición expresa de su marido tenía convidados para el día de hoy a Sabas y a Refugio.

—No se debe maldecir pero… ¡maldición!

La señora Stealman (nèe Vert, el apellido francés oculto porque su marido sabe que no es conveniente —con un agravante: acaba de correr el rumor de que la Francia trama apoderarse militarmente de México, poco gusta a los gringos) no aplaude la frase de Shears, a ese infeliz le quedaban grandes los zapatos de sheriff, no es más que un carpintero y de los malos, pero menos todavía celebra el balazo. Mucho mejor le caen las nuevas, sobre todo cuando se las baraja despacio Frank con menor entusiasmo por el sheriff y con temor de Nepomuceno, "ya sabe usted, señora, es el que le dicen Read Bearded Rogue, el Bandito, pero es también un señor muy respetable". Bien por Frank, porque la paga usual está a punto de engordar con una generosa propina que directo va a ir a dar a la libreta de gastos de Elizabeth, anotada bajo el renglón del 10 de julio de 1859, después de las flores, el jabón, el planchado de mantelería, la carne y la verdura, leche, huevo, crema, quesos. Nunca anotaba el costo del coche (es de su propiedad), ni el forraje de los caballos que lo tiran. No hay hoy más gastos, no es día de raya.

La sureña Elizabeth es hija de un millonario azucarero obsesionado por elaborar un elíxir de juventud que terminó por volverlo intratable (por esto su esposa se mudó a vivir al noreste con las dos hijas casaderas). Conoció al marido en Nueva York, ahí se matrimonió y se instalaron sus primeros años de casados.

Se ganó en Bruneville el apodo de La Floja porque ni ponía un pie fuera de casa, ni dejaba salir a sus negras —las magníficas eran parte de la dote que le dio el padre y que no pudo usufructuar en Nueva York. Por el encierro, se habían puesto gordas.

Dicho con todas sus letras, la nacida Vert no permitía poner un pie en la calle a sus esclavas para protegerlas de los mexicanos "porque no soy una ignorante", había leído que esos varones eran omnigámicos, andaban medio desnudos y obedecían a sus más primarios impulsos. Cuando Bruneville se pobló de gringos, alemanes, franchutes, austriacos, cubanos y hasta algún chino (Chung Sun y acompañantes), La Floja no levantó la prohibición, por el simple y llano riesgo de que alguna esclava se le fuera a escapar al otro lado, "la criadería anda muy movediza" porque Bruneville está en la frontera —se cuida de no vocear el motivo enfrente de sus esclavos por no darles malas ideas—. En cuanto a ella, no sale porque el lugar le parece poca cosa.

Si se observa con cuidado la vida cotidiana en la mansión Stealman, el sobrenombre de La Floja no es el apropiado, se afana en mantener el relumbrón a que está acostumbrada, nada fácil en esta "aislada isla" —como se refiere a Bruneville en su diario, "isla con incivilizados inconstantes".

Se podría creer que usa la palabra *isla* para Bruneville por una obtusa confusión: originalmente se iban a mudar a Gálvez, por el territorio libre de impuestos, pero como la zona con perdón fiscal se extendió más allá de la costa —entonces pertenecía a México—, y como el abogado Stealman olió que el negocio estaba también en la posesión de tierras, éste decidió probar suerte en puerto fluvial y no atenerse a los ingresos relativos a la actividad marina. Buena intuición: consiguió del gobierno mexicano hectáreas en comodato que con artimaña legal convirtió en propias, incluyendo a las vecinas y una franja extensa del norte del Río Bravo.

La nacida Vert había soñado con Gálvez —el marido y otros se la pintaron como ciudad principal—, imaginándola sin indios salvajes, huracanes, voracidad de los inmigrantes y, más importante, sin mexicanos. Hace años que cambió sueños por quejas.

A la partida de Frank y Steve, tras dar órdenes precisas a sus criadas, la señora Stealman se encierra a rumiar en orden sus preocupaciones:

1. ¿encontrarían al fugitivo este mismo día?, ¿sí?, ¿no?

2. ¿aparecerían en la reunión sus hermanos a pedir en su nombre clemencia?, ¿sí?, ¿no?

3. ¿llegaría la gente, o todos pensarían que lo más prudente era cancelar?

Después se le agolpan las dudas en desorden, "tanto gasto a lo mejor va a ser para nada", "a fin de cuentas, sí, era su hermano; pero era un barbaján barbarroja", "ojalá lo cuelguen del primer árbol para arrancarles la arrogancia a los mexicanos".

Abre su diario, como siempre que necesita confidente y desahogo, con sus reservas. Por ejemplo, en ésta se cuida de no escribir ni una palabra sobre la asistencia de sus invitados, por no invocar la mala suerte. Sus entradas son por esto algo incompletas.

La tinta que usa la señora Stealman es color azul pavorreal, apropiada para su persona y distintiva de su clase.

Su diario está escrito a la manera de cartas que van dirigidas a quien ella fue cuando soltera. La extensión es varia. Cada entrada empieza igual. Con letra apretada anota el remitente al tope de una hoja nueva, y en el centro, con letra muy apretada, "Elizabeth Street (tras fraccionar, Stealman nombró a la calle principal de Bruneville como su esposa, a la paralela le había puesto James, como su primogénito, y a la que hacía esquina con el edificio de gobierno, Charles, como él), número 12, Bruneville, Texas". Un centímetro abajo, la manuscrita se libera, alcanza su tamaño natural. Su manuscrita es firme y elegante —contrasta con los números en su libreta de cuentas, como trazados a la prisa o si escondieran algo:

Querida Elizabeth Vert:

Lo que ha pasado hoy en Bruneville te hubiera alegrado mucho. Por fin un motivo de gusto en este lugar tan dejado de la mano de Dios. Ya hacía falta que alguien recibiera su merecido y que la voluntad de hacer orden se hiciera sentir. El sheriff —por el que sabes no tengo ningún aprecio— se dispuso a meter tras las rejas a un greaser borracho de los muchos que convierten la Plaza del Mercado en un rincón del Vicio. Todas las formas de la decencia quedan atropelladas por las malas costumbres de los mexicanos. No quiero ofender tus oídos con el recuento detallado de su embriaguez, suciedad, depravación, el comercio de la carne, el juego. Lo que ocurre a las puertas del mercado, al aire libre, frente al ojo de niños, mujeres, comerciantes, es algo que no debiera pasar ni en los calabozos más siniestros.

Bien por el sheriff. De alguna manera hay que empezar a limpiar este lugar.

Pero estas labores no pueden ser llevadas a cabo sin que oponga resistencia la mano del mal. El greaser borracho se resistió. Otro mexicano salió en su defensa. El sheriff le dio su tapaboca. El mexicano le vació encima su pistola, pero afortunadamente, por su mal tino, se cree que no lo ha herido sino de manera superficial. Están llevando al sheriff al dispensario del misionero Fear porque el doctor Meal está en Boston. Lo atenderá la nueva esposa del ministro, Eleonor, que es una santa (y nada fea). Esperemos que no haya ningún peligro, que esté repuesto en unos días, que la maldad mexicana no tenga el poder de acabar con uno de los nuestros.

Todo esto, como te decía, es para alegrarse. Mañana te contaré quién es el mexicano que hirió al sheriff, porque nos agria en buena medida la buena nueva y no tengo la intención de aguártela a ti, aunque me tomo el atrevimiento de anotar un punto: ¿recuerdas las que me han contado de esa mujer de largos cabellos negros de la que mucho me han hablado —la que sigue *demasiado cerca* los pasos de Charles y por la que no sé si él es indiferente—? Pues bien: estaba entre los que aplaudían cómo el sheriff se llevaba al borracho. Podremos creer que por ignorante no ha escuchado la frase de los textos sagrados: "el que esté libre de culpa, que arroje la primera piedra". ¡La zorra! La zorra fugaz (se me ocurrió anoche el apodo cuando me contaron que había seguido todo el día al juez White… ¡va por un hombre distinto cada tercer día!).

Te envío un cariñoso saludo, con una pizca de optimismo,

Mrs. Stealman

Rebeca, la hermana de Sharp, es fea y ya todos la dan por solterona aunque sea rica. Nada la haría más feliz que casarse con Alitas —o con quien sea—, pero Sharp es también soltero y no está dispuesto a soltarla en las manos de nadie, menos todavía en las de un recién llegado que encima le roba parte de la clientela con una idea obtusa que a él le pareció en un principio hilarante: la novedad de vender los pollos muertos, desplumados, limpios y en fracciones —de ahí el apodo de Alitas—, y que para su total sorpresa es un éxito rotundo. Hay quien compra la cabeza para el caldo, otros sólo las piernas o las pechugas o las pequeñas entrañas, "La gente está loca".

A su casa llega la nueva de que Shears insultó a Nepomuceno, junto con el chisme de que Sharp le habló a Alitas, y lo del balazo pues no, se lo comieron antes de trasponer la puerta para no preocuparla. Poco le importa que Shears aviente un insulto a Nepomuceno —en vano había intentado atraer la atención de éste cuando eran jóvenes, él no tenía ojos sino para la viuda con quien terminó por casarse (Isa) después de la malafortunada historia con Rafaela, seguida inmediato por la que entabló (apasionada, corta) con su amiga Silda, las tristezas que le regaló el infeliz Nepomuceno la mataron (sería inútil llevarle la contra a Rebeca: tras la desgracia de Rafaela, le cuelgan a Nepomuceno cuantitragedias se antojen).

"¡Con que le habló!, aún tengo esperanzas". No está segura de que todavía pueda fecundarle hijos, pero no quedarse a vestir santos sería su fortuna.

Rebeca está que baila de gusto. Adentro de ella canta: "¡Alitas, Alitas, ra-ra-ra!".

Del otro lado del Río Bravo, en Matasánchez, El Iluminado cree ser el último en enterarse de lo que ya está en boca de todos.

Viene de un trance, "Me habló la Virgen" —la anterior conversación había sido con el Arcángel Miguel—: "Hijo mío muy iluminado —por algo es que así te llaman—, los hombres sin fe son Lázaros dormidos. Una lanza vuela. Ve tras ella, ésta levantará a tu gente, despertará a los perdidos; pero hay que tener cuidado; debes llevar mi luz en la punta de esa lanza, y cuidar que no se beba de Laguna del Diablo".

Lo suyo no son los números, pero El Iluminado no puede evitar sumar uno más uno (lanza más Nepomuceno). ¿Debe buscar a Nepomuceno, unírsele?, ¿es coincidencia lo que le dijo la Virgen?

Se vuelve a sumir en su nube, ya no en un delirio sino en un estado de semisueño.

María Elena Carranza sabe que algo le pasa a su niño —sin comprender que está así por la noticia que ha traído Salustio—. Quién no iba a verle a Felipillo holandés la melancolía que acaba de pescar. Más que nadie, ella: su holandés es la niña de sus ojos, el suplente de sus hijos, el relevo de los tres ya crecidos, de cuya pérdida no se recuperará.

Sólo los vuelve a ver cuando están de vacaciones. El mayor, Rafael, estudia en la Academia Militar de Chapultepec, en la capital. El segundo, José, en el Colegio del Estado, en Puebla. El tercero, Alberto, en el internado de los jesuitas, en Monterrey.

Fue precisamente en una de las visitas de sus hijos, cuando regresaban de su hacienda, haría cuatro años, que divisaron a pocos metros del camino, sobre la playa, a una enorme garza negra sobre el tronco pelado de una ceiba que algún huracán habría arrancado, tronchándola de sus raíces, y encajándola sin vida en donde de noche revientan las olas. Muerta, la ceiba era imponente. A esa hora, la marea comenzaba a subir, y sobre la arena húmeda por la espuma de las olas, atorado en un ángulo casi recto entre dos muñones de la ceiba, había un niño en un tronco hueco, rodeado de botones de algodón, como un Moisés, desnudo de los pies a la cabeza, llorando. María Elena lo vio —la visita reavivaba su sensación de pérdida, se le iban los ojos hacia donde hubiera un niño pequeño—. José, Alberto y Rafael salieron del coche a rescatar al abandonado.

"Una hora más y nadie lo vuelve a ver".

"Por un pelo se cae de su cunita".

Tendría a lo sumo tres años. Era tan rubio que el cabello parecía blanco. Tenía los ojos claros. María Elena lo cargó, el escuincle dejó de chillar.

Le pusieron Felipillo y de apodo holandés, por su pelo, porque no entendían ni pío de lo que el niño hablaba y porque lo dieron por sobreviviente del Soembing, el barco apenas naufragado.

Felipillo, en cambio, entendía el castellano, entendió que lo creían del barco, intuyó que la confusión lo protegía, no volvió a pronunciar una palabra en karankawa.

Hasta la fecha comprende que ser quien es, es su perdición, pasa por otro, quienquiera, no tiene ni idea de qué significa ser holandés.

Todos y todo le dan miedo, excepto los pajaritos, particularmente el que él llama Copete; pequeño y pardo, tiene un copetillo colorado, viene todas las mañanas a rebuscar aleteando entre las ramas floreadas de la enredadera. Felipillo lo eligió porque es el más nervioso, un pajarito con miedo que jamás picotea en las bugambilias visibles, se posa entre las floraciones escondidas.

Felipillo quiere ser como Copete, saciar el pico en la sombra.

Entiende, aunque él no lo formule, que él es para "su" familia nueva lo mismo que uno de aquellos pedazos de platos que con los suyos pizcara de vez en vez en la playa. Un objeto coleccionable por venir de lejana cuna.

Si supieran la verdad, váyase a ver.

Bien que sabe Felipillo holandés quién es el infeliz de Nepomuceno, un hombre sin corazón, un asesino que al mando de tropa irregular, un grupo de muertos de hambre, acaba con su gente.

Felipillo holandés[5] lo identificó en Matasánchez, poco después de haber llegado. Reconoció su voz a la salida de la iglesia. Oyó que le llamaban "don Nepomuceno" y que dijeron de él "un valiente nos defiende de los salvajes". No lo atacó entonces la melancolía de hoy, una que contiene imágenes de cuerpos incompletos o tronchados. Nepomuceno es su espejo. Refleja trozos de brazos y piernas, sangre corriendo y sesos desparramados.

El último de los karankawas tiene a los suyos impresos; cachos, pedacería. Los matasanchenses lo ven niño hermoso, pero él es el destazadero. Lo siente tan hondo que uno le encuentra razón incluso en sus antecedentes:

---

[5] No queda claro si su mamá era la indígena Polca que busca entre los cadáveres de la guerra a su esposo Milco, o Lucoija, famosa bárbara gallarda. Una de las mujeres que "como leonas que, bramando, sus muertos cachorrillos resucitan... no menos dando voces pretendían dar vida a sus difuntos malogrados".

Felipillo holandés tiene la piel más clara porque su abuela
provenía del otro lado del océano —otro plato roto en su
familia, mercada a cambio de una canoa cargada de pieles
y diez libras de pescado seco (estaría rota, pero era eficaz:
empecinada, con su blanca piel arrugadiza, se ganó el lugar
de esposa predilecta del jefe, "no que sea gran cosa", no
alcanzaba para que le diera "vida digna", era una de las
cuatro o cinco esposas del bárbaro, pasaba los días en jornadas interminables limpiando, curando y tiñendo pieles
con líquidos hediondos que le habían comido hasta las
uñas. Pero sabía que podría ser peor).

En especial recuerda (y no con la cabeza) a su
mamá y a su hermano mayor —un infeliz medio abusivo
que se hacía pasar por el dueño del mundo, pero es otra
historia, aunque sea importante,[6] queda al margen.

Felipillo tiene un vívido sueño repetitivo: llega a la
orilla del mar donde lo acomodaron los karankawas como
a un Moisés (nada nuevo hay en el mundo). Camina ale-
jándose del agua. Aparecen Nepomuceno y sus hombres,
gritando como lo hicieran aquel día terrible. Sabía que se
había salvado una vez de milagro, pero que dos no iba a
ocurrir. Llora su propia muerte. Despierta, algunas veces
con "mamá" María Elena a su lado, calmándolo.

Hoy la tristeza le revienta adentro pero no la de-
muestra.

La que es pura lágrima y moqueo es Laura, su vecina. Fue cautiva de los chicasaw, Nepomuceno la trajo de
vuelta, ella lo tiene por héroe, santo y "¿cómo le hacen eso
a mi diosito".

---

[6] El hermano mayor de Felipillo Gilberto era hijo de una mujer descartada por su
paterfamilias karankawa: un resentido sin cabeza ni talento que, presto a vengarse,
había procedido a abusar sexualmente de las hermanas menores. Fuera de eso, eran
suyos la inutilidad, la falta de belleza y la ausencia de cualquier forma de genio.

La verdad es que el episodio del rescate no tuvo nada de heroico. Para no salir pelado en el Lejano Norte, se necesitan arrojo, imaginación, valor, coraje y cierto heroísmo, pero en éste no hizo falta ninguno. El asunto fue sencillo, pero hay que explicar qué hacían ahí esas mujeres:

Un idiota se dispuso a fundar su rancho (El Bonito) algo al norte del viejo Castaño, creyéndolo fácil. Para esto se llevó dos hermanas, su esposa y su cuñada, cuerpos con qué enfrentar la hostilidad de los mezquites, y a varios peones para mano de obra. Él creía les iba bien, pero la verdad es que el queso les quedaba espantoso a esas mujeres, no sabían hacerlo. Pero no fue por esto que no tuvo cómo defenderlas cuando atacaron los indios, sino porque no estaba preparado. Lo que es no saber nada: del norte los venían echando hacia la Apachería, escaseaban los bisontes por el cambio de pastos y los ciboleros, el pleito de las tierras estaba pelón, ¿por qué iban a dejar a éste que se instalara donde ellos querían hallarse?

Al matrimonio lo achicharraron adentro de su casa, a él por entrometido y ella porque era suya. A los peones les cortaron el cuero cabelludo, por serviciales del entrometido. A la mujer de servicio la degollaron, a saber por qué, si siempre había estado de rebelde y respondona, que si la observan la habrían podido dar por su intercesora. Se llevaron las pocas piezas de ganado (el idiota no tenía mano), y de pilón a Lucía y a Laura, su sobrina, que entonces tendría como dos años.

Cuando Nepomuceno reconoció a Lucía en el campamento chicasaw y ofreció rescatarla, ella se negó. No iba a regresar a Matasánchez con el niño de brazos que le habían hecho los salvajes, sería una vergüenza para sus papás, sobre todo para su mamá. Tampoco lo iba a dejar atrás. Le pidió a Nepomuceno que se llevara a la sobrina, pero no así nada más sino de buena manera: se soltó el pañuelo con que cubría la cabeza.

—Mira, Nepomuceno.

La hermosa cabellera rizada Bruneville clara que algún día él le había chuleado había dado lugar a una cabeza pelada casi al rape. Eso, le dolió a Nepomuceno. Se acordó de sus paseos dando vueltas al kiosco de Matasánchez. La banda tocaba. Él, muy atrevido, le tomaba el brazo. Se acababa de morir su primera esposa. Lucía lo arranca de sus recuerdos:

—¡Te estoy llamando!, ¿dónde andas? Ven.

Lo llevó a donde estaba jefe Joroba de Bisonte, su marido, y le señaló sin empacho sus cabellos largos —los de ella—, empegostados y apestosos.

Cuando el jefe vio que le estaban viendo la cabeza, presumió su falsa cabellera con orgullo.

Regresaron a donde podían hablar sin oídos escarbando su conversa.

—Ya viste lo que me hizo. Nos corta el cabello a todas sus mujeres, nosotras se lo adherimos alargándole el suyo. Te voy a decir más.

Le habló de las procelosas costumbres privadas de los bárbaros. De hierbas que fumadas les hacían entender las cosas de otras maneras, de cómo se prestaban uno al otro las mujeres "para usarlas, a mí ya me usaron todos los varones de su familia y sus amigos". Aunque había tenido boca de señorita, le desmenuzó al detalle las orgías, con detalles precisos sobre anos y demás orificios entrometidos. "Hay algo más que no te puedo decir, Nepomuceno". ¿Qué podía ser, después de todo lo que había confesado? Eso sí que le pegó a Nepomuceno. Ahí dejó Lucía caer su petición, "llévale la niña a mi mamá, se llama Laura, nació en Rancho El Bonito".

El impresor, Juan Printer, pisa el pedal de su prensa y tira la palanca del rodillo de entintar. Se levantó antes del amanecer con la idea de que antes de que llegara la hora de la comida terminaría de imprimir el tiraje entero del afiche para la próxima visita del circo que le había encargado mister Ellis Producer, iba a ser el segundo trabajo para él —y esperaba vinieran otros.

El día anterior había parado el tipo (grandes letras de madera con la leyenda GLORIOSA GIRA MUNDIAL) y había impreso en todas las hojas lo que llevaran con tinta roja el grabado del elefante que, por cierto, no venía en el circo pobretón, traían otros animales, pero a elefante no llegaban, sólo había alcanzado a hacer la prueba de la tinta azul en que iban a ir las letras.

Sería por la humedad en el aire, o porque el papel tenía un apresto díscolo, o algo le pasaba al rodillo, o porque se le había desnivelado la preparación de la plancha de la noche anterior, pero el caso es que Juan Printer no conseguía sacar ni una primera hoja impresa digna. Estaba de un humor de perros cuando entró el negro Roberto a traerle la nueva de lo que había pasado a Nepomuceno, y eso sí lo distrajo y ahí se acabó el día de trabajo. Limpió el rodillo, dejó el papel húmedo reposando, salió a la calle.

El doctor Velafuente camina por la calle Hidalgo, de vuelta a casa, algo cabizbajo —cansado y alterado por el cambio de rutina—, cuando se cruza en su camino con El Iluminado.

—Buenas tardes, Guadalupe.

El Iluminado ya no reacciona a ese nombre. No lo escucha. Cadavérico, los dientes carcomidos y negruzcos, continúa en Otro Mundo.

—Salúdame a tu mamá, dile que te pregunté por ella.

No respondió porque ni lo oyó. El doctor sigue su camino, farfullando para sí: "Siempre supe, Lupe, que te faltaba un tornillo, desde antes de verte la cara, desde que echaste los pies para afuera, como si nacer fuera igual que irse a la tumba. Ay, Lupe, Guadalupe. Dejaste a tu mamá meses sin poder sentarse. Tuve que meter la mano hasta adentro de su barriga para liberarte el cuello del cordel. Y tú te empecinabas en volver a amarrártelo, allá adentro te me retorcías que no había manera de controlarte. Tenías los pies afuera, como un muerto, pero eso sí: pataleabas. Lupe, Guadalupe. Una locura lo tuyo desde que naciste. Qué más podía esperarse de ti. Ahora te dices El Iluminado. La verdad es que tienes la cabeza averiada, Lupe. Quién habrá sido tu papá. O qué estrellas rebrillaban esa noche que expliquen tu natural."

Salustio, hacedor y vendedor de jabones y velas, infatigable recorre las calles de Matasánchez con su colorida canasta aunque nadie le compre prenda alguna de su perfumada mercancía. Encuentra al decaído padre Vera sentado en el escalón más alto de los siete que hay al pie de la puerta de madera tallada de la iglesia principal.

Salustio nunca se detiene frente al padre Vera, no tiene un pelo de tonto y sabe que el cura le trae ojeriza, lo cree un hereje porque ha leído de pe a pa varias veces la gorda Biblia (para el padrecito, comprobación de que Salustio es un maldito protestante). Pero ahí sentado, con la sotana arremangada y en el desconcierto, no le parece en lo más mínimo hostil, y como es un día especial y quién no tiene ánimo de conversar, lo saluda.

—Padrecito —le llama de la manera en que los más—, ¿ya sabe lo del mugre carpintero y don Nepomuceno?

—Ya lo oí, hijo, de primera mano, del palomero, en el consultorio de Velafuente —de inmediato se arrepiente de decirlo, es como vocear su pecado inconfesable. Se sonroja. Luego, alza los ojos. Inmediato, ve en Salustio una actitud poco arrogante —los entendidos la tienen mucha—, y quiere aprovechar la oportunidad, su apetito evangelizador le aflora a pesar de la vergüenza (o para salvarlo de ésta).

—¿No quieres confesarte, Salustio?

—¿Para qué?

El padre Vera suspira ruidosamente.

Con el suspiro, Salustio se da por bien recibido. Deja su canasta tres escalones arriba, pisa el cuarto y sube al quinto. Se sienta.

—¿Usted cree, padre Vera, que nos van a invadir los gringos?

—No, terminantemente.

—¿Por qué?

—Porque no. Verdad de Dios.

Lo dice, se pone de pie y se va.

Salustio descansa su canasta. Se apoya en ella. Cierra los ojos. Cae dormido inmediato. Sueña: Barcos, tesoros, azúcar, comida; rápidas imágenes se suceden sin tener entre ellas contacto. Barcos, desierto, hielo, león. Cherokee, mujer. Perro. Plato. Arroz. Altar. Olor. Castillo. Caramelo.

Imposible descifrarlo.

Mientras Salustio dormita en los escalones de la iglesia, pasa frente a él Fidencio con su mula, Sombra. Va absorto en lo suyo.

En Bruneville, el cibolero Wild y Trust acompañados de Uno, Dos y Tres salen del Café Ronsard. Su carreta con la oliente carga está del otro lado del mercado, en el costado norte. Mejor no caminar junto a los negocios, sino en abierto.

El Desdentado intenta asaltarlos con el cuento de John Tanner, pero claro que no se dejan. Les pide una moneda, tampoco tiene suerte.

Llegan a la carreta (en la que sigue escondido Fernando, el peón de Nepomuceno; sabe que no la tiene segura, debe salir del centro de Bruneville sin que nadie le ponga el ojo).

Sin más ceremonia, se suben, Wild y Trust al frente, Uno, Dos y Tres sobre la carga (aplastando aún más a Fernando, el peón de Nepomuceno, hace esfuerzos por no quedarse sin aire), y se enfilan hacia el muelle donde van a esperar el vapor para dejar "este pueblo de mierda" cuanto antes. Wild va maldiciendo, no pudieron subir al mercante Margarita del capitán Boyle, que acaba de partir. El capitán le alegó que no había lugar para su carga, no es la primera vez que les niega lugar. Van a tener que esperar, pero como se pondrán las cosas, es mejor estar donde La Grande.

En todo Bruneville sólo hay una persona que no se entera de nada. Hasta Loncha, la vieja sorda que tantos años cocinó para doña Estefanía y que el bruto de Glevack le birló por el placer de hacerle la mala obra (la vieja para entonces ya no servía de un comino), hasta ella sabe qué pasa, gracias a las señas que le afigura Panchito —el que otros llaman Frank, para ella será siempre Panchito, el hijo de esa pobre "desventurada, se lo hicieron contra su voluntad".

"¿Indios?", pregunta Loncha, y Frank-Panchito la ataja con un "¡No, no!" "¿Quién? ¿De quién me estás hablando?". Panchito Frank se lo hace saber señalando una estrella al pecho, al tiempo que maneja con la otra mano una sierra. "¡Ah! ¡Ya te entendí! ¡El sheriff! ¡El bruto ése de Sheas!".

Inútil intentar corregirle el nombre, indicarle que la R le falta. La esfera donde las erres y eses y demás quieren decir algo ha dejado de tener para Loncha alguna importancia. Su universo se ha tallado en roca precisa. Ve muy poco. No oye nada. No se desplaza de su silla. Entiende los contornos, el peso, el valor como nunca antes. "Tener todos los pelos de la burra en la mano —dice Loncha— es pura mugre, mejor nomás saber de qué pelo es el animal, si es pelo bueno o si no sirve para nada."

Su cabeza está mejor que nunca, sin turbulencias provenientes del corazón. Porque Loncha las tuvo y mucho. En su tiempo, se enamoró de cuantos usaban pantalones, sobre todo de "roperones" que aquí, en la orilla de la pradería, abundan.

Volvamos al único que en Bruneville no se entera de lo de Shears y Nepomuceno:

En una cama en el cuarto del fondo de la casa del ministro Fear que Eleonor ha habilitado como "enfermería", un hombre tiembla y suda. Está inconsciente.

Podría ser fiebre amarilla, hace menos de tres días regresó de excursinar los bosques al sur de Matasánchez, del otro lado del Río Bravo, buscando madera buena y manos amigas para la tala. Madera encontró de sobra, pero manos, fue imposible. Intentó contratar a los indios dóciles de la región, pero no les supo, y se convenció de que "no hay modo con ellos". Ni siquiera intentó con los mexicanos, había oído demasiado de sus hábitos y vicios. Cruzó el río para comprar cafres o guineanos que no comprendieran que donde los llevaba serían libres por ley con separárseles dos pasos.

Pero antes de que pudiera poner las manos en sus bolsillos, cayó enfermo, con un dolor en los huesos insoportable. No está el médico de Bruneville, el doctor Meal —su hija se casa en Boston—, no dejó a nadie de guardia (se cuida las espaldas: no le fueran a robar la clientela). Con sólo cruzar el río (había pensado el doctor Meal) queda Matasánchez con galenos de primera línea (de sobra son mejores que él, dos titulados en París, cobran a los pacientes menos, el único inconveniente es que no hablan inglés, sólo español, francés o alemán). Pero este hombre no quiso poner su suerte en *ésos*, le tiene desconfianza a cualquier mexicano. El cuartucho de casa de los Fear es el único remanso, consuelo y posible cura para alguien que de cualquier manera podría ser incurable,[7] sería el caso si contrajo lo que se sospecha —difícil comprobarlo, dadas las circunstancias.

Por el momento, en el delirio de la fiebre, ya no está aquí entre nosotros.

Lo cuida la esposa del ministro, Eleonor. A primera vista, la escena parecerá muestra de la devoción desinteresada, la neutra entrega de esposa fiel a la vocación del marido.

Pero hay algo más. Eleonor atiende al enfermo con una esperanza que poco tiene de ejemplar: desea contraer la enfermedad que sospecha tiene el hombre de quien no conoce el nombre.

Eleonor no quiere vivir.

También en Matasánchez sólo hay una persona que no se entera del insulto que Shears se atreve a aventarle a Nepomuceno. Es una mujer, Magdalena, la bella joven poblana.

En breve, su historia: cuando iba a cumplir los seis, muere su mamá. El papá, hijo de españoles, la deja en manos de su tía y se muda a la tierra de sus ancestros, o eso dijo.

La tía se hizo cargo de Magdalena por lealtad con la (occisa) hermana, pero más por apego a su bolsillo. A cambio de cuidar y educar (o darle el trato bla bla bla),

---

[7] "Quince por ciento de los enfermos desarrolla la fase tóxica, en la que la mayoría de los órganos fallan. Esta fase se caracteriza por la reaparición de los síntomas: fiebre, ictericia (tinte amarillo de piel y mucosas), dolor abdominal, vómitos, hemorragias nasales, conjuntivales y gástricas. La presencia de la albúmina en la sangre (albuminuria) indica que los riñones comienzan a fallar, hasta que se produce un fracaso renal completo con la no emisión de orina (anuria). Esto provoca la muerte en unos diez o catorce días en la mitad de los pacientes que entran en esta fase. El resto se recupera sin secuelas."

recibe cada mes una cuota que le cae de perlas, tiene doce hijos, siempre necesita más de lo que aporta el marido. Así las cosas, y hubieran seguido hasta que Magdalena se quedara a vestir santos, cuando apareció el abogado Gutiérrez. Venía del norte, tenía tierras y se decía que un capital no despreciable. Era el abogado más prominente de Matasánchez, estaba en Puebla para finiquitar asuntos de un cliente gringo. Gutiérrez se enteró de la belleza de la niña huérfana, del padre que vivía lejos, de los problemas de dinero de los tíos, de su buena familia y correspondientes modales, por supuesto (ni hacía falta preguntarlo) tenía que ser virgen.

Magdalena era bala segura para Gutiérrez, mujer nuevecita por completo de él, sin suegra, sin familia, sin quién le pidiera cuentas de nada. Como era muy tierna, la moldearía a su gusto. La esposa ideal. Con ésa iba a tener hijos, por fin podría sentar cabeza.

Se presentó a pedir su mano con una oferta irresistible. No pedía a la tía ninguna dote, al contrario, ofrecía un jugoso abono para que se comprendiera su buena fe y prometía tres pagos más en un período de diez años. Quería quedara claro que, de aceptarla, desde el momento en que Magdalena le perteneciera, se respetaría lo que marca la ley: la mujer está bajo el dominio exclusivo del marido. No permitiría visitas, reclamos o molestias. Ningún favor, ningún intercambio. Los convidaba a la boda, pero pasado el día de la ceremonia, punto final. Ninguna interferencia en su vida. Su única condición, a cambio de la compra de la niña, es que los dejaran en paz.

La tía (y las finanzas de su familia) perdería la cuota mensual enviada de España, pero no sería matar la gallina de los de oro. Primero, porque aunque los tres pagos fueran algo menos, si se sumaba lo que se devengaría por el período similar, llegaban de bulto y sin gastos. Además, ¿y si un día el papá de Magdalena ya no les enviaba la dieta?, ¿hacía cuánto que no les ponía ni una línea escrita, que no les daba ni un regalo? ¿Qué tal que se moría y la dejaba desprovista? Tarde o temprano, esa niña iba a ser una carga más. De criada servía para un comino.

"No", pensó la tía, "ante una oportunidad así, debo aceptar inmediato; por el bien de la niña; me lo va a agradecer la vida entera mi cuñado; esto es casarla bien; nos dejamos de líos, y ya salimos del paquete". No lo pensó dos veces. Primero recibió el dinero, hizo el contrato, y luego escribió informándole al papá. Omitía por prudencia contarle la cantidad convenida, así le quedaría al gachupín la duda de si se había visto obligada a casarla a las prisas por motivos no dichos. Mejor de una vez por todas, sin tiras y aflojes.

Magdalena se fue con el abogado norteño, Gutiérrez. No iba sola. No podrían estar a solas hasta que se casaran. La tía tenía pocas ganas de ir a Matasánchez, para ella el mundo era Puebla y no más —ni Veracruz, ni la de México, ni La Habana, ¿para qué Matasánchez?—, pero aprovechó la invitación del abogado para que, en su representación, y en carácter de chaperona, los acompañara su madrina —una mujer casi de su misma edad, que ya no se cocía al primer hervor pero que se veía mucho mejor porque no había parido doce criaturas, ni soportado a un marido idiota, ni sufrido premuras de dinero, ni padecido más desventura que no saber nada hacía tiempo sobre su hermano, fuera de que estaba en Bruneville.

De esto ya pasaron diez años.

Gutiérrez celebró la boda con un fiestón al que invitó lo mejor de la sociedad matasanchense, presumiendo novia tan bonita. Al terminar, se llevó a casa a la flamante esposa en carro de dos caballos. En el corto camino, le fue repitiendo:

—Fíjate bien cómo es Matasánchez, Magdalena, porque nunca lo vas a volver a ver.

Ella lo oía sin entender. Le tomó tiempo caer en la cuenta de que Gutiérrez nunca le volvería a permitir poner un pie fuera de casa. "A una mujer hay que celarla como se debe, cuernos no faltan en el mundo, no hay hembra que sepa cuidarse el chocho."

La noche de la boda fue espantosa para ella. No tenía ni idea de lo que hacían los hombres a las mujeres —y menos todavía que las mujeres tenían en eso también su propia parte—. No tenía edad ni apetito por esa gimnasia que le pareció repulsiva, y cruel. No la llamó gimnasia —esa pobre niña ni siquiera había estado nunca en el circo—, no supo qué nombre darle al subibaje en que él la usaba de trampolín. Gutiérrez, por otra parte, doce años mayor que ella, muy vivido —había tenido su primera amante a los diecisiete.

Así iba a ser por cuatro años, hasta que el abogado se aburrió y procedió a encontrar pañuelo en otra.

"Bruta, y tienes la barriga seca" —¿cómo no pensó que podría ser la de él, tantos años de andar puteando y ningún hijo?, aunque luego, claro, está el tal Blas, pero a saber si es de él—. "Yo ya no te voy a usar, saco de huesos; no sirves para tener hijos; en mala hora me casé contigo; si algún día floreces, ya veremos".

Lo que Gutiérrez ni pensó fue que, cuando empezó a usarla, ella aún no tenía semilla.

Del miedo que le dio lo que él le hizo, el cuerpo de Magdalena tardó más en terminar de madurar. Cuando a los cuatro meses del repudio le bajó la primera regla, Magdalena creyó que sangraba por una combinación de dos factores: se le había reventado la entraña por lo que Gutiérrez le había hecho repetidas veces, y porque se lo había dejado de hacer. De esto segundo se sentía culpable.

"Sangro por mi propia culpa."

Tardó más en comprender la dimensión de la acusación de barriga seca. Josefina, la vieja cocinera, que le había ido agarrando cariño por piedad, le fue explicando.

Magdalena pensó con rencor que se había quedado así a punta de palizas. Gutiérrez agrandó la rutina del sainetito, acababa con el trampolín y pasaba a darle porrazos. Por lo que fuera o por nada, porque no estaba lista la mesa cuando llegaba ("¡Magdalenta, lenta, lenta!"), o porque la sopa no le placía, o porque había tenido algún problema en los negocios, aunque Magdalena no tuviera ni vela en el entierro, o porque cada día se vuelve más hermosa, se ríe a saber de qué y se divierte con los criados, los bordados, el orden de la casa y la estufa.

Vive encerrada y en la luna, y ni las palizas consiguen robarle una alegría que quién sabe de dónde le sale.

El día en que Shears insulta a Nepomuceno, Magdalena no se entera de nada, ni quién se lo cuente, porque para empezar no tiene ni idea de quién es Nepomuceno.

(Dicen las malas lenguas que el abogado Gutiérrez fue amante de la madrina de la tía de Magdalena. Dicen que le hizo un hijo, como un milagro, la vara reverdecida; mismo que pasó a llamar Blas, nombre antiguo y con rebombo, cuadra al dedillo a los bastardos.)

Visita Matasánchez un gringo yo-querer-ser-filis-bustero (mister Blast). Olfatea en lo de Shears y Nepomuceno la oportunidad que ha estado esperando. "Ya me sé esta lección, viví la experiencia de Walker en Nicaragua". Confía en que Nepomuceno va a ser la palanca necesaria para ayudar a levantar su plan, y comienza a armarlo, deshaciendo los anteriores. Se queda cavilando y organizando la chispa que él cree su mina de oro.

Vinieron horas de confusión para Bruneville entero, incluyendo para el único que no sabe lo de la frasecita ésa de Shears, el aventurero que reposa en el camastro austero de la enfermería de los misioneros, quien de la fiebre pasa al delirio violento, grita, manotea, patalea.

Eleonor piensa en pedir ayuda a "eso" que le ha tocado en suerte por marido, mister Fear. Inmediato rechaza la idea. En una lucha cuerpo a cuerpo controla al delirante enfermo, lo vuelve a acostar en el camastro, le quita la camisa al enfermo. Pasa la palma de la mano por el pecho mojado de sudor. También ella suda, de tanto esfuerzo.

Su condición de esposa del ministro, su entrenamiento de maestra, su devoción bien probada por el bien de la comunidad, su entrega a las necesidades de los otros, la dejarán bien parada a los ojos de cualquiera que observe la escena. Otra impresión se tendrá de ella si por asomo se comprende la emoción que le despierta tocar el cuerpo enfermo.

No nos malentendamos: lo que ella percibe en él es la sombra de la muerte, eso la seduce, la conmueve, la imanta y en honor a la verdad sí la excita.

Sumerge un lienzo en el balde de agua fría. Lo pasa sobre el pecho del enfermo, lo frota. Lo seca con un paño. Después, la mano: el vello del torso del varón le ha tomado cariño a Eleonor, se le enreda entre sus dedos.

Lo acaricia una vez más. El delirio de la fiebre se ha calmado. La respiración está a buen ritmo.

El enfermo se agita, como si algo perturbara su paz desde el sueño. Suda a mares. Eleonor vuele a mojar el lienzo, lo pasa por el pecho, frota.

El enfermo se serena. Eleonor le pone la mano en el pecho, la desliza hacia la barbilla y de regreso. Los rizados pelillos del torso varonil vuelven a seguir el contorno de los dedos de mujer. La respiración de su enfermo está en calma. No la de ella.

Sigamos en la confusión que se desató en Bruneville:

En el mercado, Sharp dice su opinión (detesta a Nepomuceno, por lo de su vaca pinta que no sería buena lechera pero él confiaba le daría becerro) y Alitas la suya, que es la opuesta. Sharp se lía a golpes con Alitas. El verdulero se suma a la paliza, el franchute de las semillas se une a la revuelta atizándole a Sharp, el hombre del puesto de telas, Sid Cherem, se pone a gritar (no quiere tomar partido) y un loco ("El Loco"), que cuando duerme lo hace bajo el alero de la puerta principal del mercado —no lo hemos visto aquí antes porque pasa las vigilias escondido—, busca con qué empezar un fuego, siente la compulsión de prender un incendio; Tadeo, el vaquero, no consigue la erección con la Flamenca; Clara, la hija del peletero Cruz, se entera por la delación de la costurera de su papá (que antes había tenido quevres con el "maldito" hoy culpable) de que su novio, Mateo, también vaquero, está en la habitación refocilándose con Pearl su criada; muy a su pesar, y en contra de lo que imaginara, Héctor el mujeriego pierde la partida de cartas, Jim Smiley la gana, no la celebra porque su rana saltarina (la que venía entrenando para ganar todas las apuestas) croa en su cajita, "¿qué te pasa, bonita?"; Leno, al verlo todo perdido —vaya que necesita la plata mucho más que Héctor—, usa un humillante recurso: se echa a llorar y pide préstamos; Tiburcio, el viudo, desesperado con su soledad como siempre —dieciocho años de haber enviudado de aquella santa que, nunca se atrevería a confesárselo a nadie, murió virgen porque le pedía paciencia, y tanta la tuvo que primero le abrió la puerta San Pedro a ella, que ella las piernas a él—, Tiburcio inmóvil, sentado en su silla, nomás confundido; Sabas y Refugio, Juez Gold, el traidor de Glevack y Olga la lavandera se enfrascan en una discusión estúpida que poco tiene que ver con ninguno de ellos —pasa por la calle una carreta cargando pacas de algodón que tiran uno de los jarrones del balcón de doña Julia, Olga oye algo que se rompe, pide auxilio, Glevack y los hermanos y Gold responden creyendo que es de urgencia, sin saber a qué atienden—, los cinco se enredan, entre las piezas del roto jarrón, la alarma por el grito de Olga, los malentendidos, sin comprender, nada más acabando de hacer pinole al maltrecho jarrón roto.

La mucama que limpia el cuarto del hotel donde se hospeda La Plange, el fotógrafo —prima de Sandy, Águila Cero, la del escote (y con quien comparte cuarto en el hostal anexo al Hotel de La Grande, muy a su pesar porque también es burdel)—, se horroriza con las fotos impresas que acaba de encontrar contra la ventana: Mocoso, el chamaco que anda con él todo el tiempo como sombra, aparece sin ropas, en posiciones que de verlas la ponen mal.

Miss Lace recuerda que ha dejado las canastas en el mercado, no sabe que las llevó Luis a la casa. Deja de buscar a Nat y camina hacia casa de Juez Gold.

El negro rico Tim Black en un tropiezo. Hacía diez años, cuando llegó de Nueva Orleans a la Apachería con un traficante de pieles (vía el Missisipi hasta el Río Arkansas, y por tierra hasta Santa Fe) y fue bien recibido, e hizo algo de fortuna, compró de los wakos una mujer blanca de Texas, con una hija de dos años. Pues bien: ahí entre la gente que se arremolina en la Plaza del Mercado acaba de ver a un hombre que ("lo juro por mi madre") es idéntico a su mujer y su hija. Su vivo retrato. Cara más especial no hay. Debe ser su hermano, o peor todavía, su marido… debe venir a quitársela —imagina—, "éste es mi fin, mi fin, me van a hundir"… Se hunde tanto en su zozobra que ni cuenta se da no tiene ni ton ni son.

Eleonor sigue mojando en el balde de agua el lienzo y pasándolo por el pecho de su enfermito, devotamente entregada a su labor —y más, fascinada— cuando le traen al carpintero (o sheriff) Shears con su hemorragia. Lo vienen cargando entre cuatro o cinco. Lo llevaron antes con mister Chaste, el boticario y alcalde, quien por reflejo le cortó el pantalón alrededor de la herida para revisarlo. Mister Chaste dijo que él con esto no se mete, que Shears trae la bala metida en el muslo. Más le vale a Eleonor armarse de valor, el pobre diablo no va a llegar vivo a Matasánchez sangrando así —"it would kill him to try to make it to Matasánchez".

Deja en el pecho desnudo de su enfermo el paño húmedo extendido.

Pide acuesten a Shears en la mesa. Toma del piso el balde de agua de su enfermito y lo vacía sobre el muslo de Shears para poder revisarlo. Inmediato, Eleonor sumerge en la herida la punta de las pinzas de la enfermería —son para sacar astillas o parecidos, pero con suerte sirven—, entran en la carne abierta del carpinterillo, "ay, ay", Eleonor siente que roza el casquete, "ay", sumerge más las pinzas, "ay" —cada ay es más débil que el anterior—, las puntas agarran los dos costados, "ay", se resbalan porque es metálico, "ay", vuelve a insistir, ay, ay (que ya ni se oye casi), "se valiente", Eleonor insiste con las pinzas", "ay", "cállate", se atora el cartucho en la punta plana de la pinza, y zas, quién sabe cómo, el metal sale prensado entre los dos sangrantes y planos picos de las pinzas.

Eleonor, contenta, la cara se le ilumina. Deja a Shears, retira de su enfermito el lienzo húmedo ya entibiado, lo tuerce, lo pasa por abajo del muslo herido de Shears, y se lo amarra, anudándolo con todas sus fuerzas, que no son pocas.

—Nadie me mueve al sheriff, aquí se queda.

Shears está pálido, enmudecido.

El enfermito de Eleonor regresa al delirio.

El ministro está en el patio, se le ha revuelto el estómago al ver tan de cerca tanta sangre. También pálido, también enmudecido.

Eleonor sale de la habitación para llenar el balde de agua. Camina frente al marido, sin siquiera notar su presencia.

Vuelve a caminarle enfrente: en la mano izquierda lleva el balde lleno, en la derecha, la lámpara de aceite. Esta vez Eleonor sí da señas de ver al ministro.

—Voy a cauterizarle esa vena. Le voy a fundir lo que se pueda de la bala, con que le caiga una gota, se cierra. Si no… veré de dónde…

¿Fundir?, ¿cauterizar? El ministro Fear siente miedo de esa mujer, su esposa. Piensa muy dentro de sí: "me casé con un pirata, es un ser sangriento". Se le descompone el estómago, retortijones como centellas, siente urgencia de usar la bacinica.

El ministro Fear se pone en cuclillas sobre la bacinica. Los rayos y centellas que cruzaron por sus tripas se han escondido en la oscuridad. Pero esta oscuridad tiene algo sospechoso, sabe que si abandona la bacinica tendrá que volver de inmediato. En sus tripas se avecina una tormenta. Mientras tanto, calma chicha y a pensar en Nepomuceno:

Cuando Nepomuceno supo años atrás la primera acusación que le trabajó Glevack, salió de la alcaldía y dio la vuelta en calle Charles, donde estalló, justo frente al portón de casa del ministro Fear: "¡Ladrón de caballos, yo! ¡Se atreven a decirme *a mí*, Nepomuceno, que soy un ladrón de ganado! ¡Cuántas cabezas no arrebataron *a mí* los recién venidos, los que se creen mucho porque *hicieron* la República Independiente de Texas! —¡son unos frescos!, ¡quesque hicieron una república!, ¿qué se puede esperar de gente que tiene por primer principio la defensa de la esclavitud?, ¡texanos!—, luego los yankees que se nos vinieron a pegar con eso de la anexión, convencidos de que aquí había negocio rápido —arrebatarnos tierras, ganado, minas—, por no hablar de que luego nos comerían del Río Nueces hasta el Río Bravo —¡nos birlaron el territorio!, porque bien mirado, ¿cuál compra?, ¿cuál guerra?, por más que le den a la hilacha fue hurto—. Yo soy el último de la lista a quien pueden ir a colgarle ese sambenito. Se necesita ser un cara dura. Se sirven con las manos llenas, ni echan mano de su propio lazo, contratan indios o malvivientes que saben cómo manejarlo, les pagan por cabeza capturada. Y mire: una cosa es levantar las piezas sueltas que se encuentra uno en la corrida, echar mano del ganado nanita, se da por hecho que es un recambio, porque uno deja algunas propias rezagadas en el camino, no hay cómo no, es un cambalache natural. A fin de cuentas, el llano es quien alimenta a los animales, al llano pertenecen, y el que sea bueno con el lazo tiene el derecho de llevárselos, si sabe que contribuye a la siembra de cabezas. Ése era el orden, antes que llegaran éstos y pusieran sus leyes muy como les plazca. A la brava, pues. Yo vaya que he contribuido mucho a la siembra de nanita y pastos. ¿Y quieren plantarme *a mí* el conque de que soy *ladrón de ganado*? ¡Colgármelo *a mí*! ¡Ladrones ellos y los procuradores de sus injusticias! Tú, Glevack, ¡muerto de hambre!, ladino, así pagas la generosidad de mi familia; errante, pata de perro."

Esto había arengado Nepomuceno frente al portón de la casa del ministro.

Abacinicado, Fear piensa en él, luego trata de entender lo de su mujer y la bala que le había metido Nepomuceno al carpintero Shears. En esto estaba cuando vuelve el relámpago a sus tripas, y sobre la bacinica cae una lluvia fétida.

Peter Hat Sombrerito, al exigir se cerraran las puertas de su casa temiendo se desatara el pandemónium, compra el boleto a un ataque de furia que le estalla apenas terminar los rezos. Enfila su ira contra Michaela, su mujer, como si ella fuera la responsable de lo que está pasando en Bruneville. Agarra cualquier pretexto: Michaela había quedado de encontrar a Joe, el mayor de los hijos de los Lieber, en la Plaza del Mercado, para recoger el pan —les repugnaba el pan blanco que se hace en Bruneville por la maldita influencia de los franceses, unas pequeñas porciones individuales, a menudo adornadas con azúcar, no tiene lo del propio, peso, semillas—. Como no fue por él, no hay pan en casa. Peter Hat se pone furioso, "no se puede comer sin pan; ¡qué barbaridad!, ¡a saber cuántos días vamos a estar así!, ¡qué estúpida eres!…".

("El pan blanco no alimenta", decía la mamá de Joe, "das a tu hijo pan blanco y en poco tienes un Dry o un mister Fear, gente necia. Hay que dejar semilla en el pan. La masa debe saber levantar, pero no toda debe ser pura espuma. ¡Es pan, no risa! ¿Quiere un hijo idiota, una hija de pie ligero? Sólo aliméntelos con pan francés.")

El peletero Cruz entra a casa y encuentra a Clara su hija enloquecida, gritando, haciendo como que se rasga las ropas. "¿Qué te pasa?" Camina al patio, al fondo ve la puerta del cuarto de su criada Pearl abierta y la escena que puso así a Clara: la que él creía fiel se arremanga las faldas para un vaquero, el poca cosa de Mateo.

Carlos el cubano intenta comenzar el ciclo de un mensaje para Las Águilas. Pero el primer eslabón le falla. Águila Cero no está en su lugar —difícil no encontrarla, pero hoy, justo hoy, tenía que ser el día que faltara—. Sospecha que alguien le pisa los talones —pero no de Dimitri el ruso—. Cree que es el final de la organización Las Águilas, cree que la agresión de Shears a Nepomuceno, la ausencia de la chica y lo que vendrá, son parte de un

complot tramado para acabar con Las Águilas. Sabe dónde están las ganancias que Nepomuceno les entregó tras
la venta de algodón, pero no se atreve a ir por ellas. No
sabe qué hacer. Sube y baja los escalones que dan a la entrada de la alcaldía de Bruneville, pensando que en un
lugar tan abierto y tan legal no puede despertar sospechas.
Dos escalones arriba, dos escalones abajo…

Todo es confusión, pero no todo es alboroto: En
el cuarto de atrás de la casa del ministro Fear, el enfermo
sereno descansa. A su lado, los párpados bien abiertos, los
ojos fijos en él, Eleonor.
    Atrás de ella, "¡Me duele!" "¡Carpinterito quejica!"
"Me duele, me duele…".
    Tantos medueles que Eleonor termina por levan-
tarse, muy a su pesar. Revisa la herida del sheriff, descu-
bierta para que no haya pudrimiento. A menos de un
palmo de distancia, el nudo del paño sigue bien apretado,
detuvo la hemorragia.
    Aplica sobre la herida miel, de la que tiene guar-
dada en jarrillos de barro, se la traen de Matasánchez, es
de flor de mezquite.
    El sheriff suspende sus medueles. "Tengo sed".
    Eleonor le llena una taza con agua del balde.

En la cárcel, inmóviles y en silencio, Urrutia y el
ranger Neals, muy agitados pero fijos, parecen dos estatuas
aunque no de marfil. El calor se ha puesto perro, las gotas
de sudor lentas, lentas, les van resbalando.

Del otro lado del Río Bravo, en Matasánchez, las
cosas tampoco andan muy calmas. Poco después de haber
topado con el doctor Velafuente, los oídos abstraídos de

El Iluminado despiertan. Escucha muy claramente que lo llama una voz. No es la de la Virgen. Es distinta, de varón, tal vez parecida a la propia aunque algo más tipluda.

—Pst, ¡Iluminado!

El Iluminado infiere que la voz proviene de la maltrecha cerca del solar vecino a casa de Laura, la niña que fue cautiva.

Si se le hubieran avispado segundos antes los oídos, El Iluminado habría percibido el llanto de Laura.

—Yo te voy a ayudar. Haz de mí la cruz y hablaré para todos la Palabra.

La voz es aguda y juvenil, ni quién crea que viene de ese palo viejo.

Sin pedirle permiso a nadie, El Iluminado arranca el tablón que parla. Basta con un fuerte jalón para separarlo de la cerca.

—¡Eso! ¡bien! Ahora clávame al que estaba junto a mí, a mi cintura.

El Iluminado pone la mano en el tablón contiguo,

—¿Éste?

No oye respuesta. Interpreta el silencio como una afirmación.

Lo desgaja con el pie, sólo le queda una mano libre.

—¡Bien hecho, Iluminado! Ahora clávamelo, a la cintura.

—¿Con qué clavos?

—Vamos por ellos a la tienda.

—No traigo dinero, y el señor Bartolo no fía.

—Yo le digo, anda, ¡vamos!

El Iluminado carga con los dos tablones que la humedad y los cambios de temperatura desgastaron y pudrieron. Los lleva frente a él, lado a lado, sus brazos extendidos, los ojos al cielo, rezando.

—¿Y ora qué se trae Lupe? —piensa Tulio, el de las nieves, empujando el carrito de madera en que los dos baldes (de limón, de chocolate) se mantienen helados, rodeados de sal. Habían compartido banca en la escuela, lo conocía desde antes de su transformación, "aunque siempre le faltó un tornillo". En la escuela se decía que el loco era Tulio, siempre inventando cosas.

Al llegar a la tienda, El Iluminado baja los ojos. El tablón empieza a hablar, primero para darle una orden:

—Ponme frente a Bartolo.

Lo obedece El Iluminado, y va más lejos: pone los dos tablones frente a las narices de Bartolo.

Bartolo está terminando de atender el pedido de doña Eduviges. Algo asustado, el tendero ve la cara trastornada del loco empuñando los tablones casi contra sus pestañas.

Muy claro escucha la voz tipluda, mientras El Iluminado baja el primer tablón, lo acomoda sobre el mostrador, sobre éste acuesta transversal el segundo.

—Contribuye con cuatro clavos a fijarme, anda, para que estos dos tablones se vuelvan mi cuerpo de cruz.

El señor Bartolo siente alivió de que El Iluminado baje los amenazantes tablones, aunque "va a dejar el mostrador como si lo hubieran caminado ida y vuelta…" Gira el cuerpo para sacar de los travesaños la cajita de los clavos medianos. Toma el martillo. Da un primer golpe a un clavo.

—¡Ay! —dice la voz.

Un segundo martillazo, otro "¡ay!" (que a Bartolo lo divierte), un tercero, "¡ay!", y un cuarto, "¡ay!".

Los dos tablones quedan convertidos en una cruz. El Iluminado la levanta del mostrador, la contempla, dice algunas palabras inconexas e incomprensibles, y se la lleva sin dar las gracias.

—El pobre Guadalupe está cada día más loco. ¿Qué me había dicho, doña Eduviges, en qué estábamos?

—Pues usted diga lo que quiera del Iluminado, señor Bartolo. Yo clarito oí a la Cruz Parlante. ¡Santa María Purísima!

Sale Eduviges de la tienda persignándose repetidas veces. Bartolo maldice apenas le queda fuera de vista:

—¡Con un demontre! ¡Esta mensa! Guadalupe finge la voz y aprieta lo más que puede los labios, ¿y me sale con que es una Cruz Parlante?

Frente a él, María Elena Carranza dice muy pensativa:

—A mí usted me va a perdonar, don Bartolo, pero que conste: sí es la cruz lo que habla.

Eduviges va de chismosa a contar a las persignadas que El Iluminado trae una Cruz Parlante.

Al norte del Río Bravo, Eleonor sigue pasando el lienzo húmedo en el pecho del enfermo, con devoción notable, absorta, entregada. A sus espaldas se oye un quejoteo: "me duele", es Shears, el mal carpintero y peor sheriff, "me duele".

Al sur del Río Bravo, a saber si por propia voluntad o bien aconsejado por la Cruz Parlante, El Iluminado entra a la iglesia y se planta frente a la pila de agua bendita.

Cuando El Iluminado está a punto de empinar la (mugrosa) cruz en el agua bendita, el padre Vera (tampoco se sabe si asesorado por la voz divina) sale corriendo del confesionario.

—¡Oiga! ¡Lupe! ¡Esa agua es bendita!

Con un tono que hiela los huesos, la Cruz Parlante habla —"Clavado en una cruz y escarnecido"— y el coro de rezonas que sigue al Iluminado canturrea sus "grande es Dios", "bendito sea" y otras como ésas.

El padre Vera toma agua de la pila y bendice con larga plegaria la cruz. Las persignadas, ensartadas en la ristra de ruegapornosotros, se mantienen a dos pasos de ellos, no demasiado cerca, la Cruz Parlante les impone algo de miedo.

Inmediato corre la voz de que la Cruz Parlante se ha bañado de cuerpo entero en el agua de la pila (cosa que como sabemos no es verdad), y hay quien cree que ha adquirido poderes curativos.

El doctor Velafuente se sienta a tomar su café aunque sea más temprano que su hora rutinaria, y con "mi tacita" se arriesgue a alterar su digestión. Por la hora, bien podría o revolverle el estómago, o desatarle los intestinos. Si lo primero, un agua carbonatada lo remediará, la compra en botellas importadas de Londres. Si lo segundo, una toma del jarabe Atacadizo —lo fabrica la tía Cuca, sólo ella tiene la receta—, y se acabó. Así que nada del otro mundo. "La suerte única de no haber nacido entre los salvajes… No vivir sujeto a las inclemencias del cuerpo; la civilización provee remedios, curas, cirugías si es necesario. Por lo demás, el bárbaro va de gane: tres o cuatro esposas, holgazanería —para comer sólo estiran una mano, arrancan el mango o el plátano; al pie tienen la tortuga y las yerbas para la sopa… nosotros a puro fregarle el lomo…" (pensaba en los del sur, para el doctor Velafuente el norte era otra cosa, surtidor de maldad perversa).

El Café Central de Matasánchez está a un costado de la Plaza Central de la ciudad, frente a Catedral. Las tupidas frondas de los árboles impiden ver las obras de renovación de la iglesia —el huracán del 1832 lastimó el inmueble, fracturando el campanario—. Las mesas se ponen bajo la arcada que corre frente a los comercios de la acera, ante la fachada del Hotel Ángeles del Río Bravo, el más distinguido de la región. Es realmente elegante, se dice en Matasánchez que no tiene nada que pedir al mejor hotel del mundo, y no se miente. A lo largo de los años, la familia de Nepomuceno y sus relaciones comerciales, familiares y políticas se han hospedado ahí, desde la primera noche en que lo abrieron. Las malas lenguas aseguran que es otro de los negocios de doña Estefanía, pero eso sí que no es cierto.

En el Café Central hay un poco de todo. En la noche, los músicos animan hasta muy altas horas. De día, pasan vendedores ambulantes, indios cultivados que vienen del sur con mercancías de todo punto exquisitas, la vainilla del Papaloapan, los deshilados del Bajío, los bordados del sureste, el chocolate de Oaxaca, los tamales del Istmo, el mole de Puebla. Es cosa de ver. En las mesas, la variedad de los clientes es aún mayor, entre los que tienen con qué pagar los precios, que no son bajos, y los que pasan el tiempo meneando una cucharita en el vaso de agua que les sirven de cortesía. También cambia la clientela dependiendo la hora. Por las mañanas de los días laborales, los hombres se sientan a leer el periódico o tratar sus asuntos; al pasar la hora de la comida, camino a la siesta se detienen por un trago o el café. Los martes a las cinco de la tarde, cuando los varones han terminado la siesta y vuelto al trabajo, las señoras toman chocolate, se pasan noticias, si hay un nuevo compromiso de matrimonio, la salud, un bautizo por venir, chismes diversos. Los viajeros también frecuentan el lugar, los más son hombres que vienen a mercar mediano o a hacer grandes negocios, pero a veces llegan algunos con sus mujeres o hijas, si son de la región, o los que van en camino al vapor que los llevará a La Habana o a Nueva Orleans. Ya entrada la noche se reúnen los de dudosa reputación. Cada vez es más frecuente que los pistoleros o aventureros del otro lado del Río Bravo se sienten a las mesas del Café Central, son los que más corrompen el lugar con su apetito por placeres que no se atreverían a probar al norte.

A dos mesas de la que ocupa siempre el doctor Velafuente está sentado Juan Pérez, el comanchero, mexicano, rico, sin escrúpulos, que mercaría a su hermana si le dejara ganancias buenas. Ya no es joven, y digo lo de la hermana porque es el único miembro de toda su familia que aún vive. Su mamá murió hará una década, ya muy vieja, podrida de dinero y de rencores. Sus hermanos eran todos militares, de bajo rango, fueron carne de cañón en distintas batallas. A su papá, él no lo conoció. No tiene esposa cristiana, dicen las malas lenguas que se ha casado varias veces entre los indios, pero él no reconoce ningún hijo como propio, y si tuvo mujeres a todas las ha olvidado, y se puede dudar de que alguna vez se aprendiera sus nombres. Para él las hembras son un par de piernas abiertas, o repetidos pares, si somos más precisos.

Pero no hablemos de su apetito sexual, tan legendario como su avaricia, repetida aburrición, puro metesaca buscando borrachera pasajera. El truco es conseguir llegar al punto de la embriaguez, y para eso necesita un cuerpo joven, dos tetas —si se puede, desnudas—, caderitas, piernas. Un día se había acostado con una mujer a la que faltaba una pierna. No estuvo mal. Tuvo algo que lo liberó, pero apenas consiguió eyacular, la tipa lo repugnó. Días después, tuvo pesadillas con ella que se repitieron con cierta frecuencia hasta evaporarse entre otras que aquí no vienen a cuento.

Juan Pérez el comanchero —blanco, blanco, pero si le sale un hijo puede venga bien prieto, lo mexicano se le nota— bebe un ron. Viste la mejor ropa que se puede mandar a hacer en Matasánchez, es de estreno. Llegó en la barcaza con abundante mercancía, la mercó con mucha suerte, lo siguiente es comprar lo de vender para regresar, pero antes disfrutar un poco. El dinero que se gasta no es el que se acaba de ganar. Su hermana, Lupita, que es encima de todo tonta, le pasa plata de vez en vez, sin excepción cuando lo ve llegar mugriento y flaco de sus expediciones. Lo flaco era por tanto trotar y comer carne magra, la vida al aire libre. Lo mugriento, por lo mismo. Ella interpreta las razones como una sola (pobreza), y se apresura a protegerlo. Es una zonza. Puede no se haya casado, más que por otra, por prieta, es el frijol de la familia.

Juan Pérez el comanchero escucha el chisme que se cuenta de Shears y Nepomuceno. Conoce a los dos, los tiene bien medidos. Por el momento, piensa, "ni me va, ni me viene".

En otra mesa del Café Central están hablando de "la Texas de ellos, los tejianos":

—Qué se puede esperar de ellos, si su primer presidente…

—Sam Houston…

—Ése, ¿cuál otro? Houston es apache. Los tejianos son salvajes, de natural.

—¿El gobernador?

—Houston es escocés.

—No, es irlandés.

—Habrá nacido de escoceses o irlandeses o lo que fueran, pero se ha pasado la vida entre indios, y lo es, no de cautivo, se fue con los cheyennes porque le dio la gana. Dejó su casa a los 16, odiaba trabajar en la tienda del hermano, se aprendió bien el modo, lo adoptó el jefe… al menor descuido se regresa a vivir con ellos. Tiene esposa cherokee, o varias… cuando lo dejó su primera mujer se regresó a vivir entre ellos.

—No te creo.

—Pregunta al comanchero.

—¡Eh, tú!, ¡comanchero! ¡Juan Pérez, te estoy hablando! ¿Es cierto que Sam Houston es apache?

—Cherokee, sí.

—Pero así, ¿bien indio? ¿Lo viste con tus ojos?

—Vestido como indio, sí.

—¿No les digo? Nos ganaron el territorio los salvajes.

—Sam Houston —dice el comanchero—, y yo creo que porque tiene lo cherokee, es, junto con los indios, lo único bueno que hay al norte del Río Bravo. Mexicanos incluidos.

Ignoraron su comentario y siguieron su conversación:

—Yo sé de cierto que vivió en Coahuila, desde acá peleó por quitarnos el norte.

—Tan salvajes son que tomaron nombre de indios para llamarse, ¡Texas!

—Bueno, el nombre Coahuila es también indio, y eso no nos hace bárbaros o salvajes…

La cola que los creyentes y los muertos de hambre han formado para persignarse con el agua bendita donde se remojó la Cruz Parlante (y milagrosa) llega hasta el edificio del Ayuntamiento.

En Bruneville, Olga anda diciendo que John Tanner, el indio blanco, regresó y que busca venganza. Su fábula tiene más oyentes que las que pasa del asunto de Nepomuceno. No sabe moverse suficientemente rápido, lo que cuenta de Nepomuceno ya es cosa sabida cuando ella aparece. En cambio, la manera en que reseña las supuestas apariciones de John Tanner deja a cualquier escucha intrigado, de diferentes maneras.

Se atrevió a pasársela a Glevack. Éste pensó: "tú lo que necesitas es quién te meta mano, conmigo no cuentes". La pasó a los niños que vendían jaiba en la carreta de Héctor, Melón, Dolores y Dimas, que se la creyeron completita. Quiso pasársela a Eleonor Fear, pero por más que tocó a su puerta no recibió respuesta —estaba en el cuarto de atrás, atendiendo devota a su enfermo, arropada por los medueles del sheriff Shears que le sirven de música de fondo, le cobijan su delirio, y el ministro está en la bacinica, aún con retortijones.

En la mesa de juego de La Grande —de quien dicen las malas lenguas que bebe como un cosaco porque sigue enamorada de Zachary Taylor—, alguien le recuerda lo que dijo cuando le llegaron con la nueva de que lo habían matado estando en México. Lo interrumpe la anfitriona con voz ronca y formidable, para terminar ella misma la anécdota:

—Y yo le dije al pedazo de hombre que se atrevió a venirme con tamaña idiotez: "Maldito hijo de puta, oye lo que te dice La Grande: no hay suficientes mexicanos en todo México como para poder derrotar al viejo Taylor".

Ya todo mundo lo sabe de sobra, pero igual la oyen, les divierte.

¿Por qué le dicen así a La Grande? ¿Sólo por sus enormes dimensiones, o le habían puesto el apodo del transatlántico más grande de su tiempo? Pesa más de noventa kilos, mide un metro con ochenta y siete centímetros, calza más que un hombre pero, eso sí, tiene proporciones perfectas, cinturita de avispa, caderas y pechos nutridos, ojazos como para su tamaño. Es un remedo en gigante de una bella mujer. Sus labios, grandes como su nombre, su lengua, grande también. Hace sus gracias accesibles si alguien le llega al (gran) precio. Ha mudado varias veces de marido. Aprendió a hacer negocio con muertas de hambre, y sigue en eso.

La señora Stealman, nèe Vert, está de comerse las uñas pensando quién va a llegar y quién no a la reunión. Da órdenes contradictorias al servicio. Teme lo peor. Cree que hoy puede ver llegar su hora del ridículo, no sabe si sabrá manejar con cordura el enredo y, peor todavía, no tiene ni idea de cuál demontres será. ¿Cuántos vendrán? ¿Quiénes? Encima, no llega el señor Stealman, "¿pues dónde anda?". Ya no falta gran cosa, y ella todavía sin saber. Tal vez llegaron notas de disculpa por ausencias a su oficina.

¿Qué, ella es como un costal de papas?, ¿por qué la ausencia total de consideración? "Maldito maldito", piensa en silencio mientras grita por cualquier cosa a las esclavas.

Rebeca, la hermana solterona del carnicero Sharp, ha preparado la comida con sus propias manos —no pagan servicio, ¿para qué?, una casa sin niños, donde sólo están los dos hermanos, en una ciudad donde tienen apenas nueve años de vida (ni primos, ni familia, ni perro que les ladre)—. Sharp no aparece. Rebeca piensa que lo han asesinado en su camino de regreso a casa. En realidad, expresa con su temor su más íntimo deseo, y por hacerlo, siente que le estalla pólvora en los pulmones. Se controla. Respira hondo; con la lucidez que le resta se atreve a pensar que ojalá y hayan asesinado a Sharp, y la angustia sube de tono, le falta el aire, le pesa el pecho, algo parecido a una mano fría le aprieta las cuentas de los ojos, estrujándoselas contra el cerebro; le arde la garganta; le sobra la lengua. Ella misma, su persona, se ha tornado en zona de guerra. Los colores de las cosas le parecen más brillantes. Siente un deseo incontrolable de gritar. Pero calla.

Glevack, como antepone siempre su propio provecho, se refocila de gusto pensando que le han dado a Nepomuceno su tenteacá y que ya le caerá encima la justicia, no sabe ni cómo celebrarlo. No mide las consecuencias. Tiene el ojo del que sólo mira en corto su propia cartera, sin darse cuenta de que lo que carga ahí es pura paja si prende el fuego.

El ejército a sueldo que tiene Bruneville —de distintas facciones, siempre fluctuantes dependiendo de la proveniencia y constancia de la paga— y los voluntarios, que no son menos, están a punto de turrón. Nadie contrata a los de sueldo, y a los otros los mueve el ansia de defenderse, pero pues de quién precisamente. Están a la espera, estallan al menor pretexto —caen acribillados mexicanos en las calles, de vez en vez, ni quién ponga a echar a andar la ley pa' perseguirlos.

Rojos y azules revueltos. Ya ni se acuerdan que son de diferentes bandos. Todos en un mismo sentimiento, son texanos de hueso colorado.

¿Y Nepomuceno? Más rápido que su bala, tras recoger al borracho Lázaro Rueda del suelo se lo echa al hombro, lo acomoda delante de la silla de su caballo y monta.

Desde su silla laza el arma del sheriff Shears, la Colt que le regalaron en la alcaldía —con su torpeza cuál tirar, nomás se le había resbalado al piso sin atinarle al gatillo—, la levanta y se va con ella al jalar las riendas y acicatear al caballo. Hace inmediato el lazo más corto y más corto mientras avanza.

Parte a la carrera. Tras él van cuatro de los suyos.

Sin detenerse, con la izquierda, se enfunda la Colt que traía el bueno para nada de Shears, cambia las riendas de mano; saca la Colt de Shears, dispara al aire, regresa el arma a la funda.

Sobre la calle James, poco antes de llegar a la Charles, el segundo puño de sus hombres conversa alrededor de los encargos de doña Estefanía, costales de naranjas verdes y uno de cebolla y ajo atado sobre el lomo de su mula.

Ludovico —hombre de armas y muy buen vaquero— quiere estar mero ahí, junto al ventanal donde a veces se asoma la carita sonriente de la india asinai Rayo de Luna. Es tan bonita. Si los Smith la vendieran, él se las compra. Y si no la venden nunca, un día se la va a robar, para algo es hombre. Echa el ojo al ventanal, buscando la cara de Rayo de Luna.

Desde el balcón de su habitación, escondida detrás de los visillos, la menor de las Smith, Caroline, los espía, a la espera de volver a ver pasar a Nepomuceno, del que está (muy) enamoriscada.

Ludovico ensueña parpadeándole al ventanal; Fulgencio y Silvestre ríen a carcajada batiente, a saber de qué; ninguno ve a los suyos sino hasta que están mero enfrente de sus narices. Avientan sobre los lomos de sus monturas los sacos de naranjas, montan presurosos y a correrle.

Con el aturdimiento de las prisas, un saco de naranjas va embrocado. Apenas pasar la esquina de Charles y James —luego lueguito—, las frutas empiezan a caer, rebotando contra la piedra bola del piso.

Toman hacia calle Elizabeth, Nepomuceno a la cabeza. La mula cargada del ajo y la cebolla los sigue, pegadita a sus colas, de pura inercia, sacando músculo a saber de dónde para ganar velocidad —sus cortas patas parece que vuelan.

En la salida de Bruneville hacia tierra dentro, los espera el tercer piquete de nepomucenistas. Al avistar su carrera, montan y se les suman.

Van formando un nubarrón de polvo. Toman la desviación hacia el muelle, por la tierra más húmeda dejan de hacer la nube que los señala, llegan a la lodosa ribera.

Se detienen a unos metros de la barcaza ya cargada de ganado.

Pedro y Pablo, los ayudantes del viejo Arnoldo en la barcaza y cuidadores bien parados (los dos descalzos niños que juntos suman dieciséis años, a partes iguales —por esto los llaman con un solo nombre: "Los Dosochos"), apenas subir la última pieza del ganado, acaban de retirar el puente-corral. La barcaza está ya equilibrada. Cuando aparecen Nepomuceno y sus hombres, los dichos terminan de asegurar las escotillas, caminando por el borde externo de la plataforma. El carbón reacomodado en el remolcador para guardar el equilibrio, el motor ya encendido y caliente, soltarán amarras en cualquier momento, las dos resistentes cadenas que en la punta y el cabús sostienen de costado la barcaza a tierra. Llevan una cuerda atada al torso, los sujetará si cualquier tropiezo al borde de la barcaza. Pedro viajará ahí, con su perro pastor; Pablo acompañará al viejo Arnoldo, se le reunirá por el cabús de la cabina del remolcador.

El viejo Arnoldo —sordo como una tapia— está ya detrás del timón del remolcador; no lo hace nada feliz transportar ganado; a los caprichos imprevisibles del Río Bravo hay que sumar el temperamento de la vacada. A sus pie, la bocina, por si hace falta.

El ganado, aunque no muy intranquilo, menea la barcaza y balancea el remolcador. Pablo y Pedro maniobran con manos firmes. Un error podría volcarlos, hacerlos perder el equilibrio. Si el ganado se les alebresta, no bastará con estar alerta. Llevan la vaquería sin quien la cuide, confían en los bordes bien sujetos de la barcaza y en el miedo que impone el agua en las bestias. Del otro lado del río, los espera quien atienda la animalada.

En el muelle, sin decir palabra, con señas, Nepomuceno da una orden. Ismael el vaquero salta de su montura al piso y brinca la distancia que lo separa del borde de la barcaza. ¡Al abordaje!

Patronio toma las riendas del caballo que Ismael acaba de dejar atrás.

Pablo y Pedro miden la escena. "Nepomuceno está loco" —piensa Pablo—, pero no hay nada que pudieran hacer contra catorce hombres, o trece si descontamos a Lázaro por borracho. Y además: quién se le iba a resistir a don Nepomuceno.

Ismael abre la compuerta central de la barcaza; la vacada lo percibe inmediato; Ismael la contiene con la fusta, pegando y gritando "¡atrás!" con voz bien firme.

El perro de Pablo le ladra a Ismael, enseñándole los dientes. Desde tierra firme, Fausto le avienta un guijarro para asustarlo, el can recula escondiéndose entre las patas de las vacas, incitándolas también a que se orillen.

Patronio pasa la rienda del caballo de Ismael a Fausto. Caracolea su montura haciéndola relinchar, toma vuelo con tres pasos rápidos y salta a la barcaza —como si se tallara lana contra un ópalo, así fue su arribo en la vacada—: las bestias se alejan ante el golpe de su llegada, arremetiendo contra los bordes cercados de la barcaza. Tras Patronio, inmediato salta a la barcaza Fausto a caballo seguido como sombra por el de Patronio. Tras él saltan otros.

Ya a bordo de la barcaza, Ludovico, Fulgencio, Silvestre (ya no ríe), Patronio, Ismael y Fausto (buenos vaqueros) le entran a la hercúlea empresa de contener la animalada. Sometida la ganadería, tienen que impedir que el ganado se apelmace en un solo borde de la barcaza para que no se vuelque. A cuentagotas van subiendo los demás jinetes nepomucenistas.

¡Qué caballos!, apegados a sus amos, como sus propios cuerpos; llenos de vigor, como encarnación de sus ímpetus; bellos, como sus demonios. La vacada no es lo mismo, le hace más caso al mar indómito, vaya a saber a qué responde su desorden. Pero eso sí, el ganado obedece al fuete, al empujón, al mordisco del perro (el de Dosochos ya entendió quién manda, se suma a la labor nepomucenista). En suma, la vacada teme al vaquero, obedece por temor, no por entendimiento.

En cuanto el ganado parece estar bajo total control, salta en su silla el Güero y tras él, sin jinetes las monturas de refresco (seis, la otra mitad quedó atrás —un caballo por hombre). Después Nepomuceno, con Lázaro Rueda desvanecido. Sería el último, pero el suyo es el salto más elegante, el más picado de todos, con sus cuerpos traza un triángulo milagroso en el aire (las tres puntas son las tres cabezas, la de Nepomuceno, la de Lázaro, la de Pinta).

(Uno se preguntaría, ¿por qué echa el último brinco?, ¿qué no es él al que andan protegiendo?, pero con un pensarle, solo se contesta: cautos quieren hacerlo correr menor riesgo, pudo haberse volcado la barcaza, y en tierra si él corre no hay quien lo alcance.)

La mula con el saco de ajo y cebolla se queda en tierra. Corrió las calles de Bruneville tras los caballos, siguiéndolos como un perro fiel, pero saltar un tramo tan ancho sobre el agua, cargada como está y vieja como es, eso sí que no, es mula pero no pendeja.

Ismael cierra la compuerta que abrió para que entraran los hombres de Nepomuceno, con la ayuda de los Dosochos, que han entendido la jugada.

El reacomodo de la vacada sigue con maestría vaquera.

Ahora sí que la barcaza va repleta. A cuidarse de que no los apachurre la animalada, y a procurar llevarla serena.

Las órdenes de Nepomuceno no necesitan ser voceadas. Fausto indica a Pedro y Pablo, "avisen al viejo Arnoldo que nos vamos, ¡ya!, ¡a soltar amarras!", Pedro pregunta: "¿dónde mismo íbamos?", "¿pa dónde jalaban?", "a Matasánchez, a nomás cargar forraje y unas cazuelas; de ahí nos seguimos a Bagdad". Fausto mira a Nepomuceno, cruzan miradas, dos señas, Fausto entiende y corrige la orden a grito pelado: "A Matasánchez; al Muelle Viejo; el ganado baja con nosotros. Lo demás, ¡no va!".

Pablo se enfila hacia la cabina del remolcador, por afuera de las compuertas, caminando sobre el borde de la barcaza; con rápida agilidad, pone los descalzos pies sobre los cordeles y cadenas que lo unen con la barcaza. Está ya en el remolcador cuando se siente el tirón: Pedro acaba de soltar el primer amarre, los motores encendidos propulsan la carga aunque aún no empiece el avance, su propia vibración impulsa.

—¡Ya nos vamos, don Arnoldo! —le dice a gritos, al oído—. ¡Al Muelle Viejo de Matasánchez!

—¿Al Muelle Viejo?, ¡ya nadie lo usa…! ¡Dirás el Muelle Nuevo! ¡Y qué diantres hacían con tanto meneo! ¿Qué estaban jugando?

—¡Le digo que vamos al viejo, don Arnoldo!, ¡al Muelle Viejo! ¡Viejo como usted! ¡Pero ya! —le dice Pablo.

—¡Vámonos pa'l muelle chocho! —contesta el anciano con el tono más festivo posible.

—¡Y que sea bien rápido!

—¡Recio bien puedo… si quieres volcarnos, chamaco del demontre! ¡Yo me voy al paso que sé!

Se siente otro tirón, más fuerte que el primero: Pedro acaba de soltar ya el segundo y último de los amarres.

Desde uno de los balcones de la casa de los Smith, se había asomado Rayo de Luna, la bella india asinai (no por el pleito de los lipanes o su desenlace —que no alcanzó a ver—, ni por el sonido de la bala —que se perdió por estar adentro de la fuente—, menos todavía por Nat, sino por el trotar de los caballos de los hombres de Nepomuceno, aunque llegó demasiado tarde para saber quiénes pasaban tan de carrera), vio rodar las naranjas, abrió las ventanas del balcón y brincó a la calle para perseguirlas. Desde otro balcón, grita Caroline Smith —ella sabe de quién son las frutas, atenta como ha estado a la ventana—, también abre su balcón, pero Rayo de

Luna no la escucha, absorta pizca las naranjas que le caben en la falda.

La señora Smith indaga por qué grita la hija. Al verla desgañitar sandeces con medio cuerpo salido a la calle, hasta llegar a "I love you, Nepomuceno!", y sobre el empedrado a "esa india latosa persiguiendo naranjas", la asinai Rayo de Luna "con las piernas todas de fuera", sin poder tragar ninguna de las dos vergüenzas, tiene un desmayo.

Santiago vio cómo Nepomuceno y sus hombres abordaron la barcaza. Los otros pescadores, los que arreglaban las redes, habían salido tras el alboroto de la Plaza del Mercado, ninguno ha vuelto. Se perdieron aquello, y esto. Santiago en cambio sabe lo que pasó allá como si lo hubieran visto sus propios ojos, y ha sido testigo de cómo se dio a la fuga la nepomucenada.

—¡Éste sí que es hombre! —en voz bien alta— ¡Eso es tener tanates, y bien grandotes!

Apenas terminan de atar la última jaiba, Melón, Dolores y Dimas dejan la carreta de Héctor, mister Wheel llevará solo la vendimia. Sin necesitar decírselo, enfilan a todo correr a Mesnur. Mesnur queda a medio camino entre el centro de Bruneville y el lugar donde los pescadores arreglan sus redes. Ahí se encuentran los niños, de rigor al caer la tarde o cuando algo inusual interrumpe las labores —los más trabajan, los más son mexicanos o inmigrantes—, ahí vuelan papalotes, hacen navegar barquitos con una vela encendida, atan con hilos libélulas para jugar con ellas, siguen la pelota (si la tienen), saltan la cuerda, se pasan secretos, a veces son crueles con alguno, otras comparten botines o pizcas inesperadas.

Melón, Dolores y Dimas quieren contar lo de John Tanner, el indio blanco, y hablar de lo del sheriff y don Nepomuceno.

Con ellos llegan Luis —con su hermanita de la mano y los bolsillos vacíos, preocupado de lo que iba a recibir en su casa, los pescozones por no hacer bien su trabajo—, Steven —cabizbajo por la poca ganancia— y Nat, con su tesoro escondido.

Ni Melón, Dolores y Dimas cuentan lo de John Tanner, ni nadie se detiene en lo que pasó con Shears y Nepomuceno, ni quien piense en irse a nadar o a jugar a las estatuas de marfil, porque Nat saca del pantalón el puñal lipán que ha recogido en la calle Charles. Todos acuerdan que deben esconderlo.

Toma algo de tiempo a los gringos subirse a sus monturas y emprender la persecución de los "banditos". Sus caballos están en los establos, a las afueras de la ciudad, pasan minutos bien largos y muchos de aquí a que se les acercan sus peones con los caballos (en el camino se distrajeron con las naranjas que Ludovico dejó caer por descuido —a manos llenas la asinai se había llevado las que pudo antes de que los muchachos pasaran por ahí, pero muchas quedaban) (luego de recoger las naranjas, perdieron algo más de tiempo en esconderlas en el establo de Juez Gold).

Ya con sus cabalgaduras, los gringos pierden más tiempo entreteniéndose en cada bocacalle o bifurcación preguntando a quien esté a tiro de piedra si han visto pasar a los prófugos y hacia dónde, "hacia tierra adentro", "se me hace que por allá", las señas no son más rápidas que las explicaciones. No hay quién les indique en el camino que lleva al río si "los prófugos" se fueron hacia el río o si tierra adentro; a un paso de ahí se juntan los niños siempre a jugar, pero no hay seña de ellos para preguntarles (se han ido ya a esconder el cuchillo); por si acaso, por prudencia, se enfilan Ranger Phil, Ranger Ralph y Ranger Bob hacia el muelle. Los demás siguen por el camino tierra adentro, repitiendo lo mismo: en cada bifurcación, a preguntar.

A un costado del Hotel de La Grande, Ranger Phil, Ranger Ralph y Ranger Bob alcanzan a ver la barcaza cargada de ganado navegando lenta en el río (por más que lo cuchilea su muchacho, el viejo Arnoldo prudente la hace avanzar a paso de hormiga, cuida el equilibrio de la carga), a lo lejos se escucha a la animalada mugiendo. La embarcación se menea en agitada danza. Ya ni se acercan al muelle.

—¡Cuánto contoneo!

—Se me hace que adentro hay pleito, deben llevar toro de lidia.

—¡Qué va! No es de lidia, pero va en celo —Ranger Ralph para no variarle nomás pensaba en el mete y saca (si se le puede llamar pensar a su trote mental).

—Un buey en celo, dirás, ¡buey como tú! —le dijo Ranger Bob, en su mal español, que Ranger Phil comprende pero que Ranger Ralph no es capaz de seguir.

Los tres se ríen, dos por conocencia, el tercero por menso.

Ver la barcaza deslizarse como peleándole el ondular al agua, tiene de hecho su gracia, provoca serenidad, es como un rebaño bien enlazado, bien llevado, bien unido, cohesionado, aunque se adivine dentro del bulto sus pujanzas internas.

La barcaza se desvía hacia el Muelle Viejo, río arriba.

—Yo creiba que de aquí tiraban a la boca del río, a Puerto Isabel y luego a Nueva Orleans a vender vacas, pero mira tú: están como que están yendo río arriba —Ranger Bob.

—Irán antes por el forraje, nimodo que los entreguen muertos de hambre —Ranger Phil.

—O a lo mejor nomás está cazando la corriente, yo creo —dijo Ranger Bob.

—Pa' mí que no entiendo —dijo Ranger Ralph.

Dan la espalda a la escena y trasponen las puertas abatibles del Hotel de La Grande.

En el lugar, lo de siempre, un par de putas espera clientela, algunos beben licor, cuatro músicos se echan a aporrear sus instrumentos, compitiendo por la magra clientela, y en una mesa La Grande preside la perpetua partida de barajas. A un costado del vano de las bailarinas puertas —que no alcanzan a tapar ni su rostro ni las piernas rodilla abajo— se ha ido a acomodar Santiago el pescador. Descalzo, nomás pegado a la entrada.

Jim Smiley es el único que se levanta de la silla con la entrada de los rangers. El gesto no es para darles la mano o tener una cortesía. Smiley se agacha a recoger la caja de cartón donde guarda su rana y, con la voz bien clara, como si tuviera tiempo ensayándolo, les dice: "apuesto dos dólares a que mi rana salta más que cualquiera otra".

—¿Y yo de ónde saco una rana para apostarte? ¡No ando cargando rana en el bolsillo!

—¿Pues qué cargas tú, que valga más la pena llevar que una rana? —sonriente Smiley.

Rangel Phil desenfunda su revólver. También sonríe enseñando sus dientes de oro.

—¿Apuestas conmigo, o no? —se atreve Smiley, todavía con la sonrisa en la boca.

—¿De dónde saco una rana?, ¡te digo!

El pescador Santiago musita:

—Pues de la orilla del río, yo te traigo una, ranger. Péreme aquí.

Por la cabeza de Santiago son como un ventarrón las ganas de salir del salón.

Rangel Phil lo voltea a ver con algo de admiración. Un pelado pescapeces se atreve a hablarle así a un empistolado, por algo será. Santiago traspone hacia el exterior las puertas, dejándolas columpiándose atrás de sí.

Segundos después, Ranger Phil sigue a Santiago, y atrás de ellos salen los dos rangers, con algo de fastidio —querían un trago, nomás—. Para colmo, la música se sigue oyendo, azuzándoles la sed. Pero cuando ven al pescador, tan indefenso, como un niño dando saltitos, se dan la media vuelta y se vuelven a meter donde La Grande.

Santiago va dando saltitos hacia la orilla lodosa del río, sin darse cuenta que trae ranger cerca. Atisba una rana, en la mera orilla. Va tras ella, da un brinco a la derecha, otro a la izquierda. Se acuclilla para pizcar su presa en un salto.

Ranger Phil lo sigue con sigilo para no espantar la rana —ya entendió— hasta mero llegar a la orilla del muelle. Se detiene a ver cómo le hace el pescador. Sus ojos caen en la cuenta de las huellas en el lodo.

Santiago coge la rana.

Ya para entonces, la barcaza se ve como cosa que no importa y el mugir de la vacada no se alcanza a oír.

Señalando las herraduras marcadas en lodo, Ranger Phil pregunta a Santiago:

—¿Y esto?

Santiago, con rana en mano, no dice nada, por unos largos segundos.

Todavía se oye la música de los cuatro desatinados (cada uno siempre por su rumbo, menos para mendigar), siguen rascando cuerdas, sus cajas resuenan sin gracia.

Lo demás es casi inmediato. Santiago, que es un hombre de bien y no saber mentir, se da cuenta del tamaño de su desgracia y empieza a llorar, "yo no sé nada, nomás los vi saltar a la barcaza y ni entendí". Suelta la rana que había atrapado.

Mala suerte que Ranger Phil entienda español.

En el Hotel de La Grande, los músicos terminan su desmelodía. Rangel Phil silba a sus hombres, trasponen inmediato las puertas batientes de La Grande y van hacia ellos.

Los músicos empiezan otra canción. Ranger Phil agarra a Santiago de un brazo, lo arrastra hacia sus compañeros, el pescador berrea, como animal que va al rastro. Ranger Phil traduce a sus compañeros lo que le acaba de confesar, señalándoles hacia donde vio las marcas en el lodo.

Desde la barcaza, Fulgencio (que tiene ojo de águila) atisba cómo los tres pistoleros gringos se acercan al lugar de La Grande. Silba a Nepomuceno (dulce, para no alborotar al ganado). Éste se baja del caballo y se esconde tras su montura. Lo imitan sus hombres, formando con sus recuas escudos que los protegen por si alguien los quiere ver desde la orilla del río, por si traen catalejos, aunque los deje expuestos a algún díscolo capricho de la vacada.

El ganado reacciona al sentir sus movimientos. Por un pelo se vuelcan con el revuelo. El viejo Arnoldo maldice a la vacada y controla con golpes de timón el remolcador. Fulgencio suena el chicote. Basta el chasquido, la vacada reconoce el aplomo de sus movimientos —fortuna que los hombres de Nepomuceno sean todos vaqueros— y se serena.

Nepomuceno quiere acercarse a Matasánchez. Hubiera preferido dirigirse a su propio rancho, pero conoce el ánimo vengativo de los gringos, debe encontrar resguardo que no ponga en riesgo a su gente. Por el momento sabe que no puede ir ahí, ni acercarse a alguno de los ranchos de su mamá (donde, sin dudarlo, se come mucho mejor que en ningún lugar). Tiene que cruzar la frontera, prepararse del otro lado para enfrentar a los rangers. Si no, lo van a hacer pinole. Vuelve a pensar Nepomuceno lo de muchas veces, "bien nos habría sentado una alianza con indios guerreros; lástima que sea imposible, son nidos de avispas, todos peleados entre ellos". Indios y mexicanos juntos, piensa Nepomuceno, "freiríamos a los gringos, con un poco de chipotle, algo de ajo y una pizca de…". Se le conoce que es hijo de doña Estefanía, cocinera de primera. Los postres de esta señora no tienen comparación, los adobos y guisos tampoco. Bendito el que come sus guisos.

Pinole, freír, chipotle, ajo: la verdad es que no es modo de hablar de los gringos, que no saben ni de dónde se agarra un sartén. Más cultivados fueron los karankawas, que en paz descansan.

Mientras esto pasa por dentro de sus dientes, Nepomuceno tiene una idea. Ir entre la vacada lo pone de buen ánimo, hay mucho en él de vaquero… Como van escondiéndose tras las monturas, no ve lo que pasa en el muelle de Bruneville.

Los malos músicos han empezado otra en donde La Grande. Alguno de ellos aporrea un acordeón. El pescador Santiago se ha puesto de rodillas, llorando en silencio como un niño, juntando las manos suplica clemencia. Ranger Ralph saca la pistola. Apunta a Santiago. El tiro le da en la frente.

(La bala que se ha alojado en la cabeza de Santiago cobra conciencia. Sabe que no la hicieron para acabar ahí. Los sesos nobles y dulces del pescador, impregnados de aire marino y del silencio de altamar, la apaciguan. Los sesos caen en una somnolencia luminosa, se tornan insensibles a la bala. Ni el temor, ni el sueño, ni la añoranza, ni sus hijos, ni su mujer, ni sus redes, ni Nepomuceno, ni el río los alcanzan.)

Los rangers encajan en Santiago —en mal sitio— un anzuelo que tal vez le perteneció. Luego le amarran una cuerda al cuello y lo cuelgan del icaco, "el palo de La Grande".

—Que se quede ahí para que aprenda.

Los tres rangers suben a sus monturas. Los animales parecen ajenos a ellos. No que no los obedezcan, pero uno diría que no los sienten.

Antes de tirar las riendas, Ranger Bob ve en el lodazal una rana saltar. Desmonta, persigue al batracio; las botas se le enlodan; atrapa a la rana sin perseguirla, como si ésta se le entregara.

—Ahí los alcanzo —les dice a sus amigos—. Nos vemos en la Plaza del Mercado, o en la alcaldía, o... ¡por ahí los veo!

Rangel Phil y Ranger Ralph tiran sus riendas y regresan a galope al centro de Bruneville, van directo a la alcaldía a avisar lo que descubrieron.

El alcalde —y boticario— da instrucciones: deben enviar un telegrama a Austin pidiendo refuerzos. (Órdenes de Stealman: "Si regresan sin bandito, pida refuerzos a Austin por telegrama, puede ponerse muy mal".) Rangel Neals, el carcelero, llega a la alcaldía cuando están en esto: recomienda al boticario al oído que haga llegar donde La Grande a una partida de refuerzo, hará falta ahí quién se encargue de cuidar el muelle. ¿Qué tal que vuelven los hombres de Nepomuceno esta misma noche a atacar? De hecho podrían tenerlos encima en la siguiente visita de la barcaza...

Las órdenes se dan: no entra ni sale embarcación alguna de este muelle de Bruneville, ni de ningún otro. "Pero el vapor de la tarde, el Elizabeth, está por llegar, viene algo tarde." "Pues no tocará Bruneville."

El sangre fría de Wild, el cibolero cuya resistencia es ejemplar (mata miles de bisontes sin parpadear, huele los ríos de sangre como si fueran magnolias, siente venir a las manadas bufando en estampida sin un temblor), se sale de sus cabales cuando le informan antes de llegar al muelle que no va salir el vapor, porque han interrumpido todo permiso de hacer puerto. ¡Maldición! ¡Lo último que quiere en la tierra es quedarse enclavado en este sitio maldito!

En el otro extremo de las afueras ribereñas de Bruneville, hacia la costa, donde el calor se empecina en ser aún más intratable y la humedad no se deja domar, donde las sabandijas o alimañas conviven con los fantasmas y aparecidos, viven los Lieder, inmigrantes alemanes pobres de Bavaria. Saben por tradición cómo lidiar con el frío, pero el calor los lastima malamente. Donde queda el intransitable camino por tierra hacia Punta Isabel, donde la tierra sigue siendo barata y nadie la envidia ni desea, los Lieder levantaron su casa de puro palo pelón, con mucha dedicación y enjundia. Aquí es donde frau Lieder cultiva moras y hace pan negro, macizo (nada parecido a las nubes blancas que consigue Óscar en su horno), herr Lieder lucha contra el pantano para sembrar grano y merca —ha construido algo parecido a un muelle donde llegan por su mercancía, Lieder no tiene barca o lancha, ni se ha animado a atar palos y hacer una balsa porque el agua le da temor.

El paterfamilias sueña con levantar un molino.

Joe, su hijo, regresó con las nuevas —y parte de la mercancía que ya no pudo vender—. Al oírlas, herr Lieder lloró de coraje. A frau Lieder se le encogió el corazón, preocupada, pero venciendo el ánimo pone la mejor mesa que puede y convoca a comer a la familia. Es su manera de presentar resistencia, su estrategia. Parece día de fiesta, con todo lo que ha sacado de la despensa. Quiere levantarle el ánimo al marido, a Joe y a ella misma. Piensa, por otra parte, como herr Lieder, que ya todo se acabó, ¡mejor comerse el queso y las conservas antes que se les termine el mundo!, ¡y eso está por ocurrir!, ¡su mundo se va a acabar!, ¡se va a armar un pandemonio!, ¡por el río correrá sangre! No volverá el amanecer a ser de plata y oro. No más moras. No más harina y masa y horno levantando el pan…

La resistencia gana esta partida. La mesa llena, el alma se pone contenta. Herr Lieder pierde el pesar. Recita a la mesa en voz alta citas de Bettina: "En mi cuna alguien cantó que yo amaría una estrella que siempre estaría distante. Pero tú, Goethe, me cantaste otra canción de cuna, y a ésta, que me conduce a soñar la suerte de mis días, debo escuchar hasta el último de mis días".

Joe cambia el susto por sus ensoñaciones, se repite a sí mismo en silencio lo que se ha dicho mil veces, "ojalá y viviera yo con los indios".

Hacia tierra adentro, en la Apachería, Lucía la cautiva —tía de Laura, la vecina de Felipillo holandés—, mamá de un chicasaw, por el momento una de las siete esposas del jefe Joroba de Bisonte (en tiempos anteriores momentáneo objeto del deseo de Nepomuceno), aunque no sabe nada de cierto, intuye que hay peligro. Las manos ardiendo —su trabajo es curar pieles, doce, trece horas al día, si éstas escasean recolecta semillas de huizache, muélelas para obtener algo parecido a la harina, no hay jornadas de descanso, ser esposa del jefe no es tener vida de reina o abundante servicio, sí hay esclavos en casa (otros cautivos), pero la vida en la pradería es dura, cada día más, el bisonte noble se acabó, el caballo va con ellos, hay que alimentarlo y abastecerse de armas para defenderlo (para eso las pieles, que se mercan)—, las narices ardiendo también (curar pieles lacera piel y destroza las mucosas).

Le duele todo. En especial las orejas, porque el sol pega ahí con más saña (como buena esposa india, anda pelona, el jefe Joroba de Bisonte mismo la acaba de dejar mocha), las dos son llagas tristes, flacuchas. Entrecierra los ojos y sueña: que Nepomuceno pasa por el campamento, que acepta el ofrecimiento que hace unos años le hizo y que se regresa a casa, que llora porque pierde al hijo, ya en poco será un hombrecito. Ahí interrumpe el sueño porque le está resultando horrendo.

Fantasea otro diferente: que nunca regresará a su casa en Bruneville, que sus papás vienen a reunírsele. Ha tiempo que su papá murió, fue un golpe de gran tristeza (le contó un comanchero, un mexicano que tiene familia en Bruneville y en Matasánchez), pero en su sueño imagina vivos a los dos. Lo malo es que en su fantasía se cuela la pesadilla: su mamá está curando pieles, su papá baila y fuma como apache. Alerta, sacude la cabeza para deshacer esa imaginación. Vuelve a sentir los cortos cabellos golpeándole lacios las mejillas, se le han vuelto duros, parecen de yegua. Fantasea otra cosa: que se acaba la jornada. Que sale de la tienda del campamento temporal. Que no hay luna. Que el cielo está desnudo de nubes. Tornada yegua completamente, relincha de gusto; despierta.

Tiene sueño tras sueño, despierta cuando cada uno llega al colmo, cuando es insoportable. Las uñas se le han ido carcomiendo con lo que se usa para curar las pieles, le arden a morir, más que todo las yemas de los dedos.

(Lo que no aparece por ningún lado es el recuerdo del idiota aquel que se las llevó a la desprotegida pradería con sus sueños de grandeza, creyendo que las vacas se daban silvestres y que los peligros eran fantasías de insulsos.)

En donde La Grande, cobijados por la música de los dizque músicos, termina el encuentro entre la rana de Ranger Bob y la de Smiley. La ganadora es la de Smiley. Ranger Bob enfadado deja en el suelo a la hacedora de su derrota —si fuera francés, le cortaba las patas y se las comía, aunque no tuvieran lo que la pierna de la vaca.

Se enfila a la puerta. A punto de salir, se gira:

—Por cierto: les dejamos en el icaco al pescador pescado. ¡Que se cuiden los traidores, ya vienen otros!

Se va sin explicar de quiénes habla.

Desde la ventana de la cocina grita Perdido el galopín, ha visto a Santiago columpiándose del icaco.

Es fácil escuchar lo que pasa por la cabeza de la rana de Smiley. La tendrá chiquita, pero no tanto, si la tuviera menor saltaría mejor.

La rana no tiene ningún interés en dar de brincos. Smiley la ha sometido a un tormento (involuntario, no se diría que cruel por lo mismo): desea aprender a hacer algo interesante. No a saltar, que es algo que le viene natural. Perfeccionarlo es una pérdida imbécil de tiempo —piensa la rana—, sobre todo considerando lo corta que es la corta vida. "Además, anca de rana que se enfila a un sartén. En cambio, si yo fuera capaz de… por ejemplo, bordar… O de toser… o de cantar en lugar de croar… ya ni digo cantar cantar, con poder echarme una tonadilla con algunas sílabas bien pronunciadas, cuerdas, rítmicas…

"O si no: me encantaría ser una rana con pelo. Una rana que tuviera cabellera.

"Otra posible: una rana flotante, voladora no porque de ésas hay. Lo que fuera excepcional…".

Ocho hombres de Nepomuceno esperan en la bifurcación a Rancho del Carmen cepillando sus caballos, mascando tabaco y matando el tiempo.

Se les acerca trotando uno de los grupos de gringos que salieron de Bruneville hacia el Valle a perseguir a Nepomuceno. Se detienen frente a ellos, sin descabalgar, preguntan si lo han visto pasar.

—¿Qué le buscan?

Les cuentan que largó un tiro a Shears, que huyó, que por todos lados lo andan buscando. No saben que están sirviéndoles de informantes.

—No, pus no lo hemos visto.

Los gringos retoman su trote.

Los de Nepomuceno comprenden que sus hombres se fueron por algún otro lado, "¿qué cruzarían el río?", "lo más seguro", "¿o se salieron del camino?", y emprenden hacia Bruneville.

En un par de veredas que dan al río, otean por huellas para ver si tomaron por ahí los caballos de sus hombres. Nada.

Uno de los vaqueros trae catalejo. Van con cuidado. Buscan en la orilla del río. Nada.

Siguen hacia el muelle de Bruneville. Ven a la distancia que ya hay guardia de armados protegiéndolo.

Del icaco de La Grande ven a un hombre colgando.

—¿Quién dices que es?

—Santiago, el pescador. Un inocente.

—Estos cabrones gringos.

Cabalgan hacia el noreste. No paran hasta que no pueden más sus caballos. Revisan el terreno, piensan en acampar; descubren a relativamente poca distancia el humo de una fogata.

Retoman las cansadas monturas, ya sin correr. Llegan a la fuente de humo: alrededor del fuego sólo encuentran cadáveres.

Eran, habían sido, un puño de vaqueros mexicanos de doña Estefanía. ¿Qué había pasado?:

Acababan de guardar al ganado en los corrales, y de terminar los trabajos necesarios para el cuidado de los animales.

Asaban al fuego la carne; el sotol ya comenzaba a fluir de las garrafas; daban forma a las grandes tortillas de harina —del codo al puño, zarandeándolas hasta dejarlas traslúcidas por lo delgadas—, ponían las primeras al comal.

Uno de ellos tocaba el violín. Así los encontraron un grupo de rangers. Los convidaron que si querían comer algo. Los rangers les preguntaron por Nepomuceno.

—Aquí no hemos visto pasar a nadie, hermanitos.

El del violín siguió con lo suyo, y los otros mexicanos se reacomodaron alrededor de la hoguera. Los rangers dudaban si seguir o sentarse con ellos. Ya se acercaba la hora de dejar descansar a los caballos. Pero no parecía lo propio. Esto estaban discutiendo entre ellos cuando uno de los vaqueros se echó a cantar. Tenía buena voz. Le prestaron atención:

Vendo quesos de tuna,
dulces y colorados,
pregón de aquel paisa honrado
cuando cambia el sol por luna.

Ni quién te lo va a comprar,
los hacemos sin pagar
cuando hay sol que no con luna,
le porfía un entendedor.

Dice el gringo que los ve,
sin sabe qué pitos tocan:
¡Carajos de mexicanos!
ordeñan a los nopales.

Pa'l humor que traen los gringos: oyendo la letra de la canción, les metieron dos, tres, cuatro tiros por la espalda, asesinaron en frío a los vaqueros mexicanos por lo que andaban cantando.

Después, tomaron el ganado, lo llevarían hacia las tierras de King —dejaban para luego seguir buscando a Nepomuceno—, pero por el momento pararon media milla adelante y se dispusieron a celebrar su victoria.

En eso estaban los rangers, a medio festejo, bebién-
dose el sotol arrebatado a los mexicanos y mordiendo la
carne asada que habían echado en sus morrales y que todavía estaba tibia, cuando los vieron en sus catalejos los
de Nepomuceno.

Sigilosos se les acercan. Balacera que no se cruza
—ni tiempo les da a los gringos sacar las armas—, tiros a
la nuca a los más, a otros en la frente porque alcanzan a
voltear, y ahí acaban.

Sienten lo de los gringos, no se van a quedar donde hay muertos, y a ésos no los quieren enterrar. Arrean el
ganado, emprenden el camino hacia uno de los ranchos
de doña Estefanía, todavía alcanzan luz diurna.

(Pero qué suerte la de esas vacas: en un día cambiaron tres veces de mano. Habrá quien diga que ellas ni
cuenta. Con la fatiga, la sed, el cambio de trato, y encima
una de ellas está por parir becerro…)

En Bruneville, así se haya desatado el nudo que
trajo a todos de lazos confusos, algunos siguen enredados.

El negro rico, Tim Black, nació esclavo —el estado
es hereditario, contra toda lógica incluso legal, como here-
dar un crimen; aunque habría quien diga que cómo no, si
se heredan las fortunas, por qué no los infortunios—. Su
apellido es puro capricho de notario. Aprendió a sacar negocio del ganado, no por ser en suma astuto sino por cauteloso y flojo. Le han resultado virtudes invaluables, si no
cómo explicarse sea dueño de tanta cabeza y tierra, y que
no lo fundieran con el ganado a la independencia de Texas.

No piensa, como muchas otras veces, en "la amenaza mexicana" que tanto le pega en los talones. Está comido del pavor que le provoca ver retratada la cara de su
mujer en el joven.

Debe remontar el miedo, o lo tiene perdido todo —piensa, y tiene razón—. Pero no parece tener cómo. Se sienta en su habitación, clava la mirada en un punto de la pared, como un clavito, mira y mira, pero ni escarba.

El medio día y el par de horas siguientes son el momento diario de serenidad para el río, el sol (que lo gobierna todo) parece orientarlo.

Pero el Bravo el día de hoy no se deja, temperamental, díscolo. Encrespado forma remolinos al centro del caudal. Lo cierto es que siempre es como una trampa hasta para sí, que sus aguas son oscuras por lodosas, que su movimiento es discorde. Bien se le ve que es el río de la noche, el que escucha a la luna, el que sirve de manto a la víbora ponzoñosa. Es la ruta del murciélago. Es el hambre de la loba que está por parir, y esto es poco: es como el ciego que siguiera a un perro hambriento. Es la oscuridad que teme el loco y que desconoce el cuerdo.

Sobre la superficie, engaña con un lustre metálico. Dice con él que es de un cuerpo único, casi sólido.

Cuando el barco de vapor del capitán Boyle zarpó, la corriente peinaba armonía, como la de un niño antes de entrar a la escuela. Fue pura ilusión.

Con prudente lentitud, el remolcador entrega la barcaza en el Muelle Viejo de Matasánchez.

El Ayuntamiento y el capitán de puerto se empecinaron en construir el Muelle Nuevo en un punto más conveniente a la navegación y al comercio, en el cuerpo mismo de la ciudad, a la altura del centro. Ya no le temen al pirata y todavía no le aprenden a temer al gringo.

Para romper con la inercia de la navegación que se había implantado durante tantos años, deshabilitaron de golpe el viejo. Quedó abandonado de golpe y con la misma rapidez se vino abajo. Suerte que los Dosochos, Pedro y Pablo, cuando tiran las amarras, traen consigo algunos palos por si acaso necesitan reforzar un desembarco. Aquí los necesitan echar sobre el puente.

Asoman las caras hacia adentro de la barcaza, para ver si los de Nepomuceno les dan más indicaciones. Ninguna. Nepomuceno y sus hombres se hacen ojo de hormiga, se resguardan tras los cuerpos de los caballos, aún sus escudos. Sobre la silla de un caballo resta sólo un cuerpo, el de Lázaro Rueda, tendido como una manta. Lo amarraron a éste, en lo que se le termina de pasar lo borracho y lo tundido.

Los Dosochos entienden, revisan a diestra y siniestra, les gritan:

—¡No hay moros en la costa!

El nepomucenaje se deja ver, suben a las sillas de sus monturas, alguno les indica que abran las compuertas.

Al levantarlas, el ganado se deja salir, mugiendo, "¿prisa para irse a orinar?" bromea Ludovico, "¡quieren comulgar, son las rezonas!" —como lo más de la vacada es de pelaje negro, saca en todos risas—, "¡que no distraigan!" —pide Fausto, viendo la ruda labor vaquera inminente.

Los animales, hambrientos y nerviosos, se han dejado ir, gotas perdidas hacia el resto del agua.

El llano se abre en lugar de un cauce, carece de cuenca, está en el natural del goterío correr a expandirse, dispersarse.

Al vaquero le corresponde hacer de cuenta en las llanuras. Con vigor los retiene unidos, auxiliándose con el cuerpo de su montura, con el propio, con sus gritos, con el apoyo de los perros (que hoy no trae), con el lazo y el chicote. Debe aprovechar el ímpetu de la manada, pero no permitir lo use en contra del bien común que es mantenerse cohesionado.

Uno de los vaqueros se distrae un momento de esa labor titánica, y riájatela, pesca a Pablo, "¿Y ora?", lo mismo con el otro Dosocho, Pedro, los levantan sin que tengan cómo resistirse. Los hombres de Nepomuceno se los llevan lazados, no los arrastran por el suelo sino que parecen hacerlos volar unos metros, y los acomodan en sus monturas, están actuando como apaches. Al perro de Pablo también lo laza otro, lo agarra de la cola como si fuera vaca díscola, a él sí se lo lleva arrastrando para que entienda quién manda, no hay perro que no obedezca a su jefe, pero pronto se detiene y lo suelta, ya entendió el can, los sigue mientras va recuperándose del dolor y los golpazos.

—¿Quién le suelta la barcaza a don Arnoldo? —piensa en él Ismael y lo externa en voz muy alta.

Ludovico hace recular a su caballo. Se acerca a las amarras, saca el arma, les dispara, con su fusil más silencioso, para asustar lo menos a la vacada, les pega dos tiros, son muy gruesas, no alcanza a troncharlas por completo pero las deja humeando, apenas sostenidas de unos hilos que empiezan a arder. Y ándale, a correr tras los otros.

Los mugidos, el ruido de los cascos y pezuñas, los aúpas de los vaqueros, el sonar del chicote se alejan de la ribera del Río Bravo —no la brisa del río, sopla el viento en la orilla del río, refresca, apaga húmedo la chispa de los amarres.

El viejo Arnoldo nomás no entiende nada. Con precisión relojera, apenas dejar el timón, cae dormido, cosas de la edad, siesta por viaje es una necesidad inevitable; apenas llega, toca tierra y como un reflejo se echa "mi pestañita". Había un orden, un ritmo sabio en sus siestas, cada fin del trayecto Bruneville-Matasánchez, o viceversa, se echa una siesta diminuta. Sus chamacos vienen de rutina a despertarlo apenas terminan con los amarres y lo más inmediato, "¿y ora, por qué no me sacaron del sueñito?".

Confundido por haber dormido más que "la pestañita" habitual, sale con dificultad de los brazos de Morfeo.

Los motores del remolcador siguen encendidos.

—Me dejan como a un idiota…

¿Dónde están los muchachos? Saca la bocina y con ésta:

—¡Pablo! ¡Pedro! ¡Dooosooochoooooos!

Nada.

—¡Chamacos de mierda!, ¡vengan para acá ahora mismo, que si no los voy a cuerear!

Nada otra vez. Pero de verdad, nada.

¿Qué hacer? Con gran dificultad —porque solo no se le da fácil, siempre apoyándose en el brazo de Pablo o en el de Pedro—, deja la cabina por el cabús para otear qué pasa. Ya sin su bocina (no puede arriesgarse a pasar entre remolcador y barcaza sin las dos manos libres), echa dos gritos, tres.

—¡Pedro y Pablo!

Ve y cree ver mal, parpadea. No hay duda, la barcaza está vacía, las tres compuertas abiertas de par en par, y de los muchachos no queda ni su sombra.

—¡Malditos, ni diablo los asista! ¿Pero cómo me hicieron esto…?

¿Qué pasa? ¡Con un diantre! ¿Sí? ¿Le robaron la carga? ¿Huyeron? No puede creerlo.

Regresa con mayor ligereza a su remolcador. La sorpresa y el desconcierto le quitan años de encima. Regresa a su timón. Toma la bocina y vuelve a vocear:

—¡Pedro!, ¡Pablo!

Siente un tirón. Conoce la sensación. Los amarres se acaban de soltar. Un poste podrido del viejo muelle se había torcido, dejando ir el lazo que no pudo consumir la chispa del balazo. El segundo, al que hicieron amarre los muchachos, no pudo solo con el peso y también se troncha. Uno quebrado y el otro torcido: la barcaza queda libre. El flujo del río tira de la embarcación.

Los palos viejos que los muchachos tiraron sobre el viejo muelle para hacerlo caminable caen al río.

El viejo Arnoldo se acomoda atrás de su timón. Ya ni para qué hacer corajes. ¿Y si no le habían robado? ¿Si nomás…? No, no había otra explicación.

—No puedo creerlo, nomás no puedo… Debo estar soñando…

Dirige el timón de vuelta a Bruneville. Piensa: "son buenos muchachos, yo sé; no me pudieron robar… pues qué pasó; ¿qué rayo les cayó encima?".

En la posada que llaman Hotel de La Grande, el furioso Wild, el Cibolero, despotrica. ¿No van a viajar hoy a Punta Isabel? ¿Y qué con su carga? Insulta a sus esclavos Uno, Dos y Tres, maldice y arroja el vaso a su asistente, el bello Trust.

Los echa del bar: "¡fuera de aquí, fuera, fuera!".

Al aire libre, Trust se apoya contra la pared de troncos de la fachada de La Grande, apoya una bota en la pared, la otra en el piso; saca una pajita seca de la bolsa de su camisa y comienza a hurgarse los dientes mientras habla a solas, en voz lo suficientemente alta como para que Uno, Dos y Tres —descalzos y tan mal vestidos que da pena verlos— lo escuchen:

—Hasta aquí. No puedo más. Me voy tras el oro de Nevada, o plata, lo que se encuentre en Virginia. No regreso con éste.

Uno, Dos y Tres se desconciertan. No van a soportar a Wild si no hay Trust entre medio. Le repiten los argumentos que el bello Trust ha esgrimido en otras ocasiones, cuando ha salido el tema del oro:

—¿Vas a encerrarte en la oscuridad por años, llevando en las manos una pala para rascar la piedra? ¡Vida de mierda!

—¿Vas a dejar tus ojos cerrados de una vez, sin esperar llegue el final de tu vida? ¡Mejor la muerte pronta!

—¿Vas a ir a enterrarte donde no crece planta alguna ni hay mujer buena, cautiva o libre, y a comer a diario sopa de piedra? ¡Morirse de hambre para ganarte lo que te robarán los banditos en la diligencia!

—¡No vas a volver a cabalgar nunca!

—Por compañía tendrás nomás una burra.

—¡Carambo!

A coro:

—¡Carambo!, ¡caraja! ¡Sacramento! ¡Santa María!, ¡diavolo! —aluden a una caricatura que hace pocos días apareció en un periódico de Corpus Christi. Representaba a tres barbados mineros intentando sacar sus mulas muy cargadas del fondo de un barranco pantanoso. El bello Trust les había dicho señalándola: "aquí van Uno, Dos y Tres, muy esclavos del oro que desenterraron, ¡peor que ustedes, guineanos!, peores porque ellos lo hacen por su propia cuenta…".

—Te vas a morir de septicemia…

La última frase es inspiración de Tres y no una repetición de algo ya dicho por el bello Trust. Sirve para sacarlo de su cavilación. Arroja al piso la pajilla con que se hurga los dientes:

—Mejor perder tres piernas que aguantar a Wild un instante más. ¡Maldito asesino del bisonte! Cibolero cabrón… es un hijo de perra… Pero eso sí, a ustedes los cruzo hoy al otro lado del río, pase lo que pase, no voy a dejarlos para que el infeliz los atormente. Síganme. Y por mí, para que sepan, aunque saque caca de las entrañas de Virginia, qué más me da.

Se echan a andar a un costado del río, dejando a sus espaldas Bruneville. No llevan nada consigo: cada uno sus manos por detrás.

Nepomuceno, sus hombres y la vacada fresca a todo correr, guiados por Fausto, que conoce al dedillo la región. Pronto llegan a un remanso con agua y suficiente pastizal para el ganado. Es un codo ahorcado del Río Bravo, formado por las sedimentaciones que arrastra el agua, al que llaman Laguna del Diablo. No se le confunda con otros que se llaman igual. Éste es lo que dice su nombre, no una laguna con propiedad sino un aro de agua corriente formado por lo que va dejando el río, una desviación del Bravo vuelta arracada de tanto sedimentar. Por esto, no es de profundidad. Con buena mano se podía hacer cruzarlo al ganado. El agua en éste camina con ternura, no podría arrastrar ni al más becerrito aunque uno tiernito no alcanzaría a hacer fondo y sacar la cabeza, pero entre las piezas que llevan los nepomucenistas no hay chiquillada.

Al centro de Laguna del Diablo, formando una no muy perfecta letra "O", está la pastura perfecta. El agua servirá de corral. Es el campamento ideal. El ganado quedará al centro, ellos entre el aro y el río, guarecidos y con un frente para poder escapar hacia el sur, si hay necesidad.

Desde el Muelle Nuevo de Matasánchez, el capitán del puerto, López de Aguada ve con el catalejo los movimientos de la barcaza, irregulares, imprevistos. De otros es posible pensar que andan metidos en tráfico de mercancías ilegales, pero no de Arnoldo, sólo se puede creer que se le extravió la brújula. No puede ver que el ganado bajó en el Muelle Viejo, porque éste le queda fuera del ángulo de visión, pero sí que al salir traía la barcaza vacía… ¡Y qué contra! ¿Qué le pasa a Arnoldo?

Ve barcaza y remolcador enfilarse de vuelta a Bruneville.

—¿No viene?… ¿No va hacia Bagdad? ¿Qué pasa?, ¿me va a dejar aquí con estas cajas de platos rompibles que quién va a quererle almacenar?, ¿y el forraje que nos encargaron?, ¡pues qué!, ¿en qué está pensando?

El trabajo que se tomaron en preparar la carga forrándola para aguantar el bamboleo de la barcaza. Habían mandado hacer una canasta para subirla arriba del remolque. A esperar. Demontres.

Da una orden:

—Que vaya ahora mismo el Inspector a ver qué hay en el Muelle Viejo, allá fue a dar Arnoldo. Si hay problemas, mejor remediarlos antes de que caiga la noche.

Y añade para sí:

—Ya Arnoldo está demasiado viejo…

Él sabe que retirarlo del timón es condenarlo a muerte. Tal vez lo que se necesita es adjudicarle por compañía a alguien de más peso que sus muchachos. Pero eso tampoco va a ser fácil. En todo caso, al momento lo propio: averiguar, no entendía. Y encontrar acomodo para las canastas de platos frágiles. Eran de fina cerámica, les dijeron que "porcelana china"; iban para el nuevo hotel de Bagdad —El Bagdad—. No podía dejarlos donde cualquiera se les tropieza.

Julito lleva corriendo la orden al Muelle Nuevo, se la pasa tal cual a Úrsulo que acaba de despertar (toda la noche tuvo labor, apenas se va levantando: ése duerme ahí, como un indio, sobre los tablones del muelle). Úrsulo brinca a su canoa, alegre de regresar al agua.

El cibolero Wild sale del Hotel de La Grande a echarse una miadita y a respirar aire libre. El cuerpo de Santiago cuelga del icaco, pesado, sin balancearse, como rama de un manglar buscando el piso. Un pájaro negro que parece también pesar como una piedra cae en su hom-

bro. Están los rangers enviados por el boticario obedecien-
do al consejo de Neals. La carreta donde viene la carga o
la "cosecha" del cibolero, oliente y fúnebre, se recorta contra el río. Nada más.

"¿Dónde están los idiotas?"

Entra y pregunta a La Grande si sabe de Trust y sus
esclavos. Atrás de ella responde la sobrina de Sandy, "ya se
fueron, hace rato".

Wild el cibolero paga la cuenta, encarga su carreta,
"Pues ahí si la quiere dejar, será cosa suya", ¿quién le cuida
a los bueyes?, "aquí se los atendemos; la tarifa es…", llegan
a un arreglo (que humilla a La Grande, "en esto he caído,
en mulera"), sube a un caballo y no se le volverá a ver, en
mucho tiempo.

El Inspector es una canoa al servicio de la vigilan-
cia del puerto de Matasánchez. Sus ventajas: navegar con
igual soltura si hay viento, marea alta o calma chicha. Al
remo, Úrsulo, quien prefiere las expediciones solo pero
que puede embarcar hasta a cuatro personas. Úrsulo, el
cabello largo y lacio, adornado con algunas cintas, la camisa de cuero, los mocasines, el pantalón sí de sastre. Los
muchachos de Matasánchez le imitan las ropas, pero no
hay quién se atreva a lo del peinado.

El Río Bravo tira fuerte de la barcaza vacía, jugue-
teando con ella y el remolcador como si fueran dos casca-
ritas. Está alterado. "¡Hasta el Bravo se enojó con los muchachos!, ¡'state ahí, agüita, ¿yo qué?!", habla Arnoldo,
directo al río en voz alta.

Como que algo pasa. ¿Vendría huracán? ¡Nomás
le falta eso!

Ya se otea el muelle de Bruneville. No hay ninguna otra embarcación en éste. Ve a cierta distancia al vapor

Elizabeth, anclado a distancia del muelle. No es lo usual. Por otra parte, ya es la hora de que los pescadores de mar abierto empezaran a preparar las redes para la siguiente jornada. Pero no hay muestra alguna de esto. Lo que sí, es un grupo de uniformados.

—Maldito pueblo, nido de pistoleros. Ellos me echaron a perder a mis muchachos. Tan buenos muchachos. Yo los crié. Yo les di de comer tantos años. Eran como mis hijos. Más que mis hijos.

Ve algo que no alcanza a identificar columpiándose del árbol de La Grande. Sus ojos ya no son lo de antes. También aquí los dos muchachos le eran imprescindibles. Le da rabia de pronto —la impotencia de la edad, la deslealtad—, una rabia triste.

No puede pasar el trago de lo que le han hecho y menos todavía con el peso de la vejez. "¿Se me juyeron, y con todo?"

Ya le queda en las narices el muelle de Bruneville, lamenta haberse enfilado hacia acá. Piensa que debió quedarse en Matasánchez, el capitán le habría ayudado a encontrarlos, como se soltaron los amarres se desconcertó… él solo con la barcaza y el remolcador, ¿qué va a hacer? Debió enfilarse al Muelle Nuevo, allá habría encontrado a Julito o a cualquier otro que lo ayudara. En fin. Demasiado tarde.

—Soy un idiota, soy un idiota. Ya no sirvo para nada. Mejor que me venga a recoger ya la calaca. Más viejo, más inútil…

Se maldice, porque nomás no puede creer que los muchachos, tan buenos, sus chicos… esto debía ser su propia culpa… algo hizo mal que él no sabe.

En tierra firme, los uniformados se apiñan como para recibirlo.

—¿Y ora?, ¿qué se traen?

Acerca la barcaza al muelle.

—Lo bueno es que me van a echar la mano, ¡son tantos!

Venciendo sus torpezas, avienta la cuerda que traía para emergencias en la cabina, siempre atada al timón, ¿cuánto hacía que no la había usado? Arnoldo recuerda para contestarse con el dulce olor agrio de una mujer, una que tenía el vestido floreado… Las axilas le sabían como a piña, ¡qué dulzura!

Los uniformados que están en el muelle amarran la cuerda que les tira, enganchando la barcaza a tierra. Ni las buenas tardes le dan a Arnoldo, ni esperan a que intente dejar la cabina.

Uno de ellos aprieta el gatillo.

Le da a Arnoldo en la frente, en el ceño, entre los dos ojos.

Lo cuelgan al lado de Santiago, en otra rama del icaco frondoso de La Grande, ahorcan al muerto "Para que aprendan esta bola de bandidos que son los mexicanos".

La canoa de Úrsulo arriba en un santiamén al Muelle Viejo, son casi un solo cuerpo. Saca del agua su canoa Inspector y la acomoda en donde siempre (levantada en la horqueta de una enorme ceiba que la arropa escondiéndola, por no saber en cuánto tiempo volverá a la orilla).

No se necesita ser Úrsulo —ducho en seguir huellas— para saber que ahí han pisado varias docenas de cabezas de ganado mixto. Y por lo menos doce caballos. Uno trae dos hombres a cuestas, las pezuñas marcan hondo. Las reconoce: herraduras de la yegua de don Nepomuceno, la Pinta. Él estaba cuando la herraron.

—¿En qué se metió éste?

Tampoco se necesita ser Úrsulo para saber que se dirigen a Laguna del Diablo. Regresa al Inspector, debe llevar las nuevas a Matasánchez. Tira la canoa al agua y la aborda con soltura —la monta como el jinete experto al caballo—. Encuentra la corriente, el remo le sirve para evitar golpear un tronco que el Bravo arrastra desde la raíz: cosecha de su capricho.

(Úrsulo sabe oírle al árbol lo que éste viene llorando. Lágrimas que nada tienen de piedra ni de agua, todas flor perdida, fruta que no tendrá jamás perfume, hojas caídas camino a la pudrición; algo tiene el llanto que el árbol caído va murmurando que deja a Úrsulo pensante.)

Parece que Úrsulo es parte del Inspector, no lo contrario. Van como un pez enfundado en otro.

La corriente arrastra al Inspector directo al Muelle Nuevo de Matasánchez.

Úrsulo deja caer la nueva como una bola de cañón al pie del capitán de puerto, pero cree que la entrega sin mecha: no menciona que reconoció las huellas de la yegua de Nepomuceno. A su vez, López de Aguada lo pone al tanto de lo que ha pasado en Bruneville, en tres patadas, que si el sheriff Shears, que si Nepomuceno le dio un tiro, que si huyó.

—Ya oíste, Úrsulo… ése nos va a meter en problemas. Al americano no se le mete un balazo en balde. Deben ser Nepomuceno y sus hombres… huyendo…

—Pues es verdad —es lo único que comenta Úrsulo—, un caballo blanco no es un caballo.

—Verdad de Dios: un caballo blanco no es un caballo —contesta López de Aguada, sin saber bien a bien por qué sacaba aquí Úrsulo a cuento la del chino Chung Sun.

López de Aguada mismo sale a pasar la nueva en persona al señor alcalde de la Cerva y Tana.

Úrsulo se lamenta haberle dado alguna información. "Si hubiera sabido yo antes lo de Shears y Nepomuceno, no abro el pico; un caballo blanco no es blanco sino caballo… ¡oh, bueno, lo que sea!".

Úrsulo ha citado a Chung Sun, el chino de Bruneville, quien llegó hacía tres años acompañado de un inglés que ya zarpó, a saber si porque quería dejar Bruneville o poner distancia con el chino (dependerá quién cuente la historia). No queda claro cuál era la relación entre ellos, ambos vestían muy distinto pero con igual elegancia y lujo, los dos tenían servidores, había entre ellos un trato como de colegas o hermanos, se sentaban juntos a la mesa y sostenían conversaciones interminables especulativas a las que era difícil seguirles el hilo:

—Considero que un caballo blanco no es caballo.

—¿Un caballo blanco no es un caballo?

—Un caballo blanco no es un caballo.

—El color no es forma, la forma no es color. Si pedimos un caballo blanco en un establo y no tenemos ninguno pero tenemos un caballo de color negro, no podemos responder que tenemos un caballo blanco.

—Si no podemos responder que tenemos un caballo blanco, entonces el caballo que buscamos no está.

—Al no estar, entonces el caballo blanco al fin y al cabo no es caballo.[8]

Sus diálogos dejaban a los pensantes de Bruneville fríos, pero cruzaban el río y eran muy citados por los matasanchenses, circulaban por las arcadas de la plaza, se les debatía largo en las mesas del Café Central. Sólo el doctor Velafuente los tomaba por bromas, cambiándoles un poco la textura (ya lo contaremos, o no).

Eran en estas bromas donde sus frases parecían más vivas, y de donde el pueblo las tomaba para citarlas de memoria con cualquier pretexto.

---

[8] Los personajes no parecen saber que repiten las líneas de la lógica de Gons Sun.

El inglés mister Sand y el chino Chung Sun habían viajado por el mundo juntos. Nadie conoce su historia, ni siquiera su esclavo (Roho, o en español Rojo), porque lo compraron poco antes de entrar a Texas, cuando desembarcaron en Nueva Orleans. De los sirvientes es imposible obtener informes, eran chinos y no hablan sino sus lenguas, no se entienden ni entre ellos.

Chung viste ropas muy bordadas de colores fuego, rojos y dorados, no sabemos de qué región de China. Dependiendo de la ocasión, se cubre o no la cabeza con un también elegante sombrerillo que hace juego con los vestidos.

Alguna vez que el inglés (mister Sand) enfermó en su presencia —un súbito malestar, se desvaneció perdiendo por completo el sentido—, Chung sacó de sus ropas un atado de polvos y de sus mangas un estuche de fieltro conteniendo largas agujas. Pidió un vaso de agua, hizo en él una mezcla con los polvos que hizo beber a Sand, y perforó con las agujas diferentes partes del cuerpo desvanecido.

Cuando Sand despertó y se vio como un San Sebastián (las agujas eran largas, casi saetas), se horrorizó. Chung se las quitó y pidió disculpas. Nunca más se le volvió a ver clavárselas a nadie, pero lo que sí es que la mucama del Hotel de La Grande (la sobrina de Sandy), donde se hospedaron un tiempo, juraba haberlo visto aplicárselas a él mismo "en los hombros y en los pies" cuando estaba a solas y por las mañanas.

En cuanto a los polvos, de esos sí nadie supo dar más razón.

(La leyenda que corre es que el chino Chung tiene ciento y pico de años, otras versiones dicen que más, la verdad es que es imposible leerle la edad.)

Cuatro pistoleros de King entran a casa del pescador Santiago. Dos greasers colgando del árbol de La Grande no les parece suficiente castigo, no aprendería la gente, deben vengarse en la familia del pescador. Los tres hijos aún no regresan —"yo los vi en la carreta de Héctor"; "pero de eso hace ya rato, ¿no?", "pues sí, pero no están, qué más"—, y la mujer, que siempre vende empanadas en el mercado, está todavía en lo suyo.

Le prendieron fuego al techo de palma.

Luego fueron por la esposa, eso mejor no lo reseñamos.

Charles Stealman entra a su casa cuando ya está por dar la hora de la reunión. Pregunta en alta voz "¿Elizabeth?", las esclavas a coro "en su dormitorio". Sin detenerse, sube a grandes pasos la escalera, recorre el pasillo, abre la puerta, la cierra y apoya la espalda en ésta.

—¿Elizabeth?

Elizabeth salta de su escritorio (está ya perfectamente vestida para recibir a las visitas, de punta en blanco, el llamado en alta voz la sobresalta), la gota de tinta en el manguillo tiembla.

Los zapatos enlodados de Charles manchan de lodo el tapete. El ojo de Elizabeth lo advierte, se queja con un "¡Charles!" en tono de reclamo.

—¡No digas mi nombre como si fuera el de uno de tus perritos!

"Trae un humor de perros, y yo con los nervios…" —piensa Elizabeth, desearía anotarlo en su libreta.

—¡Cámbiate! ¡Estás enlodado, sucio! ¿Qué cancelaciones tienes?

Silencio del abogado.

—Dime, ¿recibiste cancelaciones?, ¿viene la gente?

Mayor silencio.

La gota de tinta que caía del manguillo se desprende, su caída pasa desapercibida.

—Te estoy preguntando si llegaron cancelaciones.

De nuevo, silencio.

Los oídos del abogado Stealman no son de por sí muy agudos. Menos: no son de fiar. Tiende a ser sordo —aún no se da cuenta de esto su mujer; y aquí por enferma de un lugar común: la capacidad auditiva masculina se asocia con la juventud y con la potencia sexual, por ende es un valor del que raramente se habla, casi un tabú; para las mujeres sordas no hay prejuicios, se les borra nomás, son un fastidio y punto; pero en el caso de los varones… otra historia… el sordo y el erecto dizque van mano a mano (es una tontería porque el homo erectus no lo era por el pito, y la erección difícilmente se consigue vía auditiva).

En todo caso, hoy no están los bollos como para aguantar lugares comunes. El abogado Stealman no va a permitir que las olas agitadas ganen todo terreno a la cordura. Se acerca a la jarra y la vasija de cerámica donde hay agua, se mediolava la cara, se anuda la algo sucia corbata mientras hace lo imposible por no escuchar la gritadera de su mujer, estridente. La nacida Vert está realmente furiosa.

Por fin, terminados sus cálculos mentales, Charles gira la cabeza, y, aún con los oídos sordos, la voz muy baja y en calma, empieza su enumeración:

—Viene el vicegobernador. Viene el capitán Callahan. McBride Pridgen y el senador… no lo conoces, el que ocupa la silla del desafortunado Pinckney Henderson, baste le llames "senador".

Las palabras del marido no pueden caerle peor a Elizabeth. Explota:

—Matthias Ward, ¿el senador Matthias Ward viene a mi casa? ¡Es un masón!

Esto sí lo oye muy claramente Charles. "¿Masón?"

—¡Masón! ¿De dónde sacas tú tu información? ¿Con quiénes conversas? ¡Eso déjaselo a tus criadas! —Stealman está por perder los estribos, pero saca de su flemática reserva—. ¿Querías saber quién viene y quién no? Los mexicanos no se van a presentar. Tanto mejor. Han tenido un problema… con alguien de su familia. El alzado de Nepomuceno. Peleó contra Zachary Taylor. No le habría gustado a Callahan verlo aquí.

—¿No te dije yo eso mismo antes? ¡Pero no me escuchas! Ahora tú me vienes a repetir hoy, y tenía que ser hoy, mis argumentos. Los míos. ¡Mí-os! Ya te voy a oír en breve hablar del masón de Ward, porque es lo que…

Tocan a la puerta. La voz tímida de una de sus negras:

—Señora… Una visita. Son una señora y una señorita que no conocemos.

La esclava pasa una tarjeta de visita por debajo de la puerta. La toma Charles y la lee en voz alta:

—Catherine Anne Henry.

Antes de dejar de lado la conversación que ha sostenido el matrimonio Stealman —si podemos llamarla tal—, son necesarias tres precisiones. La primera va sobre el senador Matthias Ward. La segunda, de Stealman mismo. La tercera, de Callahan:

1. El senador Matthias Ward suplía en el Senado a James Pinckney Henderson, quien vive en la memoria de Elizabeth como si hubieran sido amigos, sólo porque ella había firmado, junto con otros cuatrocientos noventa y nueve texanos —más o menos— aquella petición "Sobre la protección de la propiedad de esclavos" en que pedían "un plan para asegurar la protección de esclavos en Texas" que tenía como primer punto "la necesidad de un tratado de extradición entre Estados Unidos y México con el objetivo de reclamar criminales de ofensas capitales cuando sea necesario" —sobre todo para proteger un derecho constitucional (y en sí un derecho humano, un derecho sobe-

rano), el de la propiedad, por eso había que conseguir el rescate de los esclavos fugitivos—. Se pretendía "a pesar de los sabuesos perjurios del fanatismo en el Congreso" defender los fundamentos de su Constitución, "nuestra bandera lo tiene escrito: Libertad, Justicia, Protección al oprimido y agraviado". Ahí se llamaba a Santa Anna "el tirano guerrero de México, el asesino negro de hijos de americanos". Insistía en que defender el derecho a la propiedad (de esclavos) estaba en el corazón mismo de las instituciones americanas y que el azote de los norteños —que han perdido los estribos y se han enloquecido con el asunto de la esclavitud, "golpeando y tratando de destruir los signos vitales de nuestra Constitución —esa *chart and chain* que nos ha mantenido unidos desde los días de Washington—". Etcétera. Por supuesta lealtad con "su amigo", por una irracional biliosa lealtad a éste, detesta a quien ahora ocupara su silla en el Senado —de ahí que Elizabeth lo llamara "masón", para ella eso es de lo peor que existe.

2. Segunda precisión: Stealman llegó a casa con la cabeza llena de humo por varias buenas razones. Había sido un día intenso. Ganó la barcaza y el remolcador y otras dos embarcaciones, sin desembolsar un dólar. Luego ocurrió el asunto del idiota sheriff y la respuesta de Nepomuceno. Verdad que Texas era la tierra de las grandes oportunidades, pero tenía un problema: los mexicanos.

Aunque tal vez decir humo no es lo apropiado en un hombre como Stealman. Tres minas de plata en Zacatecas lo dotaron con una mediana fortuna —no fueron su propiedad, pero el que rasca, gana, si es gringo (el orden del mexicano es distinto: el que gana es el que lo merece no por sus hechuras sino por cuna, nacimiento, etcéteras)—. En honor a la verdad, las ganancias, más que por las vetas generosas, fueron por su administración —pagos minúsculos, jornadas largas de los mineros y venta de plata cualquiera a precio de mineral de excelente calidad.

Tenía la mano, este Stealman. Con una inversión minúscula había hecho el trazo de Bruneville; con dinero que sacó del Estado, la construcción de las dos calles principales; con la venta de los lotes, un milagro, un rincón olvidado del mundo se tornó en gran prospecto de ciudad; con sus relaciones (sin menospreciar las que heredara por la familia de la mujer) los políticos consideraban a Bruneville un enclave importante, ofreciéndole protección militar y regalándole con ésta la derrama económica que acarrea ser base del ejército.

Todo lo de Stealman salía de la nada (como lo de Gold y tantos otros recién llegados) o, mejor dicho, de su iniciativa, de su ánimo emprendedor, para el que era un lastre la mexicanada, porque como sabemos traía encima el pleito legal de los que reclamaban la propiedad de las tierras donde se asentaba Bruneville, su creación. Stealman esgrimía en su defensa un papel firmado por la viuda quejosa, doña Estefanía, en que aceptaba el uso que hiciera de éstas "con objeto de proveer engrandecimiento a la región". Para que cerraran el pico, Stealman pagaría a sus dos hijos mayores un peso por hectárea (no es broma: un peso mísero) (él había recibido mucho más por cada lote) (creía que era lo justo, el negocio era a fin de cuentas su idea y su trabajo). "Lo de siempre", decía para sí Stealman, "los pasivos mexicanos" querían sacar ganancia de lo que a él le sobraba y ellos carecían: "Ingenio, fuerza de trabajo, devoción. Son como las mujeres".

En su argumento, Stealman olvidaba algunos detalles. A saber: que las minas de Zacatecas le fueron rentadas por un mexicano que las había explotado de la mejor manera y que ya había sacado de ellas el mineral de calidad, lo que él le rascó y vendió era de quinta clase, aunque lo vendiera como si de primera. Que sabía y de sobra le habían tomado el pelo a la viuda Estefanía, ella no había tenido ninguna intención de fincar ahí ciudad alguna "porque —eran sus palabras— el negocio entre el Río Nueces y el

Bravo es el ganado, esta tierra es generosa para criarlo" (y tenía razón) (encima, hay que recalcarlo: Estefanía nunca le vendió las tierras a Stealman, él la hizo firmar un papel ofreciéndole sus servicios para legalizárselas ante el nuevo gobierno; lo que había acordado es que se le ayudaría a sacarles provecho, dada la nueva situación —ella entendió correcto: su preocupación era que la ahogaran los impuestos). Por último: que el pleito entre hermanos (los de anteriores matrimonios y el tal Nepomuceno) le abría la posibilidad de fingir que arreglaría el asunto por la vía legal, cuando, se lo decía con todas sus letras, lo único que iba a hacer era calentarles un ratito las palmas de las manos a quienes las extendieran, ya encontraría después qué hacer para cerrarles el pico.

No es el único negocio dudoso que guarda entre manos. Charles Stealman tiene una caja llena de títulos falsos, "squatter titles" o "labor titles", y hay otros, pero ahora está ocurriendo la reunión en su casa, no tenemos tiempo. No hay que ensañarnos contra él: es verdad que es muy emprendedor y organizado, se las sabe de todas todas, y es muy respetuoso y apegado a la ley cuando se trata de lidiar con anglosajones, siempre y cuando no haya motivo irresistible para no serlo.

3. Tercera y última (y breve) precisión: Hace más de un mes que el capitán Callahan —que también ya anunció Stealman viene a la reunión—, acompañado de un piquete de sus hombres, topó con una banda de ladrones de caballos en la cañada York. Mataron a tres o cuatro, los demás se dieron a la fuga entre los arbustos espinosos que ahí crecen —la pequeña amarilla flor perfumada sólo aparece una vez al año; la procuran las abejas, de ahí la conocida miel.

A la mañana siguiente, sus pistoleros decidieron seguir el rastro de uno de los bandidos, iba herido de una pierna, presa fácil. Dieron con él en un abrir y cerrar de ojos, el hombre, sin montura, se arrastraba como una serpiente.

Al verlos venir, con señas les dio a entender que se entregaría. El capitán Callahan se le acercó en su caballo, sin desmontar.

—¿Qué, greaser?, ¿quieres llegar a Seguin?

—Sí, señor. Necesito un doctor, me estoy desangrando.

—Está bien. Móntate a mi espalda.

El mexicano se ató fuertemente la pierna con un largo pañuelo de seda que traía en la bolsa —un objeto que le era muy querido, lo llevaba cuidadosamente doblado en la bolsa, probable testigo de un amor, ya que tenía alguna esperanza podía echarle encima la mano—. Después, el mexicano se levantó con trabajos, y cojeando con gran esfuerzo se acercó al capitán Callahan. Cuando éste lo tuvo a un paso de distancia, sacó la pistola y se la vació en la frente.

Cuando Chung Sun, el chino, oyó esta historia, repitió lo que solía decir de los gringos, "properly styled barbarians", el único atado comprensible de palabras en inglés de que él era capaz —porque hay que descontar sus caballos blancos y demás máximas y epigramas que en cualquier lengua están en chino.

Para presentar a las mujeres que acaban de llegar a casa de los Stealman, hay que hacer otro paréntesis, y tenemos tiempo, Elizabeth tarda en salir de su habitación, luego debe dar indicaciones a las esclavas de cómo vestir a Charles (no va a permitir que se presente como un mendigo) y de por sí le lleva algo de tiempo bajar hacia el salón porque se ha puesto unos zapatos que le aprietan:

Las primeras escritoras del linaje de los Henry fueron las dos hermanas que firmaron dos libros de poemas escritos a cuatro manos como "Las Hermanas del Oeste".

En alguno de estos poemas aludían a la reencarnación, como si hubieran tenido una vida anterior. Lo cierto es que nacieron bajo la sombra de un muerto que incluso en vida del occiso había sido difusa. Su abuelo, Charles, pretendía pertenecer a la Casa Henry, de gran alcurnia, aunque no era sino un soldado raso que por huir de la miseria abandonó en Inglaterra a su esposa y dos hijos, escapó a probar suerte. Cruzó el océano. En el nuevo continente, puso sus armas al servicio de los españoles, se hizo llamar Carlos, se volvió a casar y enviudó. En pago por sus servicios, los españoles le otorgaron tierras a un costado del Río Mississippi. El territorio cambió de manos, a las anglosajonas. Carlos regresó a su nombre original, Charles Henry, casó otra vez con una joven heredera anglosajona. Tuvieron hijos.

Una mañana apareció en la entrada de su hacienda el hijo del primer (y legítimo) matrimonio de Charles Henry, el que había abandonado en Inglaterra. Venía a que le pagara el abandono en que los había tenido (creció huérfano, vio morir a su madre en la pobreza). Ante el rechazo de Charles, se instaló un poco más arriba de la ribera, a tramar su revancha. Tenía con qué. Había estudiado con cuidado la manera de actuar de Charles bajo la lupa del rencor y la envidia, a la distancia, en la pobreza. Supo cómo explotar tierras y humanos.

Padre e hijo se volvieron rivales. Compitiendo ayudaron a convertir la cuenca del río en el centro de la riqueza algodonera mundial.

Las fortunas de los Henry crecían sobre una cama de cadáveres, los enterrados en un olvido, los esclavos que eran el secreto de su riqueza, y los indios vernáculos, a quienes habían robado sus tierras de cacería o exterminado con hombres de armas a sueldo.

La sombra difusa del mayor de los Henry cobró su cuota. Charles-Carlos sufrió un ataque de melancolía aguda, un túnel empinado imposible de remontar, caída libre en tobogán o resbaladilla del ánimo, un desliz vertiginoso. Se precipitó en la más absoluta desesperación. Perdió el piso de la razón. En 1794, con una depresión marca diablo de la que no sabemos más que el nombre, Charles o Carlos Henry se amarró al cuello una cazuela de hierro y se aventó a un brazo del Mississippi, el Búfalo (de aguas profundas y negras), que desde ese día se llamaría como él, Henry. Su hija menor, Sarah, tenía diez años.

La cazuela es para algunos un asunto de suma importancia, porque dicen que era lo único con que había llegado del otro lado del océano, que con ella se ganó algunas semanas la vida, preparando un ponche exquisito. Pero eso no es sino una patraña, una leyenda obtusa que quita verosimilitud al caso. ¿Cómo iba a viajar cargando tamaña cazuela pesada en el barco? Ahí no termina el arrojo imaginativo (o lo lisiado de la imaginación de los chismosos). Alguno llegó a decir que había navegado el océano metido en la cazuela, capitán, marinero y pasajero de su propio barco, pero eso sí que es el colmo. ¿Un hombre cruzando la mar océana en su propia cazuela? ¡Ni en un cuento de hadas!

Con el tiempo, Sarah se casó dos veces. La primera no fue muy afortunada y es mejor olvidarla. En algo tuvo suerte: enviudó pronto. Cuando le dieron la noticia de la muerte del marido, se soltó a llorar. Corrió a su cuarto y se encerró. A solas, cortó en seco las lágrimas y celebró: "¡libre, soy libre, libre!". Mucho "libre" se diría, pero no le sirvió de gran cosa. En breve, se volvió a casar. El segundo matrimonio fue con un hombre peculiar, el teniente Ware, un viudo de buenos bigotes, letrado, de gestos grandilocuentes y elegancias estrambóticas, dado a los viajes y las aventuras —había explorado el norte del África, según algunos buscando minas, pero todo parece indicar que buscó ligas para la trata humana que no tuvieron éxito porque los portugueses le ganaron el comercio. Regresó diciendo quién sabe cuántas aventuras luminosas, cuando en realidad no había pasado de ser un tratante fracasado.

El apetito de contar historias del teniente Ware se volvió legendario. Alguien le atribuye la versión de la cazuela viajera, pero no cabe duda, para quienes conocemos sus otras narraciones, que esto es imposible. Era un fabulador y un mentiroso, no un imbécil.

El teniente Ware y Sarah tuvieron dos hijas, las futuras autoras —y primeras del linaje—, las poetas que firmarían "Las Hermanas del Oeste".

Primero nació Catherine Anne. Pasaron cuatro años sin que Sarah engendrara otro vástago, el teniente Ware se ausentó. Pasado el tiempo, él contaría que había ido a Zacatecas a buscar minas, pero no podemos creerle, porque en México no encontraría esclavos que pudiera comprar a bajo precio para vender a bueno, y eso fue siempre lo suyo. Más bien nos inclinamos por la versión que le atribuye un rapto alcohólico durante ese periodo.

A los 39, Sarah, dio a luz a su segunda hija, Eleanor, e inmediato cayó en una depresión que se la llevó de la mano a la locura. Perdió el piso, perdió el techo, perdió las paredes, perdió el cielo y el infierno, pero sobre todo se perdió a sí misma. A ella nadie le atribuye cazuela alguna, aunque sí un intento de ahogarse en el río. El teniente Ware la internó en una institución para dementes.

En su encierro, Sarah Henry Ware pasaba los días suspirando por su marido, lamentando su abandono. Cuando el teniente Ware la visitaba, Sarah no lo reconocía. También se lamentaba Sarah por la ausencia de sus hijas, en especial por su bebita, Eleanor, y llamaba en sus llantos a la mayor, Catherine Anne. Cuando las niñas llegaban a visitarla, tampoco las reconocía, le repugnaban sus reclamos de cariño.

Sarah conservaba su belleza y su hermoso y espeso cabello. El teniente Ware la mudó a la casa de uno de los hijos de su anterior matrimonio, la encerraron en la parte más alta, como a una Rapunzel.

Cuando las dos hermanas, Catherine Anne y Eleanor, publicaron su primer libro de poemas, Sarah ya había muerto. Los detalles de su fallecimiento se nos escapan. No había cazuela a mano para echarse al río, aunque hay quien dice que ella también se echó al Henry con la cazuela al cuello… pero saltémonos ese pasaje porque rebosa absurdo. De que había muerto, no cabe duda.

Eleanor se casa con un hombre que no es necesario traer a cuento, dice que tiene plantíos en Virginia, pero parece que mentía. Todos creen que es feliz. Tienen un varón, que casi muere al nacer —el cordón infectado—, por el que ansiosa siente un apego enloquecido, tanto que no puede alimentarlo, el marido contrata una negra nodriza. Después nacen dos hijas, aunque esto hay quien lo niegue y diga que eran sobrinas que se hospedaban con ella, sobrinajándole anticipadamente a sus vástagas, que a su muerte se irán a vivir con su tía. A la primera la llama como a su mamá, Sarah. Cuando nace la segunda, pelea ásperamente con su hermana Catherine Anne y cae en el mismo túnel que el abuelo y que la madre, contrae fiebre amarilla y muere. Por supuesto que hay imbéciles que dicen que acabó en el Río Henry con la cazuela al cuello, y los que alegan no tenía nada atado, sino piedras en los bolsillos del vestido, pero no hubo río: no le dio tiempo.

Hasta aquí el paréntesis.[9] Camino a Nueva York, Catherine Anne se ha detenido en Bruneville, el nuevo vapor de pasajeros a Nueva York ha cambiado el punto de embarco de Nueva Orleans a Punta Isabel (otra movida

---

[9] Tenemos la tentación de corregir las imprecisiones de la presentación que se ha hecho, pero el espacio no lo permite. Queremos hacer constar que peca de imaginativa y atribuye paternidades equivocadas.

de Stealman, de las pequeñas: planeaba parcelar también
una franja de terreno en Punta Isabel, le convenía inyectar
de vida al puerto). Catherine Anne viaja para presentarse
a firmar el contrato de publicación de su novela y, a petición de su editor, quedarse a residir en Nueva York hasta
la aparición del libro y durante su promoción. Lo había
firmado como *Una señorita del Sur* (*A Southern Lady*).
Viaja acompañada de sus dos sobrinas. La primera es particularmente interesante.

El que no está invitado a la reunión de los Stealman
es Neals, el ranger que tiene a su cargo la cárcel del centro
de Bruneville. Está muy al tanto de ésta y de las preceden-
tes, siempre hay quién le pregunte, "¿Vas, Neals, a la casa
de los Stealman?", y piensa que es injusto que jamás lo
tomen en cuenta.

Neals es de los pocos que la alcaldía tiene a sueldo
fijo, los más de los armados son contratados para trabajos
precisos. El "honor" le ha sido concedido para retribuirle
su contribución a la patria, con eso lo dan por bien servi-
do por haber sido uno de "los diablos texanos".

"Los diablos texanos", así nos gritaban los mugrientos mexicanos cuando desfilamos victoriosos por las
calles de su capital, todos en nuestras monturas. Medio
desiguales, sí, unos en mulas, otros en mustangos, otros
en caballos de sangre; algunos a pie sobre las sillas, otros
mirando hacia atrás, no faltaba el que se hacía la de señorita, las dos piernas de un solo costado, otros cabalgaban
pendiendo de sus brazos al cuello de su montura, otros
tendidos a lo largo del cuerpo del animal, como escondiéndose de balazos, otros, para mayor arte, colgando
como otro estribo. Eso sí, a nadie le faltaba sombrero,
gorra o boina, de piel de perro, de gato, de mapache, de

gato salvaje o de piel de comanche. Los mexicanos decían que éramos una especie semicivilizada, medio humanos y medio demonios, con algo de león, otro tanto de diablos y un pelo de bache (esas enormes tortugas mordedoras que viven en Florida con el lodo). Nos tenían más miedo que al mismo diablo.[10] Eso sí, cuando al regresar tocamos Puerto Lavaca, Texas, nos recibieron como si fuéramos héroes, habíamos conquistado a un país que por veinte años había suprimido la libertad y los derechos naturales del hombre, y que había interferido con el Destino Manifiesto de América para gobernar estas playas.

Las tres Henry no tienen ni idea de lo que ha pasado hoy en Bruneville. Tres llegaron a Bruneville, sólo dos se presentan en la casa de la calle Elizabeth. La que no llega con ellas es muy bella, se llama Sarah Ferguson (es hija de Eleanor Henry), vive como su hermana con la tía desde que murió su mamá en el 49, a su lado aprendió a tomar gusto por los hipódromos, las apuestas, los juegos de cartas, escribir y leer.

Sarah hizo semanas atrás una cita con Jim Smiley. Quedaron de verse en la ribera del Grande, en el "Casino de La Grande". "¡Será una gran noche!". Sarah quiere por lo menos una partida con el más famoso jugador de su país, coincidir en Bruneville con él es un golpe de suerte, no lo puede dejar pasar.

En los ranchos, pueblechuelos y ciudades del valle y de la pradería, en los puertos de mar y río, y en los campamentos de indios y vaqueros la llaman doña Estefanía. Es la dueña de la mitad del mundo, ésta en la que estamos parados. Y es la mamá de Nepomuceno.

[10] Nos parece que sus palabras son las de Jack Hays, en *The Intrepid Texas Ranger*.

Es una señorona. Hay quien habla de su proverbial mal humor, otros de los ataques de generosidad incomprensibles o de sus entusiastas arranques de tacañería. No hay indio o mexicano que no la piense como la dueña de todo cuando tocan sus ojos. No hay gringo que no quiera arrebatarle algún trozo de lo que posee, más de uno la cree una incapaz que ha dejado a la región en somnolencia productiva (así justifican la razón de su ladronería, "por el bien de la región"). Los negros le atribuyen poderes mágicos. Los mexicanos creen que es como una rey-midas. Los indios la aborrecen, por su hacha han caído pueblos enteros, la consideran una fuerza maligna. Para el padre Vera, el párroco de Matasánchez (que a veces se hace bolas y lo piensa "Matagómez", o "Matamoros"), doña Estefanía es una santa, un ángel o un querubín, dependiendo del monto de la limosna. A la (puerca) iglesita católica de Bruneville no le suelta un peso, así que el cura Rigoberto la considera una bruja abusiva y algo hereje.

¿Quién tiene la razón?

Reseñan la ropa que usa con detalle, los caballos que forman su cuadra, la de piezas de ganado que con el lazo de Nepomuceno ha sabido acumular, sus cosas, establos, capillas —o hasta iglesias, que eso parecen—, silos, muebles, carros (de varios) y joyas, y todos se hacen lenguas de cómo cocina. "Tiene manos de ángel". "Es como un embrujo comer lo que guisa".

Ella piensa en sí misma en términos muy distintos, y debemos darle el derecho de voz. Pensar no es la palabra precisa. Doña Estefanía no *piensa* en sí misma. Piensa en los problemas del feudo Espíritu Santo, en la lluvia y el ganado y la mano de sus vaqueros y el transporte y el pago y el trato con el rastro. Veamos cómo es que se ve, como se cree que es.

Doña Estefanía no se considera una señorona. Ni siquiera se cree "doña". No se llama a sí misma con el nombre entero, no es "Estefanía" sino "Nania". Nania le decía su papá. Nania tiene un poni blanco, "pequeño y bonito como tú, y se llama Tela". Su papá le mandó hacer un cabriolé que él llamaba araña. "A ver, mi Nania con su Tela y su araña". Aprendió en un santiamén a llevarlo ella misma, sin conductor, cubierta la cara con un velo para que no la lastime el sol (no podía sujetar la sombrilla y llevar las riendas). En las manos, sus guantes blancos.

Pero más le gusta montar el poni, aunque eso "no es para Nania, las damitas no deben montar". A veces sí cae en la cuenta de que tiene tres hijos y de que carga "con la bendición" de dos más, pero esto nomás en las navidades y casi a fuerzas, por los corajes —las nueras, los pleitos entre hermanos, un fastidio.

Más allá de Rancho del Carmen, José Esteban y José Eusebio, los otros dos mediohermanos de Nepomuceno con quienes comparte apellido por ser hijos del mismo padre, están donde nace el Río de la Mentira, que otros llaman, con menor claridez, Río del Carmen. Se habían quedado a proteger a doña Estefanía en Rancho del Carmen, con ella esperan ansiosos la resolución del juez de Bruneville sobre el pleito de las tierras.

Los hermanos no esperan de brazos cruzados porque los dos son gente de trabajo. Muy al alba habían salido del rancho tras más de cien piezas robadas por los hombres de King el día anterior. Los rastros del ganado debían estar aún frescos, por eso el apresure, no había soplado el viento y no era temporada de lluvias. Tuvieron suerte, los robavacas estaban a tiro de piedra. No querían enfrentamiento sino repetirles su juego, recuperar el ganado y regresarlo al corral, antes de que los marcaran encima del sello de doña Estefanía. Así hicieron: los sorprendieron dormidos, les metieron unos cuantos tiros para que no alborotaran, tomaron el ganado de doña Estefanía y estuvieron de vuelta a tiempo de desayunarse unos exquisitos huevos rancheros, con sus tortillitas suaves, su salsa de jitomate, las yemas muy tiernas.

Otros dicen que se habían quedado con doña Estefanía porque no querían meter las manos en el asunto, que sabían que reclamar a los gringos era jugar con fuego —porque lo del reclame, muy adentro de ellos sí que les correspondía; aunque no fueran de su propiedad sino de la viuda de su papá, no dejaban de acariciar la idea de que algo les tocaría si estaban en buenos términos con ella, sobre todo ahora que Glevack se había alejado, hacía tanto que ellos ya sabían que era un pillo, por prudentes no se lo dijeron con todas sus letras, pero un poco sí, llegaron tan lejos como para decirle que era un aprovechado, que les parecía medio de quinta…—, pero lo que es indudable es que sí le tenían ley a la señora y que arriesgaban su pellejo por cuidarla.

Tampoco hay duda de que a Nepomuceno no le importa meterse en las llamas de los texanos, si de por sí ya anda en eso, nimodo que se quedara con las manos cruzadas frente a sus atropellos, se habían robado las tierras de su mamá haciéndose los legalotes para fincar en ellas Bruneville, mercando lo que nomás no era de ellos.

Las noticias llegaron, sin las naranjas, el ajo y la cebolla que doña Estefanía había encargado. Dos de sus vaqueros trajeron los pormenores de lo que había ocurrido. Por descuidados no cargaron con la mula que deambulaba cerca del muelle, a saber qué harán de ella hoy los rangers, se la estarán cogiendo por atrás. Por las naranjas no nos preocupamos, las más regadas en Bruneville luego luego encontraron dueño, pero ajos y cebollas allí estaban y fue puro descuido no traérselos.

Ni qué decir que la noticia cayó de piedra a doña Estefanía y a los dos hermanos.

Pues sí, Glevack era un caso, pero al lado de los texanos parecía un pollito muerto y desplumado al que le han mochado el pico, un miserable indefenso.

Ah qué caray con los texanos, bien que habían aceptado las tierras de manos españolas y luego mexicanas, firmando y juramentando que eran católicos y tendrían lealtad al rey, pero apenas pudieron se pusieron a decir que los mexicanos los oprimían —¿pue'qué?—, que los católicos eran intolerantes —¡ay, ¿sí?!, ¿dirán que comparándolos con los protestantes?—, que no había libertad, que quién sabe cuánta cosa. Ya para entonces le habían sacado buen jugo a la tierra donada, vendiéndola fragmentada —contra lo que acordaron en los contratos— y a precios de oro, ya se habían agandallado enormes territorios dizque amparados por la ley. En el centro está el asunto de los esclavos que México no permite por principio, y que para un texano es un derecho intocable.

Antes de volver donde los Stealman, vamos a dar una vuelta por Bruneville.

En la Plaza del Mercado, toca el gringo de la mona su organillo. La mona baila, el organillo canta, pero ni quién les haga caso, casi no hay nadie y el que pasa trae miedo. El organillero se fastidia de estar haciendo el loco a solas, si es un artista. Cierra el organillo, llama a la mona, le engancha la traílla al collar y con ésta de la mano y el instrumento bien pegado al cuerpo, camina hacia el Café Ronsard. Le agarra también miedo. Las calles están desiertas. Entra al café. Deja al lado de las puertas su organillo (sabe que aquí no tiene permiso de tocar, ya se lo han dicho, no va a beber cargándolo, para qué, es ridículo) (esto de que no lo dejen todavía lo enfada, pero no quiere hoy revivir la herida; pasa el enojo como una sombra y se la sacude como quien se quita una mosca). Pide una copa en la barra.

—Que saque ese gringo a su mona —éste es Ronsard, no se le va una—. La otra vez hizo estropicios.

El cantinero se lo repite al organillero en su inglés champurrado. El gringo lo piensa unos momentos. Su mona será su mona, pero su vida es su vida, allá fuera no se siente bien la cosa. Toma la traílla, sale, amarra la mona justo enfrente de la puerta del Café Ronsard, donde Gabriel ha mandado clavar esas dos trancas con una buena viga, la Hache (le dicen algunos) que está ahí para los caballos, y regresa, no con ganas demasiadas, aquí no le dan el trato que merece, pero ya lo dijimos, también él tiene miedo, y eso empequeñece a cualquiera.

En el Café Ronsard hay reunión de Águilas. Cualquiera los verá sin saberlo. Por eso se reúnen en lugar público, para no despertar sospechas. Los rangers, los pistoleros a sueldo, están abocados en pleno a la persecución de Nepomuceno o a colaterales venganzas, desde hace años cada que pueden les da por hostilizar mexicanos. Hoy los rangers van de casa en casa, buscando precisamente lo que ni se les ocurre notar a simple vista. Hacer la reunión en secreto sería una confesión de culpa.

Además es usual que Gabriel Ronsard, como dueño y anfitrión, departa con sus amigos y juegue a las barajas.

El cónclave no lo parece.

En la mesa de Ronsard, Carlos el (insurgente) cubano, don Jacinto el talabartero y el extranjero José Hernández —que llama al café "la pulpería"—. Alrededor de ellos papalotean una media docena de Águilas, se acomodan en la barra y las mesas vecinas, van y vienen, están atentos. Sandy ya está de vuelta de sus correrías, Héctor el dueño de la carreta, con su cara redonda, Cherem el de las telas, el franchute de las semillas, Alitas, el pollero.

Don Jacinto a José Hernández:

—¿De dónde su acento, ese cantadito con que habla?

—Del sur, de otros llanos.

—Yo he ido al sur, y cuál llanos. Usted diga misa si quiere, don José, por allá no hay nada de praderías, ni bosque de chamizo, ni valles planos; pura cañada y unos árboles gigantes como para andar colgando riatas bien largas con ristras de… —estuvo a punto de salírsele "tejianos" de la boca, pero supo contenerse a tiempo— …de indios.

—No me porfíe, amigo. De allá yo vengo. De mucho más al sur que de donde vos…

Carlos, el cubano, baraja —no hay torpeza alguna en sus gestos, las cartas bailan en sus manos como en su casa—, reparte y comienza el velado recuento de infamias. Dado que se ha ido llenando el Café Ronsard, él va a marcar la pauta: no se tocarán los temas nuevos, no se abundará en detalles. Prácticamente imposible que alguien pueda seguirles la conversación.

Carlos lanza la primera infamia:

—Josefa Segovia.

Inmediato le toma la palabra Ronsard.

—1851.

—Frederick Canon —éste fue Héctor desde su silla, a cuatro pasos de ellos.

Risas entredientes. Dejan salir así el vapor de sus preocupaciones.

(¿De qué hablan? ¡Ni quien de los no entendidos se dé cuenta! En Penville, en ese año, el gringo Frederick Canon violó a la mexicana Josefa Segovia, ella fue a acusarlo a las autoridades, presentó pruebas concluyentes del crimen, la acompañaron a declarar su médico con la parte escrita, el sobrino, que había sido testigo presencial —Frederick había irrumpido en su casa, primero había batido a golpes al sobrino de Josefa que apenas tenía diez años, luego lo amarró a una silla y procedió a forzar a la jovencita en sus narices—. Traían también algo que fue leído como escándalo: fotografías en que se reproducía el crimen. En éstas, las víctimas —la violada y el muchacho—, actuaban las escenas, y el primo mayor de Josefa pretendía ser el criminal Frederick Canon. Al final del fotodrama, se incorporaban imágenes que también se consideraron muy indecentes, con tomas cercanas a los golpes dados al muchacho, los hematomas que Frederick había marcado en el cuerpo de Josefa.)

(Dos días después, aparece el cadáver de Frederick Canon, los indicios son de que se había caído de bruces por borracho al arroyuelo de aguas sucias que sale desalojándolas con la basura de Penville. Las autoridades acusan a Josefa Segovia de asesinarlo y aunque nunca hay pruebas que corroboren la teoría de su culpabilidad, la toman presa. El siguiente sábado, al caer el sol, el pueblo asalta la cárcel —con la complicidad del sheriff—, un grupo de varones saca a Josefa de su celda, la manosean antes de exhibirla, la mojan, le desgarran el vestido, casi la desnudan; el pueblo atestigua cómo la golpean, la llevan a rastras, bañan en trementina lo que resta de la bella. Echan una cuerda a la rama más baja de un pirú añoso, ahorcan a Josefina, le prenden fuego. Sus ropas contrastan con los que celebran el linchamiento: las mujeres vestidas de fiesta, los hombres en mangas de camisa por el calor endiablado, sombreros a la cabeza y ropa limpia como si fueran a la iglesia. Tocan los músicos. La gente se echa a bailar al pie de la linchada, celebra la muerte de la "greaser".)

Cómo ríen Las Águilas. Las risas de Las Águilas son de amarga revancha, como si enumerar restaurara los agravios y hasta les diera placer.

—¿Y qué me dicen del que tenía ganado trescientas treinta y tres millas arriba de Rancho del Carmen?

Silencio por respuesta. A la mención del número 333 les hirvió la sangre. En un golpe, perfecto, como de general, los hombres de King lo habían despojado hasta de la última cabeza, y la vacada fina cambió de manos "legales" en un ágil golpe de abogados; el juez Jones (la gente lo llamaba Pizpireto Dólar) aceptó las pruebas que le puso enfrente el representante de King —todas más falsas que monedas de doce pesos (juez Jones era el de Bruneville antes de la llegada de juez White, el Comosellame).

—Para manzanas, las…

Otra pausa. Las manzanas eran la clave para repetirse una de sus consignas: "La violencia de los anglos es estrategia para amedrentar a los nuestros, con el claro objetivo de que perdamos todo derecho y propiedad. Le llaman leyes, viene disfrazada de actos legales, es la batalla continua por las propiedades, los privilegios y los derechos elementales. Pero cualquier acto que haga alguien de origen mexicano para recuperar lo propio, así sea cultivar manzanas, en su lenguaje perverso se llamará hurto, robo o ladronería".

Eso se decían en silencio, pero a simple vista sólo tenían la boca cerrada. El talabartero Jacinto bufa. Carlos imita el gesto de Shine el aduanero, la nariz fruncida como si apestara.

—¿Y qué me dices de los siete limones?

Llevaban la cuenta de los casos de mexicanos maltratados cuando visitaban Bruneville por los gringos "lawless". Shine el aduanero era el único americano que se ha atrevido a hablar del asunto en alta voz, se ganó una tunda en la oscuridad camino a casa. A la mañana siguiente, Shine encontró un letrero pintado en su casa, "Death to progreasers". Acción de los "ciclos", no firman pero lo saben lo más entendidos.

El gesto en Carlos arranca de nuevo carcajadas cuando cambió, al tiempo que dijo, fingiendo voz y acento:

—Orita vengo, voy por tabaco.

Se hizo el bizco, los dos ojos pegados a su nariz, una caricatura de Shears.

—¡No te vayas! ¡Vámonos por los siete!

—¡Órenle!, ¡vámonos por los siete!

Esto era porque King mató cerca de Laguna Espantosa, en el Condado de Dimita, a siete mexicanos que le acababan de entregar ganado mojado. En otras ocasiones pagaba, a veces hasta bien, y quedaba muy conforme. Se sospecha que con los siete traía otras cuentas pendientes.

Decían sus alusiones, sus bromas barrocas retorcidas, crueles, en voz alta, no se les entendía nada, era el lenguaje de los entendidos. Pero de vez en vez dejaban ir un murmullo para que no se les alcanzara a oír porque era obvio el contenido:

—¿Qué tal que la Cart War la ganan los carreteros del sur?

Cualquiera que los observara pensaría que estaban más locos que cabras hambrientas. De inmediato alzaron la voz para no levantar sospechas:

—¡Ah!, ¡quién no quisiera la paz y la calma en una rueda de Barreta!

Al norte de Arroyo Colorado, el señor Balli fue a visitar su propiedad, el Rancho Barreta. Una partida de gringos lo atajó en el camino, lo amarraron a una de las ruedas de la carreta, lo azotaron y lo dejaron a morir, sitiaron Rancho Barreta hasta que el insolado exhaló su último suspiro. Luego cayeron encima de la viuda como moscardones, sin darle tiempo ni de secarse las lágrimas, y no le dieron cómo resistir la oferta —tres pesos mexicanos por todo Rancho Barreta—, amenazándola con que si se negaba los hijos varones padecerían lo del marido y para las dos hijas adolescentes el ultraje.

En voz muy queda, don Jacinto acotó, "malditos larrabbers" (quería decir land grabbers, pero él se entiende).

—¿Qué me dicen de Platita Poblana?

Era el apodo de aquel contrabandista de plata, nacido en Puebla. Como otros de su oficio, había muerto asesinado por el texano que lo contratara. Eso sí, bien guardada la carga antes de escabechárselo.

Platita Poblana se había tomado más de una copa con algunos de ellos. Nadie pudo reírse de ésta. Además, el ánimo —a pesar de sus empecinadas carcajadas, rebeldes, decididas a quitarle a la realidad el cetro— se había ido enturbiando. Por estar jalando el hilo de la memoria, otras sin nombrar les rondan: que King mandó construir un puente y que cualquier mexicano que lo cruzara firmaba su condena de muerte; que si en el condado de Nueces cualquier mexicano que cabalga sobre silla nueva se garantiza la misma condena; que si de los mezquites penden cadáveres y no son de gringos; que si La Raza deja sus ranchos, abandona sus tierras, cruza el Río Bravo buscando refugio, a veces sin suerte porque a los texanos eso de la frontera (con todo y que la hicieron a su capricho) les tiene muy sin cuidado.

A dos mesas de distancia, un gringo algo borracho —el día fue largo— cree que está conversando con alguien, pero ya tiene rato que alega solo: "Mi sabiduría se concreta a dos cosas: si traen ropa de piel con flecos, indios; si traen sombrero, mexicanos; en cualquiera de estos dos casos, si ves uno dispara y échate a correr. Los mestizos son crueles por naturaleza, y los indios son salvajes."

La Grande, a solas (hasta sus empleados se han ido a casa, los músicos también salieron por piernas, sólo queda la sobrina de Sandy en el fondo de la cocina) rabia de coraje. Esta noche iba a cantar en su café La Tigresa del Oriente.

Entra al Café Ronsard Sarah Ferguson. En el último minuto, cuando ya vestida de varón estaba por emprenderla hacia el muelle de Bruneville para asistir a la cita en el Hotel de La Grande, le llegó un mensaje de Smiley: "Mudamos la mesa de juego al Café Ronsard, frente a la Plaza del Mercado". La razón del cambio ya la conocemos.

El disfraz no es malo en sí, y se cuidó bien de no verse mal —no puede evitarlo: es una bella coqueta—, pero ¿quién podría creerle la impostura con esa cara de ángel?

Lleva en la mano un bastón de puño dorado con el relieve de un caballo. Pide un café "con brandy, por favor" sin fingir la voz.

—¿Y este marica? —dice Carlos, en voz muy baja a Ronsard.

—Sht. Una flor tan delicada debe tener oídos de…

—Serán de oro, como su bastón, ¿no? —don Jacinto.

Tras Sarah, abanica las puertas Jim Smiley, trae en la mano su rana en su caja de cartón. Pide en la barra una copa, sin prestar atención a Sarah; paga al cantinero (por adelantado, según ley de la casa) por el préstamo de las barajas.

Smiley se sienta a la mesa de Blade, el barbero.

—Hi, Smiley! Remember The Alamo?

Es la frase con que saludaba Blade, su muletilla, su acompañante.

En la barra, Sarah pregunta por Smiley. El cantinero apunta a la mesa donde se acaba éste de sentar, y dice en voz alta, "Smiley! Someone here wants to speak with you!".

Smiley y Blade ven a Sarah con sorpresa. "¡Ése!, ¿ése?", piensa Smiley, ¿ése es el que le estuvo escribiendo las notas varoniles para retarlo a un juego? ¡La vida regala sorpresas! Blade sólo piensa "Remember The Alamo", el señorito lo pone nervioso.

Entra Wayne, hace una seña al cantinero (sabrá bien qué servirle, lo de siempre), y se sienta a la mesa de Smiley. La partida está completa, Blade, Sarah, Wayne y Smiley.

—Good evening. Nice to meet you —gusto en conocerlo, se dirige a Sarah—. My name is Wayne. Josh Wayne —seguiremos en español para no andar traduciendo por escrito—. Vine a Texas buscando no sé bien qué.

Gané dinero. Me hice de tierras. Pero no me bastó eso. Quería sentirme útil.

—Ya, ya, ya, ya entendimos… yo soy Smiley y no me hago el del pico largo. Baraja esas cartas, y empecemos.

—Remember The Alamo?

—Yo soy Soro —dice Sarah.

Entra al Café Ronsard el peletero Cruz, bajo el brazo uno de los buenos calzones que hacen los lipanes para una mujer de no muy buenas costumbres que se lo ha encargado.

Al peletero Cruz ya le anda por casar a su hija Clara. En parte aconsejado por la prudencia ("A saber cuánto le dure yo a esta niña, mejor dejarla en manos responsables, no me le vaya a morir y en este pueblo qué va a ser de ella; no tiene más familia que su padre"), en parte que no la lleva bien con ella ("Nomás no te aguanto, eres idéntica a tu madre") y otro poquito para quedarse libre, aunque esto ya lo anda restando porque su ilusión había sido casarse con Pearl.

¿Quién más va a encontrarle marido sino el padre? "Mi buena niña". Así sea un día tan especial, así se sienta traicionado por una mujer indigna ("Total, no me amargo, no es sino una criada"), aliviado en parte porque ese vaquero le parecía poca cosa para su vástaga, sale al Café Ronsard. Era un día perdido, ya le había llegado el chisme del pleito y huida de los lipanes. No tiene miedo, como Peter Hat Sombrerito, o el ilustre organillero, o tantos otros. Sólo siente su fragilidad. "Hoy le encuentro marido a mi hija". Cruzando la plaza, se va diciendo "¿Y si me muero?, ¿y si me muero?", y lo dice de tal manera que parecería que también lo desea.

Apenas trasponer las puertas abatibles, los ojos del bruto del peletero topan con Soro-Sarah: "¡Ése!, con ése caso a mi hija", y se propone no dejarlo salir sin antes cruzar con él algunas palabras. "Lo voy a abordar directo, éste no se me va, se le ve fino, educado, y es gringo, ¡mejor todavía!, para como están las cosas tanto mejor que sea gringo".

Por motivo ajeno a Cruz se hace el silencio en la mesa de Smiley, éste lo aprovecha para abordar a Soro-Sarah:

—¿Es usted casado?

A ninguno de los cuatro le cabe duda de que la pregunta va directo a Soro, y que es ridícula, ¡casado!, ¡imposible!, ¡no da el ancho ni para cura!

—¿Yo? —el tono de Sarah de total sorpresa.

—Sí, usted, ¿quién más?

—¡No!

"¡Si es marica!", piensa Wayne, "¡el peletero es más bruto…!"

—¿Por qué no?

—¿No ves que es muy joven? —interviene Smiley, socarrón más que avergonzado de la impertinencia ajena, quiere cortar de tajo ese hilo.

Wayne trae su cuerda. Quiere atizar el horno del mal momento. Pero lee la expresión de Smiley —si se dejan ir en ésta, no habrá juego:

—Basta de tanto blablablá y bla. A las barajas.

—Remember The Alamo —dijo Blade, ratificando por su parte su voluntad de comenzar—. Just never, ever, forget The Alamo.

Cruz entiende la indirecta y los deja jugar. Pero les lanza una por no dejar:

—I'm off to dangerous Mexico… ya me largo al sur, cabroncitos, ai la vemos…

Wayne alza la vista y se la clava para no verlo: lo borra sin parpadear.

Cruz, a la barra. No va a salir a las calles vacías así nomás.

El organillero, calladito, a su lado. Alarga el tiempo en que bebe su copa. No quiere tampoco poner un pie afuera.

Para Elizabeth es una suerte que las Henry sean las primeras en llegar a la reunión; tía y sobrina viven tan absortas en sí mismas. Elizabeth corrige los últimos detalles, las visitas la ignoran. Los floreros están fuera de lugar, los tapetes se han movido, las servilletas desordenadas, las escupideras estorban, los bancos en el camino, los músicos han acomodado los instrumentos donde pueden tropezarse las señoras, "¿en qué están todos pensando?" Parece que es la primera fiesta que se hace en esta casa", quién no tiene hoy la cabeza en otro lado.

Las Henry hablan sin parar, una opina, la otra comenta, o al contrario. Hablan para que las escuchen, o mejor: para escucharse ellas mismas. Nunca habían estado tan al sur. Las dos han paseado por Europa, Boston y Nueva York. Pero nunca aquí, "¿esto es México?" —habían repetido la frase varias veces en el camino, ahora en el salón.

—Texas *no* es México —las interrumpe Elizabeth, mientras truena los pulgares de la mano izquierda a una de sus esclavas para que reacomode el tapete que hoy por la mañana les trajeron del lavado.

Los otros visitantes van llegando a la reunión. Glevack aparece, no se le espera, lo daban por amigo de Sabas y Refugio. Por esto, segundos antes de su entrada, se contaba en un corrillo que había roto con Nepomuceno porque se enredó y tuvo quevers con Lucía, la más bonita de sus novias (pura infamia, Lucía desapareció de Bruneville antes de que llegara el austriaco, lo que sí es que el robo que otro corrillo le andaba colgando a Nepomuceno fue perpetrado también por Glevack, juntos se metieron a uno de esos negocios de andar llevando ganado robado de un lado del río al otro y las cosas salieron mal, o el austriaco las hizo hacer mal para poder romper con Nepomuceno, pensando ya en despojar a doña Estefanía).

Del otro lado del océano se había llamado Glavecke. Entrando a México, cambia las vocales de su nombre apoyándose en la ilegibilidad de la gótica de su pasaporte austriaco, Glevack. No volverá a abrir el pasaporte austriaco, las autoridades mexicanas le otorgaron al llegar una credencial que decía "ganadero" y con ésta tres cabezas, vacuno bien adaptado a la región, y un trecho de tierra, él podía usufructuar y sacarle cuanto jugo se le ocurriera, a cambio de pagar impuestos.

La visita a "sus tierras" lo desmoraliza. Le parecen pequeñas y resecas, como un pedrusco. Él quería ser de los que poseyeran hasta donde no alcanza la vista, de ésas que había leído en un periódico bávaro, "cabalgamos cinco días para pisar tierras que no le pertenecieran a nuestro huésped". Además no les ve la gracia, no tienen árboles tupidos que al llegar el invierno se pelen para volver a dar brotes al primer golpe de sol; no tenían agua; no le gusta el pasto seco. En resumidas, le parecen como el mar, una cosa sólida, sin gracia ni suerte, que además lo ignora a uno.

Cabalgar le interesa, pero le hubiera ido mejor moverse sobre un coche de motor o en carreta tirada por bueyes, el atractivo no es el caballo sino el movimiento, el viaje, la aventura.

La aventura empieza a ponerse interesante para Glevack cuando un día ve pasar a un grupo de doce cautivos que los comanches llevan para negociar su rescate o venta. Ofrece a los comanches agua —pozo si había, verdad, pero eso a él no le quitaba la sequedad del ojo, "eso es como que no hay agua"—, entabló con ellos conversación, tenía curiosidad por el negocio; se amistó con ellos y los acompañó a reunirse con unos bandoleros que cazaban mexicanos en la carretera —los pelaban de todo lo que trajeran, los tor turaban para sacarles información de sus propiedades y ase-sinaban (eran muy rigurosos, según le explicaron: con la información obtenida, se hacían de las propiedades de las que tornaban viudas, su industria era floreciente).

Después conoce a Nepomuceno.

En cada uno de estos encuentros alguien le hace ofertas.

Entre los cautivos, una jovencita, que habla el ale-mán malamente, le suplica dé por ella las monedas que la liberarían de sus captores, prometiéndole su familia paga-ría esto y el doble "y me libra de soportar la humillación y convivencia con los salvajes un día más".

Por como se comporta con ella, el jefe de los ban-doleros reconoce en él posibilidades para el oficio. Además, Glevack se le presenta como "médico" y adquirir doctor es oro molido.

Nepomuceno, que es su vecino (y vecino de todos, porque él sí tiene tierras cuyos márgenes no se alcanzaran a recorrer ni en tres semanas de buen trote), le propone manejar su propiedad y las piecitas de ganado que le han dado, Glevack podría regresarse a Matasánchez si prefería la vida de ciudad, y él le arrancaría las ganancias a sus tierras y animales, a cambio de un porcentaje.

De las tres ofertas, Nepomuceno es lo que le pare-ce más interesante, pero a ninguno le dice que no. A la cautiva "la usé", la cabalgata le había despertado las ganas de hembra. Para "usarla", da a uno de los salvajes un par de monedas, pide a la muchacha se suba a su montura, cabalga unos cincuenta metros, con el pretexto de que se la cae el reloj de su cadena la hace descender del caballo para que le ayude a buscarlo, apenas ella se empina él le cae encima, la acorrala contra un mezquite espinoso, la agarra de los hombros, la empuja hacia sí, le arremanga a las fuerzas las faldas y la usa de pie sin bajarse sino un poco los pantalones. La deja ahí, a que vengan por ella los indios que a fin de cuentas eran sus dueños.

Al bandido de mexicanos le dice que va a pensarlo serio, que sí le gusta la idea, y es honesto con esto, porque olió cómo iban las ganancias. Le atrae también la idea de pasar sus días entre el asalto, la seducción y la aventura.

No necesita pensar dos veces la oferta de Nepomuceno. Le gusta el joven. Se le alcanza a oler el dinero, le viene de familia, a ojos vistas muy emprendedor. Por otra parte, puede aceptarla y también ligarse con el bandido, no hay razón por qué no.

El pasaporte que Glevack no volvería a abrir tenía escrito que él era "estudiante de medicina en la universidad de Frankfurt". ¿Por qué abandonó los estudios? No podían ser problemas económicos. Llegó en cabina de primera clase, bien vestido y con algunas monedas, cierto que no con gran capital, pero no llegó con una mano por delante y la otra atrás para tapar el zurcido del pantalón.

Pero eso es un qué más da, cosa del pasado. El presente es el que nos interesa: Glevack se acomoda en el favor de Nepomuceno. Después, se arrellana entre su familia. Se casa con la sobrina predilecta de doña Estefanía. Pretendiendo lealtad, embroca en el pozo de su derrota a doña Estefanía con el asunto de sus tierras y los gringos. Fraccionar Bruneville es el negocio de Stealman gracias a sus buenas artes. Un traidor de siete suelas.

Lo de las siete suelas nos regresa a su escape de la universidad. Se fue de ahí porque cometió otra de sus traiciones. Ya vendrá después, si podemos colarla, aquí ya no podemos estirar más la liga, la reunión en casa de los Stealman sigue:

Trozos de conversaciones tomados al vuelo en el salón de la señora Stealman:

Entre los hombres:

—Están vendiendo una porción nada mala de tierra, hay ojo de agua y una cañada al norte la protege de los ataques indios. ¿A alguien le interesa?

—¿La venden por hectárea?

—Depende lo que se ofrezca.

—A mis ojos, ya pasó el momento ideal para comprar tierras.

—Van a subir aún más. Las tierras son el oro de Texas.

El ministro Fear habla bajo con un hombre de aspecto extraño, sería inútil identificar su oficio o procedencia al verlo:

—Es un favor grande que le pido, mister Dice.

Baja aún más la voz. Imposible oírlo, sobre todo porque mata ese cabo de la conversación el coronel Smell (que tiene poco de haber llegado a Fuerte Bruneville):

—El estado en que encuentro las cosas es peor del que yo imaginara. A tres millas de aquí, los ataques indios no cejan, donde no atacan, roban ganado. Los mexicanos pasan por el fuerte, muy orondos, exhibiendo el cuerpo cabelludo de algún indio, llevando prisioneros, antes de cruzar la frontera. Nosotros, con las manos cruzadas. Pero lo que tal vez me escandaliza más, es el estado de la tropa. Mi inmediato subalterno, el que me han asignado en el puesto como asistente —ustedes lo conocen—, me anuncia ayer por la tarde que va a vender alcohol a nuestros hombres. ¡Sobra decir que *por supuesto* está prohibido! Me pide autorización para que nos saltemos el reglamento y encima me anuncia, antes de que yo tenga tiempo de responderle, que lo hará en la tienda del ejército. Cuando le digo que de ninguna manera, me contesta que lleva tiempo haciéndolo y que no está preparado para suspenderlo de golpe. Es que todo está aquí de cabeza.

Entre las mujeres los temas no son muy distintos:

—Llegamos a estas tierras salvajes con la idea de someter bosques, bestias, y sus habitantes. Trajimos la cultura y la salvación.

—Lo importante es americanizar Texas, y para esto el primer punto es la raza. Entiendo que aquí hay dueños de esclavos que se opondrán a esto: dejemos salir a todos los negros, que se escapen al sur, que se vayan con los suyos, los que son como ellos oscuros de piel, holgazanes, en resumen, inferiores. Que crucen el Río Grande, nos dejen limpios…

En voz más alta que sus contertulias, Catherine Anne se levanta de su asiento y de pie, mientras se alisa la falda, dice con notorio aplomo:

—Es la opinión de Richard W. Walker, es conveniente que los negros se escapen de Texas a Latinoamérica, que crucen la frontera y se mezclen con mexicanos… La considera una "migración natural" de los negros hacia "México y el Ecuador". Al sur, los negros encontrarán su lugar entre la población afín de razas de color en México.

Aquí interviene Charles Stealman, traspone el cerco de hombres y camina hacia el grupo de féminas:

—Disculpe pero disiento, señora. Esa opinión denota ausencia total de sentido común. Los esclavos son nuestra propiedad. Bien le parecería a Walker que sus casas se pusieran a andar a la frontera sur, o sus muebles, o sus bonos…

Risas.

Elizabeth, a quien le interesa particularmente el tema, reacciona de otra manera. ¿Hace cuánto que no sentía nada parecido a celos? Pues bien: está celosa hasta no poder más. Revienta de celos. No le gustan estas mujeres, menos todavía que Charles les hable así…

Por Bruneville corre un viento helado, pero no deja de hacer un calor de mierda. Los dientes castañetean a quienes se atreven a sentirlo. También a los que no lo sienten: el miedo va cuajando en todos.

Meneados por el viento, los dos cadáveres ahorcados se columpian frente al Hotel de La Grande, el joven

Santiago, el viejo Arnoldo. Ella, nunca más voluminosa que hoy, vuelta una gorda sin gracia, sentada sobre un tronco pelado que quién sabe quién ha dejado frente al río a manera de banca, mira el viento.

"¡Válgame!, qué desastre", piensa con intensidad furiosa, sólo frases confusas. No entiende. Es para ella la debacle. Lo suyo es pasarla bien, darle a la gente gusto. Ahora, qué le queda, un cementerio colgando al viento, su árbol tornado en horca, su casa la ventana a la muerte. "Ya no bailes… ¡tú tampoco, ya no bailes!", les dice a los colgados. Siente la cara extrañamente fría, la colita helada y seca, los dientes cargando cosas, como si fueran bolsas de quién sabe qué metales.

Luego le habla al río: "Se me hace que matas".

La sobrina de la bella Sandy la del escote, la hábil y fiel espía de Las Águilas, desde la ventana de la cocina donde está lavando vasos, ve a La Grande hablando a solas, y se dice: "Nunca me había dado cuenta de que está poniéndose vieja".

La Grande, que no llora, siente ganas incontrolables de hacerlo. "Me echo al río", se repite, "¿me echo al río?, ¡me echo al río!". Empina un vaso de licor, empina otro. Habrá quien quiera hablar de la naturaleza de la borrachera que se está poniendo, nosotros pasamos de largo, baste decir que es repelente, sin interés.

Chez el austriaco Peter, harto de rezos, pasados los accesos irracionales de furia, fastidiado del encierro (y eso que apenas van unas horas), ahíto de matar la curiosidad —¡qué estará pasando en este maldito pueblo!, la duda lo carcome—, comienza con sus tropiezos.

Peter mete mano donde no es propio ni decirlo, en la hija.

Junto a su hornilla, en la calle, Pepe el de los elotes cocina y bebe un licor que a saber dónde lo hicieron ni de qué; huele a pimienta, a canela.

El licor le da una preciosa visión: una especie de candelabro ardiente, rojo como un carbón. Se talla los ojos. Al volverlos a abrir, siente en la cara el viento helado. Después, un alivio, como si el viento se llevara el candelabro incómodo lejos de aquí.

El viento helado de Bruneville se cuela por una ventana abierta a la reunión de los Stealman, cortinones, tapices, flores y floreros, cabellos emperifollados, faldas y chaquetas lo entibian.

En el círculo de los varones (al que ha regresado Charles) están King, Gold, Kenedy, Pierce (dueño de la finca de algodón más rica de la región) y Smith, entre otros rojos prominentes. Excepcionalmente han convidado a dos de los azules, al boticario mister Chaste, porque es el (quesque) alcalde (y porque Stealman lo tiene bajo su dominio y de su bando, en lo que ocupa el puesto) (aunque el motivo preciso por el que está hoy aquí es para tenerlo a la vista, "no vaya a hacer otra de sus burradas, con la de Shears ya tuvimos más que una dosis para este día") y a mister Seed, cosa que irrita sobremanera a Elizabeth, evidentemente no son gente de su calidad, "¡el del expendio de café!", siquiera no vino con su esposa. Stealman quiere ensanchar el campo de acción de su facción, según algunos pretende encontrar aliados entre los azules para las siguientes votaciones, pero en realidad es su estrategia para romper la unidad de sus rivales, corromperlos con ascensos ilusorios, como traerlos a esta fiesta, y desmembrarlos; quiere hacerlos trizas con guante blanco.

Habla Rey:

—Cuando abrí el rastro al sur del Río Grande, pasé temporadas en Matasánchez. Asistí a más de un fandango.

Hasta el cura participaba, sin ningún recato. Son de una indecencia…

—No me cabe duda de que esa danza sinuosa sólo puede ser practicada por gente baja —acota Pierce.

—Asisten todos.

—Los mexicanos son lo más vil y degradado, la mezcla de razas ha tomado lo peor de unas y otras, degradando la castellana y la de sus indios —Pierce.

Más de una docena de esclavos de Pierce se han escapado cruzando la frontera, por esto tiene mucho que opinar sobre México. Le quita la palabra Gold. Para contar su anécdota finge la voz, parte como niña, parte como mujer. Es muy gracioso:

—Una niña a su mamá: "El niño mexicano es casi, casi blanco, ¿verdad, mamá?". "Su sangre es tan libre de sangre negra como la tuya y la mía".

Risas.

—Falso, miente a su hija —Pierce.

—Lo sé —sigue Gold—, es muestra de la ignorancia del pueblo. En mi último viaje a la refinería, leí en el *Brooklyn Eagle* —de nuevo finge la voz, ahora engolándola, un predicador desde el púlpito—: "¿Qué tiene que ver el miserable, ineficiente México con la misión de poblar el Nuevo Mundo de una raza noble?"[11] —regresa a su voz natural, sin haber arrancado una sola risa.

—"La sangre anglosajona no puede ser jamás sometida por cualquiera que clame ser de origen mexicano"[12] —Pierce.

[11] Cita a Walt Whitman.
[12] Cita al Presidente Polk.

—La República Blanca debe prevenir que los blancos texanos se conviertan en esclavos de los *Mongrel-Mexicans*[13] —Kenedy.

—La justicia y la benevolencia de Dios no permitirán que Texas quede otra vez más en manos del desierto hollado sólo por salvajes, ni que quede siempre regido por la ignorancia y la superstición, la anarquía y la rapiña del régimen mexicano. Los colonizadores han llegado cargando su lenguaje, sus hábitos, su natural amor por la libertad que los ha caracterizado siempre, a ellos y a sus antepasados —Stealman.

—Al menor descuido nos regresan a la época siniestra en la que los hombres de auténtica raza sajona fueron humillados y esclavizados como si fueran moros, indios o mestizos mexicanos —Gold.

—Los mexicanos no son lo mismo que los indios —Rey—. Los segundos no tienen remedio. Al mexicano se le puede contratar para laborar en el rancho, como peones sirven, que no más. Un mexicano no puede (¡ni soñarlo!) ser capataz. No cabe duda, es por raza. Algún iluso, como mi amigo Lastanai, creyó que con bondad, imparcialidad y buena fe se podría alcanzar la paz y el buen convivio con los fieros indios, y transformar a los salvajes en gente de bien —valientes son, sin duda, que no es lo del mexicano—. Pero no queda quién no se haya dado cuenta del error de apreciación. Todo indio es un ser irracional, nacido para el pillaje y la violencia.

—Excepto los comanches. Lo prueban sus plantíos de azúcar y algodón, y la buena mano que tienen con los esclavos…

---

[13] Dejamos por una ocasión la palabra "mongrel", que los texanos usan asociada a los mexicanos. Se usará el término "mestizo" que carece de la carga que tiene ésta. Quieren decir lo mismo, excepto por el desprecio contenido en el término mongrel.

—Es por la mezcla de razas. Véalo usted. La prole que tienen con las cautivas nuestras los ha domesticado relativamente. No por sus costumbres, que se ven forzadas a abandonar, las fuerzan a prácticas repugnantes.

—¡Beben lo que resta en la panza de un caballo muerto!, y es el cauto ejemplo que escojo por respeto a esta casa.

—Eso no tiene importancia —dice King descalificando la interrupción—, la clave está en la sangre, el mandato que dicta la sangre. A mayor número de cautivas blancas procreando con los indios, mayor prosperidad.

—La solución entonces podría ser la mezcla absoluta…

—¡Jamás! Vea usted el caso característico de los mestizos. El ejemplo vivo son los mexicanos —de nuevo King—, como estaba yo diciendo…

—¡Greasers! —escupe Pierce, con desprecio.

Pueden hablar a sus anchas porque los hermanos de Nepomuceno no se presentaron.

—Son una raza condenada al hurto, la holgazanería, la estulticia, la pereza, la mentira. Desconocen la noción de futuro, como las bestias.

—Se parecen más al perro que al hombre.

—No insultes a mi perro; es leal, limpio, obediente, ¡y hermoso!

—Es rubio, tu perro. ¿Cómo se llama?

—Se llama Perro, ¿cómo más?

—Son lascivos, los mexicanos. Me parece su característica principal. Sólo tienen apetito por el placer inmediato. Desconocen la ambición.

—Es por la mezcla de razas, estoy de acuerdo —Stealman vuelve a tomar las riendas de la conversa—, los antiguos mexicanos no eran así de incompetentes. A fin de cuentas, fueron capaces de levantar un imperio.

—¿Pero no quedamos en que la mezcla de razas era la salvación?

—Sólo para el comanche, porque no se puede ser peor que un salvaje…

—Llamarlo imperio es exageración de los españoles, para engradecerse a ellos mismos —Pierce—, eran salvajes.

—Siempre fueron violentos —Kenedy.

—Esto no lo pongo en duda —Rey—. Lo que se puede cuestionar no es su inferioridad evidente, ni su incapacidad para el trabajo verdadero. Sirven para cepillar caballos y tienen buen modo con las bestias, como los niños.

—No los míos. Mi Richie, mi primogénito (el único varón entre mis once hijos, ¡mala mi suerte!) insiste en atormentar a los potros, al poni le lastimó malamente una oreja.

—Porque es muy inteligente.

Cuánto le cuesta aquí guardar silencio a mister Chaste el boticario (y alcalde, aunque aquí de esto no se le ve ni un pelo). Hasta este momento no ha pensado si está o no en desacuerdo con las opiniones externadas, muy preocupado con el asunto de Nepomuceno y Shears, y además porque tiene bien presente que lo invitaron como una excepción, no quiere enfadar a nadie. Pero una cosa es una cosa, y otra muy diferente el asunto de Richie. Mister Chaste sabe y de sobra que la inteligencia no es el eslabón que mueve la maquinaria de ese niño monstruoso, por lo de la hija de la cocinera de los Pierce, se la habían traído quemada de las piernas y lacerada del vientre, el niño Richie había estado jugando con ella. No la quisieron llevar al doctor Meal —no sabe guardar secretos, los Pierce no querían escándalos—, la dejaron en manos del boticario para que le administrara algo que medio paliara las heridas. Mister Chaste había recomendado cruzaran el río y la llevaran con el doctor Velafuente, pero no le hicieron ningún caso. La niña murió. Dijeron que se la llevó la fiebre amarilla. Pero fue la crueldad de Richie.

—También se les da la fiesta —dice Rey—, coci-nan, bailan… y hay quien dice que nadie como sus mujeres para el placer.

El comentario cae como piedra al ministro Fear (no ha venido su esposa, atiende al enfermo y al herido, la disculpó con Elizabeth al entrar, "Lo entiendo, lo entiendo", había dicho ella con honesta simpatía), quien aunque no esté en el círculo alcanza a oír la frase, camina unos pasos hacia ellos e interviene:

—Bueno, bueno, estamos en una casa honesta, no veo por qué traer a colación…

Seguía por la cabeza de Chaste el tema anterior. "Otro día vi a Richie jugar con una paloma mensajera. La atormentó hasta dejarla sin pluma en el cuerpo. Le sacó los dos ojos. Dijo que no la iba a dejar ir hasta que le encontrara los dientes. Por más que rebuscó, nada de dientes".

En el Café Ronsard, Sarah —aquí Soro— con las cartas en la mano. Los otros tres jugadores estudian su expresión, recogen sus barajas de la mesa. Sarah —Soro— deja las suyas acostadas boca abajo. Los demás revisan sus juegos, Sarah los estudia.

—¿Cuántas barajas cambio? —pregunta John Wayne—. Just do remember The Alamo —quiso burlarse de Blade robándole la frase.

Blade: "Don't play with me, man!".

—Dos para Smiley… aquí, aquí, para mí.

—Tres para mí —Blade.

—¿Usted, Soro?, ¿cuántas quiere?

—Ninguna.

"Nos está blofeando", piensa Smiley. Lo observa. En la expresión de Soro hay belleza, dulzura, tranquilidad, serenidad. Comienza a silbar, "from Alabama, with a banjo on my knee…". Concluye Smiley, "Sin duda blofea".

Los jugadores cruzan miradas, están listos para apostar.

Sin decir palabra, Smiley pone monedas buenas en el centro de la mesa.

Wayne acuesta sus barajas sobre la mesa, bocabajo.

—Me retiro.

—Oh, no! Remember The Alamo!

Soro desliza las monedas, acomodándolas junto a las de Smiley, y, con movimiento ceremonioso, añade otro tanto.

—A lo de siempre —dice Smiley, mientras pone dos monedas más—, aquí no se ha roto un plato. Primero lo primero, quiero saber qué traes en la cabeza, Soro. ¿Tú qué quieres, qué deseas?

El cuarto jugador pone su parte de monedas.

—¿Qué deseo tener? —Soro—. Póker de ases.

—No te pregunto por el juego —dice riendo entre las palabras Smiley—. En la vida, ¿qué quisieras que se te cumpliera?… —en otro tono, serio, añade: —Del juego, pago por ver.

Smiley pone una moneda más, de verdad por ver, tiene curiosidad.

Con un girar de la muñeca, Soro (Sarah) abre su juego: póker de ases y comodín. Tiene quintilla. Y contesta la pregunta de Smiley sin fingir un ápice su voz de jovencita:

—Lo que quisiera es actuar. Subirme al escenario del Teatro Odeón —en perfecto acento francés, Thèatre de L'Odèon—. Y representar en una comedia romántica a una india kikapú, bonita y ligera, desnudas las piernas y bailando. Kikapú o asinai o texas, india y muy bonita.

Echa la cabeza atrás, carcajeándose, con gracia femenil. Nadie la acompaña en su gesto. Se levanta del asiento y mueve graciosamente los brazos. El meneo rompe el hielo, los muchachos rompen en carcajadas, todos excepto Smiley. "¡Maldito marica de mierda! Yo no nací para perder la partida contra un marica. ¡Querer ser actor! ¡Querer representar a una kikapú! ¡Con quién me vine a sentar a jugar!… Me habían dicho que… ¡agh!". De alguna manera, pensarlo es su revancha. No va a permitir que este marica, encima de vencerlo en las barajas, lo derrote en la ronda social: no deja traslucir su enojo. "¿El jovencito quiere ser india?, ¿cree que así me va a escandalizar? ¡Por mí que sea una kikapú!, ¡y si le place más, sea dos kikapús!".

—¡India kikapú! —le dice arrojándole encima la mirada, como escupiéndolo con los ojos—, ¡qué ocurrencias!

—No es mala idea —dice Sarah-Soro—. ¿Quién no me amaría si fuera yo una bella kikapú enamorada?

Lo dice en voz alta y clara. Ya no sólo los tres jugadores, el resto del Café Ronsard voltea a verla, preguntándose o afirmándose lo que ya a estas alturas no puede ser duda de nadie: "¿este muchacho es mujer?".

—Siguiente pregunta —ataca Smiley, buen jugador, entendiendo su astucia—: ¿cuál es tu historia predilecta?

—La de *Cliquot*. Algún día la escribiré.

—¿Escribir? Me parece mujeril escribir —dice Blade, aludiendo a lo que pasa por las cabezas de todos los presentes, no solamente por la de Smiley.

—No estoy de acuerdo —Smiley—. Escribir es varonil, si se cuenta bien una historia. Y de la que usted habla, no la conozco —cambió el tono, estaba a punto de echarse a reír, la intriga lo liberaba del halo del perdedor. Ya sentía verdadero interés en esta persona. Nada ejercía mayor poder de atracción sobre él (ni siquiera el juego) como una historia bien contada—. ¿Cliquot?

—Se la voy a regalar; usted, Smiley, me cae bien —le dice Sarah-Soro viéndolo a los ojos. Se levanta de la mesa, se acerca a la barra, hace un gesto pidiendo un trago indicando qué es lo que quiere.

—¿Lo mismo?

Otro gesto de Sarah, asintiendo. El cantinero le llena un vaso y después se le aproxima lo más que puede. Cruz camina y se para a bocajarro a un lado de Soro.

—Shht. ¡Oigan ésta!

Hasta en la mesa de Las Águilas se interrumpe la conversación. Todos los ojos en el Café Ronsard se clavan en Sarah-Soro.

Gira un poco, sin dar por completo la espalda al cantinero. Comienza:

"La historia de Cliquot, contada por su autora cuando aún no la escribe:

"Había una vez un caballo de carreras que se llamaba Cliquot. Cliquot cae en manos de un joven, de buenos bigotes…"

La interrumpe un varón:

—Como tú.

Silencio. Sarah deja ver en su expresión lo que piensa: "¿Yo?, todos ustedes saben bien que soy mujer. Me vestí así para poder sentarme con Smiley a jugar cartas, nunca pretendí engañarlos; ustedes no pueden ser *tan* tontos."

—Un hombre de verdad. *No* como yo.

—No conozco este cuento —dice Smiley, admirando la valentía del marica. Una sonrisa le ilumina la cara —¿Cliquot?

—No quiero interrupciones, señores. Contar historias es como armar un teatro. Atiendan:

"La historia de Cliquot, contada por su autora cuando aún no la escribe:

"Cliquot venía con fama de ser caballo rápido. El nuevo dueño, el buen mozo, pongamos que se llama Neil Emory, contrata a un reconocido jinete. El jinete no puede con Cliquot, el caballo es demasiado fogoso. Evidentemente lo tiene todo para ser el mejor, podría ganar todas las carreras, pero… ¿quién puede montarlo? El dueño intenta otro jinete, fracasa, y otro, fracasa, otro… Cliquot mata al jinete. O no, digamos que no lo mata porque eso le quita lustre, pero lo lastima muy malamente, aunque sí, tiene que ser que lo mata. El temperamento de Cliquot es fuerte, pero sobre todo imprevisible.

"Neil Emory, el dueño de Cliquot, sufre un revés financiero. Tendrá que vender a Cliquot. El posible comprador es un cabrón de siete suelas. Lo dije: ca-brón.

"Aparece un jinete muy menudito acompañado de su representante. El jinetito no abre la boca. El representante avisa al abatido dueño de Cliquot que su jinete quiere correr a Cliquot, que no hay duda puede con él. ¿La paga? Una participación, pequeña, de las ganancias. Eso sí, no quiere pruebas, si aceptan su oferta, va. Si no, no va.

"Neil Emory, abrumado como está, acepta, aunque no sepa en qué se está metiendo. Necesita dinero. No pierde nada, bueno, lo que está en riesgo es el hermoso Cliquot, pero dada su situación no hay cómo negarse a la oferta.

"Se anuncia que Cliquot va a correr. Las apuestas están todas en su contra. Arrancan, ¡corren! Cliquot va rezagado. Tres segundos después, se acomoda, se adelanta. Dos segundos, está costado a costado con la punta. La emoción sube. Cliquot parece volar. Neil Emory, el dueño, teme que sea el jinete quien vuele en cualquier instante. Cliquot no se distrae. Sigue corriendo, atento a la pista y a la meta, poseído de una cordura que no se le había visto antes. Adelanta. Gana la carrera, por dos cuerpos.

"Neil Emory sale de sus líos financieros. A esta victoria siguen otras. Amasa en un dos por tres una pequeña fortuna, mayor que la que tenía antes del revés.

"El jinete ganador, se sabe después de varios incidentes que aquí no puedo reseñarles porque todavía no los invento, conquista el corazón del dueño de Cliquot. El jinete en realidad es mujer, Gwendolyn Gwinn. Empieza un torrencial romance entre Neil y Gwendolyn. Esto debe ser marginal en la novela y no ocupar demasiado espacio, será una concesión a las lectoras; lo que importa son las carreras de caballos, porque Cliquot tiene que seguir ganándolas… Prefiero el juego y las carreras de caballos a los devenires sentimentales, la verdad son muy aburridos. Siempre lo mismo. ¿Ven el tamaño del corazón? Es el mismo de un puño apretado. En cambio —dice extendiendo los brazos y moviéndolos—, ¡el ancho, ancho Mundo…!

"Nos enteraremos (ya veré cómo) de que Gwendolyn fue la dueña anterior de Cliquot, que encontrándose a su vez en problemas de dinero, estuvo obligada a venderlo. Me faltan detalles, no los he trabajado, quiero decir, no los he imaginado. Algo debe ocurrir con el que fungía como su representante, no puedo dejar ese cabo suelto. Debe haber una trama en su despeñadero financiero que lo involucre, va a ser una especie de demonio o mal espíritu presente. Y debe ser que el posible comprador de Cliquot es quien llevó a Gwendolyn a la ruina, el notario de su padre que quería casarse con ella por una fortuna, ella se negó, y él se chingó… ¿Oyeron? Dije: chin-gó.

"Aparece la esposa legítima de Neil Emory (aún no pienso el nombre), venía de pasear en París, gastando lo poco que le restaba al marido. Ha vuelto porque sabe que ahora la fortuna vuelve a sonreírle a Neil Emory, no está dispuesta a soltarla (a la fortuna, se entiende, porque Emory le tiene muy sin cuidado), menos todavía en manos de una mujer que llegó a su vida vestida de jinete.

"Hasta aquí, por el momento, no tengo más…".

Silencio. Si contar una historia es lo dicho por Soro, equivalente una representación teatral, lo apropiado es aplaudir. Pero no parece lo procedente.

El cantinero se retira de Sarah, gira la cabeza a la puerta que comienza a balancearse, alguien la empuja antes de trasponerla. De nueva cuenta, un balanceo que delata la inminencia de una visita.

—Miren nomás quién viene —dice—: ya llegó el Dry.

Entra un hombre delgadito como una astilla, con los rasgos cortados ásperamente, como si lo hubiera hecho un artesano torpe de un trozo (malo) de madera (pálido, sin veta, sin color, daba la apariencia de no pesar al pisar). Es el Dry. Es un hombre que va de pueblo en pueblo, de ciudad en ciudad, de rancho en rancho, predicando los beneficios de ser abstemio y el demonio del alcohol. En realidad se llamaba Franklin Evans.

—¡El Seco!

Los niños dicen que flota, que tiene las suelas limpias, intocadas como los tiernitos de mama. Pero para él no hay teta ni rebozo y tiene las suelas luidas, apoya las plantas de los pies peladas al piso, llenas de cayos y durezas, acostumbradas a recorrer las distancias; siempre le duele un pie. Es la miseria y el rigor encarnado. Predica fustigando el licor. Sus púlpitos predilectos son cafés, cantinas y bares, también las destilerías ilegales que tiene bien identificadas —por esto se dice que es agente federal, pero de cuándo acá los mandan sin zapato bueno; si les pagan una basura, pero suelas les dan; además, si fuera federal, atrás de él vendría la caballería a limpiar "del veneno", pero al Dry no lo siguen ni las moscas.

El hombre, de tanto querer volvernos a todos abstemios, parece siempre ebrio. Su rigor es enloquecido.

Franklin Evans nació en un pueblecito en Long Island. Deja la vida campirana, se muda a Nueva York, encuentra buen trabajo, bebe como un pez, se casa, pierde el empleo y obtiene otro malillo, muere su esposa, se vuelve a casar con una nacida esclava y liberta, tienen una hija, se enreda con una mujer blanca, la esposa asesina a la enamorada y se suicida, él pierde el empleo y ya no encuentra otro, sigue bebiendo, mendiga, cae en la miseria, muere la hija, arrepentido deja de beber y se convierte en abstemio y promotor de la abstención. Quien hubiera tenido su vida, imitación de novela sensacionalista, tan mala como si hubiera sido escrita en tres días bajo los efectos del ginebra para ganarse unos pocos dólares promoviendo la temperancia, no podría sino convertirse en un mister Dry cualquiera.

Tiene pesadillas de noche y noche. Sueños espantosos sin color, sin movimiento, puro estrujarse la garganta, cargar con pena, nada coherente, pero muy eficaces porque le engarrotan los músculos. Tampoco tienen ni principio ni fin. Un ejemplo: el Dry llega al barbero, que es un "greaser" y está borracho; se queja, no queda claro de qué, tampoco queda claro saber con quién se queja, sólo está el barbero. Se oyen carcajadas. El barbero toma la navaja y el Dry se sienta en la silla.

Ni se echa a correr, ni pasa nada. El Dry cree que se despierta. Se levanta al baño. Se le cae el pantalón. Cree otra vez que se despierta. Se le cae otra vez el pantalón que no puede caérsele porque todavía está acostado en el tablón pelado en que duerme. Angustiado, se engarrota, no puede moverse, despierta, ahora sí de verdad, sigue engarrotado, los brazos cruzados sobre su pecho, inmóviles. Despierta del todo. Lucha por moverse, no puede, lucha, por fin puede moverse.

¿De qué iba el sueño?, ¿por qué no hay una tensión, un arco, un punto de dolor específico? Como ésta, las demás pesadillas. Se parecen a las tonterías que come el Dry: pescado hervido, sin sal… y eso es lo más bueno en su mesa. Pone al fuego pedazos de cosas que echarse a la boca. Cosas sin gracia para quitarse el ansia, el apetito. Tonterías sin gusto.

El dedo pequeño del pie siempre le duele, tiene siempre pelazón, ampollas, un pelo enterrado, un ojo de pescado. Se agolpa toda posibilidad de enfermedad en su dedito. La voz de su alma es equivalente a ese punto de su cuerpo.

Odia al alcohol porque conlleva un placer, no razona; detesta, como buen fanático.

Sarah ve al Dry con curiosidad. Olvidándose de su condición —de su historia y del juego—, hace el gesto de acomodarse las faldas —que Carlos el cubano advierte—.

Como no trae puestas faldas, pasa las palmas sobre el pantalón de montar con un movimiento algo ridículo.

Carlos se levanta de su silla y avanza hacia Sarah, quien le pregunta:

—¿Y ése? —hace la pregunta en perfecto español, señalando al Dry.

—Un loco que anda diciendo que el alcohol es el demonio mismo. Mucho gusto, soy Carlos, cubano… y —en voz más baja— su devoto —extiende la mano que Sarah-Soro le toma con un gesto que más tiene de ternura que de elegancia. Carlos baja la voz y se aproxima a Soro-Sarah, percibiendo su perfume de azahar: —"El Dry detesta a los mexicanos. Dicen que es un ciclo."

—Eso está solo en gustos de loco —masculla Sarah entre dientes y en inglés, al tiempo que se retira del que le habla (a Carlos le huele mal la boca, no es por su aspecto: es rubio, de piel muy blanca) y lo mira fijo a los ojos, para marcar distancias—. ¿Qué es ciclo?

—¡Sht! —sigue Carlos en voz muy baja, intentando no perder su aplomo; no tiene la menor duda, es una dama, pero no es el olor a azahar lo que lo deja desnudo, indefenso, sino su reacción ante la mención del odio a los mexicanos, ¿y si ella es un ciclo?, pero intuye que no lo es y abre la boca: —Círculo, la palabra quiere decir círculo —se arrepiente de haber abierto la boca—. No se puede hablar de eso.

El promotor de la abstinencia empuña los ojos hacia los que se atreven a murmurar en su presencia. Él es como la Muerte. Donde aparece quiere silencio, inmovilidad, lágrimas y terror, y si se visten de negro (como él, ¡con ese calor!), tanto mejor.

Sarah camina hacia su mesa y Carlos regresa a la de Las Águilas, donde pregunta lo de siempre:

—¿Qué le pasa a éste?, ¿de qué tanto enojo contra el sotol? ¿Pus cuál demonio salió a cazarlo tras cuál borrachera?

—No fue demonio, manito; fue una angelita negra —Héctor dice a los músicos, alzando la voz: —¡Échense "La Borrachita"!

Los músicos, que hasta este momento han estado en silencio (contritos los tres: conocen de sobra a Nepomuceno y a su mamá, han hollado para aquí y para allá las tierras del pleito —aunque éstas, pues quién no si Bruneville está levantado blablablá—, han tocado en cuanta boda, bautizo, cumpleaños, entierro; también las corridas —Juliberto es hijo de un vaquero, aprendió el violincito de tanto oír y ver tocar y cantar a Lázaro, y luego porque él mismo le indicó preciso cómo entrarle a la rasquiña, sus manos como una hoja de papel que uno apachurra, arrugadas y deformes de tanto jalarle al lazo y pegar a la fusta; ya se habían dicho "Aquí no se canta", "A menos que aparezca uno con el bolsillo cargado", "¡Ni de balas!", "Depende cuánto traiga, la Sila me pidió hoy dinero y le prometí que a mi vuelta", "Eso te pasa por haberte casado", "Por haberte casado con una pobre", "Para eso son las mujeres: para mantenernos, si no, no sirven"—, los músicos no olvidan ni por un momento el pesar que los había silenciado, pero… la tentación de darle un enfado al Seco (así le dicen a mister Dry). Comienzan, directo con la voz sumando al segundo compás las cuerdas:

> Es bueno beber torito
> p'al que está muy agüitado,
> es bueno el torito.

Voltean a ver al Seco: no se ha dado por aludido. Cortan en seco y empiezan con una más directa:

> El domingo fue de gusto
> porque me diste tu amor,
> y por eso me emborracho
> con un señor sotol.

El lunes por la mañana
bastante malo me vi.
Fui a curarme al de Ronsard,
se me pasó y la seguí.

Allá en la pradería, en Rancho del Carmen, los hermanos mayores de Nepomuceno, José Esteban y José Eusebio, se afanan en conservar la calma. Digieren la nueva de lo que ha pasado a Nepomuceno. Deben proteger a doña Estefanía, a las tierras, al ganado, a los hombres... Planean emprender una brigada, entienden su misión.

En la cocina de Rancho del Carmen, lo del siempre, pase lo que pase hay salsas de sabores delicados, envuelven carnes y verduras en hojas y atados, los someten al calor en preciosas cazuelas; a los platos de la mesa de comedor llegan guisos insólitos. Todo se guisa aquí con cuidado, detenimiento y arte. Si se la mide por lo que huele, doña Estefanía (de ella sale toda indicación de cómo se cocina, y la última mano) no parece darse cuenta de que está por estallar una guerra, y de que es su hijo quien la conduce.

Conversaciones escuchadas al vuelo en casa de los Stealman:

—Un grupo de colonos decide limpiar Texas de todo residuo de tribus indias. Trescientos caddo escapan a Oklahoma. Asesinan al traidor que colaboró para que se libraran del cuchillo.

Estas otras entre las esclavas —menos hilvanadas, pues son más bien frases soltadas entre un ir y un venir:

—¿Cómo quedaron los bizcochos?

—Pruébalos, y no preguntes

...

—¿Pus quién es el alcalde?

—¿Para qué quieres saber?

—Nomás

…

—¿Ya vaciaste la escupidera del señor?

—¿Cómo crees?, ¡están las visitas!

—Vacíala igual

…

—¿Viste que la señora del vestido rosa anda pidiendo el orinal?

…

—¿Y a ti qué te pasa, de qué lloras?

—Es que el señor del pañuelo azulito me vino a meter mano en el pasillo…

—Ya, ya, ya… yo creí que te pasaba algo… Pus tú hazte la que no pasa nada

—Fácil se dice, ni te digo lo que me hizo porque te vomitas

—Dímelo

—Me metió el dedo

—¿Dónde te metió el dedo?

—¡Donde va a ser! —las interrumpe otra—, tú límpiate esa cara, arréglate el mandil y pasa la charola otra vez, niña.

…

En voz muy alta, uno de los visitantes recita de memoria: "La justicia y la benevolencia de Dios no permitirá que Texas quede otra vez más en manos del desierto hollado sólo por salvajes, ni que quede siempre regido por la ignorancia y la superstición, la anarquía y la rapiña del régimen mexicano. Los colonizadores han llegado cargando su lenguaje, sus hábitos, su natural amor por la libertad que los ha caracterizado siempre, a ellos y a sus antepasados."

—¿De quién son esas palabras? —le preguntan.

—No puedo decírselo, a mí me las dijeron, quien me las pasó ignoraba el autor.

En Matasánchez, la negra Pepementia se ha alejado del centro de la ciudad y se ha acercado a la margen del río, donde queda el mercado de mariscos, a esta hora ya cerrado, las callecitas vacías. Va pensando. No sabe dónde camina. No es barrio para mujer de bien —Pepementia lo es.

Lo de Nepomuceno la ha puesto a pensar, pero no es sino hasta que llega aquí que consigue formularse algo coherente: "Yo llegué a este país y todo lo que he recibido, hasta hoy, ha sido bondad. De aquel lado del Río Bravo por un pelo terminan por hacerme picadillo. Aquí juzgan al hombre que me martirizó, lo han metido a la cárcel, me toman como a una igual. ¿Qué he hecho a cambio? Tengo que irme a ofrecer donde el campamento de Nepomuceno. Para lo que yo sea buena. No sé sino hacer frijoles, pero algo habrá. No lo sé".

Regresa sobre sus pasos. Llega a la Plaza. Las rezonas van saliendo de la iglesia. Ésas no le hablan, no le importa. No quiere palabras, sino sentir que hay gente cerca. ¿Quién le podrá explicar cómo llegar a Laguna del Diablo?

Al norte del río, Fernando, el peón de Nepomuceno, escondido a pocos pasos del Hotel de La Grande en la carreta de Wild el cibolero, ha escuchado todo: que el vapor no saldrá hoy, que Nepomuceno se escapó en la barcaza, que mataron al pescador Santiago, que también asesinaron al viejo Arnoldo, que Wild ya se fue, que los rangers vigilan. Está cayendo la noche. Se atreve a moverse y a otear. Revisa que nadie lo esté viendo. En cuanto se sabe seguro, salta de la carreta. Se echa a correr hacia las afueras de Bruneville, siguiendo la ribera del Río Bravo.

El anochecer empieza a extender su manto. Es la hora cero, la visibilidad, en especial sobre el río porque también sube la humedad, se vuelve más difícil. El remolcador de la barcaza, que no ataron al muelle de Bruneville (lo dieron como cuerpo de la barcaza, a la que sí aseguraron propiamente), se suelta y se va a la deriva.

Uno diría que está siendo fiel al viejo Arnoldo. O que no soporta la visión de su cadáver expuesto. Hombre completo él fue, aunque le faltara el oído. Nunca se enteraría de que ese viaje remolcando la barcaza estaba condenado a ser el último. En los papeles firmados hoy por Stealman que lo hacían propietario del remolcador y otros tres vapores que recorren el Río Bravo y el Colorado —de Houston a Gálvez, la confirmación de su emporio naviero—, estaba echada su suerte. Sin duda Stealman habría despedido al viejo sordo, él no creía hubiera secretos perdidos en las aguas revueltas. Para Stealman no había más que el horario, llegar a tiempo y ya, la eficacia y la buena presentación. A Arnoldo le faltaban dientes, juventud, oído, ni de broma lo habría contratado.

No había nada heroico o grande en el ir y venir de la barcaza, pero para el viejo eso era la vida, recorrer el río por lo horizontal, sin bajar al mar, sin subir donde el río se estrecha. Para Arnoldo eso estaba bien. Ya no se le paraba con las mujeres, pero al río todavía lo podía montar.

El anochecer tiende su aliento con lentitud perezosa. Toca el sur del Río Bravo. Arriban con él voluntarios al improvisado campamento de Nepomuceno. Quieren unirse a las filas del rebelde, ir "contra la amenaza ojiazul". Roberto el cimarrón, el que escapó al sur cuando los texanos huyeron a Luisiana. Salustio, todavía cargando las velas (los jabones ya no). Julito, el del muelle, aquel joven al que el viejo Arnoldo pensó debió recurrir cuando estaba por morir.

Tres sotoles y comienzan los gritos: "¡Mueran los gringos!", "¡Viva Nepomuceno!", "¡Viva México!".

Ya está bien instalada la noche cuando llega el correo de Las Águilas de Bruneville. Úrsulo lo transportó del otro lado del Río Bravo desde un punto previamente convenido, donde hay un semimuelle improvisado que no es visible sino para el conocedor —la petición a pasar por él viajó en una mensajera de los hermanos Rodríguez, Úrsulo fue a casa de la tía Cuca, a buscar si había algo para él, y Catalino le pasó el mensaje—, está más cercano a Bruneville que a Rancho del Carmen pero ya fuera del poblado americano, porque el principal sigue en manos de los rangers.

El correo trae esta información verbal: los gringos ya pidieron auxilio al gobierno federal, ya se informó al telégrafo que viene el ejército, un regimiento está en camino (al mando del general Comino), no viene de lejos, llegará al fuerte en dos jornadas. Más importante: les trae pormenores de cómo estaban los rangers y los hombres de armas de los rancheros. Había pasado el día caminando, revisando la orilla del río, escuchó qués en la Plaza del Mercado, preguntó a Héctor, a Carlos, pudo hablar con Sandy Águila Cero —por un pelo se la pierde—, ella vio el movimiento cercano al fuerte, al otro costado de Bruneville, conversó con un par de amigos uniformados, militares que la dan por cándida fémina. Lleva a Nepomuceno un retrato completo de lo que ha dejado atrás. Se explayará describiendo a Santiago y al viejo Arnoldo, y la casa del pescador.

Al correo ya lo conocemos, es Óscar, el del pan. No viene solo. Con él llegan Trust, Uno, Dos y Tres, y Fernando.

Trust, Uno, Dos y Tres, que no tenían plan alguno pero querían cruzar a México, estaban sentados en despoblado frente a la orilla del Río Bravo, cuando los encontró Óscar con la canasta de pan en la cabeza (pura prevención, no trae pan). Óscar venía de Bruneville.

—¿Pus qué hacen aquí? —preguntó Óscar, la cara toda sudada de tanto correr.

—Ya se me acabó la paciencia —dijo en inglés el bello Trust—. No sé cómo la tuve tanta. Basta. Nos vamos a México.

Lo tradujo al español Tres. Siempre le había caído bien Trust a Óscar. Y a fin de cuentas Uno, Dos y Tres eran tres esclavos, en México serían hombres libres.

—Acompáñenme. Yo los cruzo al otro lado. Tengo que llevar un encargo. Síganme.

Iba triste, Óscar. Pensaba "¿y el pan?". Mañana no habría pan para su gente de Bruneville. Pero no podía no cumplir con su deber de Águila… Sabe bien que si no se defienden pronto no habrá ni masa, ni horno, ni cómo hacer nunca más pan. Él es correo de Las Águilas cuando hay necesidad, porque no levanta sospechas. Lo que llevaba hoy era complicado. Debía ser verbal.

Los guareció en unos matorrales. Los acababa de dejar ahí cuando escuchó a alguien a un costado del río.

—Soy un baboso, un baboso.

Óscar se acercó a la voz. Era Fernando, el peón de Nepomuceno, que hablaba para sí:

—Pst, pst —Óscar.

Fernando peló bien los ojos.

—¡Acá!, ¡vente pa'cá!

Óscar sabía que tenía que proteger también al peón. Indicó a Fernando dónde meterse, en el mismo matorral donde esperaban Uno, Dos y Tres, y se echó a andar otra vez con su canasta.

Escondidos en el matorral espeso, calladitos aguardaron.

Óscar regresó en un par de horas. No los sacó del matorral hasta que llegó Úrsulo a bordo de la canoa Inspector. Todos se suben con celeridad, las piernas bien dobladas para caber.

Fernando había pescado una garrapata en el matorral o pue' que antes. Le andaba de quitársela, pero como iban apeñuscados, imposible sacarse la bota, había que esperar.

Sobre el Río Bravo, los ánimos tampoco están muy serenos que digamos. Rick y Chris, los marineros que vimos zarpar en el mercante Margarita, los que bailaron al son de la tonadilla inventada —"You damn Mexican!"—, tan cordiales y amigos el uno del otro, cruzan por un territorio desconocido. Rick se ha enamorado de Chris. Es recíproco. Chris piensa que si confiesa a Rick su atracción, los dos caerán irremisiblemente en la vergüenza. Rick piensa que si Chris suelta, jamás se enterará nadie, y menos todavía su padre —lo despellejaría vivo, nada más mierda para él que un "marica".

A bordo del Elizabeth, barco de pasajeros que cubre la ruta de Bruneville-Matasánchez-Bagdad-Punta Isabel-Gálvez-Nueva Orleans, el capitán Rogers quiere enviar un telegrama desde Bruneville para avisar a Punta Isabel de su retraso, impaciente porque sabe que tiene pasaje esperándolo en Bagdad. Su prurito es siempre llegar a tiempo —de ahí el prestigio del Elizabeth, además de las comodidades que presume—. Pero el capitán Rogers no la ve tan fácil, primero porque no puede tocar el muelle de Bruneville, segundo porque con lo de Shears, el telegrafista está ocupado enviando la noticia y recibiendo preguntas, consultas, instrucciones, de modo que ni con el auxilio de hijos y esposa se da abasto. Que no llegará el Elizabeth, ¡total!, hay cosas más urgentes, las notas del gobierno federal a la alcaldía, instrucciones de esto y lo otro, tienen prioridad los asuntos oficiales.

En Matasánchez, una vela ilumina a don Marcelino, el loco de las hojitas, en su estudio, sentado frente a
su intachable escritorio —corriente, sí, pero en escrupu-
loso orden, hasta las muestras de los vegetales que trajo de
la expedición debidamente ordenadas.

Saca de la bolsa de su saco el papelito donde anotó
horas atrás la frase del sheriff Shears. Lo desdobla y anota
en la libreta donde lleva los apuntes para un futuro dic-
cionario del habla de la frontera, bajo el apartado reservado a la letra S:

"shorup (*expresión imperativa*): úsase para indicar…".

No trastabilla ante la ortografía. No piensa ni un
fragmento de segundo en Nepomuceno o en Lázaro (a éste
sí que lo conoce: le tomó apuntes a sus versos, tiempo
atrás; lo fue a buscar a un campamento para oírlo cantar),
y menos aún en Shears, porque no habla español no le
interesa lo más mínimo.

El remolcador del viejo Arnoldo a la deriva ha llegado a la boca del Río Bravo. Lo ven pasar ya desde el
muelle de Bagdad los estibadores, están descargando el
algodón que llega de río arriba, previo haber tocado Punta Isabel, el muelle de los Lieder por mermeladas, y el del
rastro de Matasánchez.

También lo ven Rick y Chris:

—¿El viejo se volvió loco? Lleva el remolcador sin
cola…

—Y va hacia el mar…

—¿Irá por su sirena?

—¡Que te digo que va sin cola!

—Por lo mismo…

Se ríen de su chistarrajo. Olvidan el asunto.

No sabremos con precisión qué piensa Elizabeth Stealman de las Henry porque no las menciona en la entrada correspondiente de su diario, nombra a todos los invitados, excepto a ellas. Su omisión es una delación de su ánimo: la mujer que de manera evidente ama el arte de la escritura y que dedica el propio a manuscribirse cartas a sí misma, usa el poco poder literario que tiene para *borrarlas*. Figurones en la vida pública texana, no las corona en su panteón. Las deja inexistentes.

En su diario no cuenta que cuando le preguntaron a Catherine Anne de qué iba su libro (ya dicho que lo firmaba como "Una señorita sureña"), explicó:

—Es una novela.

—¿Ocurre en el sur?

—Sí, en el sur.

—¿Personaje principal?

—Una jovencita, se ha quedado huérfana; llega de Inglaterra a vivir con su abuela y descubre que su abuelo, Erastus, a quien todos dan por muerto, vive encerrado en el último piso de la casa. Ahí, busca incansable la fórmula de la eterna juventud, practica electroshocks y anestesias caseras, quiere mezclar la sangre de la virgen protagonista con oro...

—¿Hay amor?

—No puede haber novela si no hay amor. Claro que hay amor.

—¿Es extensa?

—Dos volúmenes de tamaño considerable... sí, es extensa. Explora las emociones de la protagonista. Indaga en su corazón. La escribí cuando el mío estaba roto: mi hermana, mi otra mitad, ustedes saben... Eleanor muerta. Fue gracias a mi sobrina, Sarah, a quien ustedes ven aquí, impulsada, animada por ella, que tomé de nuevo la pluma.

—Tía —la corrige la sobrina—, yo no soy Sarah, ella no vino.

—Ah, sí, ¿verdad? Tú… tú… ¿tú?…

Evidentemente, la tía no puede recordar el nombre de la sobrina que le es más fiel (ésta es algo mensa, no cae en la cuenta de lo que todos ven, es la única que la podría sacar del aprieto diciéndole cuál es su propio nombre). Un contertulio ayuda, pregunta a la joven:

—¿Cómo se llama?

La sobrina no tiene tiempo de contestarle la pregunta, la tía responde con el título del libro.

—*La Casa Bouverie.*

—¿Hay algún personaje envilecido o sin alma?

—Hay…

—¿Hay negros?

Todos los locales entienden que en esa pregunta hay una alusión a *La cabaña del Tío Tom*, el libro más leído, bla bla bla —"como si un pescado, un maravilloso saltarín pescado, hubiese simplemente volado cruzando el aire".[14]

—Mi protagonista tiene el alma pura. En contraste, Urzus, que es de oficio negrero y tiene la suerte de ser dueño de tierras, quiere apoderarse de la protagonista. Lo conseguirá. Mientras nos adentramos en sus corazones, atrapado en su propio laberinto, el papá de los Bouverie permanece encerrado en el último piso de una casa, sin escalera de acceso…

—¿Hay negros? —repite otro tertuliano. Todas sentían curiosidad de saber qué opinaban de *La cabaña del Tío Tom*, pero no se atreven a preguntar directamente.

—Negros no hay, ¡ninguno!; por motivos obvios, los negros no pueden ser personajes de una novela. Es como

[14] De Henry James, de *A small boy and others*.

tener un perro por protagonista —se escuchan risas burlo-
nas—. Un caballo, tal vez. El caballo tiene carácter y alma.

—Los mexicanos saben tratar bien a los caballos
porque hay simpatía entre ellos, son iguales. Es notable la
manera en que los entienden.

—Hay una explicación evidente. Los mexicanos
tienen alma idéntica a la de los equinos.

—No los negros.

—De ninguna manera. No los elegiría para personajes porque todos están tallados con el mismo molde, son
un caso distinto, ¿quién no lo ve? No hay diferencias entre
un negro y otro. Por eso no pueden tratar a los caballos,
no puede existir simpatía entre negros y caballos; los caballos son todos temperamento... Los negros definitiva-
mente no tienen *personalidad* —dijo esta última palabra
subrayándola.

—¿Quieres decir que son como un ropero, una silla?

—Mis sillas tienen personalidad.

—Estemos de acuerdo en que tampoco vale como
personaje un mexicano.

—¡Tampoco! —dice la autora—. Un caballo, tal
vez sí. Por su belleza. Pero un mexicano... Un personaje
debe ser a su manera bello (aunque sea en la maldad).

—Yo he intentado quitarles a los domésticos el
olor —ésta era miss Sharp, Rebeca. Se soltaba a hablar
para curarse en salud, había dado alas a un mexicano
como posible marido. Pero su comentario es tan poco
elegante, los asistentes lo ignoran por cuidar las formas,
no se puede mencionar el olor humano en un salón tan
elegante.

—Estoy de acuerdo en que es imposible una novela con brutos, animales o cosas como protagonistas.

—Estará usted de acuerdo en que medio mundo
adora *La cabaña del Tío Tom*... Más de medio mundo...

—El criterio para juzgar un libro no puede formar-
se atendiendo a las mayorías. Los juicios literarios no son

asunto del gentío. ¡Sería una abominación! Eso que llaman *La cabaña del Tío Tom* no es novela, es un panfleto abolicionista, una pieza de propaganda, cursi y además perverso. No la he leído, pero…

—De no ser por los ingleses, nadie habría volteado a ver ese libro. ¿Ya perdieron su olfato literario? La apoyaron para pegarle a este país. Un patriota no puede amar *La cabaña del Tío Tom*…

—¡Por supuesto que no!

—Haría más sentido usar cosas como personajes. En los objetos hemos dejado los humanos una impronta de nuestras almas. En última instancia, nosotros las hicimos.

—Brindemos por su éxito, estimable Catherine —intervino la anfitriona, por desviar la plática. No había en ella un pelo de emancipadora, pero…[15]

El general Comino, al frente del Séptimo Regimiento de Caballería, había sido enviado meses atrás al sur del Río Nueces con la misión de desmantelar destilerías ilegales y eliminar los banditos mexicanos en los caminos (de los bandidos gringos no se encarga, serán los primeros y únicos con que tope, aunque… ya iremos al aunque). Nació para andar en campaña, la vida sobre el estribo y en la planicie abierta lo llenan de alegría. Usar la Colt, tener la rienda en mano, si puede tirarle a un indio, "¡Mejor!".

El general Comino usa una bandana roja. Siempre está acompañado de un guía (su scout), un tonkawa (se ufana Comino, "Los tonkawas son caníbales… ¡a veces!")

---

[15] Meses después, cuando aparece la novela en Nueva York, los críticos la adjetivarán shakespeariana, ponderarán la hondura de sus dramas sicológicos y la universalidad de sus personajes. Alguno escribirá que a Catherine "se le puede poner a la par que George Sand y George Elliot". La novela tendrá un éxito rotundo, estará en boca de todos.

montado en un poni negro como el carbón y rápido como un rayo. Le dicen Fragancia.

Fragancia es grande como un gigante, trae la cara pintarrajeada de negro, su maquillaje de guerra y aros de cobre en las orejas perforadas. A pesar de la insistencia del general Comino, se desnuda el torso al menor pretexto. A ratos canta:

> Caminamos, caminamos,
> a donde las luces están brillando;
> bailábamos, bailábamos.

Si le preguntan, dice que viene de la familia de Las Tortugas, a saber qué quiere decir con eso, su mamá se llama Mujer Lechuza, fue cautiva, dizque francesa.

Hacen una buena pareja, Comino y Fragancia.

El general Comino tiene otra media naranja, su mujer, que no es como él y mucho menos como Fragancia. A ella le gusta la vida calma, no andar a salto de mata. Por suerte a la esposa la acompaña Eliza, su esclava negra, confía en ella, con ella se explaya… Llevan ya tres años entre salvajes.

Cuando al general Comino le comisionan una nueva misión, lo celebra en casa, de alegría rompe las sillas, "Las sillas no crecen en los árboles por estos lares, Gen'l", decía entonces Eliza, incondicional de su mujer), mientras la esposa se sentaba melancólica en el piso, a cavilar, viendo su hogar destrozado con tanto júbilo.

En el océano de pastos, donde el hombre blanco se desorienta y termina por morir de sed, el general Comino se siente nacer, ahí donde ni una piedra, ni un árbol, ni un matorral, ni un cerrito, nada donde orientarse.

Volvamos al presente. Al caer la noche llega un correo para el general Comino.

—No estoy para andar leyendo, dime qué dice que dice.

El correo se sabía el mensaje, sin tener que leerlo.

—Que se apure a dirigirse a Bruneville, que se les alzó un bandito, el tal Nepomuceno. Que ya se les juyó pa'l otro lado.

Ni sale el correo y ya empieza el festejo en la casa del general Comino. Pero no dura muchas horas. Saldrían en sus carretas al amanecer hacia el fuerte que está a tiro de piedra de Bruneville con el ganado y los caballos. Corta celebración, pero Comino y Fragancia se dan el tiempo suficiente para parecer que han bebido más de la cuenta. En casa del general Comino, las sillas volaron en astillas.

Conversación escuchada al vuelo en el flamante campamento de Nepomuceno: "Será que Stealman se robó la barcaza, pero se le iba a quedar bien puerca, porque ya sin los muchachos que se la limpien, y él siendo gringo, qué más tiene que la mierda del ganado y las cagadas de las monturas y a saber cuánto que la gente le tira, sin que se le ocurra pasarle encima una cubeta de agua buena y un cepillo... ¡a ver quién quiere viajar en su puerquez!".

Del otro lado del Río Bravo, en donde La Grande, la sobrina de Sandy friega el piso de la cocina porque no puede dormir, el viento nocturno columpia el par de cuerpos ahorcados y las risotadas de los gringos armados que han hecho fogata a unos pasos de éstos la tienen desazonada...

—Le van a tatemar las hojas al icaco y lo van a dejar sin frutos. Este año no habrá dulce de icaco.

En la mansión Stealman, cuando cae dormido el último ser vivo en retirarse del afán —también ahí los últimos serán los primeros, la esclava abrirá los ojos apenas pinte el alba, no podía dormirse porque tenía miedo pensando en John Tanner, el indio blanco, ya lo veía metiéndose al colchón que compartía con otras cuatro—, Elizabeth sueña que alguien toca a la puerta de su cuarto. En su sueño, se levanta de la cama sin entender por qué las negras no atienden, aún medio dormida, abre la puerta. Es su papá. El viejo ya no lo es. La poción que lleva años elaborando le ha dado la eterna juventud. Elizabeth despierta con un sobresalto. Se da la media vuelta en la cama, y vuelve a caer dormida.

Más al sur de Matasánchez, Juan Caballo y Caballo Salvaje conversan ignorando que el sol se fue a dormir hace media decena de horas. El tiempo se ha vuelto transparente para los mascogos o seminolas desde que llegó la mensajera. En gullah, la lengua que trajeron de la Florida —llena de términos bambara, fulane, mandinga, kongo, kimbundú.

Para atestiguar la conversación de los dos jefes (indio y negro), los mascogo están todos atentos y despiertos, niños y viejos congregados. Cuando a alguno se le cierran los ojos, cantan a coro el desarrullo, kumbayá, kumbayá, con esto lo llaman, venga usted, no se retire… estamos en esto…

Dem yent yeddy wuh oonuh say.

Deben tomar la decisión que ya ven venir. Aunque la tienen prácticamente tomada, no será sino al amanecer que la anuncien, tras la noche en vela para pensar aconsejados por la oscuridad, el canto de los búhos, el sueño de la zorra y el coletear nocturno del pez.

En Matasánchez, en casa de los Smith, Caroline la hija escucha atenta y ansiosa lo que pasa en la casa de los Fear. En la habitación del fondo, la fiebre ha clavado sus garras en el gañote del aventurero enfermo, delira mientras Shears chilletea de dolor (y de miedo, teme Nepomuceno vuelva a buscarlo para finiquitar su obra.)

La cuidadora, Eleonor, no ceja en su batalla contra la fiebre, llena el balde con agua fresca, remoja en él el lienzo que aún muestra el azul de la camisola de que fue parte, Caroline escucha el agua caer al balde.

Caroline, el oído exacerbado, escucha que la fiebre y el delirio han cambiado el pálpito del corazón del aventurero en tambores que parecen de fulanis o cafres. Sigue su sinsón. Palpita con éste.

Alterada, atada a su camita como a un potro, comienza a oír sonidos más lejanos. Escucha con prístina claridad al Loco sacudiendo las ramas de hiedra contra el muro del costado sur del mercado. Después —su sonido divaga—, a un palomo. Inmediato al gato que han traído al mercado para comerse las ratas, oye clarísimo cómo deglute a una gorda que apenas acaba de parir media docena de ratillos.

Los lipanes llegan a su campamento. Tres veces se detuvieron en el camino para restaurar y dejar descansar a sus caballos. Uno de éstos no ha resistido el viaje, entra cojeando, el muslo posterior izquierdo está desfigurado: sólo al verlo se comprende que lo deben sacrificar. Mejor hacerlo cuanto antes, el guardián de las monturas —tan importante para su comunidad— toma su rifle, ¡bing!, silba la bala, como llorando por cumplir por su deber durante los pocos fragmentos de segundo que le toma recorrer el camino a matar.

En Matasánchez, el doctor Velafuente se levanta a orinar. Podría usar la bacinica que está bajo su cama, pero siente el deseo de salir al patio, respirar aire fresco. Pasa al lado de la cama de su mujer, la tía Cuca, quien ronca levemente, "como un picaflor, Cuquita, tú sigues igual desde que te conocí, te venía a espiar a tu balcón, me ponía loco tu ronquido de chupamirto", y el doctor siente ganas irreprimibles de llorar, "ya sólo soy un viejo marica, chilleteando frente a un recuerdo".

Intenta reprimir su tenue sollozo que se confunde con el sonar de las palomas, u-u, u-u.

Pasa corriendo un gato, negro hasta el fastidio, dando saltos por la barda hacia el tejado de casa de los vecinos.

Donde los lipanes, el caballo, quebrado por tanto andar en los caminos a paso que no resiste, cae herido mortalmente, sus músculos todos desguanzados.

Tiene un último pensamiento: "Nunca me dieron nombre, ni aunque me sacaran de cimarrón los lipanes".

(Vendrá el poeta vernáculo cantando en su lengua, al comprender la línea ecuestre:
Nada me dio nombre.
Fui un caballo sin cordura,
Esclavo sin tener par.
Canela pude ser,
O Medio, siquiera —ese nombre mochado me habría placido.)

En el Hotel de La Grande, la oscuridad es casi completa.

Duermen La Grande y Sandy.

La sobrina de Sandy sigue con los ojos pelones la danza de sombras que cada vez con mayor debilidad proyecta bajo el icaco la hoguera semiapagada de los rangers. El entusiasmo varonil se va desvaneciendo.

De pronto, la sobrina de Sandy cae dormida, tan de súbito que los ojos quedan abiertos. Los párpados se van cerrando, lentamente.

Los rangers asincéranse entre ellos. Las risotadas quedaron atrás. A murmullos cuentan secretos. Para todo lo demás se distraen. Hasta una ballena dorada como un ángel de iglesia podría pasar nadando bordeando la orilla del río, en sus narices, y ni así se darían cuenta de nada.

Los cadáveres se columpian bajo el icaco. A sus pies los sapos croan. Las ranas saltan asustadizas.

Lo más notable de todo el solar es lo que ocurre en la cama de La Grande.

En las tripas de La Grande viaja un aire que contiene la fuerza del huracán, si nos atenemos a las proporciones que median entre las tripas y él. Este aire es oscuro como su entorno. Es de condición impaciente, de ánimo sin esperanza. No es mudo, pero lo que emite no son palabras sino tenebrosos truenos. Imita la intensidad del rayo, su comportamiento eléctrico. El bajo vientre de La Grande padece los golpes de su embate, resistiéndolos mientras sueña que está en un salón elegante, ve acercarse a Zacarías, los rodean rubios contertulios.

El aire pelea por salir. No hay cabida para él en esta caja de músculos y huesos, así sea enorme por ser de La Grande. Emula estar en las entrañas de un volcán fenómeno. Pelea por la erupción. Pese a su empeño, no sucede el vómito o el pedorreo. El encierro prolonga para las tripas el tormento y el aire no la pasa nada bien.

Es una guerra lo que se ha desatado adentro de La Grande, pero no hay quien la perciba del todo. Dolor, inútil porque nadie responde. Retortijones, igualmente banales aunque intensos. La sangre toma el control, se acuartela.

A La Grande le arden las mejillas. No le queda de otra. Su sueño cambia de rumbo. La tormenta cambia de signo. "¡Zacarías!, ¡Zacarías!". Zacarías mira con desdén su llamado. Pone los ojos en otra damisela. Ignora a La Grande.

Ésta cree explotar.

El aire que habita su interior se fortalece. Sin tener claro cómo y cuál es su propia voluntad, excepto por el ansia de salir —lo único que le niega el destino—, el aire de La Grande le reempuja sangre, entrañas, músculos, el alma, cuanto le queda en su camino.

El ánimo de La Grande se nos pone peor: por ella que Shears y Nepomuceno se vayan parejos al diablo…

Vaya berrinche el suyo…

†

Lázaro despierta:

En el campamento de Nepomuceno, Lázaro despierta. Se levanta a orinar. Toma un cuartillo de agua. Escucha lo que se anda diciendo —un par han quedado en vigilia, los guardianes.

Lázaro reflexiona.

Se suelta a hablar:

Lo mío, lo de andar borracho, ¿tiene que disculparse? Pues de todas maneras les cuento cómo estuvo: no tenía trabajo, por un incidente con doña Estefanía, o mejor dicho con los dos hijos mayores que no me quieren nada, y cada día perdía más la esperanza de que cambiaran las cosas. En una de ésas, cuando esperaba la hora para ir hacia la Plaza del Mercado a hacerme el encontradizo con el niño Nepo —es el hijo, el nieto y el bisnieto de mis patrones, los únicos que he tenido desde que llegué a estas tierras—, a ver si quería sumarme a una de sus entregas

—no estaba fácil, para cualquier corrida quieren vaqueros que además sean de armas, y no es que esta persona que soy no sepa tirar, sí sé, pero manejo mejor el lazo que la Colt, yo no cargo escupepólvoras, además soy viejo, pero más sabe el diablo por lo dicho (eso l'iba a argumentar a Nepomuceno, para que me contratara), y encima estaba yo dispuesto a lo que fuera, vuelto por mala fortuna un mísero muerto de hambre...

(Vale cuente rápido que Nepo venía del expendio de tabaco de Rita, chulada de mujer —chaparrita, de chuparse los dedos—, fue a que le diera, ¡y no nomás la de fumar! Yo esperé por prudencia cerca del Ronsard, bien que pude ir a tropezármele donde Rita, si un tiempo le cuidé sus potros que ya no tiene, vendió todos sus animales...)

(Como Rita es viuda, dirá algún vípero que a Nepomuceno le gusta la viudad, pura bobada: lo que le gusta son las mujeres bonitas y con carnes. Yo le conozco a la que se compró para siempre, y juro que fue con razón, es de quitarle a uno el aire.)

En la cantina que está atrás del mercado, un vaquero de King me retó:

—Su no hombre.

—¿Su qué? —le pregunté, porque deveras que no había cómo carajos entenderle de qué hablaba.

—¡Su!, ¡su! ¡Su, su no hombre!

Las señas aclararon la confusión: quería decir "tú", "tú no eres hombre".

—¡Claro que hombre! ¡No soy un... pájaro! —hubiera querido decir "Águila", pero eso sí era, y a mí lo de mentir nomás no se me da. Soy Águila fiel desde hace tiempo.

—Hombre saber beber. Su ni pico.

¡Demontres! ¿De qué hablaba? ¿Decía que él sí sabía beber y que yo puras habas? Le pregunté con señas, y no me cupo duda.

—Mira tú, gringo pendejo, rétame si quieres, para mí que te tumbo.

Como a mí nomás no se me dan los pleitos, nos sentamos a beber, pero no en la cantina. Ya se nos había juntado gente, la empezamos en plena plaza, un vaso tras otro, a ver quién era más hombre.

El gringo vaquero parecía gente de bien, luego luego se vio que no era más que un borracho sinvergüenza. Vaciábamos los vasos, pero háganse de cuenta que él no había bebido ni un trago. Yo, en cambio, me vi, más pronto que quisiera, perdido.

Humillante fue que por la edad yo caí como un saco de papas. Y todavía hubo algo peor, porque cuando ya estaba yo bien borracho, me sacaron de la bolsa las monedas para pagar las rondas de los dos. Mi únicas, lo único que yo tenía porque a más no llego. Sentí el esculque, el robo, y empecé grítele y grítele, como una guacamaya.

—¡Gringo ladrón!

Shears, el patán de siete suelas que trae al pecho la estrella por razones sin éstas (no hubo otro idiota se atreviera a aceptarla), bueno para nada, inútil, badulaque… Me vio borracho y fuera de mis casillas y declaró como un Augusto que me iba a meter preso.

¿Qué iba yo a decir? ¡Pues que no!, ¿cómo que preso, por unas copas de más?

—¿En qué tierra vives?

Se arrancó la gente a carcajadas con mi "en qué tierra…", y Shears me empezó a pegar.

Ahí fue cuando apareció el niño Nepomuceno, quién sabe qué pasó, cargó conmigo al hombro y, ¡vámonos, piernas, pa' que las tengo!

Y ya qué: se nos acabó el tiempo del vaquero, aquél de sentarse frente a la hoguera a comer carne asada, a rascar las cuerdas, bordar palabras, y a recordar… estos gringos nos comieron la memoria…

Segunda parte
(seis semanas después)

La noche cerrada, sin luna, va llegando a su fin. La oscuridad es aún total. El serruchar de los grillos insiste acelerándose, casi ensordece.

En Matasánchez, en el patio de atrás de la casa de la tía Cuca, a la luz de una vela en su capelo de vidrio, Catalino se acerca a Sombra, la mula de Fidencio.

Sombra pasó la noche atada al balcón de la cocina con una corta cuerda "para que no se vaya a comer los geranios". Necia, la mula tiró sin cejar de la cuerda, le fue tronchando hilos, la volvió delgada y larga. Ya no quedan geranios, Sombra los mordisqueó uno por uno.

—¡Ah qué contigo, Sombra!

La tarde anterior, las mujeres de la cocina, Lucha y Amelia, ayudaron a Catalino a acomodar el palomar sobre el carro y a cubrirlo con pacas de avena y una lona para que no se le vaya a adivinar la carga.

Fue idea de Lucha proteger las flores amarrando a Sombra con una cuerda corta, mejor hubiera sido cambiar de lugar las macetas.

Con cuidado, "no se me alboroten, mis niñas", Catalino se echa a la espalda la canasta —o jaula de carrizos— que contiene a Favorita (la predilecta del rodrigaje), Hidalgo (el palomo estrella) y Pajarita, que siempre regresa a Bruneville, se le lleve donde se le lleve por agua o tierra. "Calladitas se van más bonitas, mis bolitas de plumas". Catalino despierta de buen humor y muy parlanchín. Ya cuando sale el sol, le da la de quedarse mudo, sólo habla para leer en voz alta los mensajes de sus palomas. "Éste no tiene sino voz de pichón", decía Amelia.

En el lomo de Sombra acomoda una paca aplanada de avena seca, encima una cobija vieja —más hoyos que lana— y le ajusta la collera con la que va a tirar del carro. Zafa el carro de la tranca y, cuidando no empinar demasiado el palomar, deja caer la vara del yugo sobre la collera de Sombra y la anuda.

Sombra es una mula leal —trangoncita, pero leal—, acostumbrada a seguir al que se le ponga al frente, no hay necesidad de jalarla o tenderle una soga para indicarle el camino. "Por eso es tu nombre, mulita. Uno se va para donde vaya, y tú ai detrás".

Sombra es el orgullo de Fidencio; el carro es su vergüenza por lo rústico y mal hecho.

Catalino abre el portón a la calle. Lo traspone seguido por Sombra y "mis niñas". No lo vuelve a cerrar.

Apenas ha dado Catalino unos cuantos pasos cuando se oye cantar al gallo. Las palomas responden con apagados gorgoritos, úes más llorones que cantarines. Catalino silba una melodía para que nadie las escuche y apresura el paso.

En el horizonte se pinta una delgada línea azulosa que en segundos se vuelve rosácea.

Ayer al medio día llegó la indicación, "Sígueles los talones y mantennos informados". El mensaje lo trajo Hidalgo.

Las palomas han ido dejando Bruneville a cuentagotas, para no llamar la atención, prevención lo más seguro inútil, los gringos se afanan en mociones de guerra, no tienen ojos para pajaritos, lo que más rebosa son pistoleros profesionales o espontáneos armados hasta los dientes, ansiosos de cazar mexicanos. Entre ellos sobresale Bob Chess porque piensa en una sola cosa: tumbar en el piso a una mexicana, remangarle a la fuerza las faldas, penetrarla, mejor si desgarrándola, "sienta que se rompe". Imagina su cuerpo al detalle. Piensa que le cortará las trenzas, las guardará por trofeo, largas trenzas, pesadas, brillantes, pero ninguna prenda de vestir, eso podría enojar a su mujer; los cabellos qué le van a importar, son como pelo de caballo, crin, cola de zorra, para el caso es lo mismo, "zacate de greaser".

Catalino transporta todas las palomas mensajeras de Matasánchez y Bruneville. Por esto va apretando el paso, ansioso. Apenas dejar el centro de la ciudad y pasar al sereno, deja de silbar para mejor apresurarle. Llega al Muelle Viejo cuando la luz del sol empieza a despertar los colores de las flores, las frutas, los pastos, los pájaros; van apareciendo poco a poco, en estos momentos es cuando tienen más sabor, porque hay tantos al sur del Bravo que hastían, empalagan de ser tantuchos.

Úrsulo lo espera a bordo de su canoa Inspector, impaciente porque debe presentarse con el reporte nocturno al capitán de puerto Matasánchez antes de que se asiente la mañana; tiene comisionado vigilar el río cuando Matasánchez duerme y reportar después del desayuno. Con él a cargo, Las Águilas y los nepomucenistas pueden ir y venir tranquilos, sus ojos son dos tumbas, todo lo ve, todo lo guarda celoso; en sus reportes el Río Grande es también una tumba, ni quien se mueva en su cuerpo o sus márgenes.

Catalino y Úrsulo, sin hablar, sin siquiera saludarse, retiran la lona del carro, la extienden al fondo de la canoa y sobre ésta afianzan las jaulas echando mano de las mismas tiras de cuero.

Catalino azota contra el piso el chicote, basta para que Sombra reaccione, es como su nombre, asustadiza, regresará sola a su Fidencio tirando del carro vacío. Para eso ha traído Catalino el chicote, Úrsulo se lo devolverá al doctor Velafuente.

Antes de abordar el Inspector, echan a volar a Pajarita, trae el mensaje alistado en sus patas desde la tarde anterior: "Del Muelle Viejo", basta para que comprendan que las palomas van por buen camino.

Favorita lo entregará a Nicolaso en Bruneville.

Estos dos hermanos, divididos por el río, unidos en los secretos de sus palomas… ¿Qué más se traen? Mejor fuera seguir su historia…

Catalino muda a sus palomas para enviar mensajes a Bruneville y a Matasánchez desde Laguna del Diablo. Lleva algunas empollando sus huevos, pronto habrá pichoncitos, nuevos aprenderán que ahí está su casa, en el centro de operaciones nepomucenistas. En pocas semanas ya andarán aleteando. Él, Úrsulo, Alitas o alguno de la chamacada los llevarán en jaulas para que regresen cargando mensajes.

Al amanecer, el Río Bravo se pone de un humor opuesto al que trae Catalino. Díscolo, malhumorado, agitado se remenea incóngruo. Para Úrsulo esto no tiene importancia, observa la superficie y sabe cómo irle llevando el modo.

Pasa flotando el cadáver de una vaca, inflada por su pudrición, ya medio reventada. Le tiene también sin cuidado a Úrsulo, en su Inspector sigue en lo propio, es navegar ligero, qué más le da la muerte.

(El sueño de la vaca que flota en el río: "Yo, la vaca que se va pudriendo, con la vida que me infunden los gusanos, sueño que estoy por dar un bocado de pasto fresco. En el pasto, una oruga me observa. No se parece a ninguno de los que traigo en la barriga. En el ojo de la oruga, veo a la luna brillando al medio día. En el día que convive con la luna y se refleja en el ojo de la oruga, me veo a mí, una vaca muy vaca, vaca vaqueramente vaca, vaca rumiante, dulce vaca comestible, si de mí sacan la leche, de mí los dulces y pasteles.

¡Nada bien me parece andar ahijando gusanos!

¡Soy vaca y no ataúd!

¡No nací para globo inflado y navegante…!

Mejor le bajo a mis humos: soy la vaca que hizo mu. La que sueña inspirada por el alma de sus gusanos, me olvido de la oruga y de su ojo; doy un bocado al (delicioso) fresco pasto que a lo mejor no es real, pero eso no importa.)

Si Catalino o Úrsulo hubieran prestado atención a la vaca en pudrición, se habrían quedado con una intriga: en el vientre reventado viaja la rana de Smiley.

Habrá quien diga que la rana se va riendo, aunque es imposible saberlo.

En lugar de ponerle cuidado, Catalino y Úrsulo se enfrascan en una rutina verbal que repiten siempre:

—¿Con que tú le llamas Río Grande?

—Que no me insultes, Catalino, no empieces otra vez. Es Río Bravo.

—Yo te oí le decías Grande.

—Pues grande sí es, que no hay río pequeño. A ver, ¿puedes poner el agua de un río en un vaso? No, ¿verdad? Pequeño no es, por lo tanto el río es grande…

—¡Te estoy diciendo! ¡Pareces gringo! ¡Le llamas Grande al río!

—¡Catalino! ¡Me vas a matar de corajes! No empieces otra vez… Te estoy diciendo que es el Río Bravo.

—¿Pero pues no me decías que es Grande?

—Que grande sí es… Te estoy diciendo…

Apenas despunta en el paisaje el primer rayo del amanecer, el ojo puede percibir un centauro: es Nepomuceno montando la Pinta.

Alegría y vigor al irrumpir en campo abierto.

Yegua y jinete talan con su figura lo que resta del árbol de la noche, son los dientes del serrucho.

A galope suelto, el nervio vivo, se les sienten los dientes del filo con que van trozando lo que resta de la noche.

Alguien por lo que ve diría que forman un solo cuerpo, pero sería impreciso. Pinta y Nepomuceno son dos.

No se pertenecen del todo el uno al otro. No los envuelve el río, arropándolos —como a Úrsulo y su Inspector en las tormentas cuando hay mal tiempo.

Tampoco los arropa el aire, porque no van volando.

Sobre la superficie de la tierra no hay la ilusión de que se vaya a una, nadie niega que hay muchas voluntades, cada una por su lado, Nepomuceno y su Pinta, más grandes porque forman un centauro, cada uno en su sentir y pensar.

Saltan una zanja, esquivan un árbol caído.

Se diría que quien tiene más de animal es Nepomuceno. La yegua Pinta mira al frente, elegante; su movimiento es un baile con arte; Nepomuceno, nervioso, felino gira la cabeza a diestra y siniestra, rapaz, a punto de caer sobre su presa.

Tras un salto para esquivar un desnivel abrupto del terreno, Nepomuceno se humaniza, sonríe y acaricia las oreja de Pinta, "Bella, Pinta, linda, ¡bien!". La caricia vuelve a Pinta por un momento la coqueta que no es; la yegua sacude la cabeza, regresa a su carácter, astuta, correlona, músculo y cerebro.

Descienden una cuesta, el nervio de los dos se aviva con la carrera, suben un cerrito, Nepomuceno atisba un cuadrúpedo ligero, un papaloteo, un insecto casi. Nepomuceno usa el lazo, lo hace volar sobre su cabeza, lo proyecta... laza de las dos patas traseras a una venadita. Tira del lazo, levanta su presa.

La venadita sale proyectada hacia la grupa de Pinta. Nepomuceno acomoda su caza al frente de su silla, le amarra con su lazo las cuatro delgadas piernas.

A trote, regresan al campamento.

Llegan bañados en sudor, ligeros, contentos y satisfechos, como dos amantes. Los cascos de Pinta bailotean, mientras que las manos de Nepomuceno distraídas descansan como dos objetos yertos sobre su presa. La venadita, asustada, puro corazón desnudo, toda un tic tac, provoca lástima.

A unos pasos del fuego donde hierve el agua para el chocolate, el atole o el café de la mañana —hay de los tres y hasta hay cuatro para el que necesite cargado té de boldo en ayunas (la infusión amarga suelta la tripa)—, Lázaro toma el violín. No es la cantada de la noche —suelta la voz al aire—, es la pura cuerda, el chirriar desperezando al mundo, la tos de la mañana, el despejar del cogote; resuena en los jarritos de barro que aún no se llenan de sus líquidos calientes.

En cuanto los jarritos se colman, la melodía se torna dulce, parece entrar por la boca y no por las orejas.

Se habla en murmullos, sin alzar la voz, mientras se dan los primeros tragos, "buenos días", "buenos días", "bendito sea Dios al despertar la mañana".

Nepomuceno se acerca al hogar y con su entrada la música enmudece. Con él llega el orden del centauro. Las voces comienzan a hablar recio y las palabras se emiten más rápido, el son de guerra ocupa la dulzura chirriante del violín.

En la mano algo temblorosa de Lázaro, el café se remenea como si zapateara el humo.

La tarde anterior, tierra adentro cayó la lluvia bien tupida (es bien precioso, bendice a menudo la costa pero rara vez se adentra). Al norte del Río Bravo, la Banda del Carbón que comanda Bruno se entrevistó con los hermanos mayores de Nepomuceno para acordar asuntos. Sus negocios no son cosa sencilla, la red para robar caballos se extiende, y lo mismo el tráfico de éstos. No quieren andarse pisando los talones. Tienen bien puestas sus leyes, dichas desde hace tiempo: no se merca personas, tampoco se hacen negocios con gringos. Los hermanos de Nepomuceno las respetan al dedillo. La banda de Bruno, casi —aunque no compran personas, aceptan de vez en vez cautivas en pago de mercancías o favores, luego las usan para cambiar por otros bienes; pero eso no se habla y los de Nepomuceno se hacen de la vista gorda.

Bajo el bautizo de la lluvia quieren ajustar nuevas estrategias. Ya no se contentarán con ganarle al caballo. Quieren ponerle un hastaaquí al gringo.

—Hay que empujarlos algo pa'tras, ¿estamos de acuerdo?

Bruno, el vikingo, que es rabia y fuego y ánimo de venganza, y los dos sensatos abogados que no son hijos de doña Estefanía, varones de instintos prácticos, urden la trama. No quedará caballo ni vaca de gringo que no esté en riesgo. Y hay algo más.

El plan les va quedando tan bien que hasta les comienza a ganar la risa. Un rayo cae cerca. Los hermanos lo ven como un buen augurio.

—Yo no creo en augurios —dice Bruno—, no nos hacen falta.

Ya tuvo noticia Nepomuceno de la reunión entre la Banda del Carbón y sus hermanos en la tarde anterior.

Esta mañana, mientras Úrsulo navega río abajo con rapidez porque la corriente le es favorable, al sur del Río Bravo, en el campamento mascogo (seminola para los americanos) cantan:

De moon done rise en' de win' fetch de smell ob de maa'sh

F'um de haa'buh ob de lan' wuh uh lub'.[16]

Sandy se peina frente al espejo en su habitación del Hotel de La Grande. Se dice lo de siempre, que no le gusta vivir aquí, que es sitio estratégico nada despreciable, "te aguantas, Sandy, por la causa". Sobre su propio gusto está el deber del Águila.

Revisa su cara en el espejo. La ve como si fuera nueva, como si no la hubiese visto nunca antes. No la entiende.

—Parezco un pez —se dice, mirándose.

Pero no es pez lo que parece Sandy. Bella, el cabello peinado con gracia, el Águila Cero, una mujer hermosa.

Sonríe.

—Así ya no tanto, no tan pez… porque los peces no ríen, no.

En lo que le parece un parpadeo, Úrsulo llega al Muelle Nuevo de Bruneville. Encuentra al capitán del puerto, López de Aguada, cuando va llegando, aún con el aliento a café recién bebido —porque el capitán no toma chocolate en la mañana— y el sombrero en la mano. Le da su reporte: nada, le dice, no ha ocurrido nada:

—Esta noche no hubo ni abejas.

—Úrsulo, las abejas no vuelan de noche.

—Pues por eso digo.

Úrsulo menea nervioso el chicote en la mano. El capitán lo percibe, y cree más en el gesto y en lo excepcional que es ver este objeto en las manos marineras de Úrsulo (el chicote no es el remo, la caña de pescar o la red)

---

[16] Del poema de Virginia Mixson Geraty, en gullah, el título en inglés, "Thank God for Charleston." Dice "Cuando la luna se levanta…".

que en las palabras de su informante: algo se está cociendo en el río, y ese algo va a ser por tierra. Justo piensa esto cuando ve en el camino a Sombra pasar sola muy al trote tirando del carro vacío. El chicote que trae Úrsulo en la mano y la burra que no viene con Fidencio podrían estar conectados. "Sí, sí" —se dice—, "se me hace que este Úrsulo anda en algo inusual".

Deja a Úrsulo con la última palabra en la boca. Se echa el sombrero a la cabeza y se enfila hacia la alcaldía.

Antes de irse a descansar —tiene hasta la tarde para recuperar el sueño—, Úrsulo se detiene en la casa del doctor Velafuente. Lo encuentra en ropa de dormir, saliendo de su habitación apenas. El doctor Velafuente lo hace pasar a su consultorio, conversan a puerta cerrada. La tía Cuca ordena preparen chocolate en agua. El doctor y Úrsulo salen en cosa de tres minutos. Cuca misma corta para Úrsulo una rebanada generosa del (delicioso) budín y se lo sirve en el plato nuevo —sólo uno se salvó esta vez; su hermana le hace envíos cada vez más descuidados—. Después —un escándalo en la cocina cada que ocurre—, se sienta a la mesa con Úrsulo mientras éste toma en silencio el chocolate y come con bocados pequeños el budín. Cuca tampoco dice nada.

En la cocina, Lucha y Amalia están más agitadas que el agua en ebullición sacándole sabor al hueso para el caldo:

—Nomás falta que traiga pluma a la cabeza, este apache.

—Por mí que es de los que quitan el cuero cabelludo si uno se descuida…

—¡Me robaste las palabras de la boca!, y la señora se sienta con él… ¡Úrsulo!, ¡qué nombre!

—¡Habráse visto!

El hueso en la cazuela cambia de lugar con el burbujeo del agua, como dándoles la razón.

El señor alcalde de Matasánchez, don José María de la Cerva y Tana, da instrucciones precisas a Gómez, su secretario particular, "que no me moleste nadie, y menos todavía los que ayer te dije", y se encierra en su oficina.

Está que no lo calienta ni el sol desde que Nepomuceno se apertrechó en Laguna del Diablo. Al principio se ilusionó pensando que el problema se evaporaría solo, que se iría como llegó por su propia cuenta. Conocía a Nepomuceno —era un torbellino, un rayo... por lo mismo podría mudar de actitud... o irse al norte del Río Bravo...—. La ilusión le duró poco. No tenía demasiadas luces, pero sí las suficientes para darse cuenta de que la causa de Nepomuceno —"esa tontería de La Raza que se sacó de la manga y otras pendejadas"— arrasa con el gusto de los pelados, "sobre todo los del otro lado del río, pero los pendejos mugrientos de aquí también se dejan jalar por el barbarroja".

Se encierra, pues, en su oficina. Tiene el corazón lleno de temor. Eso por las nuevas que le trajo López de Aguada, el capitán de puerto. "Encima ni explica bien", nomás lo había ido a llenar de preocupaciones sin que tuvieran un eje, papaloteando desatadas como cabras abusivas. Estaba peor su ánimo que el de las macetas sin geranios del balcón de la cocina de Tía Cuca.

Durante la mañana, llegan a la alcaldía los que ha hecho llamar: el doctor Velafuente —hierático, no abre la boca, lo escucha despotricar por casi una hora, repetitivo y desencajado; le receta (uno) valeriana para dormir, (dos) un té para la mala digestión —no se la confiesa el alcalde, pero el doctor se la huele en el aliento—, (tres) caminar para destensar el mal ánimo, con lo que el alcalde estalla en furia, "no es para andar caminando, no me salgas con una de doctorcito de pueblo, estamos en llamas, ¿no te das cuenta?, ¡caminar!, ¡en qué estás pensando!"—. Llegan también el señor Domingo, el que atiende la ventanilla del correo (le da instrucciones precisas de atajar cualquier "paquete o sobre que tú creas me vaya a arrancar sospechas") y Pepe, el bolero, que le lustra los zapatos mientras lo escucha.

De la Cerva y Tana llega al extremo de comer encerrado en su oficina de la alcaldía, le traen unas quesadillas fritas buenísimas (de rajas y cebolla, de machaca con piloncillo, de cazón) que le prepara especial doña Tere, la del fogón en la esquina, solía vender en Bruneville pero "ya mejor me vine pa'cá, se me han puesto gachos los gringos" —y eso que lo que sale de sus manos es de verdad sabroso: su salsita de molcajete es mejor que la de nadie, para hostilizarla se necesita de verdad andar muy caldeado.

Fidencio amarra la cuerda de su mula, Sombra, de los barrotes de la pequeña ventana que se asoma malamente a la calle, como parpadeando entre enredaderas, en la espalda de la casa del licenciado Gutiérrez. Desde ahí, Fidencio silba a su abuela, Josefina, la vieja que trabaja la cocina de la casa (nadie se acuerda ya de su nombre, ha pasado a llamarse "señora" para todos, y "abue" para Fidencio).

La vieja cocinera Josefina está algo sorda, pero escucha el timbre del silbido de su nieto predilecto. Se asoma y le indica con señas que se cuele por el portón (tiene puesta la cadena, pero holgadamente) y se escurra a la cocina. En la penumbra de la cocina, lo abraza, con el mismo impulso lo sienta frente a la mesa y cambiando el paso le prepara unos (deliciosos) chilaquiles, mientras le cuenta nimiedades que él escucha respetuoso hasta que le acerca el plato rebosando el oloroso guiso.

—¡Qué ricos, abue!

—Cómetelos rápido.

—Es que abue, tengo mucho que contarte… Nepomuceno…

—Luego me dices. Come.

Fidencio come y habla, con igual rapidez; sus palabras se van poniendo tan sabrosas como el guiso que las perfuma —cómo va la de Shears y Nepomuceno (que si ya tiene Bruneville sheriff nuevo, que si el campamento de Nepomuceno, que si tal y tal otro ya están con él, que si han llegado del norte quiensabecuánto mexicogringo, que si los ladrones que se le han unido porque están huyendo de la horca)—, cuando entra Magdalena a pedir algo a "la señora". Escucha atenta.

—Señora —dice en su dulce voz queda.

Josefina no la alcanza a oír, pero aprovecha la interrupción del nieto para decirle:

—Apúrate ya, Fidencio. Va a llegar el señor y no quiero que te vea en la cocina.

Fidencio ni habla ni come por ver a la bonita. Al verlo en ese estado, la abuela cae en la cuenta de que Magdalena está con ellos:

—¡Ah, demontres!, ¡qué haces aquí, niña!

—Quería pedirle si me cose la presilla del vestido porque…

—¡Coser! ¡Magdalena! ¡Si te encuentra el señor a la vista de mi nieto, yo soy la que va a ir a dar a la horca, no don Nepomuceno! ¡Psht, psht! —le pide con las manos que se vaya, como si a un animal—. ¡Fuera de aquí, Magdalena!… ¡Y tú… apúrate, Fidencio!

—¿Quién es Nepomuceno? —pregunta Magdalena, resistiéndose a salir.

—Tú sácate de aquí, si no quieres que me corran de tu casa. ¡Vete!

Magdalena se retira, lo último que desea en el mundo es que se vaya "la señora". Espera un rato prudente en su habitación. Los pies la llevan otra vez a la cocina, ya sin vestido ni presilla ni intención ninguna más que hacer preguntas. Josefina ya a solas. Arremete Magdalena con la misma (¿quién es Nepomuceno?, qué es eso del campamento?), y no ceja hasta que lo sabe todo.

Dan Press anota en su libreta de apuntes palabras muy diferentes a las que ha estado escribiendo Elizabeth Stealman:

El Ranchero —periódico local de Bruneville, ciudad fronteriza del sur— ha estado publicando historias de un tal Nepomuceno, salpicadas de sabor local y aventura. El bandito le interesó a mi jefe, sorprendentemente porque, aunque tiene instinto de periodista, como buen neoyorkino de formación bostoniana le tiene sin cuidado cualquier cosa que pase al sur de la desembocadura del Río Hudson (decir "sin cuidado" es impreciso, por ejemplo hojea el mencionado *El Ranchero*, para seguirle el pulso al Sur, pero sobre todo para encontrar de algún motivo para reírse de los texanos). El caso es que vio una historia en el bandito. Lo cual podría o no ser de mi interés, si no fuera porque me llamó a su oficina "de urgencia".

Dejé lo que estaba escribiendo para ir a su oficina y:

—Ésta parece hecha para ti, Dan. Cruza el Río Grande y entrevístamelo. Quiero un reportaje del bandito Neepomoo-whatever; ármalo como se debe, con diversos puntos de vista, no quiero su autorretrato y menos tu opinión (¡ya la imagino!), dinos cómo lo ve su gente, qué les parece a sus enemigos, su familia, si tiene mujer, y puedes engatusarla, pregúntale a ella (nadie como una esposa para destruir al héroe). ¡No te me quedes viendo así! ¡Anda!, ¡vete yendo!, ¿qué tienes plomo en los pies?

Me tronó los dedos. "¿Entrevístamelo?". Salí de su oficina con la cola entre las patas, como si me hubiera cagado encima un águila marca diablo. Por fin una para mí que parecía interesante… pero… ¡se dice fácil! Leí en *El Ranchero* que el bandito está escondido. Lo busca la justicia americana, lo persigue también la mexicana (aunque *El Ranchero* conjetura que lo encubren, pero puede sea su invención). Es evidente que la mejor estrategia no es tomar el vapor y entrar a Bruneville o a Matasánchez preguntando por él.

Vencí el desánimo, me acordé eso que dicen los mexicanos (que si te caga un pájaro es porque te va a llegar la buena suerte) y me lancé a visitar a "mis contactos" —no es que tenga muchos, llevo seis meses en el periódico y no he cubierto sino temas relacionados con la vida de la ciudad.

Cuatro visitas y seis copas me llevaron a la casa de huéspedes donde se hospedaba un tal mister Blast de oficio filibustero. Llegué a él por un golpe de suerte, y fue como ganarme una rifa —o como si me hubiera cagado otra águila—. En menos de doce horas ya viajo con él a bordo del vapor Elizabeth III, rumbo a Gálvez. Mejor no hubiera podido ser mi entrada a mi reportaje.

Pasamos el trayecto bebiendo y conversando, o conversando y bebiendo. A decir verdad, él me da más que suficiente materia prima para un reportaje, su empecinamiento en seguir creyendo a Texas una república independiente, su fanatismo expansionista que hace unos años lo llevó a Nicaragua con Walker, después a Cuba en una empresa fallida que no entendí del todo, a México durante la guerra —repetía "la conquista"—, y por el que estaba a punto de emprender camino para buscar alianzas con Nepomuceno. Blast está convencido de que de la mano del bandito insuflará de vida su vena filibustera. Yo la verdad no le veo ni pies ni cabeza, ni a su propósito, ni a su intención con Nepomuceno.

—La meta la tengo clara desde tiempo atrás: la República de Texas debe abarcar mínimamente desde Bogotá hasta el Río Nueces, no hay otra.

—Pero, disculpe que lo comente mister Blast, ¿a usted qué?, usted no es texano.

—No, pues no, si le estoy diciendo; no es por mi bien; no pienso en mí; es la única salida para la región. Eso que llaman México, por ejemplo, es una empresa fallida, en el mejor de los casos un recurso del Vaticano para hacerse de siervos, una fábrica de esclavos holgazanes... ¿No ha visto usted cuánto alaban los católicos el servicio a los otros? Lo mismo puedo decirle de Nicaragua y Colombia, otras empresas fallidas, y paro de enumerar. Sólo nosotros, nuestro país, América, les podemos dar sentido, razón de ser. Solos, separados de los Estados Unidos, son piojos sin colchón.

—No lo comprendo. Nepomuceno está peleando porque le quitaron sus tierras, eso no escapa a mi entendimiento, pero ¿por qué usted, mister Blast, siente el apremio por hacer alianzas con Nepomuceno y lanzarse a su aventura filibustera? Lo veo claro como si el agua y el aceite...

A cada perro su hueso: yo voy tras la entrevista. En todo caso, lo de piojos y colchón me parece un buen encabezado para la nota —aunque no sé cómo lo vería mi editor.

El ayuntamiento de Bruneville lo ha hecho ya otras veces, subir todo mendigo o loco mexicano —*greaser homeless*— en la barcaza con el ganado (de ahí la canción "El viaje de los locos" que también se atribuye a Lázaro:

si falta tornillo al coco,
tablón, te faltan tres clavos,
querreque...
...¡cornados los lleva el río!)

y enviarlos hacia Matasánchez. (Considerablemente mejor a la desafortunada letra y la pobretona melodía de la canción, el gracioso zapateado que las acompaña ha gustado mucho, con toda razón; también lo bordó Lázaro. Hay que notar que en el zapateado dejó bien clara la huella del peso de su edad, sus huesos y músculos poco dados al brinco, también la gracia que no se olvida aún cuando la cabeza ande más en el no-sé-quién-soy que en el recordar.)

Tres días después del incidente entre Shears y Nepomuceno, el primer viaje de la barcaza ya vuelta propiedad de Stealman consistió preciso en aventar a México cuanto loco y mendigo deambulara por las calles, no sólo mexicanos y no sólo mendigos, de pilón añadieron uno que otro outlaw, los "fuera de la ley" buscaproblemas.

En parte era para limpiar Bruneville, liberarla de problemas, en parte para ganancia de Stealman: la alcaldía le pagó por llevárselos, el contrato le dio lo suficiente para costear el reemplazo del remolcador que a algún pendejo se le había escapado, "lo que es no tener cabeza, tanto hombre vigilando el muelle y no fueron para darse cuenta que se les iba".

Desembarcaron a los locos en el muelle nuevo. Se dispersaron como bien pudieron. Los más llegaron al centro de Matasánchez. Como habían hecho sus pares en desembarcos anteriores, se apegaron al mercado, imitando a las ratas y otros bichos que viven de lo que otros desechan. Los de más suerte consiguieron los contratara alguien de peones y más o menos ir tirando, pero eran peonada inestable, ni las corridas ni la llegada del ganado abunda como antes, tenían que optar por comer un día y otro no, y luego nomás a veces.

Cuando se quedan sin trabajo por largo trecho, duermen con sus pares bajo los arcos del mercado, en las calles aledañas a la alcaldía, si podemos decir que duermen. Consiguen alcohol barato, puños de pólvora que les salpican las cabezas y los ánimos, están de día que estallan, de noche nomás no paran, recorren las calles como enloquecidos (lo son) y cuando llega la madrugada y la ciudad atrae a la gente sacándola de sus hogares, caen como sacos de arena sobre el empedrado. Las almas frías los patean o escupen al pasar. Las señoras les retiran los ojos —les ocurren unas erecciones dormidos "que no tiene una por qué andar viendo"—. Los niños se mean en ellos, a veces hasta sin querer, se confunden con el suelo, terrosos y sucios.

Los outlaws siempre encuentran cómo seguir con su negocio. Para lo suyo cualquier lugar es bueno.

En aquel primer viaje de la barcaza en manos de Stealman, el Conéticut y el Loco (el que dormía bajo el alero de la puerta principal del mercado de Bruneville) fueron a dar directo al campamento de Laguna del Diablo, sin que sepamos bien a bien cómo —¿sabía el Conéticut seguir las huellas de carros y animales?—. A ellos los dejaremos por el momento a un lado.

Otro, el Escocés, se echó a andar solo, por los caminos, los pueblejos y caseríos, a dormir al aire libre y en despoblado, empecinado en hablar inglés, creyéndose en su tierra. En español sólo repetía: "En metiéndose los greasers nos comió el zancudo, que es decir nos remetieron las balas hasta por el culo", con un acento extraño y un enojo o furia en las palabras.

Los más le tienen tirria. Los que no, lo llenan de apodos y le tienen piedad. Vive de la caridad de estos segundos.

Cada vez con mayor frecuencia, la peonada inestable se suma a las filas de los locos. Las calles de Matasánchez comienzan a lucir como un mal cuento de poseídos o aparecidos.

Un domingo, a la salida de la misa —donde habían ido a recabar limosnas—, alguno oyó la historia de "El buen Nepo". Como mecha encendida comenzó a correr entre la loquería.

Entendieron sin saber lo de la leva. La mañana del martes, sin decírselo, nomás se echan a andar —no tenían caballo, ni armas, ni nada sino lo que traen puesto—, jalan como un ejército ordenado hacia Laguna del Diablo.

En Bruneville, se escribe Elizabeth:

Querida Elizabeth:

Sabes que en las cartas que te escribo no soy dada a reseñar los temores al futuro. Lo nuestro es, de mi parte, compartir el paso de los días, los momentos más significativos, mis apreciaciones de los hechos, las desilusiones y alegrías de la vida cotidiana. Eres mi compañera fiel, la única en esta isla de salvajes. Pues bien: hoy me siento tentada de hacer una excepción. No te hablaré de lo ocurrido sino del tenor de un miedo.

Pero para esto, primero los hechos.

Como sabes, cuando se acerca la temporada más calurosa —porque la humedad se vuelve intolerable en este rincón olvidado de la mano de Dios—, Charles nos lleva de vuelta a Nueva York. Allá, aunque el calor arrecia, las condiciones son otras. El ambiente no es cerrado porque la tierra no es pantanosa, el mar está presente, el aire circula, entra y sale por las ventanas y puertas, los caimanes o los mexicanos no nos esperan con las bocas abiertas en cada esquina. No será Boston o París, pero Nueva York no es Bruneville.

Nunca he tenido objeción con los periódicos retornos a la ciudad, antes bien, como lo sabes, siempre estoy deseando llegue el momento de abandonar la isla de salvajes a la que tengo tan poco aprecio. Escapamos del calor, de la asfixia de la temporada y de la naturaleza de este pueblo. Visito a mi mamá. Me encuentro con mis amigas, Charles pasa las tardes en el Union Club: los dos nos rodeamos de seres con los que uno puede hablar, compartir intereses, opiniones, inquietudes. Ésa es tierra civilizada —el más rudo allá es mi marido, que no será el único pero su falta de pulimento se disuelve entre los finos neoyorkinos[17]—. Por otra parte, cierto que Charles es rudo, pero no es un greaser.

---

[17] ¿Finos?, ¿los neoyorkinos? No podríamos estar en mayor desacuerdo. Citamos su diario a la letra, en esta afirmación cualquiera tiene prueba de nuestra total fidelidad a sus líneas. ¡Finos!… ¿en qué parámetro?

Pues bien, éste es el punto: se acerca la hora de irnos y yo... ¡no tengo deseo alguno de moverme! ¿El motivo? Regreso a lo que mencioné al comienzo: miedo. Es clara la razón de éste: temo que si nos vamos, lo perderemos todo. Los salvajes aprovecharán para devastar mi casa. Saquearla. Quemarla hasta las cenizas.

Cuando se lo he dicho a Charles, me ha contestado: "Más motivo para irnos, pero ya, no quiero corras ningún peligro. Si la chamuscan, yo te levanto otra".

¡Otra! ¡Cómo se atreve! ¡Se dice fácil! ¿No ve este hombre que casi todo lo que hay aquí es irremplazable? Él cree que la mesa Luis XVI que tenemos en el hall es lo mismo que las de patas torcidas que hacen por aquí los salvajes, que los encajes son tejidos por abejas espontáneas, que la ropa de cama y la mantelería belgas son iguales a las visiones que tejen los indianos del sur, que la cerámica de este hogar es poblana (¡horror!), que los cubiertos nos los hará el herrero —ese inútil—, que los retratos de mi familia que plasmó mister Pencil son nada, que nuestros muebles, de ebanistas europeos, han sido barnizados con manteca de puerco. ¿No tiene ojos, no tiene piel, no tiene olfato, no tiene...? ¡Es igual que un comanche! Peor todavía. Conozco un comanche, el hoy gobernador mister Houston, y él es, comparado con mi Charles, un auténtico caballero, un refinado exquisito.

Ya que Charles no entiende razones, me he resistido como he podido. Mi estrategia ha sido la lentitud.

No termino de estar lista jamás, me embrollo con cualquier cosa; yo y mis negras no damos pie con una; lo que alguna consigue hacer, la otra deshace. La verdad, nos hemos divertido, tanto que por un momento olvidé el temor, el miedo a ver la mansión Stealman envuelta en llamas y tornada en polvo.

Sí, ya sé qué piensas: si eso ocurriera, sería mi liberación. Dejaríamos Bruneville. Esto debería complacerme. Pero no. ¿Me lo explicas? El temor me llena de desazón.

Lo único bueno de esto, es que termino por no fingir lo que comenzó como un truco: en el estado en que me encuentro, invadida de un temor a futuro, literalmente no sirvo para nada. Mi ánimo contagió a las negras. Aunque ahí tengo otra explicación, la conoces: el esclavo sigue al amo. Toda la voluntad está en el amo. El esclavo es la sombra. Más no puede ser. Por ello, imprescindible la entereza del amo. En él reside el progreso, el triunfo, la paz y cuanto se derivan de éstos. Lo repito aquí para dejar bien claro que estas negras irracionales no comparten mi temor, pues no son capaces de imaginar ningún futuro. Esto lo he comprobado repetidas veces, pero no es el momento para explayarme en la explicación.

Ayer Charles tuvo un ataque de cólera. Intenté explicarle más allá de "mis cositas" (como él las llama): él es quien pone orden en la población, él es la guía moral, es el pilar, la luz. Si él sale, las posibilidades de que Bruneville termine sus días envuelto en fuego son mucho mayores.

Pero ya pasó la hora de razonamientos. Charles ha ignorado mi voluntad. Turnó órdenes precisas al servicio para que preparen presurosamente nuestra partida. Vueltas las negras sombra de un amo decidido, sé que la salida es inminente.

Mi miedo crece a cada minuto.

Ten muy claro, querida, que en este miedo mío hay algo absurdo: detesto Bruneville, ¿por qué luchar por impedir su desaparición? Desprecio esta isla de salvajes, pero aquí está mi casa, aquí mi jardín, aquí mis cosas. No diré que mis memorias, eso no. Nada llevo en mi bolsa que provenga de este triste, desgraciado rincón del mundo.

Te escribiré la siguiente vez ya a bordo del Elizabeth, o en Galveston, si decidimos pasar ahí la noche.

No tengo que repetirte lo que es costumbre: en Nueva York interrumpo nuestra correspondencia. Allá tú y yo *volvemos a ser una sola persona*. No oirás de mí, *o me oirás siempre*. Volveré a nuestras conversaciones cuando regrese, si acaso alguna vez volvemos a Bruneville. ¿Será la siguiente en otro pueblo astroso, al costado de algún río más transparente, si tengo con suerte?

¿Es también parte del temor que me envuelve el saber que perderé la entrañable relación que hemos entablado aquí, en esta isla de salvajes donde nos hemos visto acorraladas a dos puntos distantes, separadas de parte de nuestra vida? ¿Debo sumarlo a mi desazón? Pero, ¿no debiera también esto alegrarme? Más complicado contestarlo aquí, pues no quiero perderte, pero la idea de hacerte otra vez mía (de ser-te mía) y la de ser-me tuya, me alivia por una parte y me rompe el corazón por otra. Perderé a mi mejor amiga; perderemos las dos a nuestra amiga más querida, *pero seremos ella*.

Y yo, querida Elizabeth, yo soy mi enemiga. Soy mi propio frente de batalla. Tú, amiga, eres la tregua.

Me calmo. Ten por cierto que donde quiera me lleve Charles te volveré a escribir. No sobrevivía él en Nueva York, ni en ningún otro lugar digno. Requiere de un entorno como el de este sitio inmundo. Es mi condena. Lo otro sería la impensable separación de mi marido.

Antes de que otra cosa ocurra, debo asegurarme de que Gold y Silver, mis dos terriers, estén ya bañados, peinados y vestidos. Mis dos hijos. Te abandono para hacerlo.

Preservo la foto que me retrata con Gold y Silver sentados en mi regazo —la ha tomado Laplange hace unos días—, guardada entre las páginas de esta libreta. Es para ti. Tú eres su destinataria. El sillón en que me acomodé para el retrato está aquí, frente a mí. Guárdalo también como algo precioso.

Te abrazo,

Elizabeth

Ha regresado el orden habitual al Hotel de La Grande. Ni la dueña se acuerda de los dos cuerpos que colgaran del icaco —cosas que pasan en la frontera con los revueltos mexicanos—. Si el recuerdo la persigue —a veces pasa—, se hace la que no, no tiene el ánimo para irse a empezar a otra parte, así que se aguanta.

Esta noche cantará en su café La Tigresa del Oriente, la que iba a presentarse cuando aquello ocurrió.

Smiley dejó Bruneville con el primer rayo del amanecer tras perder la partida con Sarah-Soro Ferguson. Tomó por tierra pantanosa hacia Punta Isabel, el tráfico por agua estaba interrumpido (lo seguirá durante días). El recorrido así es muy dificultoso, pero la libró, se sabe que llegó al vapor que lo subió por el Mississippi.

A La Grande no le hace falta Smiley, los federales y rangers apostados en el muelle animan el Hotel de La Grande. Los músicos desafinados que mendigan monedas a cambio de canciones también han vuelto. Algo hay diferente en ellos, aunque sean igual de malos, se les oye más alto porque se han puesto de acuerdo, los cuatro champurrean al unísono, cantan coritos que llevan semanas ensayando. Hay otra: no sólo han dedicado tiempo a sus ensayos, también a escuchar a otros y remedarlos. Hasta cantan una de Lázaro Rueda, el vaquero y violín, pero en inglés, por esto pierde casi toda su gracia.

Unos días después, pasadas las diez de la noche, el cielo completo se llena de colores, líneas color naranja aparecen pintadas sobre el fondo rojo encendido. El telégrafo queda horas sin servir. En Bruneville se incendia una hoja en la mesa del telegrafista. En Matasánchez, El Iluminado sale a la calle, inmediato lo rodean las rezonas, reunidas en pleno como las moscas sobre la carne que está por pudrirse.

Tres días después, a las cinco de la mañana, se enciende una aurora boreal que cubre gran parte del continente, desde el polo hasta Venezuela. El telégrafo funciona normal. En Matasánchez, el cura da misa más temprano. El Iluminado no aparece; en un delirio místico está hablando muy seriamente con la Virgen.

Un día después, se repite la aurora boreal, aunque no tan extensa.

Llamaron a este fenómeno la Tormenta Solar, o el Carrington Event. El Iluminado ignora el término científico, le pone "La Llamada". Sube al campanario de la iglesia principal y toca a rebato. Baja por su cruz —que ha dejado remojando en la pila baptismal (ya nadie se lo objeta)—, y en el centro del atrio convoca a viva voz, "Vamos con Nepomuceno, ¡viva la Guadalupana!, ¡que mueran los gringos!".

Felipillo holandés se orina en los calzones. Laura su vecina, exaltada, instiga a la abuela a salir a ver qué está pasando "¡los campanazos, abuelita!".

El mismo día, la procesión del Iluminado parte hacia Laguna del Diablo. Van cantando. Los más, llevan estandartes de la Virgen. Suman más de un ciento. Marchan algunos que no parecen tener nada que ver con su corte. Se diría, si uno mira con atención, que usan a las rezonas y al Iluminado como una máscara. ¿Qué hace ahí Blas, el hombre de Urrutia, el amigo del alcalde malito que tiene Bruneville? También va el comanchero (¿qué hace aquí?) y algunos que tienen fama de bandidos, mexicanos todos. Se diría que los pillos buscadores de ganancia rápida ya encontraron caminito. Cierra la procesión el padre Vera (por no quedarse atrás).

No traen ninguna prisa. Cada rato se detienen a rezar, a cantar, a quién sabe cuánta cosa (incluyendo desmanes, los forajidos son los más movidos, saquean parejo), como traen tanto viejo e inútil se cansan al luego luego

—entre éstos, la abuela de Laura, la ha jalado a esta "tontería" su niña—. Además están las voces que le hablan al Iluminado. Si comienzan, hay que parar. Caminan minutos, se detienen otros largos.

Un día antes de la primera aurora boreal, en Laguna del Diablo, Nepomuceno y Salustio aprovechan que no ha salido el sol y que la mayor parte de su gente duerme. Están frente a las líneas del borrador de su proclama: "Nuestro objetivo, como lo verán en breve o podrán corroborar por testimonio, es castigar la infame avilantez de nuestros enemigos, confabulados para formar una logia inquisitoria y pérfida para perseguirnos y despojarnos de nuestras pertenencias, sin más motivo que ser de origen mexicano. Una multitud de abogados concertados para desposeer a los mexicanos de sus tierras y posesiones y para usurparlas inmediato". Dudan cómo fecharla, "¿qué nos convendrá?".

Entra Óscar llevándoles los jarritos con el chocolate de la mañana con un pan recién sacado del horno —construido con puro barro—, un pan aromático (el anís) y suave.

Óscar escucha el borrador de la proclama.

—A mí me parece, don Nepomuceno…

—Aquí no hay "don", Óscar, en el nuevo mundo todos somos iguales, y somos la punta de la flecha del Nuevo Mundo… Por décima centésima vez: no soy "don".

—A mí me parece, Nepomuceno, con sus perdones, que no, que hay que serles más agresivos. Hay que invadirles lo que es nuestro, quitarles el territorio de una vez.

—No se trata de eso.

—Es que sí se trata.

—¿Quién creyera oírte hablar así a ti, un panadero?

—Con los gringos no hay de otra. Les damos la mano, nos toman el codo, después el hombro, y antes de que uno se dé cuenta, le quitan el tesorete, como a campirana cándida. Hay que agarrar Bruneville y quitárselos, a fin de cuentas es nuestro… ¡está en la propiedad de tu mamá, Nepomuceno!, ¡tú tienes el título legal! Hasta el fuerte, Nepomuceno, ¡hasta el fuerte! Lo fueron a plantar donde tenías el establo aquel, tan elegante… ¡Nomás nos queda esperar que terminen de comerse el mandado!

—Cierto. Pero no se trata de eso. Sólo de pintarles la raya. Están adentro, son parte ya de nuestra tierra, La Raza tiene que hacerles saber que merecemos respeto.

—No, no, no. Sin ánimo de venir nomás a la negada. ¡No!

—¿Por qué tanto no? Explica, Óscar —éste Salustio.

—Si no los echamos, antes que nos demos cuenta van a valer la prohibición de que trabajemos al norte del Río Bravo no solamente la peonada, sino cualquier mexicano. Las propiedades… ya vieron lo que las respetan, los gringos son puro jarabe de pico. Y no hemos visto todavía nada, vendrá lo peor. Van a tender una cerca o levantar un muro para que no crucemos a "su" Texas… ¡como si fuera de ellos!… y luego, ya verán, óiganme clarito, nos van quitar las aguas del río, las van a desviar, las van a meter a sus pilas di-agua, o a saber cómo le van a hacer, pero a fin de cuentas nos van a dejar hasta sin río… ¡ya verán!, nos van a despojar de todo… no va a quedar mustango suelto ni un palmo de tierra que no digan que es de ellos… Al sur del Río Bravo, todo será violencia. Van a hacer que también haya mexicanos que piensen y sientan como ellos un aborrecimiento por los mexicanos… A nuestras mujeres las violarán y nos las harán cachitos. Las enterrarán destazadas en el desierto.

—Vete y tómate tu chocolate, Óscar, estás diciendo puras sandeces.

Óscar (la cara encendida, los ojos pelados) camina hacia la cocina, quiere llegar al horno que él levantó con sus propias manos panaderas. Lleva en la cabeza imágenes de caballos negros, todos bellos como perlas únicas y hasta más. Se va diciendo "nosotros también, cómo que no, estamos de un modo o de otro en la misma robadera que los gringos; aunque no hagamos esclavos, nos decimos dueños de los caballos, también de las tierras y hasta del agua…". Respiró hondo. Miró su horno, la bóveda redonda levantándose a su altura. Pensó, "es cierto, creo que estoy perdiendo la cabeza…".

Esa misma madrugada llega Sombra la burra a Laguna del Diablo. Viene cargando gritos. Para que se entienda: jalada por un pobre viejo mugriento llega Sombra, trae al lomo una mujer envuelta de los pies a la cabeza en un largo manto. Necesita de ayuda para descender de la burra porque viene amarrada a ésta como si fuera un saco de arroz y no un ser con propias piernas. El viejo que venía guiando a la burra está medio ciego, él no puede deshacer los nudos ni ayudar propiamente a la dama. "Me salvó el animal", dice apenas la desamarran, "yo no sé montar". El viejo mugriento ya no tiene memoria ni palabras, trae la lengua amarrada de tanta edad.

La mujer, con la cara medio cubierta por el velo, repite la misma frase —"yo no sé montar"— sin que nadie entienda de qué habla (quiere contarles que en Matasánchez la habían asegurado a la burra sus viejos criados y confiado a este mulero para que la trajera).

Poco le dura el aturdimiento. Pronta va a lo suyo, "Necesito ver a don Nepomuceno, le traigo algo que él anda buscando". Como es mujer, como atrás del velo se adivina muy bonita por el porte, el pelo, la voz, debe tener 22 o 23 años, se la llevan. Ya para entonces tenía mote entre los nepomucenistas: La Desconocida.

"Por un pelo y me mata mi marido en su última golpiza, pero ahora estoy aquí". Se quita el velo. Pone en la mano de Nepomuceno, cuidando de no tocársela, una bolsa con monedas de oro, "Usted hágame coronela o cocinera, lo que le convenga —pero cocinar no sé, le advierto—, yo le ayudo a pelear que no lo insulten, tengo más fondos, mis ahorros están enterrados hondo en casa."

—¿Qué quieres a cambio?

—Que me ayudes a llegar al otro lado del Bravo, y que alguien me cruce más allá de la Apachería, donde ya no me pueda poner la mano encima ese marido que me tocó en desgracia.

Lo que más gusta a Nepomuceno es su belleza, también que sea franca y mire a los ojos al hablar. Además, piensa, "esta mujer huele a virgen. Va a ser mía". Qué necios son los hombres, hombres necios... porque ella también trae sus ganas, aunque no de lo mismo.

Nepomuceno da órdenes de que cobijen bien a La Desconocida. Que se le dé trato de reina. También adopta el mote para llamarla, suena muy bien, "La Desconocida". Ni se le ocurre preguntarle su nombre real. Es Magdalena, la bella poblana, la que Gutiérrez compró para esposa.

Nepomuceno da órdenes de que cobijen bien a La Desconocida en alguna de las tiendas semiabiertas que han levantado con palos perfumados.

Nomás verla caminar, qué chulada, Nepomuceno se ata las espuelas. El peón domador endereza el corral. Nepomuceno toma el lazo. Enrienda el potro. Los cueros le acomoda y se le sienta enseguida.

—Corcoviando.

La manada repuntea...

Canta Lázaro:

"gasta el pobre la vida
en juir de la autoridá".

Pero algo en su canto hay que no le gusta, deja su violín a un lado, "no soy ya sino un viejo inútil", se dice en voz alta cuando ve a Nepomuceno pasear la bella Pinta.

—¡Qué va! —le grita Nepomuceno a Salustio—, de inútil no tienes un pelo, el problema contigo es que eres como el caballo huérfano…

Nicolaso recibe en la mensajera: "nos hicieron más promesas que a un altar".

Pedro y Pablo —los Dosochos— van y vienen con las piernas metidas al agua, les apodan en el campamento "los sirenos". Su labor en el campamento es ayudar a levantar y mantener las tiendas, saben bien manejar los palos y las telas, su vida en la barcaza los entrenó para esto.

Se les han ido reuniendo otros niños y muchachos. La muchachada se organiza.

Los vaqueros hacen lo propio —cuidar al ganado— y otras: procuran armas y municiones. Ahí están Ludovico —se acuerda a diario de Rayo de Luna—, Silvestre, Patronio, Ismael, Fausto, el Güero, más otros.

En Bruneville, Las Águilas se han tornado todavía más secretos. Ya ni siquiera se reúnen en el Café Ronsard a jugar barajas.

Diríase que son Águilas subterráneas y submarinas. O que están locos. Porque cuando se ven durante sus rutinas domésticas, al tiempo que mercan el frijol, las cabezas de ganado, las pacas de algodón o la tela, en lugar del intercambio verbal que debiera acompañarlas, enumeran infamias, añadiendo a las que les oímos en el Ronsard —Josefa Segovia y Frederick Canon, 333 y Pizpireto Dólar, las manzanas y los siete limones, la rueda infame en Rancho Barreta, Platita Poblana y demás—, las más recientes, tantas que se van acumulando a velocidad de galgo en pista. Las Águilas las repiten a la luz del día, como si estuvieran acordando precio o fecha de entrega.

La calidad de la leche que da esa cabeza, los dientes de un caballo, el origen de la tela importada, cuán reciente es la semilla o si buena no se dicen más, ni cómo estás, ni ¿cómo sigue tu mamá? o ¿ya nació el niño? Nada de esto. Recopilan atropellos en el Valle Grande.

Se pasan a lo rápido los mensajes. Tiran las frases frente a balcones que parecen vacíos. Confiesan pecados que no lo son, y los que se sientan en el confesionario a escucharlos tampoco son el cura. El peluquero las repite en medio de conversas que parecen desentendidas. Los novios se dicen cosas que ya no son amorosas. Las putas abren más las bocas que las piernas cuando están con nepomucenistas. Los niños se siguen reuniendo, el grupo de entendidos se pasa frases de las que no entienden el contexto, las memorizan, las llevan a casa. Adiós papalotes, adiós libélulas al vuelo.

Otra paloma mensajera: "nos perseguían de lejos sin poder ni galopiar, y aunque habíamos de alcanzar... en unos bizcochos viejos... la indiada tódita entera, dando alarido carguió...".

Nepomuceno manda un mensaje al talabartero don Jacinto: "hazme una silla para mujer que no sepa montar, necesito se vea como una reina; la quiero lo más rápido".

Jacinto la piensa. Termina por inventar una que hasta hoy se llama Silla Mexicana. Es como un trono subido, no hay cómo caerse del caballo si uno se sube en ella.

Para dejarla al tiro, llamó a Situ, el artesano que sabe cómo ponerle adornos a los ojillos de los cinturones. Esto enfureció a Cruz el peletero, "nada qué hacerle —opina Jacinto—, que se aguante sus tontos corajes; la pide Nepomuceno, tiene que traer lo mejor".

Una muerte ocurre en la procesión del Iluminado: la abuela de Laura, la niña que fue cautiva. Ni a santos óleos llegó. El entierro en despoblado es como una fiesta, cantos, juramentos, se gritan consignas nepomucenistas. En ése pierden día y medio. Los centímetros que avanzan les salen carísimos de segundos. Cualquier tortuga ya hubiera llegado hace ¡uuu!, cuánto tiempo.

En una de esas paradas hasta alcanzan a echar tallo unos frijoles que caen del saco que lleva una cocinera.

Desembarcan en Punta Isabel mister Blast y Dan Press, encuentran inmediato cómo cruzar a Bagdad (tan fácil como pagarle a un lanchero) para seguir por tierra mexicana los pasos de Nepomuceno.

Escribe en su diario Dan Press una entrada muy corta:

"Ah, *chirriones*, yo me había hecho a la idea que cruzar frontera era echarse al Leteo".

El chirriones, en español.

En Laguna del Diablo, Roberto, el cimarrón, aprende con los vaqueros el arte de asar la carne al aire libre. Él cuenta historias, es su aderezo.

Ludovico cose a quien se deje con preguntas, quiere saber cuanto se pueda sobre los asinais, "un día voy a regresar por la bonita Rayo de Luna y me la voy a llevar; si encuentro un cura, me caso con ella".

—¡Cómo crees que te vas a casar con una texas! Con ésas uno no se casa…

Ludovico estuvo a punto de irse a los golpes contra el que dice eso tan ofensivo. Lo detiene Roberto,

—Aquí pelear no. Envilece. A ver, ¿por qué dices que casorio no? Explica.

—Pues que eso no necesita explique.

—Y cómo que no —afirma Roberto—. ¿Te estás como el gringo contra La Raza? Si es así, debes desdecirte.

No enturbia el debatirlo todo, al contrario, la muchachada vive ávida y feliz, llena de risas el campamento.

La muchachada ha inventado sus propias reglas —algo duras—, se toman todo esto muy en serio. "Somos el Batallón de Los Chamacos".

Lázaro les prepara unas coplas muy para ellos.

Nepomuceno y Salustio van dándoles encargos, uno más difícil que el siguiente, y a todos se aplican que es de ver. Aprenden a hacer nudos, a controlar una lancha en el agua, también a apretar el gatillo y atinar con bala donde ponen el ojo.

Cuando llega alguno nomás despistadillo y buscando aventura (o muerto de hambre), lo convierten pronto al credo nepomucenista, incendian el ánimo con odio a los gringos, están prestos para guerrear o lo que haga falta.

Entre ellos está Fernando, el peón. Parece un hombre aunque se diría que se ha puesto más delgado y que eso lo hace verse no sólo más menudito sino más pequeño, siempre asustado, los ojos pelados, alerta hasta al dormir. Pero más hombre, más dueño de sí, más puesto en el mundo. Ya no es mosquito que se aleje al primer porrazo.

La vaqueriza tiene que andar matando vacas ajenas para ir llenando tantísimas barrigas. "Aquí, raterillos de ganado y encima tenemos rastro", dice con amargura un joven que extraña las verdaderas corridas.

La bella Sandy, Águila Cero —rubia moneda de oro, cara y cruz mexicanas—, aprende de memoria lo que van conviniendo el resto de los suyos, a saber: "Somos parte con Nepomuceno y los que se le han ido reuniendo en fechas recientes", "una sociedad organizada", "pertenecemos al brazo del Estado de Texas, reconocemos a Nepomuceno como el líder único, aunque esté ausente", "nuestra sociedad se dedica sin descanso a ver coronada la obra filantrópica de mejorar la situación infeliz de los mexicanos residentes en el mencionado estado, para cuyo fin sus miembros están dispuestos a exterminar a sus tiranos extranjeros" —ya comienzan a sonar machacones—, "para cuyo fin estamos dispuestos los que la componen a derramar nuestra sangre y sufrir…".

†

En la ribera norte del Río Bravo, más al noroeste, la Banda del Carbón con Bruno el vikingo, el Pizca siempre a su lado, se han ido acercando a Bruneville. Su contacto sigue siendo el mismo, los hermanos mayores de Nepomuceno, José Esteban y José Eusebio, los que le nacieron al papá de Nepomuceno antes de casarse con doña Estefanía. Se han cuidado de no llegar directo al rancho de la señora, no quieren dar problemas, sino "alvesré". Los hijos de doña Estefanía han acordado un encuentro con ellos para este amanecer. Cometen un error: los dos dejan juntos el Rancho del Carmen.

Los tienen bien vigilados. Aprovechando su ausencia, los hombres de King atacan, no de manera frontal, entran a robar como cobardes, más que por el botín para hacer una advertencia. (Su deseo: invadir México, "tierra de los greasers". King se los prohíbe: no quiere desgastar sus fuerzas, confrontar a Nepomuceno sería un error y podría traerle problemas a Texas. Los reñeros o kiñeros se hacen los obedientes, pero un día les ganan las ganas, emprenden viaje largo y de noche prenden fuego a Piedras Negras. Sólo eso, y regresan a las tierras de King, a poner cara de aquí no pasó nada, esperar llegue el momento de aplastar a Nepomuceno: el defensor de los greasers.)

Ni doña Estefanía ni nadie del rancho siente a los reñeros llevarse tres yeguas y una vaca buena, que da leche que es gusto.

Las tres yeguas y la vaca sirvieron de algo: los reñeros o kiñeros no supieron de la entrevista con Bruno el vikingo. No tienen ni idea de que la Banda del Carbón anda por aquí, de que está ligada con Nepomuceno, de que algo traman.

Las Águilas buscan más reclutas. No está fácil la labor. A Pepe el de los elotes lo ataja Héctor el dueño de la carreta y le cuenta esta historia:

"Las Águilas nacieron de un de a tres que sólo pudo provocar Nepomuceno. Un lado, porque cuando tenía cinco años los apaches atacaron el rancho de doña Estefanía, el que heredó de línea paterna. Pero ese detallito de la herencia, qué les iba a importar, para ellos que la tierra no puede ser de nadie, qué más les daba que tuvieran títulos de mil setecientos treinta y pico, les da igual… entraron a gritadas, "Acabau cristiano, y metau el lanza hasta el pluma"… y el caso es que se lo llevaron, lo enseñaron a usar el lazo antes que a caminar. Luego la familia lo recuperó, pero ya era como un indio salvaje, por eso es que sabe seguir huellas y que tiene amigos y enemigos en la Apachería, tan ciertos, no nomás. Lo recuperó, y más pal lado del vaquero. Pero lo de indio no se le quita. Dije que de a tres. Porque llegaron los alemanes y los cubanos, y esos la traen ya puesta. Luego, pues los gringos a pelearnos. Y así salieron Las Águilas, que te cuidan el alma y no nomás el bolsillo. ¿Le entras?".

Pepe el de los elotes estuvo a punto de quedarse dormido con tanto discurseo —había tenido que levantarse muy antes de que saliera el sol, durmió mal porque la vaca becerra se puso mal en la noche—. Sólo porque le alzó la voz Héctor con su pregunta final, se medio espabiló.

—¿Hay viejas?

—¿Mujeres? Hay hartas, y están bonitísimas. Las pechugas les rebosan por el escote.

Mister Blast y mister Press llegan a Matasánchez. Piden habitación en el Hotel Ángeles del Río Bravo, el mejor de la región, pero no se las quieren dar porque nadie los conoce. Luego, mister Press explica que viene a hacerle una entrevista a Nepomuceno para tal y tal diario americano, neoyorkino, muy importante, y que quiere dejar a Nepomuceno bien parado, como lo que es, porque *El Ranchero* se ha encargado de desprestigiarlo lo más, y está convencido de que es una infamia, y la habitación 221 "aparece" ("Se desocupó, señito"), luego luego se las dan, tienen dónde pasar la noche, es más, si les da la gana se pueden quedar toda la semana…

Amelia vacía la harina de maíz, remueve el cazo con la cuchara, Lucha lo perfuma con canela, Amelia lo endulza con piloncillo. Ritual cotidiano para hacer el atole de la señora. La Tía Cuca no toma su chocolate de agua sino temprano en la mañana. Después, atole, ni té, ni café, ni infusiones, el atole le asienta la barriga.

—Una tacita de vez en vez, y a comer lo que sea… por la harina de maíz.

Ni aunque la amarraran probaría su remedio, el jarabe Atacadizo, lo toma medio Matasánchez pero ella, no.

Doña Estefanía no concilia el sueño. Su hijo menor, su predilecto, ¡un proscrito! Su rancho, ¡asaltado por los reñeros!

No puede pensar en orden. Su hijo rodeado de un ejército, ya se lo describieron, la pone muy mal saberlo. Lo que está viviendo no es para ella. Ni el embate de los gringos contra sus propiedades (los salvajes indios no habían podido quitarles un palmo de tierra), ni que los miraran por arriba del hombro, ni que dizque ya no están en México, ni los papeles que le hicieron llegar diciéndole que ya era "americana" —que es decir gringa—, ni menos todavía que su benjamín, su predilecto, anduviera en ésas.

Los hombres de Nepomuceno necesitan caballos y municiones, y no quieren mercarlos nomás por no hacer saber a nadie que los necesitan y tendrán.

A por ellos cruzan el Bravo, claro que no van todos, sólo vaqueros. Poco después, ojean unas piezas sueltas de ganado Nanita, pero no es lo que andan buscando, van tras mustangos, cierto que lleva tiempo domarlos, pero ésos no están mal acostumbrados, ni hechos al violento de los gringos, que es tan enfadoso (los entrenan a pura golpiza).

En el mercado de Bruneville, alega Sharp: "A Nepomuceno le daba lo mismo que le llamaran mexicano o americano, firmaba los documentos como uno o como el otro, dependiendo lo que le conviniera. Esto me consta. Que no me salgan ahora con que es el defensor de los mexicanos, y peor todavía esa ocurrencia de 'La Raza'."

Luis deambula cerca, buscando a quién cargarle el mandado, pero no encuentra cliente. No papa moscas ni nada de distraerse o dejarse caer en su propio tiempo. En casa urge el dinero. Pero no hay, no hay.

Algo le pasa al río. Úrsulo llega con un informe:

—Nepomuceno, algo pasa allá en el río, está imposible cruzar los rápidos, ni con los barcos pequeños.

—Que se queden en la isleta.

—No pueden, cómo crees, ¿si sube la marea?

—Si sube, que se ahoguen, por pendejos.

Ni le pone encima los ojos Nepomuceno. Masculla para sí: "Te digo que es el río, Nepomuceno; no es hechura de nadie."

Úrsulo duerme cada día menos, anda como el engrane de un reloj, no para nunca. Oye la respuesta de Nepomuceno, y la guarda en la memoria. Sale hacia el puerto viejo para llevar la indicación en el Inspector.

Frente a sus ojos, el río se calma, pero igual entrega aquí y allá el mensaje. Los nepomucenistas aprenden a tenerle también algo de temor al jefe. Hay que estar a su altura.

El impresor, Juan Printer, trabaja sin descanso. El circo canceló la visita —venía del norte del río, los gringos tienen miedo de cruzar al sur salvaje— (lo dejaron con el tipo parado y las pruebas hechas, aunque ninguna buena, eso es verdad), no hay boda pronto, o bautizo o funeral pomposos (a últimas, parece que sólo nacen y mueren los pobres), no tiene encargo alguno, ni siquiera uno pequeño como para un banquete con las consabidas rimas —de paso él les mete mano, las arregla y lo agradecen, lo dan por parte de su oficio.

Pero Roberto, que es su amigo, le dejó una de Nepomuceno. No es la primera, la diferencia es que ésta no la entiende. Imprime —"pero urgen"— hojas sueltas con estas palabras:

Es mi deber como alto magistrado de esta República, informarles, en el lenguaje llano de la sinceridad, que los cherokees nunca obtendrán permiso de establecerse de manera permanente, ni en jurisdicción autónoma adentro de los límites poblados de este gobierno: que sus reclamos políticos y simples, que han querido hacer valer en el territorio ocupado por ellos, nunca podrán ser válidos, y que si por el momento se les permite permanecer donde están, es sólo porque el Gobierno está esperando el momento oportuno para arreglar esta situación de una manera pacífica para expulsarlos. Si esto se consigue por medio de una negociación en términos amistosos o con la violencia, depende sólo de los propios cherokees.

26 de mayo de 1839,
Mirabeau Lamar

Roberto llega a recoger la resma de hojas impresas —las ha cortado el Printer para que puedan pasar de mano en mano con facilidad, según se las pidieron, "éstas van a andar en Texas como si fueran naipes".

—Ya las tienes.

—¿Cuánto va a ser?

La pregunta es por no dejar. Los dos saben desde antes la respuesta:

—A Nepomuceno no se le cobra. Si se puede, quiero una cosa a cambio. Es por curiosidad, nomás que me digan… ¿para qué son las hojas que imprimí?

—Trae plan Nepomuceno.

—Eso imagino, ¿cuál es?

—Esto es lo que quiere Nepomuceno: tener consigo por lo menos a un representante de cada uno de los cinco pueblos civilizados entre los indios salvajes: un cherokee, un chicasaw, un choctaw, un creek (o muscongo o muskogee) y un seminola. Ya si de pasadita se consigue un cadoo —aunque sean de los salvajes— no estaría mal, un asinai (o haisinai) de los que vivían antes del gran desorden en el este de Texas, un kadohadacho (de los de Oklahoma y Arkansas) y un nadtchitoques de Luisiana. Sólo cuenta con los cinco que dije, porque los chicasaw han terminado con los cadoos, asinai ya nomás hay dispersos, vendidos como esclavos. Por esto.

—¿Y? Ni así te entiendo.

—Esto es para los cherokees.

—Eso estará difícil, son incondicionales de los gringos.

—Sí, y no. Por esto el impreso. No es mentira.

—Ya sé que no es mentira, en mi prensa no se tiran mentiras nunca.[18] Sigo en blanco.

—Las vamos a dar a Pérez el comanchero, hoy mismo. Se va al amanecer al otro lado. Si las hacemos circular en la Apachería, tendremos a los cherokees de aliados, piensa Nepomuceno.

—¿Y ustedes qué traen con el comanchero? No es gente de bien.

—Es la hora de las alianzas, Printer. No es para andarle viendo el pie seis al gato.

El Iluminado con la Cruz Parlante llega a Laguna del Diablo rodeado de su corte de creyentes, rezonas, malhechores, pegadizos y oportunistas, algunos convencidos de que emprenden guerra religiosa contra los protestantes y salvajes. Tiempo hace que ya ni se acuerda de que cuando oyó por primera vez el insulto de Shears, pensó que la Virgen misma lo conminaba a seguir a Nepomuceno, pero aunque no se acuerde, la convicción de unírsele está presente (aunque ahora toda vestida con "su" causa, la Cruz

---

[18] No olvida los elefantes inexistentes en las hojas publicitarias, porque por fin no las imprimió.

Parlante, la Virgen, los Arcángeles y hasta algún diablillo le dan consejos y órdenes).

También van llegando a Laguna del Diablo un buen número de extranjeros, algunos europeos y media docena de cubanos insurgentes (buscaban sembrar apoyo para la independencia de su país, o huían de la persecución política en la isla). Se había corrido la nueva como chispa.

Mister Blast, el filibustero, llega a Laguna del Diablo acompañado de Dan Press, el muy joven periodista.

Dan Press esperaba todo menos esto: las tiendas de colores sobre palos perfumados, el sotol, las mujeres, los rezos, gente tan variopinta, y la comida, que abunda y es para todos, carne mejor que la que ha probado nunca.

En la región del Gran Valle que abarca las dos orillas del Río Nueces hasta las montañas del norte y el desierto al sur, hay todavía alguien que no se ha enterado del huracán que ha desatado Nepomuceno: Las Tías, en su rancho.

Ellas andan en lo suyo, dos en un destíamento interior.

Una es la más vieja de todas, la que es ya una pasita —nadie recuerda cuándo llegó porque las antecedió a todas; no es Tía del todo, piensa diferente a las demás, si es que piensa—, sólo rumia un recuerdo:

"Rafa mi hermano y yo estábamos subidos en el techo de la casa. Fue mi idea. Ciudad Castaño se veía grandiosa desde allá arriba, ganaba lustre, se convertía en un sueño. Desde allí me llenaba de ganas de estar donde estaba, y, al mismo tiempo, me despegaba de mi ciudad. Como me gustaba subir y ya lo había hecho otras veces, y en la casa estaban convencidos de que eso no estaba bien, doña Llaca, la cocinera, tenía instrucciones de no dejarme hacerlo. A ella le quedaba en las narices la escalerilla de atrás de la cocina, siempre estaba a tiro de oreja de ésta, pelando chícharos, escogiendo el frijol, meneando la masa de los tamales, picando la nuez para los dulces, dorando café, sacudiendo el maíz o moliendo algún grano. Rafa y yo aprovechamos que descargaban en el patio media docena de escaleras largas que se iban a llevar a vender a la tienda, y nos trepamos.

"Mi tía Pilarcita nos descubrió. Nos vio cuando entraba al patio, Rafa pisaba el último travesaño de la escalera y yo le estaba dando la mano para ayudarlo a pasar el pretil de la azotea. Cosas de la tía Pilarcita, siempre así, una fisgona. Se puso furiosa —también para no variarle—, ordenó que nos retiraran la escalera que usamos para subir para que nos dejaran allá arriba, castigados. Gritó que nos dejarían sin comer —'¡para que aprendan de una vez por todas a no jugar así; un día se van a romper la crisma!'—, pero no le creí lo del ayuno, tiene lengua exageradora, ya la conozco, al menor pretexto se distrae haciendo sus cosas, pero además vivía preocupada de que comiéramos a nuestras horas, lo suficiente y lo que nos haría crecer. Yo creo que soñaba con que un día seríamos gigantes, si no para qué tanto empeño. Además, si lo que buscaba era castigarnos, a mí no me dolía quedarme sin comer, lo difícil era acabarse el plato.

"Eso fue temprano en la mañana. Para entonces, a Rafa y a mí ya hasta se nos había olvidado que estábamos castigados; bajo el sol infernal, nos aburríamos, no hallábamos qué más hacer allá trepados. Al fastidio se unía la sed y eso sí que me pegaba, y fuerte. Entonces fue que entraron los comanches. Fue cosa de un parpadeo. De inmediato me llené de una emoción feroz, me puse a palmear de gusto.

"Los comanches, a todo trote, no se detuvieron, siguieron a su paso conforme cosían a flechazos las calles,

las bordaban a punto cruz, a punto cadena, a punto de
vástago roscado, pero no como las buenas con la aguja,
aplicaban apresuradas puntadas desiguales y disparejas,
muertos de la risa y aullando, parecían borrachos.

"Pero a la sorpresa y el gusto que me dio, siguió el
miedo. Rafa y yo nos tiramos sobre el techo para que no
nos fueran a ver, sabíamos de sobra lo que eran los comanches, ¿quién no hablaba de ellos? Yo levanté la cabeza para
verlos. Rafa no. Encima de la nuca se había puesto las
manos, tapándose como los gatitos, como el mapache que
teníamos encadenado en el jardín de atrás. Me di cuenta
de que Rafa se hizo pis porque el hilito que soltó alcanzó
a mojarme la falda. Ni tiempo me dio de alzarla o moverme a un lado.

"Antes de taparme la cara ya los había visto bien:
los comanches traían decorados caras y torsos desnudos
con pintura negra, mocasines en los pies, las piernas fo-
rradas con entallados pantalones de cuero color carne, con
flecos. Montaban sobre sillas buenas. Los jefes llevaban
largas colas de plumas que empezaban por sus cabezas,
penachos que iban bailando entre las patas de sus caballos.

"Los guardias federales había salido a perseguirlos,
dejando sólo un destacamento magro que dormía a esas
horas. Alguien los malinformó, un espía sobornado por los
salvajes. Ni falta hubiera hecho, los guardias se confiaban,
creían que no había peligro. En la tienda yo había oído decir
frases inapropiadas para niñas o 'señoritas', pero saqué orejas
de Tía, sé que los federales eran los mejores clientes de burdeles y cantinas, aunque fueran pura deuda —las pagas tar-
daban en llegar y cuando aparecían estaban ya empeñadas
completas, siempre iban p'alante, emprendían sin doler contra las siguientes—. Pero eso sí: cuando estaba su capitán, no
atiborraban sino la iglesia, frente a él se comportaban como
unos santitos, o más bien como unos santurrones.

"En la punta de las flechas de algunos comanches
ardían estopas mojadas en aceite. Tras las flechas ardiendo,

los comanches arrojaban otras cargadas con vejigas rellenas de trementina. Algunas casas pegaron fuego. Yo no lo vi, pero dicen que aventaban bolsas de pólvora, aunque desde ahí alcanzaba a ver hasta la alcaldía, la espalda del mercado, la cárcel. Sentía que tenía diez ojos.

"No se oían más gritos que los de ellos, sus ululares y el sonar de las espuelas de sus caballos. Por lo demás se había hecho un silencio de muerte, como si a todo castañense ya le hubieran arrancado la lengua.

"Rafa empezó a lloriquear cuando comenzaron a sonar los balazos. Los comanches se escondieron tras los cuerpos de sus caballos, sin bajar el trote, pararon sus aullidos. Ya habían alcanzado la iglesia y la alcaldía, iban y venían por la calle principal. Sacaron las armas de fuego y dispararon a los que nos defendían desde sus ventanas y puertas entreabiertas. Los cuerpos iban cayendo, algunos hacia la calle. Sin bajarse del caballo, un comanche degolló a don Isaías, el de la tienda. Porque ésos parecían de seis manos, con dos seguían tirando flechas, con dos amartillaban y apuntaban sus Remingtons o Colts (yo no sé qué eran sus pistolas pero echaban muchos tiros), con las otras dos cortaban gargantas, arrancaban cuellos cabelludos y mochaban lenguas.

"Un comanche saltó de la silla de su caballo al suelo, tomó al vuelo el cuerpo de un pobre infeliz que acababa de ser perforado por sus flechas —don César, el de la farmacia—, lo castró y le echó lo mochado por la boca. Así, y cosido a flechazos, aún se removía don César. El comanche le amarró los pies con un lazo, volvió a montar y llevándoselo a rastras cabalgó calle arriba, calle debajo, aullando, mientras los otros comanches empezaron a desmontar.

"Entraron a las casas que no se habían incendiado. Dicen que hacían todo tipo de destrozos contra los habitantes, violaban a las mujeres, incluso a las viejas, mutilaban a los varones y les cortaban el cuello cabelludo que después se llevaban, atándolos a las colas de sus caballos. Mataban sólo a los que se les oponían o a los que creían que se les habían resistido.

"Desde donde yo estaba, en medio de ese silencio roto de vez en vez por algún grito de los nuestros y por los aullidos ululantes de los comanches, vi que echaban a volar las plumas de los colchones. Algunos castañenses huían de sus casas en llamas para ser cosidos a flechazos, caminaban del fuego a la sangre.

"Frente esto, los comanches ululaban y se carcajeaban.

"Fue entonces que uno de los salvajes, cuya cara nunca vi, subió a mi hermana Lucita a su caballo. Traía plumas adornándole la cabeza, un largo penacho blanco y el cabello largo, muy largo. Era algo nuevo, antes andaban pelones; serían sucios los comanches, se comerían los piojos, jamás usarían el jabón, pero se quitaban del cuerpo el vello. Sus modas cambiaban, la novedad era el cabello largo, lo que sí es que siguieron depilándose el resto del cuerpo.

"Lo que ya sabía yo, como Lucita y Rafa y todos los niños de Ciudad Castaño, es que los comanches robaban a los niños y a las niñas, y que entre éstos escogían los que les parecían mejorcitos y los adoptaban. De los ranchos se llevaban a los muchachos más avispados, serían los peones para cuidar caballos. Nunca entendí cómo elegían a las mujeres adultas, porque no distinguían entre feas y hermosas, cargaban parejo. Se casaban con las cautivas sin importarles que antes las habían violado y las seguían maltratando con saña, como a sus mujeres. Esto también les daba gusto. De eso no se hablaba, pero lo sabíamos todos. Una que había regresado del cautiverio, por la que habían pagado un rescate a los comancheros —esto fue antes de que los texanos hicieran de esto una industria—, se había encargado de cantar sus desgracias, con lujo de mil detalles, en las noches de luna llena, cuando perdía la razón y se le soltaba la garganta. Corría por las calles sin dejar de vocear, golpeaba de puerta en puerta para que todos la escucháramos. Dicen que andaba sin ropas, yo no vi eso, por más que me asomé al balcón sólo una vez le puse encima los ojos, estaba sucia, como una salvaje, golpeando sañosamente la hiedra con que la familia Pérez había recubierto la reja con que escondían su vaca para la leche fresca, zarandeaba las ramas de la hiedra, era algo de ver su lunatismo; quién sabe, puede que cuando cantara su historia, se desnudara, si con la voz hacía lo mismo. Pero yo no lo vi.

"Cuando los comanches alzaron a Lucita, oí a papá gritar. Se había escondido, si se dejaba ver firmaba su sentencia de muerte, pero una cosa es una cosa, y otra que se llevaran a su hija, por eso soltó el grito que lo delató. Con el grito, arrojó una descarga de balas que bañó al caballo y su jinete, el salvaje que había tomado a Lucita, cayó al piso. Si papá lo hubiera dejado ir con su presa, ahí habría acabado la cosa, se hubieran seguido de largo buscando a otra parte, pero no. Se agruparon frente a la puerta de la casa. Otro salvaje agarró a Lucita, gritaba a voz en cuello. Rafa se levantó, mojados sus pantalones, y también empezó a gritar y a saltar, perdió la razón. Un indio se paró sobre el lomo de su caballo y de un salto, en honrosa pirueta, cayó a nuestro lado, como si volando. Éste no traía ni penacho ni cabello largo sino un como emplaste o nido en la cabeza. Tomó a Rafa de los dos hombros y lo aventó hacia la calle, donde otro de sus compinches lo subió a su caballo, él brincó y cayó en el lomo del caballo, y a todo correr se escaparon. El que tenía a Lucita la soltó, quién sabe por qué, algo no le gustó o se distrajo.

"Siguieron con el despojo, cargaron la mercancía de la tienda, hicieron no sé qué sandeces con la vieja doña Llaca. De mi tía Pilarcita no puedo decir nada. Ella asegura que a todo lo largo del asalto se escondió bajo la mesa y que nada vio, y que no la tocaron.

"Salieron los comanches dejando tras de sí dos docenas de casas en llamas. Vaciaron todo lo que contenía el arsenal del ejército, las armas, las municiones, y dejaron sin mercancía las bodegas de todos los comercios. No dejaron un solo federal con vida. De la iglesia se llevaron el copón y las ropas bordadas en oro del cura, que acababan de llegar, vía La Habana, de Italia.

"De lo que pasó a Rafa, mejor ni hablar. Nuestra casa ya no fue nunca lo mismo. La tía Pilarcita dejó de ponernos atención, como si hubiera perdido los ojos y las orejas, y con éstos toda gana de hacer sus labores. Mamá ya no atendió la tienda. Papá pasaba el día trayendo y llevando cartas que escribía por las noches, había perdido el sueño, quería rescatar a su único hijo varón. Doña Llaca dejaba ir las piedras en los frijoles, se olvidaba de cocinar los chícharos, sus tamales perdieron la textura, como hechos de caldo de res, gelatinosos.

"Años después, Nepomuceno, hijo de la hermana de mamá, asesinó a todos los karankawas, quesque para vengar el cautiverio de Rafa y lo que nos habían hecho. Pero no eran karankawas, eran comanches. De eso no tengo la menor duda. A los karankawas los había yo conocido antes, eran indios pescadores, los veíamos con sus redes cerca de las cascadas del Río Bravo cuando íbamos a visitar el rancho de la tía María Elena.

"No es cierto que el fin de Ciudad Castaño fue cuando el ataque de los indios. La ciudad fue muriendo de a poco, como se apaga la flama de una vela. No queda nada. Nos venimos los más hacia Matasánchez, otros se dispersaron, años después muchos fueron a dar al nuevo Bruneville."

†

Al cuarto del fondo de casa del ministro Fear entra Eleonor, la esposa del ministro Fear. Hay cambios en ella. Viste de negro, como llegó a su boda —con un discreto vestido para la ceremonia, de ese color para mostrar que con esto perdía a su familia, según costumbre—, pero hay algo en su cara y en su modo que ha cambiado tajantemente. La vimos el día que Nepomuceno le pegó un tiro a Shears por aquel coraje que se compró (mejor hubiera sido si lo declina, le había dicho a Eleonor miss Lace, "como hizo con tanta silla de montar mal hecha, porque lo mismo que una así vino a ser este trote, o hasta peor"); la vimos en esta habitación, determinada a morir, sin siquiera fingir que era la compasión lo que la movía a acercarse al enfermo. Sin repulsión, atraída por el mal que el aventurero podría traerle, Eleonor lo ha atendido con dedicación ejemplar. Sus cuidados sirvieron de algo, o corrieron con suerte. El aventurero ha remontado la enfermedad, se repone a pasos agigantados, de la crisis salió parlanchín y seductor, siguiendo su costumbre. Está por dejar el lecho, siente deseos de dar de saltos pero aún le falta energía. No se siente ya enfermo, sino como si hubiera corrido seis leguas sin beber agua.

Eleonor tiene la cara radiante. Se ha puesto el negro porque la prima aquella de su tierra le dijo que le sentaba bien, y quería creerle, quería verse a lo mejor, aunque también no quería, y por esto también el negro, lo asociaba con lo que le es hoy lo más repugnante, el ministro Fear.

Porque Fear le es de verdad repugnante. El ministro, no le cabe duda, la rescató de la humillación y la vergüenza, le salvó la vida, pero inmediato la quiso meter al entierro que habita. Es un ser detestable, un hombre sin corazón, sin sensibilidad, sin gusto por la vida, un sinvergüenza que aunque sea un ministro se refocila en… cosas perversas, innombrables.

Eleonor lo detesta, y con razón; bueno, sin razón —fue su salvador, bla bla— pero también con razón —"es un animal, no un hombre".

Pero la buena cara que trae Eleonor no es por la repulsión que siente por Fear, hasta habrá quien diga que si ella no la sintiera, tendría que tener la expresión más agria del continente, por gustar de su tipo. Lo dice su nombre, Fear, el Miedo. Miedo a las naranjas, al sol, a las hormigas, al aire marino, a las ventanas abiertas, al jabón, al gusto de respirar. A morir. A vivir. A despertar. A dormirse. Un miedo que no se confiesa, que enferma, ahoga. El único placer que conoce es vergonzante, iluminado por el miedo, en actos indecibles. Pero qué nos importan Fear y sus cosas, estamos con Eleonor. Frente a esa cara, Fear se nos desaparece, es como un puño de arena que nos aventaran a la cara pero que se desviaja con una carcajada del viento.

Las palomas mensajeras en continuo tránsito —las sueltan a volar, las regresan los indios correlones con las canastas de carrizo en sus espaldas, o Úrsulo las cruza por el río—, el contacto con Las Águilas es continuo e intenso, trabajan de los dos lados del río como un solo cuerpo. Inútil reseñar los pormenores. Nepomuceno desea atacar con la menor violencia, reemplazarla por la astucia. Por esto ha aceptado al Iluminado, su Cruz Parlante y las rezonas que trae, "más feas, lentas y viejas que…". Para el ánimo, lo que le cayó requetebién fue la llegada de La Desconocida.

Al norte del Río Bravo, Tim Black, el negro libre, ha perdido la cordura. Por completo.

Su mujer está pensando cómo hacer para escapársele —es imposible sobrevivir sus celos y fastidioso comportamiento.

Mejor ni veamos lo que pasa por la cabeza del Negro Black. A veces está convencido de que ella ya no está con él —que su hermano llegó a rescatarla como ella creyó lo haría, muchos años atrás— y se precipita en una melancolía intocable. Otras se abisma en la iracundia. De las dos maneras se ha vuelto intratable.

—Lo peor no es por mí sino por los hijos… ¡No sé qué le pasó!, ¡tan buen hombre! La verdad es que con el tiempo le cobré aprecio… pero ya ni digo…

"Ah, pero por qué", se preguntará Nepomuceno al oír lo que le receta Sandy, "por qué tenemos que sonar como cantaleta de tirano, todo como que lo único que tenemos en la boca es la gloria o el ninfómetro de ésta. Un fastidio, me deja mudo…".

"Estamos dispuestos", siguen Las Águilas, "a derramar sangre y sufrir la muerte de los mártires, para obtenerlo, La raza", etcétera. "Los mexicanos de Texas ponen su suerte bajo los buenos sentimientos del electo gobernador del Estado, el señor general Houston, y confían en que su elevación al poder se inaugure con providencias que le den una protección legal en el círculo de sus facultades".

Nepomuceno quiere agregar: "Segregados accidentalmente de los vecinos de la ciudad por estar fuera de ella, pero no renunciando a nuestros derechos, como ciudadanos norteamericanos…".

Aquí Salustio no está de acuerdo. "No podemos llamarnos norteamericanos, Nepomuceno. ¿Te das cuenta? Para mí sería afirmar que acepto la esclavitud, propia y de mis iguales. No. Yo soy mexicano, de acá de este lado. Es la única carta que tengo, mi protección."

"Será lo tuyo, Salustio, pero si yo lo digo me dejan estos cabrones sin tierras".

"Pero tú has dicho que defiendes a los mexicanos, Nepomuceno".

"Lo he dicho, pero rectifico: yo defiendo a La Raza. Además, aquí entre nos —y esto sólo para tus oídos, no lo repitas, no vaya a ser—, esa tierra es mía y yo soy esa tierra. ¿Qu'ora es de los gringos?, me funden, yo estoy con ellas, gringo seré entonces, ¿me entiendes? Yo soy esa tierra, esa tierra soy yo."

"Claro que te entiendo, Nepomuceno. El que no entiende eres tú. Te tragas ésa de ser gringo y estás fundido, te quedas allá para ser como un negro en su tierra, no hay otra con ellos. Te van a usar para hacerse ricos. Su dólar es blanco, y como la espuma del mar necesita que un color más oscuro le haga el cuerpo".

"Ah qué mi Salustio, tan filósofo. Basta aquí. Me voy un rato en mi caballo, me ahogo encerrado".

La que es muy filósofa es la esposa de Nepomuceno. No se la ve nunca con él. Tuvieron una hija hace ya casi veinte. A Nepomuceno apenas le había salido el bozo cuando ya se lo andaba trotando la viuda Isa, aunque aquí claro que hay quien opina distinto, dizque porque la vida que llevaba él, al aire libre, entre caballos y vaqueros, le había despertado ya toda curiosidad y conocimiento de las mujeres cuando topó con la viuda Isa, y en cambio ella… ¡tan recatada! Doña Estefanía la detesta, todavía. En todo lo que va del balazo que le soltó a Shears a este momento, nada de ella, nada de esposa, ni de la hija, tampoco. En cambio, el ojo le baila a Nepomuceno con ésta o la otra, más reciente todo el tiempo con La Desconocida, la mira y remira pero no le hace saber cuánto le importa.

Dan Press es quien le hace saber que la quiere con buena fibra. Se ha enamorado de ella. Sabe que Nepomuceno le tiene también apego —intuición varonil—, así que se guarda la naturaleza del propio y se le finge amigo.

Le pregunta el nombre, "soy Magdalena Gutiérrez, para servirle a usted". Dónde nació, qué eran sus papás, su historia. "¿Casada?" A él no le había llegado el chisme de los palos del marido que ella confesó a Nepomuceno. "Casada, pero no vuelvo con ese infeliz ni aunque me amarren".

"Conque casada", pensó él, "digámosle ya divorciada… ¿y a mí qué?".

Mister Blast, el filibustero, no consigue nada de Nepomuceno. Le gana la partida, porque en cambio Nepomuceno le saca hasta la sopa, informes de las tropas federales, dónde está apostado éste y aquel regimiento, disposición del gobierno central, sus pensamientos acerca de la frontera.

Dan Press se queda unos días más después de su partida —ya nomás en largas conversas con La Desconocida—, pero no regresa a Nueva York, se instala en Matasánchez, en el Ángeles del Río Bravo (en la habitación 221, la tiene de base) a escribir su pieza sobre Nepomuceno. Hace un viaje al rancho de doña Estefanía —no lo recibe la señora, muy contrita con lo del hijo, pero sí habla ahí con sus dos hermanos—, pasa al otro rancho, donde está la esposa de Nepomuceno y su única hija, conversa con ellas (mala recomendación la de su editor, no hay más entusiastas de Nepomuceno que ellas dos) y también va a hacer preguntas a Bruneville. Los otros dos hermanos, los que son sus enemigos y rivales, se niegan a hablar con él. La Plange le muestra las fotografías que tiene de Nepomuceno, antes de convertirse en lo que es ahora, el líder, el héroe de "La Raza", cuando era terrateniente rico y muy buen vaquero. Hay fotos de Nepomuceno haciendo volar su lazo en círculos elegantes, otras que lo muestran montando a caballo, una saliendo de misa (muy prendidito), varias en el estudio de La Plange.

Después, Dan Press regresa al Ángeles del Río Bravo, ahora sí (cree) a escribir su pieza sobre Nepomuceno. Ya anda pensando en que será un libro. Pero se distrae yendo y viniendo de Laguna del Diablo a Matasánchez. Sus viajes son sólo para hablar con La Desconocida. Después se encierra en la habitación a escribir, pero el tiempo se le va en suspirar por ella.

Alguna noche lo despierta una zozobra: ¿qué dirá su mamá de esta mujer? Mexicana, sin capital, divorciada

—para cuando se la presente será divorciada—. "Por lo menos que hable inglés", se dice, y desde su siguiente visita a Laguna del Diablo comienza a enseñarle esa lengua.

El palomar de Nicolaso está vacío, el corazón descontento. Una sensación de encierro lo tiene atenazado. Las palomas son sus ventanas, sus puertas, sus puentes, su aire, su viaje continuo. No es un día cualquiera: cuando Nicolaso escucha sonar la campana del palomar por el arribo de una mensajera, corre a ver qué le trae. El mensaje lo libera.

Sale, da los pocos pasos que lo separan del Café Ronsard. No ha llegado nadie aún. Pide un café. Baja del segundo piso Teresa, bella como es siempre. Viene tristona.

—¿Pues qué te pasa a ti?

La bella sonríe y comienza a hablarle, pero la partida se está jugando, Carlos entra al Ronsard. Nicolaso no puede dejar esto para después, se disculpa apenas con Teresa y se acerca a Carlos: le da el mensaje, "entramos en dos días".

Carlos no dice nada. Pone cara de que no oyó a Nicolaso. Nicolaso regresa hacia Teresa. Ésta, ya sonriente, ni se acuerda por qué bajó tristona, ver a sus amigos la pone de buenas.

Carlos toma la bebida que le ha preparado el cantinero y se sienta a su mesa. Espera a que estén reunidos a su alrededor los cinco Águilas y escupe.

—A la luna llena —contesta Carlos.

—El plan queda.

—El plan exacto.

Al atardecer, aprovechan la marea alta para cruzar el río, no desde el muelle de Bruneville sino un poco más arriba el río, en un medio improvisado escondido entre los carrizos, el que usa desde hace tiempo Úrsulo.

Aunque doña Estefanía detesta a "la viuda" Isa, la esposa de Nepomuceno, y procura el menor trato posible con ella, le envía una nota pidiéndole hable con "mi hijo" para que entre en razón y se deje de cosas. Explica que no arriesgará a su hijo para intentar recuperar las tierras "donde los gringos fincaron Bruneville", que no quiere nada si perderá a Nepomuceno, que le haga saber que con Sansón no se puede a las patadas. Que lo busque y lo convenza.

La carta cae como patada a Isa —el desafecto es recíproco, detesta a la suegra—, pero la deja pensando.

"Algo hay que hacer", piensa.

Ya lo conoce, piensa. Si va y se le mete al campamento se pondrá díscolo y desencantado.

Piensa que tiene que hacerse la encontradiza en otro territorio.

"Habrá ocasión", piensa.

Magdalena, a quien el nepomucenaje llama La Desconocida, casi es también para ella misma lo que dice este sobrenombre. Sin su habitación —que tuvo desde nacer siempre en riguroso orden, por las criadas—, sin la amenaza de Gutiérrez y rodeada de esta multitud alocada, se deja convencer por el fervor colectivo. Aprende a distinguir de qué van las miraditas que le lanza el bello Nepomuceno cuando las identifica en Dan Press y las compara. Dan Press también tiene su encanto, aunque no le sepa al caballo ni dar órdenes. Nepomuceno la ha conquistado, sí. Es su devota. Pero de ahí a que se atreva a nada con él, un abismo. Es un hombre casado, y aunque sea dueño del corazón de Magdalena, por el momento ella se da por bien servida con servir a la causa.

El cabello es su mayor problema. Cómo mantenerlo bien peinado. Pero ha ido encontrando la manera. Quién no la ve resplandecer, cada día más bella.

Nepomuceno le ha comprado botas de montar, pero no ha mudado a pantalones, como han hecho la negra Pepementia y otras del campamento.

Fragancia, el guía (o scout) del general Comino pide permiso para retirarse.

—¿De cuándo acá, Fragancia, me pides permiso para dejar mi presencia?

—No, mi general. Me voy.

—¿A dónde te vas?

—A que se le acabe la temporada en este lugar que no me gusta. Aquí no tengo que hacer. Es ciudad, este Bruneville (y además es fea), no es pradería, no es aire, es puro encierro. Mi general: nomás tomo aire y ya luego vengo.

—¿Tomas aire?

—Si usted se queda aquí, yo no vuelvo. Pero esto no va a durar. Aquí no pasa nada.

Otro que se va, también a disgusto, es Dimitri, el ruso. Los americanos ignoran sus reportes, presentó en el fuerte a las autoridades militares, tres bastante detallados conteniendo informes precisos de las actividades de Las Águilas en Bruneville. Los archivaron sin leerlos, y encima no le han querido aún pagar ni el primero, como estaba convenido. El general Comino le tiene franca desconfianza, por extranjero; por su sentimiento se ha hecho generalizado en la gringada endilgarle lo nepomucista, algo de lo que no tiene nada porque los aborrece.

No la trae fácil el general Comino. Los hombres se le han reblandecido por más que insiste en la disciplina. Es el clima —cree Comino—. Son las malditas mexicanas —cree Comino, que se ha obsesionado con la idea de que sus hombres visitan los burdeles cuando tienen un día libre.

La verdad es que tiene a sus soldados desmoralizados porque no le dan permiso de cruzar el Río Bravo y él mismo está que se le queman las habas. Encima el abandono de Fragancia. No se siente por completo en sus cabales. Ha tomado de asistente personal a un muchacho algo sagaz —peleó estar al lado del general con todo tipo de triquiñuelas y lambisconerías— y sin escrúpulos —no tiene ningún instinto de lealtad, sólo está emponzoñado de ansias de violencia—, que llegó de parte de Noah Smithwick, aquel pionero texano que liderea bandas que cazan esclavos cimarrones, cargando lo que sería el apoyo que el líder había enviado "desinteresadamente": media docena de armas (tres buenos rifles y tres Colts) "para los ciudadanos de Bruneville, que se armen pa protegerse del bandito mexicano" —sobra decir que eran armas que pertenecían originalmente al ejército federal, arrebatadas por los comanches, quienes las habían traficado a cambio de esclavos huidos que convertirían en mercancía, la más comercial, los cautivos…

Al sur del Río Bravo, en Laguna del Diablo, Nepomuceno arenga a sus hombres. Explica quiénes y cuán pocos compondrán la primera partida. Hay cierta resistencia. La leva quiere pelear a los gringos, asestar un golpe mortal, expulsarlos hasta el norte del Río Nueces, por lo menos regresar a su sitio *verdadero* la frontera mexicana. Nepomuceno explica: "No haremos más violencia de la necesaria para hacerles respetar a La Raza. Los que permanecen en el campamento son la punta de la fuerza que entrará a Bruneville. Iremos con cautela para volver la nuestra una causa de *verdadera* justicia. Vamos contra los directos responsables, los que nos ofendieron. Tres golpes, yo encabezo el primero —ignoremos por el momento la trampa que les

hemos tendido, no es cosa nuestra—; el segundo, el lugar-
teniente Salustio; el tercero, Juan Caballo, jefe mascogo
(seminola, para los americanos) (que es más negro que tres
noches sin luna). Esta es la orden que doy, y debe respetar-
se a pie juntillas: capturar a los directos responsables, a saber:
Glevack (antes que nadie); el carpinterillo y dizque sheriff
Shears, Juez Gold (que es un corrupto), mister Chaste, alcalde y boticario (por traidor). Sólo esos cuatro.

—¿Y el juez Comosellame, no es también corrupto? —ésta era Pepementia, quien lo había oído decir por
tirios y troyanos—. Peor todavía, ¿no es un aprovechado
infeliz, un injusto?

—Valga lo que dice Pepementia —dijo Nepomuceno—. Vamos por Juez Gold y por el injusto juez, el que
deshonra su cargo, le llamen White o Comosellame. Y sólo
vamos a lo que yo digo.

Don Marcelino, el loco de las hojitas, tiene dos
semanas sin salir por muestras vegetales, ya no digamos en
alguna de sus expediciones. Pasa las jornadas en Matasánchez, en el mercado, el atrio de la iglesia, las inmediaciones
del Café Central, en la alameda, o deambulando. No extraña la sensación que le da caminar en el monte, atender
el gorjeo de los pajarillos, observar el hojerío. Como están
las cosas, absorbe toda su atención tomar notas de vocablos, el habla se ha puesto a punto de ebullición. "Tantos
vienen del norte, con el castellano hecho distinto… No
hay tiempo que perder, no van a durar, las bocas van a
brincar o al inglés o al castellano, esto no puede seguir
así…". Una especie de euforia lo sobrecoge, como si le
hubiera tocado presenciar la evolución del mono al hombre, "aquí se habla pejelagarto, lengua que no es pez y no
es lagarto, convendrá en sabrase qué."

En Bagdad, el doctor Schulz cierra el piano. Cuida que el consultorio quede bien cerrado. No puede quedarse sentado: debe reunirse con Nepomuceno. Ya no tiene dieciocho años como cuando los Cuarenta fundaron Bettina, ya no porta barba, pero a sus treinta aún tiene cabeza para utopías y sueños. "Esto sí, esto sí". Sin más explicación, maletín en mano sube a la yegua que ha comprado al llegar a Bagdad, la acicatea y sale hacia Laguna del Diablo.

En Matasánchez, Juan Printer está pegado al pedal de su prensa. Prepara las hojas que se repartirán en Bruneville: la proclama de Nepomuceno. También la hará circular en los diarios de la región. La imprime en dos versiones, en español y en inglés, que es traducción literal.

La proclama de Nepomuceno

Artículo Primero: Una sociedad organizada en el Estado de Texas, que se dedica sin descanso hasta ver coronada la obra filantrópica de mejorar la situación infeliz de los mexicanos residentes en él, exterminando a sus tiranos, para cuyo fin están dispuestos los que la componen a derramar su sangre y sufrir la muerte de los mártires.

Art. 2o. Los mexicanos de Texas ponen su suerte bajo los buenos sentimientos del electo gobernador del Estado, el señor general Houston, y confían en que su elevación al poder se inaugure con providencias que le den una protección legal en el círculo de sus facultades…

Seguían a la proclama otros puntos, que aquí omitimos para pasar directo a su:

Nota personal

Segregados accidentalmente de los vecinos de la ciudad por estar fuera de ella, pero no renunciando a nuestros derechos, como ciudadanos norteamericanos.

La que está segregada en Laguna del Diablo es Laura, la niña que fue cautiva. Mimada por la abuela, niña de su casa, inútil para ayudar en nada, no sabe ni cocinar, ni bregar, apenas y camina sin estar de quejica porque el lodo le ensucia sus zapatos. Llora de cualquier cosa. En las noches lagrimea por la muerte de su abuela, por la mamá, por la tía que todavía está presa "entre salvajes". Ni quién le ponga el ojo encima.

Llega el día, el Gran Día del ataque a Bruneville.

El cielo limpio, sin nubes. La luna impertinente, desnuda, redonda, boca de una cueva, su luz fría como la muerte. Es un ojo sin pupila. Es el ano de un ángel burlón. Quién sabe qué más será, clava algo helado en los dientes. Jala las riendas del corazón. Obliga a imaginar.

El ataque empieza con cinco indios yamparik, en el extremo este de Bruneville, donde el camino es malo (el tráfico con Punta Isabel es intenso, pero sólo se da por agua), lo entorpecen el pantano, las nubes de mosquitos (con sus fiebres), las alimañas. Por lo mismo, este costado de Bruneville está desprotegido, ni para qué pensar en cubrirse, ni que las víboras y los caimanes fueran a ponerse del lado de Nepomuceno (no se atreverían, los matarían luego luego los gringos); las condiciones ingratas forman una barrera natural.

Joe, el hijo mayor de los Lieder, ha salido a su despiste, como hace todos los días que puede, para buscar un lugar fuera de la vista de sus papás y hermanitos, algún rincón donde poder estarse un rato a solas para tallarse una pajita, "necesito darle de comer a mi lombriz", "Ich muss meinen Wurm füttern", pretextando con sus papás "voy a revisar si ya puso la gallina".

El corral queda atrás, a sus espaldas, cuando comienza a meterse la mano en los pantalones. La erección es inmediata. Joe soba y soba con salivita. Sus ojos se escapan del mundo, se le ven los globos blanco.

Dos yamparik toman a Joe de las muñecas, burlándose de él en su lengua. Joe forcejea.

Joe grita. Otros dos yamparik desde sus puntos, no muy cercanos, comienzan a ulular mientras corren de un lado al otro para hacer creer que son muchos. El quinto yamparik cabalga (a lo idiota, o a lo inteligente, porque es puro teatro) en su espléndido caballo, va y viene a poca distancia de la granja, en el único trecho donde no se le atoran las patas a su montura en la lodacera y los yerbajos, aunque si se descuida se le suben las tarántulas.

La familia del muchacho se desgañita, "¡Se llevan a Joe! ¡Se llevan a Joe!", el hermano menor sale por piernas a pedir auxilio a Bruneville, creyendo que va al rescate.

La nueva corre como sobre pasto seco: los apaches atacan. "¿Y si es con el apoyo de los mexicanos?". La frase viaja de boca en boca.

El hermano de Joe colabora involuntario con los supuestos invasores. Les ha hecho la tarea. Inocente bobo.

Los hombres armados que hay en el fuerte y en Bruneville se van en bola hacia el este, a cubrir el flanco descuidado de la ciudad.

Éste sí que es un día muy especial. Los mexicanos salieron de Bruneville a un fandango que se prometía formidable en Matasánchez. Se congregaron en el muelle para cruzar el río, se embarcaron en la barcaza —que ahora se llama Elizabeth IV, el nuevo nombre que le ha impuesto Stealman—, hacia Matasánchez.

—¡Quesque hora se llama Chabelita!

"Yo digo que mejor le hubieran puesto en su honor 'La Floja', ¿no?, va lento, lento, siempre llega tarde…", el comentario se repite desde que la barcaza regresó a su continuo cruzar el río.

Otros emprendieron en sus propias lanchas o barcas hacia Matasánchez, iba a ser fiesta en grande.

Cuando los cuerpos militares gringos armados —la tropa irregular y los federales que encabeza el general Comino— salieron a apostarse en un solo punto de la frontera de su ciudad, también contaron con que Bruneville estaba vacía de greasers, metidos en el fandango del otro lado.

Del otro lado del Río Bravo habían comenzado a pintar el cielo los cohetes celebratorios de la fiesta de independencia, las luces de tres colores, verde, blanco, rojo, y había empezado el gritadero de ¡Viva México!

El doctor Velafuente hacía con celo su correspondiente parte en el ataque, le tocaba seguir emborrachando a De la Cerva y Tana (el alcalde nunca tan poca cosa como Chaste), lo tenía que tener bien entretenido por si acaso (y muy probable) llegasen a pedirle los gringos refuerzos.

Al ulular de los cinco yamparik, se suma el de los nepomucistas (los más nada indios), que apostados en los pantanos encontraron escondites propicios atrás de trampas naturales.

El viento marino sopla, trae una nube que parece no tener fin. Adiós a la luna. Ya no se ve nada.

Los federales gringos pierden un buen caballo en un hoyanco —se le rompe una pierna al tropezón—, otro se les entrampa en un lodazal acuoso, tres hombres caen en una trampa "típica de los comanches" —creyó la gringada—, que por cierto no tenía nada de comanche, la habían fabricado en Laguna del Diablo los Dosochos; como ésa había diez más dispuestas, esperando con las fauces abiertas a ver a quién se tragaban.

El terreno está literalmente bordado de trampas, les había llevado su tiempo prepararlas a los mexicanos y sus aliados, a ver cuántos caían, mientras a la distancia seguía el "uu uu uu" de los yamparik (o nada de eso, pero haciéndose los que son), pretendiendo un inexistente ataque. En todo caso, un "uu uu uu" que era pura tomada de pelo.

Joe, mientras tanto, bien sujeto por el abrazo de un salvaje, ve cómo se cierra sobre el mundo la oscuridad, envolviéndolo todo. Tiene ganas de llorar, "eso me gano por desear vivir entre los apaches, ¡en qué estaba yo pensando!".

Antes de la media noche, por la retaguardia comienza el desembarco de la avanzada de Nepomuceno, el segundo y tercer ramalazo de la embestida a Bruneville.

Salustio, su corazón verbal, y Juan Caballo, el mascogo —más negro que tres noches sin luna, el jefe seminola— son los jefes bajo el comando de Nepomuceno.

Los más de los nepomucenistas llegan revueltos con los mexicanos brunevillenses que regresan del festejo, algunos en la barcaza, otros en lanchas o barquillas de los que no regresan, o porque habían planeado pasar la noche en Matasánchez, o porque se llevaron sus barcos con un poquito de su consentimiento.

La barcaza, aunque sea ya de Stealman, viene bajo el gobierno de un comando de sirenos. El remolcador, lo mismo. Los Dosochos al mando, le saben mover al asunto.

(La íntima alegría de los Dosochos al verse donde crecieron…)

Arriban al muelle a un costado del Hotel de La Grande en Bruneville:

1. Los mexicanos que vienen del fandango, algo bebidos los más, todos muy bailados. No están ni para andar disparando ni para andar luchando; los que todavía tenían energías quieren follar y seguir bebiendo. Son gente de bien. Sirven a la nepomucenada porque traen cara de póker, son su máscara.

2. Nepomuceno mismo, a su costado Óscar, Juan Printer el impresor, Salustio y Juan Caballo, con otros cercanos.

3. El Iluminado con su Cruz Parlante y una selección de su corte, casi todos hombres de armas —incluidos algunos forajidos—. Al lado, el padre Vera, que no quiere quedarse atrás. Uno, Dos y Tres, con Roberto el cimarrón.

4. Mascogos bien preparados para pelear, negros e indios.

5. La Desconocida.

6. Sandy, que regresa del otro lado tras dos semanas de ausencia.

7. La negra Pepementia.

8. Uno de los temibles Robines, y de la Banda del Carbón un puño grande de peleones.

9. El Conéticut y El Loco sin nombre.

10. Pepe el bolero (con su caja de limpiar zapatos) y Goyo el peluquero (con sus navajas, escondidas en la caja del bolero).

11. El doctor Schulz, maletín en mano. Nepomuceno le puso en la cara una mascarilla negra que le cubre la cara sin taparle la visión, para ocultar su identidad.

12. Algunos jóvenes desesperados mexicanos que desde la invasión americana tienen el corazón emponzoñado (Nepomuceno intentó evitar su presencia, pero éstos se le colaron porque no estaban en el campamento sino en Matasánchez y aprovecharon para sumarse a la leva).

13. En mucho orden, la muchachada.

14. Indios diversos, del norte del Río Bravo todos, los más empujados por la gringada de muy arriba del Río Nueces. (No viene ningún comanche, a pesar del intento.)

15. Otros. (Los que no están, para no causar sospecha, son los palomeros ni los que cooperaban por debajo de la mesa, como Sid Cherem y Alitas, no hay Águilas —excepto Sandy—, nada de Carlos, Héctor, Teresa, la bella, para no destruir la red tan fina.)

16. Tampoco vienen los dos hermanos mayores de Nepomuceno. Tras mucho trabajar planeando este día, se quedan a cuidar a doña Estefanía (siempre hay malpensantes que dicen son cobardes, pero es infamia barata).

Toman el Hotel de La Grande. A ésta la amarran, por si las dudas. A sus empleados los dejan encerrados, o no, dependiendo si los reconocen Águilas o nepomucenistas. A La Plange lo levantan.

Nepomuceno instruye a La Plange, quiere fotos, le ayudan a cargar cámara, lámparas, el Mocoso no se da abasto solo.

La emprenden hacia el centro de Bruneville en silencio.

Al frente van los brunevillenses tornados en un sonriente ejército de voluntarios desarmados, con muchas ganas de cooperar. Siguen a caballo las coronelas Pepementia, La Desconocida (en la silla mexicana que le forjó especial don Jacinto) y Sandy. A pie los del bastión religioso —El Iluminado y el padre Vera—, los ideólogos —Salustio y Óscar— custodiados por "los salvajes" (así apodó Salustio a los "criminales que empañan nuestro movimiento", "¿Pero si hacen falta tiros, quién los va a dar?", "No queremos tiros, Nepomuceno", "Si ya sé que no los queremos, pero te garantizo que ni mi lazo ni el tuyo bastan para defendernos de los rangers y las fuerzas federales"). Después los mascogos y demás indios.

Se dividen en tres partidas para llegar por distintas calles a la Plaza del Mercado. Lo único que cuida Nepomuceno es que ninguno sea sólo de malhechores:

—Aquí todos nos portamos como si tuviéramos que ir a comulgar a misa de siete de la mañana porque es el bautizo de un hijo.

Al regreso de los fandangos en Matasánchez, lo normal en Bruneville es oír a los grupos muy animados, las risas, las pláticas, a veces hasta gritos, las puertas que se abren y se cierran. Esta vez no, todos van calladitos, caminando nomás directo, hasta los que no entienden de qué se trata (una buena porción de brunevillenses no están en predicho, pero reacciona al bulto de los suyos). Silencio. A unos pasos de la plaza, a un costado de la tienda de Peter Hat Sombrerito, Nepomuceno toca a la puerta de Werbenski, a la de su casa, no a la tienda de empeño. Tres golpes fuertes. Cuatro. Cinco. Sin pausa sigue tocando, cada vez más fuerte. Todos los hombres y mujeres que conforman el ejército de Nepomuceno se van reuniendo en la plaza. Los desconcierta la acción de Nepomuceno, no entienden.

Abre Lupis, la mujer de Werbenski, la dulce mexicana, con una carita de susto que es muy de ver. A un paso a sus espaldas está el marido, bien pero bien dormido, con los pasos va despertándose. Con el chirriar de la puerta, le dice "No, ¡Lupis!, pero qué estás haciendo, deja que abro yo…".

Frente a la casa ven plantada a una docena de hombres de Nepomuceno, los sombreros tapándoles las caras, las armas enfundadas, las botas bien puestas, todos de saco sobre sus camisas de fiesta.

Por el susto, Lupis se echa a llorar.

—Ésta no es noche para lágrimas mexicanas —alzó la voz Nepomuceno.

Se lo dijo de modo grato. Como si le cantara.

Según otros cuentan, el silencio se rompió distinto: cualquier pelado toca a la puerta de los Werbenski, y luego otro y luego otro más, hasta que muchos están tamborileándole, a palizas agarraron los tablones.

La señora Lupis salta de la cama. Cubre la ropa de noche con el rebozo grande que le trajo su mamá de San Luis Potosí, lo tiene siempre al pie de la cama. El rebozo la alcanza a cubrir con mediana discreción, es grande y blanco. Muy bonito, de seda.

Para donde va Lupis, se mueve Werbenski, quien la adora:

—¿Dónde vas? —él casi dormido.

—Tocan a la puerta.

—No abras, Lupis.

—¿Si es una emergencia?

¿Qué emergencia podría ser?, ¡Werbenski no es doctor!, pero no acaban de despertar, los dos reaccionan como van pudiendo. Werbenski va tras Lupis hasta la puerta, "¡No, Lupis, abro yo!", pero ella no le hace caso, quita la tranca, gira el pasador.

Frente a la casa están unos veinte hombres, los más armados hasta los dientes (no es metáfora o dizque figura: traen agarrados los puñales con sus dentales), irrumpen hacia el patio sin miramientos; como que parece que no podían parar de correr. Entre ellos, Bruno (a su lado el infaltable Pizca) y sus hombres, y el menor de los hermanos Robines (¡el colmo!, se suma al revuelo de los que para él no son sino unos malditos greasers, convencido de que hay mucha ganancia), bandidos bien conocidos en Matasánchez.

Lupis se suelta a llorar, de ver a tanto cabrón puesto junto y en sus narices, peor que ya ni tiene cerca a su fiel Werbenski, le han acorralado al marido a punta de bruscos empujones hasta el fondo del patio.

Nepomuceno se le planta a Lupis enfrente; en voz bien alta, primero en inglés —para que entienda por lo seguro el marido—, "No time for Mexican tears", luego en español, nomás para ella: "No es hora de derramar lágrimas mexicanas, ya séquese la cara, Lupita, no se vaya usté a ver fea. Una mujer tan chula, no se vale estropearla. A las bonitas Dios las hizo para alegrías y no para moqueos".

Hace que le traigan al judío Werbenski. Explica cuáles y cuáles armas quiere, qué tipo de municiones, pregunta cuánto es, y paga hasta el último céntimo de la cuenta que le hace "Adam" (entre todos, incluida Lupis, es el único que le habla a Werbenski por su nombre que no podremos llamar de pila) —cuenta bastante moderada, que si hubiera sido de día le habría salido por lo bajo en un 15% más.

Sopla otro viento distinto, también viene del mar, pero es más necio. Es frío, anda revoltoso, "va a pegar el Norte", piensan los entendidos. "¿Será el temporal?", vientos huracanados, lluvia, mar revuelto. Las pocas lámparas que todavía traen encendidas los federales se apagan. La verdad es que ya tienen horas sin echar ni un tiro, ya ni con desatinos responden a los aullidos de los yamparik que todavía se oyen de rato en rato, esperan a un costado de casa de los Lieder y los mandos, encabezados por el general Comino, adentro de la casa misma, a que salga la luz del día para poder atacar, o a responder al ataque que están seguros les caerá en cualquier momento.

En la oscuridad, el Cabo Rubí (es su apodo, por lo muy pelirrojo) cuenta una historia de apaches, de cómo entraron a saquear su pueblo, se llevaron las mujeres, no dejaron un hombre vivo, cortaron cueros cabelludos. Corre con el viento un miedo que les pone a todos los vellos de punta.

Será por lo de los vellos que los moscos arrecian sus ataques de golpe, como si hubieran llegado en nube, les caen encima a los federales.

Con las armas en las manos, los de Nepomuceno toman la alcaldía —no hay quien la defienda—, se apuestan afuera de la cárcel —bien cercada, adentro hay hombres armados—, las iglesias, la farmacia y las calles. Ni un tiro han disparado y ya tienen Bruneville.

Las armas sirven para convencer a la gente. Porque aquí no hay quién se deja así nomás, esto no es en el valle de México donde tienen ya quinquenios aguantando la bota extranjera o abusiva enfrente. Aquí, todos nuevos, nadie hecho al despelleje.

Aunque algunos como Peter Hat Sombrerito no quieren ningún convencimiento: están que se orinan de miedo.

Han sacado algunos predeterminados de sus casas para usarlos de protección, saben que ya no valen los mexicanos. Medio dormidos, se arrebujan en sus chales, cobijas, se tapan como pueden las ropas de dormir y el frío de la noche.

En la puerta de la alcaldía, han plantado al frente de su improvisado escuadrón a la esposa del ministro Fear, Eleonor, acompañada de un hombre que no conocen. El escuadrón: el Conéticut y unos pelados mexicanos, pero muy güeritos, éstos ni tienen armas.

"Nepomuceno entró a Bruneville con setenta y siete hombres (y mujeres). Cuarenta y cuatro varones de éstos tienen cargos pendientes con las autoridades de Cameron County Grand Jury, treinta y cuatro de ellos mexicanos. No se suma a la cuenta los mexicanos que vuelven de la fiesta, que son los más, y que si no lo apoyaron, bien que se hicieron patos, sirviendo de arma eficaz.

En los setenta y siete hombres se incluye lo más selecto de los Robines y a los mejores de la Banda del Carbón."

Óscar el panadero se encarga de que se echen a repicar las campanas de alarma, la de la iglesia, la de la alcaldía, la que el juez[19] hizo poner en el centro de la Plaza del Mercado, desde el incendio de la tienda de Jeremiah Galván.

Uno diría que es mala estrategia: mejor que el pueblo se quede bien dormido y que los federales se estacionen donde están. Pero el asunto es que creen que varios de los que va buscando andan con los de uniforme, y además no se trata de atacar a los que despiertan sino a los que viven con el ojo alerta para el mordisco. Con las campanadas quieren convocar a sus enemigos.

Nat despierta con el primer campanazo. Llama a los huérfanos de Santiago (Melón, Dolores y Dimas), alojados donde él desde que se quedaron (literalmente) sin techo. Salen a la calle. Ven lo que pasa. Corren por su puñal de los lipanes que tienen escondido.

Los cuatro gritan: "Viva Nepomuceno", "Viva La Raza". Aunque Nat sea gringo, contagiado se siente verdadero nepomucenista.

El cura Rigoberto despierta que se diría los badajos le golpean en mero paladar. "Llegó el fin del mundo", piensa. Mete la cabeza bajo las sábanas y queda más dormido que un tronco.

---

[19] Versiones van y vienen en Bruneville de si el juez que puso la campana ahí fue el Pizpireto Dólar o ya el Comosellame.

Rebeca, la hermana de Sharp, escucha las campanadas, oye a Sharp brincar de la cama, vestirse y salir apresurado. Luego ya no oye nada: le da una de ésas en que
todo pierde proporción, así sea la noche todo le resplandece, como si el mundo estuviera tallado en una sola pieza de metal oscura, delgada, vibrante e inestable que estuviera a punto de quebrarse porque algún pulgar gigante la
está golpeando en un punto lejano.

Los federales se alarman con las campanadas, "¿qué
pasa?", apaleados por su mala empresa donde los Lieder
obedecen, con pesar y sin mucho ánimo, la orden del
general Comino. Emprenden la retirada. Queda un puño
generoso de hombres resguardando la casa de los Lieder,
que siguen bien llorosos porque dan a Joe por perdido.

No hay quién no se venga rascando de tanto piquete de zancudo.

En mala hora no está con ellos Fragancia, el guía,
el scout del general Comino. La escaramuza habría sido
bien diferente. Ver huellas, oler el aire, entender qué fue
lo que les hizo falta. "El coronel Smell no es ducho en
esto."

A miss Lace la despiertan las campanadas, pero no
entiende bien a bien qué la ha sacado del sueño y siente
un sobresalto, una agitación, "una presencia".

Brinca de la cama, agitadísima. Está convencida de
que John Tanner, el indio blanco salido de la tumba, viene por ella.

Joe Lieder no ha pegado un ojo. Sólo un yamparik lo sujeta ya —Barriga de Metal—, lo tiene bien abrazado mientras sigue echando de vez en vez uuúes impostados para continuar espantando a los soldados. Con el paso de las horas, los dos cuerpos repegados, a Barriga de Metal le sucede una erección. Simultánea, a Joe se le vuelve a presentar la que le salió cuando en casa.

Las dos son erecciones incómodas que los igualan.

La tropa de federales y el cuerpo improvisado de voluntarios (rangers, ciudadanos y empistolados) entra por el lado malo de Bruneville. Los recibe en la primera esquina un estallido de pólvora que los hace recular. Les cae encima un verdadero baño de proclamas, se las avientan desde una azotea, quién sabe quién, no se ve nada, el cielo sigue encapotando. Luchan por prender las lámparas que el viento les ha apagado.

En el centro de la Plaza del Mercado, con la bocina de la barcaza (nueva, de Stealman) en la mano, Nepomuceno comienza a leer la proclama mientras la muchachada la continúa distribuyendo de casa en casa.

Por las campanas a rebato se han congregado todos los habitantes, algunos con baldes llenos de agua, dispuestos a apagar el (supuesto) incendio, otros tapándose con sus chales, cobijas, a como sea cubriéndose del frío.

Todos traen en la mano la proclama, en inglés algunos, otros en español.

(Algún gringo despistado pregunta, "¿son rojos contra azules?", pero ahora a quién le importa eso, una niña a su lado lo corrige con su dulce voz, "¡son los flatulentos greasers!".)

A media lectura entran los federales, puro tiro al aire, no quieren lastimar a la población civil, "¡cuidado

con los ciudadanos!" —y con esto quieren decir "los gringos", sin contar con que los más de los mexicanos que aquí
están son también de nacionalidad americana.

Nadie les responde a balazos, no hay tiroteo alguno. Los únicos disparos vienen de La Plange —su cámara, su Mocoso, sus lámparas—, se afana en capturar la
escena.

Los de la Banda del Carbón y el Robín menor
atacan por la retaguardia a los federales, se arma una gres-
ca medio confusa, los más quedan atrapados entre ciudadanos y bandidos, algunos consiguen escapar.

Las armas al piso.

Frank, el pelado mexicano, anda por ahí perdido,
sin saber bien a bien qué pasa, es malo para despertar y
nomás no entiende. "¿Qué pasa, qué pasa?".

Barriga de Metal, el yamparik que sujeta aún a Joe,
aunque sin deambule, se pregunta lo mismo antes de que
se le salga el juguito y se le acabe el tormento. Nomás
pasarle la escupidera ésa, córrele, se echa a andar hacia el
centro de Bruneville, ¡que cuide quien quiera al rubio, por
él que el chamaco se pudra!, le agarró disgusto, lo hace
sentirse mal.

En la fotografía de La Plange se ve a Nepomuceno
subido en el kiosco que han comenzado a construir los
gringos en el centro de la plaza, la proclama frente a sus
ojos sin siquiera fingir que está leyendo, se la sabe de memoria (por esto los gringos dicen hasta la fecha que era
iletrado, analfabeto).

La foto está tomada desde el costado de Nepomuceno.

Atrás de él y a sus lados se ve a los brunevillenses, las cobijas con que se tapan, las caras de susto, y a los mexicanos, exaltados, de fiesta todavía.[20]

Luego los nepomucenistas van tras los de la lista que hizo Nepomuceno.

Primero en donde saben que pueden encontrarlos.

Olga (aún en éstas no pierde lo chismosa y sigue igual de norteada que siempre) pasa el pitazo a los nepomucenistas: Shears está en casa de los Smith, todavía trae abierta la herida.

Muy correctos, tocan a la puerta de los Smith, pero en cuanto les abre la bella asinai Rayo de Luna, empujan sin cortesía para meterse, ésta forcejea intentando contenerlos.

Vencen su resistencia. Entran. Rayo de Luna les sonríe. Eso desarma a Ludovico. Le extiende los brazos:

—¡Rayo de Luna! ¡Rayito mío de sol!

A Rayo de Luna no le hace gracia que "uno de éstos" (hoy son rufianes) la llame así. Lo empuja y echa a correr hacia adentro. Tras ella, Ludovico, más por jugar que otra cosa. Van de un cuarto al otro —la casa es como un corredor, remediando las hispanas—, entran a la habitación donde está recostado el pálido Shears, quien apenas ver acercarse sombras, dispara.

Rayo de Luna cae.

Shears avienta el arma. Grita, en inglés, "¡el greaser mató a la comancheeeieee!".

Ludovico se hinca, se cubre la cara con las dos manos. Se queda ahí, como clavado.

El doctor Schulz —el maletín en su mano— se presenta inmediato a atenderla.

---

[20] Luego cantará Lázaro: Ah pero los dientes gringos / eran meras castañuelas / ¡miedos pasaron los cobardes! / Ni digo del Rigoberto / quesque cura y muy coyón. / De tanto escuchar de infiernos / ha quedado un asustón.

—Nada que hacer. Está muerta. Fue tiro certero.

Lanza miradas fulminantes a Shears. No le cabe duda de quién es su asesino.

Ludovico se levanta. Sale.

El sheriff grita señalándolo:

—It was him! —fue ese cabrón, no le apetece cargar con la culpa.

A los gritos, Caroline, la hija de los Smith —sabemos que está enamorada de Nepomuceno— sale del ropero de la habitación vecina, donde la habían escondido a las fuerzas sus papás. Lleva en la mano la pistola amartillada que le dieron para protegerse. Se porta como la loca que es. Corre hacia el cuerpo de Rayo de Luna, moviendo el arma como si fuera un abanico, ha perdido los estribos, se pone el arma a la sien, tira del gatillo apuntándose.

No hay duda de que es suicidio, no se puede pensar en otra cosa. El doctor Schulz mismo fue testigo.

Cae muerta inmediato, también.

Shears grita:

—It was him!

Señala a Fulgencio, el vaquero. Éste no se aguanta —tiene bien reconocida el arma que todavía humea en el piso: no es la de Ludovico…—, dispara a Shears.

Reina más desorden que nunca en la cabeza de Caroline. Mucho nos gustaría detenernos en ésta: su adoración por Nepomuceno, su bella esclava, Rayo de Luna (compañía y referencia, un tensor del lado real de la vida), su no entender. Ya sabemos que es incapaz de poner en orden sus pensamientos, ni siquiera los configura, su corazón y su cabeza son parecidos al pantano donde fueron a atorar las patas (como moscas) los federales allá donde los Lieder, trampas que ella fue preparando (como en su caso hicieron los nepomucenistas), maleza pegajosa, alimañas, desconocimiento, oscuridad. Sumar la luna (de por sí maligna) estancada tras una nube, pero no por eso su luminosidad fría fuera del juego.

(Habrá quien diga que existe un Dios. Nosotros creemos que es la luna, caprichosa, a veces bestial, quien manda. Cercena sin consideraciones; se lleva al bueno o al tierno; deja desecándose en la faz de la tierra al viejo que sólo desea partir.)

Shears, mientras tanto, se quejotea, "it hurts", me duele, me duele mucho. Su vocabulario se ha reducido desde hace semanas a estas dos sílabas —no que tuviera demasiadas antes.

La bala de Fulgencio se le quedó guardada al lado del corazón, en él éste no cuenta, sigue respirando igual. La bala no ha hecho estragos, entró como si hallara ahí su cuna, se clavó como si fuera su casa.

Uno de los de los federales (Cabo Rubí) se alebresta una cuadra atrás del mercado, la verdad es que se puso nervioso, el miedo se los va ganando a todos —pero no es como el de Fear, sino como el de los animales que la ven perdida cuando el cazador está a punto de apresarlos.

Nimodo: uno de los de armas que viene con Nepomuceno —no queda claro quién—, lo serena de un balazo.

Todavía peor será su muerte para el nepomucenaje, porque Cabo Rubí es (era) hijo de mexicanos.

Parece que sin saberlo, sin procurarlo y sin quererlo, Nepomuceno se está echando un tiro directo al pie, como un príncipe.

La bella asinai Rayo de Luna sueña que está en un escenario, semivestida de gasas, tules y un cinturón de piel, los pies desnudos, y canta: "Yo soy la bella asinai, el sueño de tantos y de tantas". El teatro está lleno, la aplauden.

Lo que sigue del sueño es que Rayo de Luna se desploma, agonizando se cree ya vestida con un apretado traje oscuro, su cara es la de la jugadora Sarah Ferguson, la que soñaba fingir ser Rayo de Luna sobre un escenario.

Un par de venillas estalla en el cerebro de Rayo de Luna, y éste pierde masa. Ella escucha estallar un rayo.

Pero regresa a su sueño, en éste la bella Sara se levanta, restablecida canta otra vez, ataviada como una asinai. La audiencia se alborota con su presencia, causa revuelo, la aman más que nunca.

Los intestinos de Rayo de Luna se tensan; sus esfínteres se relajan, se orina; se le escapa algo de cagadera.

El sueño continúa, pero nos es imposible seguirlo: las imágenes son para ojos de un animal distinto a nosotros, parecen armadas con piezas que desconocemos, inútil detenernos en éste.

—¡Uno de Nepomuceno asesinó a Rayo de Luna!
—¡Otro se echó a Caroline, la de los Smith!
—¡Están violando mujeres, los greasers!

Para acabarla de amolar, intentando contener la debacle, Nepomuceno gira otra andanada de órdenes a los de más confianza —al bulto lo quiere bien pegadito a sus talones—: "Lázaro, jálate a la cárcel y tráeme al ranger Neals; Juan Printer, vete por el ministro Fear, la vaqueriza sale ahora mismo a traerme a cuanta pistola a sueldo se encuentre en Bruneville, a ésos les tenemos que dar un escarmiento; tú, Sandy, péscame al juez, que lo conoces. ¡Tú!, ¡muchacho!, ¡tú!, ¡Dosocho!, ve búscate quién te ayude a dar con Chaste, ese traidor pedazo de alcalde que… El otro de ustedes se queda aquí… Tú a mi lado, Óscar; también tú, Salustio, por si hay verbo que echar, entre los tres encontraremos el correcto si hace falta."

A Shears, lo da por muerto.

Desde que entraron a Matasánchez lo que más quiere Óscar es visitar su horno —si somos precisos, desea ponerse a hacer pan, es lo que está en él, "para eso nací, soy panadero"—, "¿pero estás loco?", le dice Nepomuceno cuando éste le dice "ahorita vengo… quiero ir a ver cómo anda mi horno", "¡Nada de pan, nada de pan!, ¿qué te pasa, Óscar?, ¿andas perdiendo también tú la cabeza?".

El que sí la tiene perdida es Tim Black, el negro rico, corre desnudo desde su casa hasta el margen del Río Bravo. Al llegar a la orilla, se amarra los tobillos con su cinturón y se avienta. Adentro del agua, sujeta con las dos manos el brazo opuesto.

No dura mucho. El aire que traía en el pulmón tras la carrera era poquito.

Don Jacinto está buscando la manera de esconder tanto gusto que le da ver a Nepomuceno.

Cruz, lo contrario.

Poco les dura el esfuerzo.

Adentro del horno de Óscar —el que hicieron hace quince años sus papás, en el que aprendió el oficio de panadero—, Glevack acuclillado muere de risa: "Éste pendejo de Nepomuceno, riquillo de mierda, ¡qué ocurrencias, venir a invadir Bruneville!, lo van a hacer mierda los gringos, es un imbécil, ¿qué se trae ahora con eso de La Raza?, está turulato, tiene cabeza de membrillo; ¡ni de chiste me encuentran!, ¡babosos, pocas cosas, ¡ya verán!, ¡ya verán!, ¡yo en persona me encargo de la venganza!, ¡no voy a parar hasta verlo colgando del icaco de La Grande, y que le saquen los ojos los…".

Chaste está escondido en la letrina de la casa de los Stealman, que viajaron a Nueva York. Le abrió la puerta una esclava —la cadena que le han puesto al tobillo sólo alcanza hasta llegar ahí, no puede poner un pie fuera del patio.

Los de Nepomuceno pasan de largo, ya les dijeron que esa casa (un caserón, la mejor de todo Bruneville) está vacía.

Lázaro Rueda va rumbo a la cárcel, con pistola al cinto. Nunca se ha sentido más orgulloso, parece nacido para este momento. Ni lazar su primer potro, ni montar a su primer mujer, ni tener hijos, nada es comparable.

Entra y pregunta:

—¿Está aquí…?

No le dejan terminar la frase. Le caen encima tres federales, le quitan su Colt, lo avientan hacia la reja.

Urrutia le prende la muñeca con una esposa, se la cierra. Le deja una mano libre.

Todos, a carcajadas, menos Lázaro que está que ni reacciona.

Urrutia enseña la llave, "¡Aquí tengo la llave con que nos hubimos del vaquero aporreado…", y la avienta por la ventanita alta de la celda hacia la calle. "Éntrenle ora sí manitos, ¡a darle duro!".

La tanda, la paliza le cae a Lázaro encima. Ya le llegó la hora al hueserío de Lázaro, si uno solo le queda entero será de puro milagro.

Entonces entra a Bruneville una carreta jalada por dos caballos en verdad portentosos, uno rubio como un rayo de sol, el segundo rojizo, como el fuego.

La carreta trae dos pasajeras: Isa y Marisa, la esposa y la hija de Nepomuceno, nada más, vienen solas. Alguien les fue a informar que los nepomucenistas iban a tomar Bruneville, y esto sí que no quieren perdérselo —aquí podrá "la viuda" Isa, hablar con él a sus anchas—. Salieron del rancho cuando estaba por caer la noche, sin temor alguno, y aquí están, las dos vestidas como de fiesta, polvosas del camino, pero muy bellas y sonrientes.

Dos federales que serán muy tarugos pero no tanto como para perderse una oportunidad así, apenas enterarse de quiénes son las dos bellas (ellas mismas lo van voceando, preguntando por Nepomuceno, a quien dan por seguro triunfador, "somos su esposa e hija") las toman de rehenes.

"¿Quién va y le dice al greaser que ya le estamos manoseando sus mujeres?".

No faltan voluntarios, aunque tengan miedo de que les toque una pamba.

Pero ¡al diablo!, no les toca ninguna pamba.

A los dientes de Nepomuceno sí: le tiembla la mandíbula, y mucho.

"Que si se van ahora mismo, se las soltamos. Que si no, ya verá la agujereada que les metemos".

Nepomuceno no lo piensa dos veces. No es hora de empezar a tartamudear, sino de actuar con firmeza.

La orden: "Salimos de aquí, en este momento. Nos vamos a la de ya de Bruneville".

No hay quien no obedezca a Nepomuceno. Tanta es la inercia de irse a su voz, que hasta los mexicanos brunevileños comienzan a hacer maletas. Se les pasa la fiebre antes de cerrarlas. Sólo salen en la barcaza los que llegaron y no viven en Bruneville, aunque sí hay varios que tienen casa aquí pero se van, los más de miedo; quién no imagina la que viene, la venganza pareja contra los mexicanos.

Melón, Dolores y Dimas (los huérfanos del pescador Santiago) van a bordo.

Nat no, se queda en su cuarto, con el puñal lipán.

El regreso a Laguna del Diablo no es fácil. Cuando cruzan el río, ven el cadáver de Tim Black, el negro rico, flotando. Flotó prontísimo, como si desde antes hubiera sido un cuerpo inflado de aire.

Salustio dice: "Era un cabrón Tim Black, pero éste es mal augurio".

El ánimo se ha puesto de los mil demonios.

La noche parece de pronto tan corta que se la diría mentira de musa.

Cuando Nepomuceno tomó la decisión de dejar Bruneville, lo hizo por el amor que le tiene a su esposa, la viuda Isa —algo mayor que él (quién lo fuera a creer ahora, esta mujer traga años).

Isa es entrona, está llena de vida, Nepomuceno no ha tenido más gusto con ninguna otra mujer, ni hay con quién se sienta mejor, ni con nadie duerma y platique como con ella. Lástima que no guise como su mamá, pero tampoco es que lo haga tan mal. Tiene un problema su mesa: es demasiado simple, no se le dan las complicaciones, las salsitas son frescas y perfumadas y no tienen nunca un secreto. Son como ella, francas, honestas, directas, sin misterio.

Nepomuceno quiere llevárselas al campamento. También a Marisa su hija, aunque a ella sólo porque venga con su mujer.

—No, Nepito, yo no te hago eso. Si quieres quédate a Marisa, total, si es tu hija. Pero yo me hospedo en Matasánchez. Me quedo en el hotel.

No hay quien la saque de eso, Isa es una mujer muy opinionada. Marisa, pobrecita, es un cero a la izquierda pero sabe bien lo que más quiere, que es estar cerca de su papá.

En las cocineras de las dos orillas, la luna llena provoca la nostalgia por la perfección de la cebolla cuando bien asada al fuego, el berrinche del cuchillo destazándola, el suspiro del pan, la visceral frescura del jitomate, la presencia del fuego cauteloso, el estornudo ante el chile o la pimienta. Sueñan a coro, sin desentone.

Magdalena, La Desconocida, sueña con su mamá. Es una niña. Vuelve a sus brazos. Cae un peldaño más hondo en el sueño. Los brazos que la sujetan son los de Nepomuceno. Un gusto jamás antes percibido la recorre, la electriza, la despierta.

La luna brillante toca a Felipillo holandés, le trae su sueño recurrente —sale de su cuna de moisés, camina sobre la arena húmeda, Nepomuceno llega con sus hombres, llora—, pero esta vez no despierta. Muere en su sueño. Después, despierta.

Laura, la niña que fue cautiva, está junto al Iluminado. Lleva días pegada a él, se ha vuelto su sombra, excepto porque no lo acompañó a Bruneville. Duermen como dos cucharitas, uno acomodado en el otro.

El rayo de luna barniza los párpados de la niña. Laura abre los ojos. Cree oír a la Cruz Parlante. Los vuelve a cerrar, con miedo. Se acurruca metiendo desorden en el sueño del Iluminado. Éste salta. Siente la luna en la cara. Se hinca a rezar.

En casa de Werbenski, la tortuga que las cocineras
han ido mutilando poco a poco para guisar la suculenta
sopa verde (plato de los dioses) también sueña. La tortuga
trastoca su dolor —le faltan la pata izquierda y la mano
derecha, lo siguiente que le quitarán será la segunda mano,
después la otra pata, al final caerá la cabeza, entonces la
guisarán usando la carne que guarda el caparazón para la
porción mayor de sopa del domingo, cambiándolo por un
paseo en el lodo. Lodo, un lodo que la arropa, quitándole
la pesadez de ser quien es y el chicle insoportable del dolor.
Ese chicle que habita el chicozapote, que las cocineras
sacan de la fruta para masticar mientras pelan chícharos,
despluman pollos, quitan a las flores de la calabaza el pis-
tilo blanco y la corola verde para dejarlas más dulces que
si fueran de azúcar.

El icaco de La Grande también sueña. Nos reservamos los detalles para no sufrir el disgusto de la erección
de los dos cadáveres que ha quedado impresa en la conciencia de ese árbol, tornado por ellos en algo bestial.

La sombra del icaco de La Grande también sueña.
Ese sueño es algo más noble que el del árbol, pero también
está ensopado de violencia.

Los perros sueñan lo del perro, resignados a ser
sombra del hombre. Esto los despierta. Ladran vigorosos
sin parar. El ladrido a coro de los perros despierta a la
tortuga, al icaco, a su sombra, a algunas de las cocineras
(interrumpiendo el soñar colectivo), al ranger Neals (cualquier cosa lo despierta), al doctor Velafuente.

Las raíces del icaco de La Grande no saben dormir y por lo tanto no sueñan. Son rígidas y se extienden sobre el terreno lodoso pensando todo el tiempo en Las Águilas, las que vuelan (que quisieran poder ver) y la asociación secreta que se ha formado para hacer defensa de los mexicanos. Lo hacen porque Las Águilas humanas las mientan todo el tiempo, "se trata de defender nuestras raíces", etcétera.

Caroline Smith en su lenta muerte sueña con Nepomuceno.

El sueño tiene algo embrujado. Nepomuceno la guía por un camino que no puede ser posible. Las raíces de los árboles están expuestas, rígidas, retando al viento. Las frondas están encajadas en la tierra. En las plantas de los pies siente lo rugoso del camino pedregoso. Nepomuceno la va llevando. Caroline sabe que el camino los conducirá a la muerte y no le importa. De pronto, frente a ella, una puerta. La abre. No puede cruzarla, ya está muerta.

Cabo Rubí sueña pura agitación y zozobra, como si para él la eternidad fuera irse ahogando en río revuelto.

Sarah-Soro, en Nueva Orleans, también sueña lo que le dicta esa misma luna, que pega hasta allá. Sueña con Rayo de Luna, la india asinai que ya no está entre nosotros. Vestida con pocas ropas, en el escenario, baila, nunca más bella. Dice unas frases en su lengua que Sarah comprende.

En su corral, la Pinta, la montura de Nepomuceno, tiene un sueño para ella extraordinario: sube una escalera que la lleva a la blanca nube que la está mirando gorda desde el cielo.

Ahí, la yegua magnífica sueña lo que la nube está soñando: que no es cierta. Que no es carne, ni vapor. Que es sólo color.

En su casa en Matasánchez, a María Elena Carranza la saca del sueño un rayo de luna que toca sus párpados. Se levanta sintiéndose medio iluminada. Se asoma por la ventana. Cree ver pasar volando a la Cruz Parlante.

—¡Santísimo Señor de Chalma!

Ahí mismo se hinca y comienza a rezar.

Van tres veces que Nicolaso se despierta oyendo revolotear a las palomas, temiendo haya un coyote, una zorra, un apache, alguien que se las quiere robar. Sólo es la luna quien las alborota.

En Bruneville, la luna ilumina al aventurero, ya repuesto —guapo, bien parado, pero hay algo en su expresión que no es fácil de entender—, está pagando por dos caballos a La Grande (algo bebida, pero igual cuida el negocio). Le compra también una burra para cargar forraje, abasto (carne seca, pan de marinero —¡pero no como el de Óscar sino el que aguanta viaje largo!) y agua.

Bajo el icaco lo espera una mujer embozada. Es Eleonor. Se dan a la huida.

Cabalgan, primero sobre el camino que lleva a Bruneville, después en campo libre, primero lo que resta de la noche, después parte de la mañana, hasta que encuentran un remanso, cuidando darles descanso a los caballos en tres ocasiones. Hay agua fresca, árboles que dan sombra.

Mientras cabalgan, él no sueña en nada. Ella sueña, tanto cuando cabalgan como cuando paran. Las imágenes se le agolpan, vuelan en su imaginación con tanta rapidez que no puede afocar ninguna pero le provocan emociones felices que no había sentido antes, nunca.

Glevack con una mujer de placer. La está trotando.

Óscar sueña emponzoñados. Primero, que el pozo donde quiere ir a beber está repleto de cadáveres. Después, que la carne que le trae Sharp tiene gusanos. Por último, que él le ofrece a Nepomuceno un pan con pudriciones. En lugar de miga, su pan tiene muerte.

Apenas empieza a amanecer, comienzan a correr los chismes, en Bruneville y más al norte, en Matasánchez y más al sur, viajan torcidos: que si Nepomuceno hizo la toma de Bruneville vestido con capa corta sobre un solo hombro (el manteaux), collar alzado hasta la barbilla, calzas amplias, medias entalladas, zapato de hebilla brillante, sombrero de ala muy ancha, la barba rojiza recortada como un estrecho triángulo (los que eso contaron dijeron que Shears le respondió como un caballero, un golpe por otro, y los de peor voluntad que Nepomuceno se lo balaceó por la mala), que si iba por una muchacha; que quién era la muchacha; que si sí se la robó, que si no; que si violaron a las mujeres de Bruneville. Hubo hasta el que tuvo el atrevimiento de decir que usaron espadas y lanzas y unas bombas de pólvora que ni se imaginan. Otro salió con que lo primero había sido robarles las mujeres, luego con pólvora a los puentes (y éste era de a tiro, si no hay puente alguno en Bruneville)… que si no sé cuánta cosa. Las aventuras de los Robines se han mezclado con las de la Banda del Carbón y otros

bandidos y hasta las de los piratas que atacaron antes Matasánchez y los que construyeron Gálvez.

Al norte, hablan y hablan de John Tanner, el indio
blanco salido de la tumba, se extiende la especie de que
venía entre los mexicanos. Al sur, los que saben de John
Tanner alegan en cambio que el indio blanco defendía a
los gringos.

Empezaron a sonar las canciones a guitarrazos y
viva voz, "Cuídate Nepo no te vayan a mata-ar".

Nepomuceno ignora el chismerío. Lo atormenta
que vayan a andar diciendo que es como una mujercita,
que se deja que le quiten a Lázaro y que él no hace nada.

Por más que le discute Salustio con varia argumen-
tación en contra, Nepomuceno comienza los preparativos
para otra toma de Bruneville.

Óscar no opina, está paralizado. Ya le contaron que
Glevack estuvo escondido en su horno durante el ataque.
Ésa está difícil de aguantarse. Él es hombre de pan, pero
se anda poniendo de guerra, y para su transformación
requiere de tiempo interior.

El funeral de Rayo de Luna representó problemas
de todo tipo para Bruneville. Estaba bautizada, cierto, pero
no podía dársele entierro en cementerio cristiano.

El punto es utilizar las ceremonias fúnebres para
honrar a la Texas civilizada. Deciden enterrarla entre los
negros. Pero si la sepultan entre los negros no se le puede
dar honra, y cómo no hacerlo si murió defendiendo a Texas
de los greasers, "lo justo era", pero no se trataba de justicia
sino de formas y de (aquí lo recalcó el alcalde Chaste)
"civilización".

Después de muchas discusiones, ni un cajón de pino le dan. La envolvieron en una manta que quién sabe de dónde salió, astrosa. La tiraron en un hoyanco sin echarle encima ni un rezo. El ministro Fear, que la había bautizado, debió estar ahí, pero... como anda que no lo calienta ni el sol porque le arden los cuernos...

Ni qué decir que a Caroline no se podían hacer honores. Lo suyo fue suicidio. La enterraron en buen cajón, pero afuera del terreno bendito.

Jefe Costalito —el jefe de los lipanes— oye las nuevas que le trae un correlón. Consulta con el chamán. Asunto concluido: se suspende toda transacción comercial con Bruneville hasta que se calmen las cosas. Añade el chamán: "no hay comercio con ésos ni aunque se calmen".

En el remanso que encuentran el Aventurero y Eleonor, él se tiende a dormir. Eleonor, se sienta a pensar. El tiempo se evapora. Eleonor empieza a quedarse dormida. El aventurero despierta. Le agarra una pierna a Eleonor, luego la otra, sacándoselas de las faldas, y se le tumba encima, extrayendo el miembro erecto de los pantalones. Una, dos sacudidas. ¡El alivio! Ya no se aguantaba las ganas —se dice satisfecho—, tanto tiempo sin meterla, "y esta no es pistola de tener guardada".

Se guarda su pistolilla. Se levanta. Sin voltear a mirar a Eleonor busca ramas secas para hacer una fogata, tiene hambre.

La cara de Eleonor parece la de una aparecida. Toda su frágil belleza se le ha escapado. No se atreve a llorar. No se atreve a voltear a ver al Aventurero. No se atreve casi ni a respirar. Ahora sí que parece la digna esposa del ministro Fear.

No se atreve a formularse lo que siente, "Esto estuvo tan feo, no hubo nada, cómo puede ser…".

Nepomuceno y Salustio están sentados escribiendo, aunque el plural no va, porque el único que toma el manguillo es Salustio. A su lado, de pie, Óscar. A Nepomuceno no lo calienta ni el sol del medio día. En la hoja:

"Compatriotas —Un sentimiento de profunda indignación, el cariño y la estima que os tengo, el deseo de que gocéis de la tranquilidad y las garantías que ellos os niegan, violando para ese propósito las leyes más sagradas, son los motivos que me impulsan a dirigirme a vosotros.

"¡Mexicanos! cuando el Estado de Texas comenzó a recibir la nueva organización que su soberanía exigía, como parte integral de la Unión, una bandadas de vampiros, disfrazados de hombres, vinieron y se desparramaron por los pueblos, sin ningún otro capital fuera de un corazón corrupto y las intenciones más perversas, riéndose a carcajadas, profiriendo lo que sus negras entrañas premeditan, procediendo al despojo y la carnicería. Muchos de vosotros habéis sido encarcelados, perseguidos y cazados como fieras, sus seres queridos asesinados. Para vosotros hasta la justicia se ha ausentado de este mundo, dejándoos a la voluntad de vuestros opresores, que a diario caen sobre vosotros con mayor furia. Pero para esos monstruos hay indulgencia, porque ellos no son de nuestra raza, que es indigna, según ellos dicen, de pertenecer al género humano.

¡Mexicanos! He tomado bando. La voz de la revelación me dice que he sido escogido para ejecutar la labor de romper las cadenas de vuestra esclavitud, y que el Señor hará fuerte mi brazo para luchar contra nuestros enemigos y realizar los designios de su Suprema Majestad."

"Los Dosochos, Pedro y Pablo, van de capitanes de la operación número uno. Tres noches seguidas roban lanchas de donde pueden (las más de Bruneville, pero algunas las van a traer de los muelles pequeños de Matasánchez y de los ranchos vecinos), las cruzan al Muelle Viejo de Matasánchez, ahí con ayuda de Úrsulo, el Conéticut y peones que quién sabe quiénes serán pero que están con Nepomuceno desde muy al principio, esconden las lanchas en la tierra.

"Porque es rico y ranchero, nacido de buena mata", los guitarrones, los violines, las voces de los dos lados del río suenan cantándole a Nepomuceno.

Algo provoca en Nepomuceno un insomnio marca diablo. Piensa en llamar a Salustio y aprovechar para planear (o hasta escribirle frases nuevas a la proclama —ya contenía tantas que Juan Printer comenzaba a buscar las resmas del papel (iba a haber necesidad de doblarlo, "tal vez hasta de coserlo", "no, coserlo no, no es cosa de mujeres", "como un libro, pues", "pus va, pero... ¡proclama, pa que la lean todos!, ¡nada de que libro como Biblia o esos que aburren y hablan de amores, los que leen las mujeres!", "pues entonces hazlo corto, Nepomuceno, ya no lo extiendas")—), pero no hace traer a nadie, el desasosiego que siente es incompartible... También piensa y desea que le traigan a La Desconocida, por un segundo estrecho le pica como una aguja el deseo... pero eso hará un precedente que no es de su altura, esa mujer es para enamorarla, no para forzarla... y además no era la potranca lo que quiere... lo que desea es *su* mujer... *su* esposa... ella... la única que le sabe el modo... Isa... aunque le traiga un coraje, cómo no, le puso un cuatro con su tontería... en qué cabeza cabe irse a meter a la boca del lobo...

Las nubes, sólidas, blancas en medio del azul perfecto que ilumina la luna. La misma luna, harta de luz y de lo mismo flatulenta, provoca en el lobo un sueño que es el placer de la carne de la vaca ya con el colmillo encajado en ella, carne sangrienta.

Telegrama: "Ministro Fear se traslada urgente punto."

Otro, del gobierno central de México a Matasánchez (que bien lejos les queda, por esto tanta queja del Lejano Norte, ni los voltean a ver hasta acá): "No toleren de Nepomuceno infracción a la ley".

Hay mucho movimiento, pero el telegrafista anda agüitado. Es que está cansado, "nadie me toma en cuenta".

De una conversación en Bruneville, en español: "De aquí en adelante, y de esto no hay duda, se va a encargar Nepomuceno de hacer cumplir la ley por propia mano, ya se les acabó la hora a ésos". "Ya nos llegó la nuestra a La Raza".

En el día cuatro, los de Nepomuceno abordan las lanchas, al tope. De nuevo van de noche.

Carlos el cubano, con otros tres Águilas, toma por asalto el Hotel de La Grande. Apostados en las ventanas, atentos a la señal, impacientes, cuando ven la bengala brillar sobre el río, comienzan a disparar a los federales que, muy uniformados (e igualmente dormidos), protegen el muelle.

La estrategia de Nepomuceno lleva su estilo, su marca: distraer al enemigo para vencerlo. Las armas de los federales apuntan hacia el Hotel de La Grande, quieren contestar los disparos que les han dejado a dos hombres heridos. Pero mientras tanto, dan la espalda a Nepomuceno y los suyos.

En rápida navegación, arriban al otro costado del muelle, donde no se les espera.

Son cientos los que vienen a bordo de los botes, lanchas de tamaños varios, canoas, embarcaciones que usa la gente de los dos lados del río para hacer sus diarios asuntos, algunas elegantes, otras puro tablón medio podrido. Algunas traen nombres pintados en vivos colores (las de los mexicanos), Lucita, María, Mamá, Petronila, y la Blanca Azucena del doctor Velafuente (una de las más elegantes, sólo se usa para ir de pesca deportiva, el lujo que el doctor se da en raras ocasiones, o muy a veces para paseos con la familia).

La bengala dio también la alarma a otros nepomucenistas tierra adentro que estaban a la espera para echar la cargada con sus caballos preparados.

Los nepomucenistas comenzaron a disparar desde distintos puntos.

Hay que hacer notar la destreza que tienen en el agua (crecieron al costado de este río o del mar, pudieron haber nacido con colas de peces). Los sirenos descienden y atacan a los federales por la retaguardia. No tienen miramientos, se trata de matar los más posibles.

Si los vaqueros que controlan los caballos no fueran tan duchos, no podrían haber conducidos sus monturas hacia los balazos. Hay que aplaudirlos también. Llegan al pie de La Grande cuando el sembradío de cadáveres gringos ya está para cosecha.

Subidos en los caballos los que alcanzan silla, los otros corriendo y a gritaderas tras ellos, irrumpen en Bruneville. Pum, pum, la balacera se puso buena, o mejor dicho mala, porque van y vienen balas a lo loco.

Luis, el niño distraído que cargara las canastas a miss Lace, cae, él ni las trae ni las debe, pero las paga. Le entró la bala por la boca y ya no salió de su cabeza.

Sin detener su carrera, los nepomucenistas se congregan en el muelle, abordan el lancherío y "adiós amigos gringos, ya nos fuimos".

Además del muerto, dejan hojas impresas con otra proclama regadas por su paso, y un mensaje al pie de la escalera de la alcaldía: "Es una advertencia. Nos regresan a Lázaro vivo en dos días, o esto se repetirá cada tercero".

Sid Cherem, el maronita que vende telas en el mercado —que ha desviado algunos de sus pedidos hacia el campamento de Laguna del Diablo, para cooperar sin meter directo las manos—, había sido prevenido. Se subió a la azotea de su casa. Se acostó con el rifle a su lado para que no lo viera nadie y pudiera disparar para defender nepomucenistas si hacía falta.

Dan Press, que todavía seguía de fiesta (cada vez se le hacen más largas en las mesas del Café Central) y no se había aún metido a su habitación en el Ángeles del Río Bravo, oyó de uno de sus informantes el chisme. "¡Ésta es noticia!". Despertó al telegrafista de Matasánchez, porque era muy urgente, y le pidió enviara de inmediato reporte del ataque de Nepomuceno. Terminaba su información con una nota más larga casi que la información: "Las recientes perturbaciones en nuestra orilla del bajo Río Grande, fueron comenzadas por texanos y llevadas a cabo por y entre ellos. El mismo Nepomuceno y los más de sus bandidos son naturales de Texas… Pocos mexicanos de la otra orilla, si es que lo han hecho algunos, tomaron parte en sus perturbaciones".[21]

Eleonor se le escapa al Aventurero después de que él repite un par de veces su primer pecado, poseerla mecánica

---

[21] Esta nota es casi idéntica a la que el general Winfield Scott escribió en su informe del 19 de marzo de 1860.

y poquitamente, sin siquiera mirarla. Se sube a su caballo y se echa a andar sin rumbo fijo. Las estrellas la protegen.

El día del ataque llega donde Las Tías, aquel rancho de amazonas. La reciben de brazos abiertos.

Al leer el telegrama en Nueva York, el editor de Dan Press le contesta con otro: "Dónde está tu artículo punto el tiempo corre punto bien por la noticia punto quiero más".

Tras el ataque y cruzar el río, Nepomuceno y sus hombres (sirenos y vaqueros) no descienden en el Muelle Viejo. Como temen alguna emboscada, buscan un punto más río arriba, aunque no hay nada parecido a un muelle, la aguada hace fácil el desembarco. El Batallón de los Chamacos amarra una lancha con la otra, cuarenta y siete en total, un rosario de embarcaciones, y lo dejan ir. Tienen aliados advertidos en el Muelle de Matasánchez, no lo dejarán pasar.

Cuando Nepomuceno llega con sus hombres a Laguna del Diablo, ya habían empezado las negociaciones entre los alcaldes de Matasánchez y Bruneville.

Al día siguiente queda acordado el intercambio de presos. Un mensajero oficial sale hacia Laguna del Diablo a informarle a Nepomuceno.

El ambiente está muy caldeado en el campamento. Ya no parece una fiesta, sino un puesto militar.

—¿No hay fecha precisa? Regresa y diles que cuentan con mi beneplácito cuando me den fecha precisa.

—Que tienen que poner las condiciones.

—¿Cuáles condiciones? Esto no es "intercambio" de presos. Nos robaron a Lázaro, lo quiero de vuelta.

—Tú dirás eso, Nepomuceno —acota Salustio—, pero en su ley, Lázaro es un preso, infringió…

—Su ley… su ley… ¡vayan al diablo con su ley! ¡Que se la metan por donde les quepa!

Salustio ignoró su vulgaridad, pero a los demás presentes les provocó disgusto.

—¿Entonces? —inquiere el mensajero—, ¿qué les digo? Esperan respuesta.

—Dígales —se interpone Salustio respondiendo al mensajero— que Nepomuceno acepta esto como una tregua, pero que nos tienen que dar la fecha exacta de la liberación de Lázaro, y queremos que sea cuanto antes. La tregua no es por tiempo indefinido.

—Dales una semana —dice Nepomuceno, bajando de la nube de su furia.

—Una semana.

—Te ponemos la respuesta por escrito —prudente, Salustio al mensajero.

En el Hotel de La Grande quedaron los caballos de los nepomucenitas, puros robados —ni siquiera han tenido tiempo de marcarlos sobre las que traen (varias de éstas dobles de por sí)—, aunque alguno que otro mustango y variaditos mavericks. Apenas consiguieron soltarse los amarres que les hicieron los greasers, La Grande procedió a pedir al primer vaquero que tuvo cerca que se consiguiera peones y los hiciera atar. Se dispuso a ponerlos a la venta. Con lo que sacara, se largaría de aquí, decidió.

Aparece en el periódico local de Bruneville un artículo sobre Nepomuceno, con la siguiente carta precedente del editor:

"A los habitantes mexicanos del Estado de Texas:

The arch murderer and robber has been induced by some inflated coxcomb to allow his name to be put to the following collection of balderdash and impudence. We shall not inquire now who wrote it, but is certainly was no one who has the least acquaintance with American laws or character. We invite the attention of the people abroad to his pretension that the Mexicans of this region (we suppose he means from the Nueces to the Rio Grande) claim the right to expel all Americans within the same."

En cuanto al artículo, saco fragmentos:

"Profesa estar a la cabeza de una sociedad secreta, organizada para este objeto. Con modestia atribuye a sus co-villantes todas las virtudes, en especial la gentileza, la pureza y la mejor disposición. Esto dice de sí y de sus seguidores quienes, después de haber apuñalado y disparado incluso a los cuerpos muertos de la hija del honorable mister Smith, Caroline, así como de tres de nuestros hombres, Mallett and Greer and McCoy, asesinados en medio de la lucha que se dio entre sus fuerzas…" y "Sus hombres no viven sino de robar caballos —ha sido su industria desde siempre—. Han escapado de la justicia echando mano de testigos falsos. Irrumpieron en la cárcel, robaron el correo…".

Stealman ordena a Chase, el medio-alcalde, nuevo envío de locos en la barcaza, él sabe que para reponerse de los daños y pérdidas (que conjetura tuvo) por la entrada de Nepomuceno. Por escrito le argumenta que es imprescindible, más que nunca, mantener Bruneville limpio de lastres.

En la barcaza salen, que conozcamos: el cura Rigoberto —lo declaran loco por andarse quedando en todos sitios dormido (y porque quieren zafarse del cura católico) (la recomendación viene también de Stealman, ésta por telegrama, "también al enfermo de sueño")— y Frank el pelado (desde el ataque de Nepomuceno han cambiado dos cosas: ha estado durmiendo en las calles, y han vuelto a llamarlo Pancho López, la marca de mexicano es puesta

parejo por los texanos, sin voltear a verles méritos o ganas
de ser agringados) (en la cárcel todavía tuvo alma Lázaro
para cantar, aunque sin violín:

Ya no eres Frank

Panchito, ya te vio el gringo.)

Llega a Laguna del Diablo una "embajada" del alcalde De la Cerva y Tana. Son tres poblanos, a su vez
"embajadores" del gobierno federal. Vestidos con trajes
rígidos, negros, inadecuados para el clima.

El mensaje que le traen es que el alcalde quiere ver
a Nepomuceno.

—Díganle que es bienvenido, que venga.

Le explican que no, que él debe ir a verlo a Matasánchez.

—¿Y yo por qué voy a ir, si él es quien quiere ver-
me a mí? Díganle que aquí le invito carne asada y sotol.

Los embajadores le explican que es un gesto de
buena voluntad, que todo para refrendar su amistad. Etcétera.

Nepomuceno hace un aparte con Salustio y Óscar.
Deciden que sí irá.

Acuerdan con los embajadores el día y la hora.

Se decía que ya no había indios congregados, que
estaban todos dispersos, pero aquí o allá quedan campamentos de éstos, flotando en la incertidumbre. A unos que
están en tierra firme les llega la noticia de la muerte y el
entierro de Rayo de Luna. Que la hubieran matado los
greasers, merecería venganza. Pero que los gringos la hubieran cubierto de tierra sin propia ceremonia, tenía aún
menor perdón.

Los asinais emprenden el viaje hacia Bruneville.
Quieren presentarse "ante el jefe" a reclamar su cuerpo. Al

frente va el conna (el equivalente a su médico) y su caddi (el jefe civil). En el camino bailan diez noches —ritual funerario— delante de una bola de zacate que ponen arriba de un palo bastante alto.

Vienen también cargando el ataúd para su fallecida —grande como un carro.

En las orillas de Bruneville vuelven a bailar, ahora llevando el ala de un águila en las manos. Saludan al fuego mientras bailan y escupen en él su tabaco. Después, beben un líquido algo perfumado que los embriaga.

Así los encontraron los vigías de las fuerzas federales. No los dejaron ni despertarse, los matan a todos mientras duermen.

† † †
†

Seis semanas después de la incursión de Nepomuceno a Bruneville, al caer la tarde, ocho empistolados se acercan a todo trote a la cárcel de Bruneville. Visto a la distancia, por atuendo y porte, parecen vaqueros, que es decir mexicanos. Pero no lo son. Entre ellos está Will, ranger de Kenedy, Richie, mismo oficio al servicio de King (el mero rey de los kiñeros o reyeros), los demás no tienen sueldo fijo, se les contrata para el uso de su pistola. Los ocho son de la misma calaña. Se detienen frente a la puerta, a distancia de dos pasos, si mucho, formando un arco. A gritos exigen (en inglés) la entrega de Lázaro Rueda. Piden les entreguen a "The Robber", y en semiespañol añaden "The Bandito".

Por respuesta, el ranger Neals ordena cerrar la puerta de la cárcel y poner la tranca. Se encierra con sus hombres.

Ranger Richie se encamina hacia la ventana lateral de la cárcel, y desmonta. El arco de sus acompañantes se reacomoda.

Lázaro pide a quien ha sido su atormentado celador que le regrese por favor su Colt, la tienen ahí mismo, "para defendernos". Está seguro que conseguirán romper la puerta. Como para reforzar su certeza, en la alta ventana de la celda entra una bala, se encaja en la pared, un palmo arriba de la cabeza de Lázaro.

Ranger Richie se baja del caballo. Prende fuego a una estopa mojada en trementina y la avienta.

La estopa empapada vuela y cruza la alta ventana de la celda.

Con su mano libre, Lázaro la levanta del piso. Sin temer chamuscarse los dedos, la acomoda entre las rejas para que no se le apague.

"Dame una vara, ¡siquiera!, ¡dame algo, lo que sea, un gancho, un palo, un trozo de metal!", suplica Lázaro al celador. Quiere manejar la estopa protegiéndose con algo.

Jóvenes, viejos, niños, hasta mujeres se han ido agolpando a un paso de la cárcel, algunos se apiñan tras los jinetes, otros se alinean a espaldas de Richie. En silencio. Esperan el desenlace inevitable: Lázaro saldrá por esa puerta. O lo chamuscarán adentro. Los que están cerca del Ranger Richie le ayudan a mojar otras bolas de estopa con trementina. Luego las arrojan hacia arriba y las encienden disparándoles con sus pistolas, algunos les atinan —entre todos, a todas—, y encendidas entran por la ventana. Hay las que resbalan prendidas, vestidas de fuego, por el muro de piedra.

—A quién se le ocurrió no levantar la cárcel de madera…

Los celadores refuerzan la puerta. Lázaro insiste, "¡Denme mi Colt!", suplica.

Cae otra estopa a sus pies.

Mister Wheel, quien condujera la carreta de jaibas, aparece a espaldas de los montados, mascando tabaco y parpadeando, sus párpados como alas de mariposa. Ahora es él quien trae la estrella de sheriff al pecho. Grita:

—¡Ranger Neals!, abre, pero ¡a la de ya!, esta puerta. ¡No voy a permitir que le pase algo a alguno de mis hombres. ¡Abre ya la puerta!

—¡Yo recibo órdenes de Stealman!

—¡Bien sabes que no está en Bruneville!

El ranger Neals lo piensa dos veces, pero bien rápido. La cosa se está poniendo fea. Si no obedece, pue'que lo consideren otro greaser más.

Lázaro insiste:

—¡Denme mi Colt, por piedad, por lo más preciado! —entiende perfecto lo que está ocurriendo.

El instante de indecisión del ranger Neals impulsa al carretero Wheel a recular; se hace ojo de hormiga; como llegó, se va (no lo envalentona lo suficiente la recién impuesta estrella de sheriff), ahí sí que con pasos decididos, aunque farfullando quesque va por tabaco.

Wheel sólo asoma la nariz en la tabaquería de la viuda Rita, sale inmediato sin haber comprado nada, apresurado. Camina en silencio hacia su oficina; apenas llegar, se encierra. El corazón se le sale por la boca. Está temeroso. Observa desde su ventana, parpadeando, los nervios de punta. Inmóvil, como una estatua, ve que se abren las puertas de la cárcel, de par en par.

Uno de los jinetes descabalga. Pone sus riendas en las manos de un niño, tal vez su hijo; camina con aplomo hacia la puerta.

Los otros jinetes también descabalgan, sin estilo, pero a un tiempo. Trasponen la puerta. El nuevo sheriff, el carretero Wheel, sale de su oficina y se enfila hacia la cárcel.

Lázaro Rueda mira entrar a los jinetes, con los ojos bien pelones. Sin Colt, lo único que tiene es la estopa ardiendo a su lado. Considera si arrojarla. ¿A quién podría aventársela? Reconoce a algunos de los violentos abusivos rufianes, violadores de mexicanas un par de ellos, más de dos han sido llamados reñeros o kiñeros.

Al que viene el último, dicen que le gusta agarrar las nalgas a los niños, pero a quién le consta.

Lázaro alcanza a ver —y a oír— que atrás de los hombres armados hay mucha texaniza.

No levanta la estopa. Es inútil, y además él no es eso, no es un incendiario, no es un asesino. Nunca quiso Lázaro hacerle daño a nadie. Tira al suelo la estopa, y la apaga con las botas —se las regaló Nepo en tiempos mejores.

Alguien se agacha, la recoge y la avienta, otro toma a Lázaro del cuello y le echa la estopa humeante y aún bien caliente bajo la camisa, carbón chispeando.

La estopa lo quema, medianamente. Es soportable. No lo escalda. El dolor le recuerda: "Tú eres Lázaro Rueda, naciste al sur, has sido vaquero una infinidad de años; estás en las tierras del Valle del Río Bravo desde siempre".

Del otro lado del río, Nepomuceno entró con una pequeña partida de sus hombres a Matasánchez, los de armas, no viene con la parte pensante.

Han venido a Matasánchez para la cita con el alcalde.

Se enfilan directo al Hotel Ángeles del Río Bravo, el mejor de la región. Van a pasar ahí la noche. Nepomuceno dice que no tiene mucha gana, porque ahí se hospeda su mujer, y todavía le trae coraje, pero lo cierto es que decidió pasar la noche en el Ángeles del Río Bravo porque tiene mucha gana, la extraña y sabe que pasará la noche hablando con ella y en arrumacos como sólo sabe la viuda Isa.

Lo primero es tomarse un agua de horchata en los portales, en el Café Matasánchez. No tienen que esperar a que haya mesa porque le han reservado dos. En una se sienta él a solas. Sus hombres se sientan en las bancas de la plaza que miran directo al café.

Un regimiento de federales vestidos de gala marcha en la plaza.

—¿De qué hay desfile? —pregunta Nepomuceno.

El doctor Velafuente en una mesa vecina se encoge de hombros,

—Llevan tres días, Nepomuceno, apenas están por dar las del Angelus cruzan de un lado al otro la plaza. ¡A saber qué se traen!

Llega como mecha la noticia. Viene con la barcaza, la traen voceando al café:

—Los gringos quieren sacar a Lázaro Rueda de la cárcel.

Nepomuceno siente una forma viscosa de la ira.

Suena en el campanario de la iglesia. Mediodía. Las campanadas enfrían el ánimo de Nepomuceno. En cosa de minutos tendría que estar con el alcalde, a eso vino, a hablar con él; "serenidad", se dice Nepomuceno, ahora más que nunca debía estar en santa paz con sus compatriotas. Lo decide: el alcalde puede esperar, debe ir a Bruneville a proteger a Lázaro. Hace una seña a sus hombres, pero no pueden verlo, el desfile militar está pasando entre ellos.

En la cárcel de Bruneville, el ranger Neals da la orden de abrir la reja. Fuerza en medio segundo con la ganzúa la esposa que sujeta su muñeca,

—I used to be a locker before being an unfortunate man… (Yo era un cerrajero antes de tornarme en este desafortunado guiñapo de hombre.)

Entrega en silencio a Lázaro, mientras la turba grita, increpa, insulta, "¡greasy!, ¡greasy!", "idiota prieto", "cobarde", "¡you damn Mexican!". Nadie lo llama Lázaro. Nadie intenta decir "R"ueda.

Entre los que alcanzaron a entrar a la cárcel están miss Lace, mister Chaste el boticario, mister Seed el del café, Smith, el que jugaba a la baraja con Smiley, caras que él conoce pero ahora desconoce.

Lo sacan a rastras. Él hubiera querido caminar, pero no lo dejan.

Lo llevan por un camino accidentado de porrazos; quien no del pueblo le entra a la pamba, lo van tundiendo, Nat, el recadero, saca de su bolsillo el puñal de los lipanes y le corta un dedo.

Los mexicanos se esconden en sus casas.

Cherem sube a su azotea, armado con tres fusiles. Alitas sube a la suya.

Otras Águilas lo mismo.

Carlos el cubano echa a volar un petardo desde el techo de la casa de huéspedes. La seña es para Nepomuceno. Los mexicanos detienen los dedos en sus gatillos. No hay cómo agarrar a los que tienen a Lázaro, están de aquel costado de la cárcel.

El carnicero Sharp distribuye entre la turba seis buenos cuchillos, "para los valientes". Cercénanle a Lázaro lo que consiguen mochar entre el tumulto. Más gritos e incluso carcajadas festejantes para celebrar el descuartice. Lo arrastran hacia la Plaza del Mercado.

Ahí sí algunas Águilas pueden ver la escena. Es una bola cerrada de gente, niños, mujeres. Cuelgan del único árbol a Lázaro, de una cadena.

—¿Qué hacer? ¿Disparar a la turba?

Los texanos prenden una hoguera a los pies de Lázaro. Shears, el carpinterillo —aún con su bala alojada en el pecho, como crisálida, como botón de mariposa, como que no les importa ni a él ni a la bala vivir uno metido en el otro, como si su corazón fuera lo mismo que el casco dormido adentro de un cuerpo, la pierna renqueante—, se les reúne, excitado, los ojos aquí bien pelones. Ya está entre ellos, jubiloso, el nuevo sheriff, mister Wheel, el de la carreta.

—Nepomuceno debe estar por llegar.

Otro petardo.

Lo hacen tan bien que parecería ensayado. Empiezan a tatemar al linchado. No usaron la cuerda para el ahorcamiento por prevenir no prendan chispa los hilos.

Ahorcado lo dejan rostizando. El olor atiza el ánimo de la multitud. Música. Baile, palmeos.

Antes de que estalle el primer petardo, Nepomuceno se levanta de la mesa.

El mesero tiene en la mano el agua de horchata que estaba por servirle, "bien fría, como le gusta".

El flanco izquierdo del regimiento da la media vuelta hacia el café. Apuntan sus armas a Nepomuceno. Los del flanco derecho giran media vuelta hacia su derecha, disparan contra los que están en las bancas, los de armas de Nepomuceno y un paseante distraído.

Irrumpe en el café el regimiento de federales. El alcalde De la Cerva y Tana aparece inmediatamente después, con los "embajadores" que se presentaron en el campamento nepomucenista.

La habitación del Ángeles del Río Bravo se quedará esperando huésped. Toman presos a Nepomuceno y a los suyos antes de que tiren una bala.

—Son órdenes que vienen de la capital, Nepomuceno.

Sin mayor formulismo, un piquete de hombres bien armados, todos uniformados de alto rango, lo acompaña a Puerto Bagdad. Lo embarcan inmediato hacia Veracruz en el barco de la armada.

La viuda Isa se queda esa noche sin marido, y las siguientes (tres) del resto de su vida. Es la segunda a la que le revienta de tristeza el corazón por Nepomuceno, si descontamos a Caroline —lo de ella fue por la falta del tensor Rayo de Luna—, porque una cosa era saberlo vivo, aunque en las faldas de otra, que en verdad le tenía muy sin cuidado, y otra muy diferente entender que se lo habían enterrado en vida, qué espantosidad, porque de Veracruz, transportarían a Nepomuceno a Ciudad de México, directo con sus huesos a la cárcel de Tlatelolco.

La Pinta, sola como una yegua y libre como un hombre, se quita de encima a quien intenta montarla.

No ha perdido su belleza, su porte.

No se deja de nadie. Ninguna cabalgadura se le equipara, es la mejor, pero ella sabe bien que sólo es de Nepomuceno.

Habrá quien diga que su historia se asemeja algo a la que Soro-Sarah guisó para Cliquot, porque sólo Nepomuceno podría volver a montarla... Pero si antes tuvimos la duda de quién nos parecía más humano, si el jinete o La Pinta, ahora no nos cabe duda: encerrado como un perro, Nepomuceno, en Tlatelolco, ni sabe dónde está, ya lo perdió todo, ya ni a sus propios ojos parece un hombre.

Mientras quemaban la persona del vaquero bonito, el noble, el que cantaba y hacía coplas y era grato y no tenía tierras ni intereses más allá de hacer pasar buen rato a la vacada y complacer al dueño —andar por la cuerda floja, pué—, éste pensaba:

"¡Ay, Lázaro, tú ya no revives! Ya nunca más voy a montar, ni a lazar un caballo o el rabo de la vaca, ni iré al monte, ni voy a volver a comer carne asada, ni cantaré, ni tocaré el violín. Ya me voy como se fue el bisonte (y yo nunca fui lo que él, porque a ese animal se le temió, venía su estampida y ponía a temblar la tierra). Ya no soy ni lo que fui ni nada, pero digo mis últimas palabras:

"Quiero que quede bien claro: yo no soy una persona enredosa. A mí no se me dan los líos, los nudos, los laberintos.

"Que se entienda que no. Ya sé que lo de Shears (hice muy mal de emborracharme), y luego esto —la mano agarrada por una esposa, ¿cómo me fue a pasar algo tan sin suerte?

"No vine al mundo a buscar problemas, fui a la cárcel porque me pidió Nepomuceno que sacara de ahí al ranger Neals. Pero cuál Neals, se había huido como un cobarde, luego supe que andaba con Glevack, al que también buscaba Nepomuceno, pa mí que los dos metidititos y hasta metiéndosela, aunque pa que digo si no sé.

"Vine a la cárcel, y Urrutia me llamó, me le acerqué, me habló quedito, yo estoy viejo y no oí bien, me le acerqué más, y que me agarra la muñeca… Me encadenó a la reja.

"Por esto se fueron los de Nepomuceno sin mí. Luego trataron de sacarme, pero no salió, yo ni los vi.

"Lo demás tenía que pasar, ¿cómo si no?".

En la cabeza de Lázaro, en su último gramo de conciencia, sonó el violín, y oyó su propia voz, cantando la que tal vez había sido su primer canción:
"Ya no suenan sus cascos,
tic tac toc,
¡Pobre caballito muerto!".

† † †
†

Quince días después, tras la desbandada del campamento de Nepomuceno, en Matasánchez, Juliberto, hijo de un vaquero, el que aprendió el violincito de tanto oír a Lázaro tocarlo —dejó Bruneville para venirse a vivir "a México, que allá no se puede ya el maltrato"—, toca en las arcadas del café. Entona
"Ya no suenan sus cascos…".
A su lado, un niño lo observa. Es uno de la chamacada del campamento de Nepomuceno —trae en la

mano el violincito de Lázaro, lo tomó porque ahí estaba; ha venido aquí a mirar a Juliberto para aprender a tocarlo.

Las autoridades centrales mexicanas creían tener razón. Si no lo hubieran tomado preso, las guerras de Nepomuceno habían sido más de una, desestabilizando a la región. Porque Nepomuceno iba a vengarse por lo de Lázaro Rueda. Luego, seguramente, habría lanzado más proclamas, cuatro, seis, con el puño de Salustio las publicarían en inglés y en español.

La prisión de Nepomuceno, más que el linchamiento de Lázaro (no era el primero, ni el único mexicano que pasaba esta suerte), sacudió a la región.

No toda.

Turner (hablaba inglés con acento mexicano, comía tortillas en lugar de pan) celebra su cumpleaños 84 en su casa de campo, en Gálvez, como si nada. Buena cena, muy abundante, baile al aire libre, en el centro del patio pusieron un maguey de cuatro metros de alto, hojas formidables, adornado con lámparas japonesas que iluminan el patio.

Juan de Racknitz, alemán, capitán del ejército mexicano, que había fundado la Pequeña Alemania, se ponía una guarapeta formidable mientras oía a los músicos y bailaban las muchachas que él había pagado.

El abogado Stealman, que es muy de la región aunque se afana en Nueva York en terminar la hechura de los títulos de propiedad falsos de Isla del Padre, pasa el día en son de gloria. Por fin había recibido respuesta positiva del gobernador sobre otro asunto que se trae en manos, y que no nos concierne.

Los Robines entienden que sus sobornos y roberías pueden crecer cambiando de negocio. Sobornan generosos a la justicia con lo que habían conseguido del asalto al banco de San Antonio. Inmediato se quedan dueños de hectáreas y hectáreas, y sin dilación roban ganado. Pelean con los legítimos dueños acusándolos de raterillos, y con golpes de jueces, abogados y testigos —les llegaron ya entrenados por King, que les había dado lecciones—, ganan sin siquiera mojarse los zapatos. Cierto que esta manera de vivir es mejor.

Luego luego, respetabilidad. En lugar de que la gente los llamara los Robines, se convierten en "La familia Robin", aristocracia texana —lo que traen en la sangre no es nobleza sino pura ratería.

Don Marcelino, en su búsqueda de hojas para el herbolario, ha extendido su caminar, de hecho tomó carreta por un trecho. Se adentra, a pie, en el punto más al norte de la región Huasteca.

El remolcador del viejo Arnoldo ha ido a encallar a un arrecife. El mar ahí es traslúcido esmeralda. Ahí despierta el alma del viejo capitán que lo manejó por décadas. Nunca ha estado más feliz: aquí el mar sí es mar, los atardeceres abren el joyero del cielo, la espuma de las olas es blanca como el cielo. Esta es la eternidad.

Nota del autor

Hasta aquí llega esta historia. Siguen otras:

—Que Nepomuceno sufre una mugre y fastidiosa estancia en la cárcel de Tlatelolco,

—Que la muchachada, el Batallón de Los Chamacos, quedándose sin Nepomuceno y sin campamento, no se disuelve, aprenden a vivir de lo que van hurtando de ranchos o ganado suelto, a las dos márgenes del río,

—Que los gringos les matan todas las palomas a los Rodríguez, pero ni a Nicolaso ni a Catalino los castigaron,

—Que La Desconocida se va con Dan Press —o Dan Press tras La Desconocida,

—Que no cruzan la Apachería —o Comanchería—, están enamorados, pero no locos,

—Que toman un vapor en Gálvez, trasbordan a otro rumbo a Nueva York,

—Que en el camino, Dan Press termina su reportaje, "Las proclamas de un grande",

—Y que lo presenta al editor, quien lo detesta y lo obliga a hacerle tantos cambios que en su propia pluma (gracias a las ediciones-maquillaje-neoyorkino) Nepomuceno desciende de héroe a ladronzuelo (el reportaje termina llamándose "El Robin Hood de la frontera"; el editor está satisfecho con el título, pero el periodista molestísimo; la publicación es un éxito; las Henry y los Stealman pagan un panfleto reimprimiéndolo, y lo distribuyen entre todas sus relaciones por las siguientes razones: Katherine admira la escritura del periodista, Sarah celebra el retrato que hace de los mexicanos, los Stealman admiran, celebran y aplauden prácticamente todo, excepto el título, pero eso tuvo arreglo, lo tornaron en la reimpresión en "El bandito pelirrojo"),

—Que Carlos el cubano se muda al norte, Las Águilas ya no tienen sentido para él y en realidad lo único que le interesa es la independencia de su patria,

—Que La Desconocida y Dan Press se casan, para el enfado enorme de la mamá del periodista,

—Que cuando el Mocoso encuentra cómo escapársele a La Plange (con algunas de las placas fotográficas tomadas a Nepomuceno) y se une al Batallón de Los Chamacos, nace en él otro fotógrafo, uno sin intención de llenarse los bolsillos con bodas, funerales y bautizos, un fotógrafo de primera cuyo nombre reservamos por no ocultar su prestigio con su fastidioso pasado,

—Que Marisa, la hija de Nepomuceno, no sale bien librada del dolor de la pérdida del padre, se le bota la canica,

—Que don Marcelino reaparece en Matasánchez, cargado de un baúl lleno de muestras, tesoros de la Huasteca para su herbolario,

—Que Nepomuceno escapa de Tlatelolco, se fuga para participar en la Guerra Civil americana,

—Y que merca el algodón de los confederados para ganarse plata (lo auxilia su organización de Las Águilas, sus incondicionales, traen un plan en miras),

—(Y esto es paréntesis:) (Que Bagdad llega a tener quince mil habitantes),

—Que Nepomuceno, enriquecido, organiza y arma un ejército,

—Y que se muda a pelear en el bando de los yankees,

—Que Las Águilas son clave para ayudar como espías y guías en las estrategias contra los confederados,

—Que pierden la guerra los esclavistas confederados (la llamada Guerra Civil americana),

—(Otro que es paréntesis:) (Que Bagdad también medio que pierde la guerra: se le acaba el esplendor, el que le dio el cielo en sólo tres años de vida, cuando los barcos de vapor salían de ahí pesados de su carga algodonera hacia Nueva Orleans, La Habana, Nueva York, Boston, Barcelona, Hamburgo, Bremen y Liverpool aunque el gobierno federal mexicano intenta regresárselo —primero con Juárez, y luego con Porfirio, de ahí la batalla de Bagdad el 4 de enero del 66 y otras chuladas),

—Que Stealman, King, Kenedy el del campo de algodón, otros dueños de esclavos y dos jefes comanches (de cuyo nombre no puedo acordarme) son invitados por el Rey Pedro a vivir en el Brasil,

—Que el monarca brasileño les ofrece tierras y créditos para que se establezcan en su reino, donde podrán tener esclavos sin restricción alguna (en lugar de cabezas de ganado, les promete esclavos, el interés del monarca está en los cultivos, no en la vacada),

—Que el rey Pedro les envía embarcación para transportarlos, quiere fundar una República Esclavista adentro del territorio del Brasil para activar la economía de su país,

—Que King no acepta la oferta del rey del Brasil (lo suyo es el ganado, no el algodón, ni el tabaco, ni ningún cultivo, "a mí no me gusta lo que no relincha o muge, ni el gallo ni el frijol" —aunque en lo de gallo, y el puerco que da por sobreentendido, no hay que creerle tanto),

—Que tampoco Stealman acepta la invitación al Brasil porque ya tenía un pie puesto en Nueva York,

—Que los demás se embarcan junto con los dos jefes comanches y su indiada, son buenos para el cultivo y tienen mano con los esclavos,

—Y que con ellos viaja el filibustero mister Blast, hacia otra de sus empresas fallidas,

—Que Carlos el cubano llega a Nueva York, donde le perdemos la pista exacta, pero sabemos que se incor-
pora a los activos grupos de insurgentes cubanos,

—Que la Banda del Carbón da un golpe formida-
ble, regalándoles la corona que un día tuvieron los robines,

—Que los mexicanos toman otra vez preso a Nepomuceno,

—Que decenas de grupos de confederados escapan
a México. Los más salen muy pelados, la norma es despojarlos de sus pertenencias, robándoles, torturándolos o
humillándolos, se diría tienen suerte los que pasan rápido
por la navaja de un ladrón, por ejemplo

—Que los confederados son recibidos en el lado
mexicano de la frontera por civiles vestidos de militares,

—Que estas personas se fingen muy comedidos a
guiar a los confederados, los traen del tingo al tango, camine y camine, hasta

—Que los entregan agotados y sin suelas a los rebeldes en Veracruz, donde por lo regular son ajusticiados
por actos cometidos durante la invasión norteamericana
o por desacatos contra los mexicanos en Texas, aunque hay
algunos mexicanos que, previo maltratar a los confederados de lo lindo, los envían de vuelta a su patria, desnudos
y famélicos (y muy deszapatados),

—Que muere el último de los camellos,

—Que para responder a los kiñeros —y a los ciclos, que también se habían emponzoñado contra los
mexicanos, pero mucho más contra los negros (ahora se
llaman a ellos mismos, también de la palabra griega "círculo", los kuklos)— las Águilas hacen letanías de kiñeros
y kuklos a quienes llaman "los círculos cuadrados", las
pasan en el Café Ronsard sin que nadie sepa de qué demonios están hablando,

—Que Sarah-Soro desatinadamente se va a vivir a
Nueva Orleans (tanto mejor hubiera sido para ella ir a dar
al Rancho Las Tías, pero no:

—Que Sarah se casará, publicará una novela, *Cliquot*, que no está nada mal,

—Que su marido hará un fraude marca diablo y se fugará a Tambuco en el Ecuador, robándole a la mujer cuanto puede llevarse y enterrando en la sombra del escándalo la novela *Cliquot*, apenas aparecida,

—Que Sarah se dará a la bebida, se volverá el hazmerreír de Nueva Orleans, provocará compasión a algunos pocos, morirá en la calle como una desgraciada y no una Henry),

—Que Nepomuceno consigue otra vez escapar de la cárcel para colaborar con Benito Juárez en la frontera (consta correspondencia),

—Que cuenta con la colaboración de sus Águilas,

—Que vuelve a caer preso de los mexicanos,

—Que en 1867, el año en que Maximiliano es fusilado en México, un huracán golpea Bagdad. La tormenta, de ochenta millas de ancho, le pega a México tras haber visitado las costas de Texas. En Bagdad, la tormenta arrastra a noventa refugiados en el barco de vapor Antonia, se los lleva a pasear cinco millas tierra adentro; cuando amaina el huracán, los que habían encontrado refugio en el barco se encuentran bien lejos de la ribera del Río Bravo, del lado norte. "Todo se perdió, nada se salvó, ni siquiera nuestras provisiones", escribe un bagdeño. Tras el huracán, el hambre asola Puerto Bagdad. El Tamaulipas no. 2 rescata a ciento cuarenta residentes, posiblemente gringos, los saca de Bagdad y los deposita en Bruneville,

—Que Nepomuceno escapa otra vez para apoyar a Porfirio Díaz, otra vez en la frontera, y

—Que otra vez va a dar con sus huesos tras las rejas,

—Que estando prisionero, contrae matrimonio con la mujer muy joven que le lava la ropa en la cárcel,

—Que se lo llevan a un arresto domiciliario en Atzcapotzalco, y

—Que pasa ahí interminables días en solitario arresto domiciliario,

—Que Nepomuceno muere, y

—Que la única gloria de Nepomuceno es que, tal vez porque los corridos con su fábula se siguen cantando (su nombre es leyenda), lo acompaña una multitud al cementerio, en bello ataúd blanco que le manda poner Don Porfirio (el terso cadáver de Nepomuceno, de apariencia silenciosa, va rabiando: ese color de ataúd es para un niño, no para un hombre de valor como él).

Coda

A los Santos les cayó muy mal la fuga y pésimo el matrimonio de La Desconocida. Encarnando con toda su parafernalia para hacer visible su disgusto, se manifestaron en la ribera sur del Río Bravo.

Le habían cobrado aprecio a Magdalena. Sobre todo ellas, Santa Águeda (lleva en su charola dos pechos bien erguidos), Santa Lucía (en la bandeja sus ojos), la Santísima Concepción (camina sobre tres cabezas de ángeles rosaditos), Santa Margarita (descalza, su cayado al lado) y Santa Cecilia (con su violín, idéntico al de Lázaro, ¿o es el de Lázaro y la santa se lo birló al vaquerito, por no estar a la altura del instrumento?).

Campanas dulces, platillos, tambores y el violín de Santa Cecilia acompañan cantos y meneos (discretos, virginales). Es tanto el alboroto que resulta imposible anotar aquí una sola de sus frases, una de sus consignas, es imposible distinguirlas en el ruidero. "Torre de marfil, ruega por nosotros", eso sí, pero no más, porque el enojo también ensombrece sus palabras.

¿Les enfadó que La Desconocida cruzara a la Texas no católica?, ¿qué se fuera con un gringo?, ¿o se enojaron porque era un no bautizo?, ¿o porque era periodista con el bolsillo vacío? No queda claro. Lo más probable es que les irritara una combinación de todo. "Qué desperdicio", debieron pensar, "tenía madera para reina y se va de plebeya, de huarachuda, a ser otra muerta de hambre, a prender fogones, ¡ni que fuera l'hija del carbonero!".

Agradecimientos y homenajes

El libro está lleno de homenajes: a Juan Nepomuceno Cortina, el Robin Hood de la frontera (el personaje de Nepomuceno está cortado de su patrón) —de quien tomo las proclamas, citándolas literal (nació el 16 de mayo de 1824 en el rancho entonces llamado del Carmen, no lejos del hoy Brownsville, cuando era territorio mexicano. Autodidacta, recibió educación en el ámbito doméstico, no asistió a ninguna institución educativa. Hijo de terratenientes, a la anexión de Texas aceptó la nacionalidad americana, creyendo así conservar los derechos y propiedades que estaban en riesgo. Un accidente lo convirtió en el líder de La Raza —la paliza a un viejo vaquero que aquí, alterada, se reseñó—. En 1859, Nepomuceno encabeza las Guerras de Cortina, ocupa Brownsville, ciudad fincada en tierras que pertenecían por ley a su familia.

Otros homenajes: a las Percy, autoras confederadas (tomo libremente —y no muy fiel— de sus vidas y de su obra), a quienes convierto en las Henry. Al romance popular *Los comanches* de quien tomo personajes y versos. Al *Martín Fierro* y su autor, José Hernández. A los relatos de cautivos del Lejano Norte. A Camargo, Matamoros y Brownsville (Matasánchez y Bruneville están chapadas a su sombra). La Gran Ladronería del Lejano Norte invoca a desfilar también personajes de Mark Twain, Walt Whitman y algunos cinematográficos. Sería inútil intentar citar todas las referencias, citas, homenajes —el maestro Thompson y su biografía y estudios de Nepomuceno, así como de Kanellos sus fértiles trabajos, sus recopilaciones y publicaciones me fueron imprescindibles, los escritos de Josefina Zoraida Vázquez, así como a su generoso auxilio; los escritos de Bertram Wyatt-Brown sobre los Percy—…

A Juan Aura le tomo unos versos que escribió de niño sobre el sonar de los cascos del caballito muerto.

Por último, escribí esta novela con la beca otorgada por el Fondo Nacional de las Artes, como miembro del Sistema Nacional de Creadores.

A todos, gracias.

Índice

Alfaguara es un sello editorial del Grupo Santillana

www.alfaguara.com

Argentina
www.alfaguara.com/ar
Av. Leandro N. Alem, 720
C 1001 AAP Buenos Aires
Tel. (54 11) 41 19 50 00
Fax (54 11) 41 19 50 21

Bolivia
www.alfaguara.com/bo
Calacoto, calle 13 nº 8078
La Paz
Tel. (591 2) 279 22 78
Fax (591 2) 277 10 56

Chile
www.alfaguara.com/cl
Dr. Aníbal Ariztía, 1444
Providencia
Santiago de Chile
Tel. (56 2) 384 30 00
Fax (56 2) 384 30 60

Colombia
www.alfaguara.com/co
Carrera 11A, nº 98-50, oficina 501
Bogotá
Tel. (571) 705 77 77

Costa Rica
www.alfaguara.com/cas
La Uruca
Del Edificio de Aviación Civil 200 metros
    Oeste
San José de Costa Rica
Tel. (506) 22 20 42 42 y 25 20 05 05
Fax (506) 22 20 13 20

Ecuador
www.alfaguara.com/ec
Avda. Eloy Alfaro, N 33-347 y Avda. 6 de
    Diciembre
Quito
Tel. (593 2) 244 66 56
Fax (593 2) 244 87 91

El Salvador
www.alfaguara.com/can
Siemens, 51
Zona Industrial Santa Elena
Antiguo Cuscatlán – La Libertad
Tel. (503) 2 505 89 y 2 289 89 20
Fax (503) 2 278 60 66

España
www.alfaguara.com/es
Torrelaguna, 60
28043 Madrid
Tel. (34 91) 744 90 60
Fax (34 91) 744 92 24

Estados Unidos
www.alfaguara.com/us
2023 N.W. 84th Avenue
Miami, FL 33122
Tel. (1 305) 591 95 22 y 591 22 32
Fax (1 305) 591 91 45

Guatemala
www.alfaguara.com/can
26 avenida 2-20
Zona nº 14
Guatemala CA
Tel. (502) 24 29 43 00
Fax (502) 24 29 43 03

Honduras
www.alfaguara.com/can
Colonia Tepeyac Contigua a Banco Cuscatlán
Frente Iglesia Adventista del Séptimo Día,
    Casa 1626
Boulevard Juan Pablo Segundo
Tegucigalpa, M. D. C.
Tel. (504) 239 98 84

México
www.alfaguara.com/mx
Avda. Río Mixcoac, 274
Colonia Acacias, C.P. 03240
Benito Juárez, México D.F.
Tel. (52 5) 554 20 75 30
Fax (52 5) 556 01 10 67

Panamá
www.alfaguara.com/cas
Vía Transísmica, Urb. Industrial Orillac,
Calle segunda, local 9
Ciudad de Panamá
Tel. (507) 261 29 95

Paraguay
www.alfaguara.com/py
Avda. Venezuela, 276,
entre Mariscal López y España
Asunción
Tel./fax (595 21) 213 294 y 214 983

Perú
www.alfaguara.com/pe
Avda. Primavera 2160
Santiago de Surco
Lima 33
Tel. (51 1) 313 40 00
Fax (51 1) 313 40 01

Puerto Rico
www.alfaguara.com/mx
Avda. Roosevelt, 1506
Guaynabo 00968
Tel. (1 787) 781 98 00
Fax (1 787) 783 12 62

República Dominicana
www.alfaguara.com/do
Juan Sánchez Ramírez, 9
Gazcue
Santo Domingo R.D.
Tel. (1809) 682 13 82
Fax (1809) 689 10 22

Uruguay
www.alfaguara.com/uy
Juan Manuel Blanes 1132
11200 Montevideo
Tel. (598 2) 410 73 42
Fax (598 2) 410 86 83

Venezuela
www.alfaguara.com/ve
Avda. Rómulo Gallegos
Edificio Zulia, 1º
Boleita Norte
Caracas
Tel. (58 212) 235 30 33
Fax (58 212) 239 10 51